Nunca más

Nunca más

Sara Larsson

Traducción de Pontus Sánchez

Rocaeditorial

Título original: *Aldrig mer*

© Sara Larsson, 2018
Primera publicación por Norstedts, Suecia, en 2018.
Publicado en acuerdo con Norstedts Agency.

Primera edición en este formato: octubre de 2019

© de la traducción: 2019, Pontus Sánchez
© de esta edición: 2019, Roca Editorial de Libros, S.L.
Av. Marquès de l'Argentera, 17, pral.
08003 Barcelona
actulidad@rocaeditorial.com
www.rocalibros.com

Impreso por Liberdúplex

ISBN: 978-84-17305-94-9
Código IBIC: FA; FH
Depósito legal: B 19194-2019

RE05949

Prólogo

$\mathcal{A}$ndreea cierra la puerta del coche y se ciñe el abrigo al cuerpo. Ante sus ojos se yergue el hotel de madera roja. Tras él se extienden unos prados que apenas se pueden vislumbrar en la oscuridad de la noche. Y las estrellas. Lleva varios años sin ver las estrellas. Ahora las ve destellar en el firmamento.

Espera hasta que Razvan se haya alejado con el coche antes de introducir el código y entrar por la puerta trasera. Siguiendo las indicaciones que le ha dado, sube las escaleras hasta llegar a un largo pasillo. Se detiene delante de la primera puerta de la derecha. Suite, pone en la placa metálica ennegrecida. Al otro lado de la puerta se oyen voces masculinas y un tintineo de copas. Andreea se mete la mano en el bolsillo, saca la navaja automática y despliega la hoja con un chasquido. Nota el frío del acero al contacto con los dedos. Se la guarda en el bolsillo sin cerrarla. Luego levanta la mano y llama a la puerta.

Las voces callan, sustituidas por un murmullo y algunas risas sueltas. Andreea abre y entra. La habitación es enorme. Las botellas en la mesa, de muchas marcas diferentes, indican que la fiesta lleva un buen rato en marcha.

Cinco hombres trajeados la miran. Uno parece cortarse, otro se ríe. A un tercero le cuesta mantenerse erguido.

Andreea se detiene ante ellos en el centro de la estancia. Permanece inmóvil sin decir nada. Uno de los hombres se le acerca un paso y alarga la mano. Andreea retrocede rápidamente.

—Quieto —dice.

El tipo se queda de piedra en mitad del gesto.

Andreea pasea la mirada por los cinco hombres. Ve que están nerviosos. Nadie dice nada.

—Tengo dieciséis años.

Alguno de los hombres se mueve, incómodo.

—Me han violado cientos de veces.

Antes de que ninguno tenga tiempo de reaccionar, se saca la navaja del bolsillo y se la lleva al cuello. Nota los latidos de su pulso en la vena, el corazón latiendo más deprisa por la adrenalina.

Andreea sujeta la navaja sin moverla ni un centímetro. Los hombres parecen congelados. Las pastillas y el alcohol la ayudan a concentrarse en lo que piensa hacer. La ayudan a no tener miedo.

—No pienso dejar que me violen nunca más.

Luego cierra los ojos y corta.

Andreea

Madrid, febrero de 2015

*L*a lluvia golpea el suelo con fuerza y hace que resulte difícil distinguir nada a través de la ventanilla lateral. Igual de gris que en casa. Andreea se muerde la uña del dedo corazón y hace una mueca de desagrado por el sabor amargo que el pintaúñas le deja en el paladar. Al otro lado del cristal, el tráfico de la autopista de varios carriles avanza a toda prisa. A medida que la mañana ha despuntado, los coches se han multiplicado.

Se reclina en el asiento, le duele todo el cuerpo por el cansancio del largo trayecto en autocar que la ha traído desde Bucarest hasta España. Los potentes fluorescentes del techo han mantenido un resplandor frío y azulado durante toda la noche, lo que le ha impedido conciliar el sueño. Además, temía que no hubiera nadie esperándola cuando llegara, que hubiese habido un malentendido en la comunicación entre Cosmina y su primo Razvan, que le había prometido un trabajo. Pero cuando el conductor del autocar la ha dejado en una parada a pie de carretera, había un hombre esperándola. Ha metido su equipaje en el maletero de un viejo Volkswagen y le ha pedido que se sentara detrás. Después, el largo viaje ha continuado.

Se mueve en el asiento, huele a tabaco y a algo más, algo ácido, quizá sudor. El tapizado está lleno de manchas y de agujeros. A pesar de que actualmente el primo de Cosmina tiene un restaurante en España, resulta evidente que no puede permitirse un coche mejor que el que tenía en Rumanía.

Andreea se cruza con su mirada en el espejo retrovisor. Él parece estar entre los cuarenta y los cincuenta. Tiene el pelo ralo y lo lleva repeinado hacia atrás; el mentón, totalmente afeitado. Ha dejado en el asiento del acompañante el chaquetón beis que llevaba cuando se han encontrado. Los dedos que descansan sobre el volante son cortos y rechonchos; en el anular derecho luce un gran anillo dorado. No tiene nada que ver con la imagen que Andreea se había hecho de él. Al contrario. Este hombre le recuerda a cualquier otro rumano pobre.

—¿Cómo te llamas?

La voz tajante interrumpe su pensamiento.

—Andreea.

Él se limita a asentir brevemente con la cabeza y sigue conduciendo en silencio. Ella se mordisquea la uña un poco más, se le ha desprendido casi todo el pintaúñas que el domingo se estuvo poniendo con tanto esmero. Debería haber ignorado el consejo de Cosmina y haberlo metido en la maleta, a pesar de todo. «No te lleves un montón de potingues rumanos baratos —le había dicho Cosmina—. Cuando hayas empezado a ganar tu propio dinero, podrás comprártelo todo en Madrid.» Pero todavía no tiene ese dinero y ahora ha de presentarse el primer día de trabajo con las uñas medio despintadas.

Ha empezado a clarear, a pesar de que la luz del día sea gris. Unos edificios que se suceden a un ritmo cada vez más frenético han sustituido a los cipreses larguiruchos que hasta ahora habían bordeado la carretera. Deben de estar ya cerca de Madrid.

Le gustaría que Iósif pudiera verla, para demostrarle que cuando ella se largó y él le gritó a la espalda que nunca llegaría a nada, que pronto volvería arrastrándose y suplicándole que la dejara volver a casa, estaba equivocado. Y había estado a punto de hacerlo. Varias veces, durante aquel mes que estuvo durmiendo en portales y parques, se planteó volver. Pero entonces apareció Cosmina, le ofreció comida y alojamiento a cambio de limpiarle la casa. Y ahora está aquí, sentada en un coche en España, de camino hacia su primer sueldo mientras Iósif se mata a tragos en casa, sumido en la miseria. Dios, cuánto le gustaría que pudiera verla.

El hombre sale de la autopista y se detiene en un centro comercial.

—Necesitas ropa de trabajo. Espera aquí, vuelvo enseguida.

Apaga el motor, se baja del coche y cierra la puerta antes de que ella tenga tiempo de contestar. Un chasquido indica que acaba de echar el cerrojo. ¿Por qué? ¿Cree que va a escapar? Por mera curiosidad, Andreea intenta abrir, pero no puede. Respira hondo varias veces. Se dice a sí misma que todo va bien. Que la única razón por la que se siente insegura es porque nunca ha estado en el extranjero, porque no conoce a nadie en Madrid.

Cuando el hombre vuelve al coche, le lanza una bolsa con ropa.

—Toma.

Ella echa un vistazo discreto, se sorprende cuando ve ropa interior de encaje, roja, encima del montón de prendas. Un tanga diminuto y un sujetador a juego. Desconcertada, levanta la mirada de la bolsa y mira al hombre. Pero él ya ha arrancado el coche y no la mira.

Andreea desliza los dedos por el arco metálico del sujetador. Se le calientan las mejillas cuando piensa que el hombre ha entrado en una tienda de lencería para comprarle ropa interior. Tan pequeña y con tanto encaje. Y el color rojo. El mismo color que le hierve en las mejillas en ese momento.

—Gracias.

Intenta esbozar una sonrisa para mejorar un poco el ambiente, pero él no contesta. El silencio en el coche la hace sentirse cada vez más insegura. ¿No podría contarle algo sobre el restaurante en el que va a trabajar, alguna historia graciosa de Madrid? Cualquier cosa con tal de que empiece a hablar.

—¿Tú eres el primo de Cosmina? —le pregunta ella, a pesar de que ya sabe la respuesta.

El hombre asiente con la cabeza y suelta un breve sonido gutural, luego se hace el silencio de nuevo.

Andreea puede ver que al hombre se le ha acumulado una fina capa de caspa alrededor del cuello de la camisa. Igual que a su abuelo. Él también tenía caspa en su pelo negro carbón. Andreea recuerda que su abuela solía hervir una mezcla de piel de limón y agua con la que luego él se hacía un masaje capilar; ella decía que el ácido combatía los hongos de la caspa. Andreea no sabe si el abuelo se lo creía, pero él siempre hacía lo que le decía la abuela.

—El pasaporte.

Andreea levanta rápidamente la cabeza. El hombre la mira asertivo por el retrovisor, alarga la mano hacia atrás.

—¿Qué?

—Dame el pasaporte.

Su voz es firme y la mano sigue pidiendo el pasaporte. Andreea se echa atrás en el asiento para evitar los dedos, el corazón se le acelera un poco. ¿Para qué lo quieres?

—Dámelo.

Algo en su voz hace que parezca una orden. Desconcertada, Andreea mete la mano en el bolsillo de la chaqueta y saca el documento, que no es suyo: se lo ha prestado una chica mayor que ya había cumplido los dieciocho. Reacia, se lo entrega. Le incomoda desprenderse de él. Es su única certeza en esa tierra desconocida.

11

El hombre mira el pasaporte a toda prisa y luego se lo guarda en el bolsillo interior de su americana.

—Pronto llegaremos al piso en el que vas a vivir —dice—. Hay pizza en el congelador. Te la puedes calentar. Date una ducha y ponte guapa. Vendré a buscarte dentro de un par de horas, cuando te toque empezar a trabajar.

—Pero… —empieza a decir antes de guardar silencio.

No le parece buena idea empezar en su nuevo empleo quejándose, a pesar de estar tan cansada que no sabe cómo va a hacerlo. Se consuela pensando que, cuanto antes se ponga en marcha, antes conseguirá dinero y podrá volver a Rumanía.

—Ya hemos llegado.

El hombre se ha metido en un aparcamiento, delante de un gigantesco bloque de pisos de hormigón. En Bucarest, Andreea los ha visto a puñados, pero se esperaba que en Madrid tuvieran colores un poco más alegres. Aunque, claro, están en febrero, así que puede que sea todo gris en todas partes. Los balcones que dan a la calle parecen usarse más que nada como almacén exterior.

Gira la cabeza y observa la placita que queda justo detrás. Una fuente en el centro sin agua. Un poco más allá, vislumbra una pizzería y un colmado. Un cartel junto a la pizzería capta su atención. Las letras de METRO brillan en blanco sobre un fondo azul marino y rojo. El hombre ve dónde está mirando.

—El metro —le confirma mientras señala el cartel—. Pero a ti no te va a hacer falta cogerlo, yo te llevaré adonde tienes que ir.

Apaga el motor y se baja del coche, lo rodea hasta su puerta y se la abre. Andreea se recuerda a sí misma que tenía puesto el seguro infantil, como si fuera una niña pequeña. Con cuidado, baja los pies y los apoya en el suelo. Da un paso inseguro por la acera. No se ve un alma, ni en la calle ni en ninguno de los balcones. Aquel lugar es más desolado que Bucarest. Allí siempre hay gente las veinticuatro horas del día.

El hombre saca un manojo de llaves que tintinea ruidoso al menor zarandeo. Andreea observa que las llaves están marcadas por colores, para saber adónde pertenece cada una. Elige la verde y abre el portal. Le pasa el brazo por la espalda y la hace pasar dentro del edificio. El olor a sudor es más penetrante, ahora que lo huele de cerca. Andreea se aparta tan pronto como se mete en el portal.

—Vamos —dice él, tajante, mientras le aguanta la puerta del ascensor.

Andreea se ruboriza, acelera el paso y se mete dentro. Se recuerda que debe mostrarse agradecida: este hombre le ha conseguido trabajo, a pesar de no haberla visto nunca antes ni deberle nada.

El tipo pulsa el botón de la tercera planta. Andreea lo memoriza, pues supone que esta va a ser su casa por un tiempo. Tras bajarse del ascensor, él abre una de las puertas, pintada de color naranja chillón. Andreea entra con cuidado. Tiene montones de preguntas, pero no consigue formular ni una. Al final hace de tripas corazón.

—¿Dónde queda el restaurante?

Él le lanza una mirada de irritación.

—Ahora no tienes que preocuparte por eso.

Andreea asiente en silencio, se consuela pensando que ya se enterará a su debido momento. Esa misma noche, si lo ha entendido bien.

El piso es pequeño. Al fondo se abre un salón con un sofá granate y unas cortinas marrones; a la derecha queda la cocina. El hombre abre una puerta cerrada a mano izquierda y le enseña una habitación raída y mal ventilada. La suciedad de las ventanas hace que el cuarto parezca más oscuro de lo que realmente es. Andreea decide que las limpiará en cuanto el hombre se haya marchado: si va a vivir aquí, piensa hacer de ese sitio un lugar acogedor. En la medida de lo posible. Observa el empapelado, que ha empezado a desprenderse en algunos sitios, y el suelo de linóleo, que está mugriento. Además, hay envoltorios de caramelos por todas partes. Contra una de las paredes, hay una cama individual sin hacer. Es de metal gris. En el suelo hay dos colchones más. Parece que los han usado esa misma noche.

—Tendrás que compartir habitación —le explica el hombre cuando ve la mirada de Andreea.

Ella se pregunta quiénes serán sus compañeras de cuarto: con un poco de suerte, chicas de su edad.

El hombre deja la maleta y la bolsa con la ropa nueva en el suelo y le pide a Andreea que lo acompañe para mostrarle el cuarto de baño. Un plato de ducha con mampara, un váter y un lavabo se disputan el pequeño espacio; los tres del mismo color azul claro. Andreea abre el grifo, deja que el agua corra por sus manos, cierra los ojos y siente cómo se va desprendiendo de la suciedad.

—Ven, te enseñaré la cocina.

El hombre la mira, impaciente. Andreea suspira, cierra el grifo y lo sigue.

La cocina es pequeña y está dominada por una mesa redonda de color blanco y cuatro sillas de plástico. La mayor parte del mobiliario se ve

13

viejo. La encimera está rayada y a uno de los armaritos le falta una puerta. El hombre abre el congelador y le enseña unas cuantas cajas de pizza en uno de los cajones.

—Coge la que quieras —dice—. Solo tienes que calentártela en el horno.

—Gracias.

Piensa en algo más que decir, pero el peculiar silencio de ese tipo hace que se sienta insegura y no se le ocurre nada más. Él se cruza de brazos y con el ceño fruncido la estudia de la cabeza a los pies.

—Vale, dúchate y maquíllate. Volveré más tarde.

Andreea vuelve a asentir con la cabeza. Nota que una lágrima está cogiendo forma, pero se apresura a eliminarla con un pestañeo. Toda la situación se le hace extraña. Nada que ver con lo que Cosmina le había descrito cuando le dijo que esta era una oportunidad que quizá no volvería a surgir, que tenía que estar agradecida por que la hubieran elegido.

—Bueno, me largo.

El hombre la recorre con aquella mirada una última vez, después se retira. Ella oye el sonido de la llave girando en la puerta. ¿Ha vuelto a cerrar? Cuando se acerca a la puerta y tira de la manilla, descubre que no se puede abrir desde dentro. Mira a su alrededor. Busca en la mesita del recibidor y en el armario, pero no hay llaves en ningún sitio.

De vuelta al dormitorio, se hunde en la cama. A pesar de no haber comido nada desde esa mañana, no tiene apetito; solo siente un leve malestar. Cierra los ojos y trata de pensar en Ionela, su mejor amiga, que sigue en Bucarest. Ionela había apretado los labios en una línea recta cuando, el día anterior, Andreea había pasado a despedirse. Pero Andreea le había hecho cosquillas hasta que no pudo más que dibujar una sonrisa. Le había susurrado al oído que pronto volvería. Ionela se había echado a llorar. No mucho, y no tardó en pasarse un dedo bajo el ojo. Pero Andreea tuvo tiempo de verlo. Eso la reconfortó por dentro. Su amiga seguiría allí cuando ella volviera. Aquello haría que la soledad en España le resultara más llevadera.

Ted

Estocolmo, mayo de 2016

*E*l sudor le corre por la frente cuando por fin se desploma sobre su espalda. Espera a que el corazón recupere su ritmo normal. La chica no se mueve.

—¿Qué tal? —pregunta él al tiempo que se levanta y estira el brazo para coger los pantalones que ha dejado tirados de cualquier manera en el suelo. El condón ya se ha desprendido de su pene flácido y yace arrugado sobre la sábana.

Pasea la mirada por la habitación blanca y estéril. Se arrepiente un poco de haberla visitado en este cuarto y no haber pagado el plus de una habitación de hotel un tanto más acogedora. Pero últimamente ha sido un poco demasiado a menudo, lo cual ha hecho que incluso él, que en general no se preocupa por cuánto cuestan las cosas, haya empezado a tener en cuenta el precio. También es una de las razones por las que actualmente solo visita a chicas de fuera: sus precios son casi siempre más bajos. Y, bueno, quizá también porque la mayoría de las prostitutas no vienen de Suecia, simple y llanamente.

Ella sigue sin responder. Él le acaricia el pelo. El silencio y el inmovilismo de la chica le molestan. No le gusta cuando no muestran interés o, peor aún, cuando se ponen tristes.

—¿Estás bien? —vuelve a preguntar; ahora su voz es más insistente. Ella sigue callada, hunde la cabeza aún más en la almohada. Ted suspira, irritado—. Bueno, ya tienes tu dinero —dice, y se encoge de hombros.

Por fin ella levanta la cabeza y lo mira. El cabello oscuro le cae en mechones sobre los hombros, parece que lleve tiempo sin lavárselo. Por lo demás, es mona. Parece un poco más joven de los veintitrés años que ponía en el anuncio. Ella mueve las comisuras de la boca hacia arriba. Parece una sonrisa, pero juraría que no está sonriendo.

—Todo bien —responde, y las comisuras suben otro poquito.

Esta vez él sí lo interpreta como una sonrisa.

—Genial.

Ted se pone los pantalones y le devuelve la sonrisa. Le parece que es un poco pícara.

—Me ha gustado mucho.

Ella asiente con la cabeza.

—A mí también.

Duda de que lo diga en serio, pero decide dejar el tema y centrarse en salir de allí. Se pone el jersey. Maldice al ponérselo del revés. Ahora ve por primera vez una sonrisa auténtica en el rostro de la chica, un destello fugaz cuando consigue quitarse otra vez la prenda. Arquea irónicamente las cejas antes de darle la vuelta al jersey y ponérselo de nuevo.

Al salir aprovecha para girar el regulador de la rejilla de aire acondicionado que está empotrado junto a la puerta; sorprendido, constata que ya está al máximo, a pesar de que el aire de la habitación sea asfixiante.

—Deberías arreglar esto —dice, señalándola con la barbilla.

Por el rabillo del ojo la ve coger el dinero de la mesita de noche y meterlo en el cajón. Hace un rápido cálculo mental: mil quinientas coronas por media hora, lo que da un ingreso semanal de diez mil quinientas coronas si tiene un cliente al día. En negro. No está nada mal. Si encima tiene dos clientes al día, enseguida le iguala el sueldo a él. No es que se plantee cambiar de oficio, pero aun así.

Deja de hacer cuentas y sale al recibidor. Ya va siendo hora de volver a la oficina; tiene una reunión después del trabajo y luego dos ofertas que debe revisar antes de coger el vuelo de regreso a casa, a Gotemburgo.

El abrigo negro cuelga de una percha. Se contenta con echárselo sobre el brazo, abre la puerta y sale al rellano. Un vistazo al reloj le dice que se le ha ido el tiempo, solo faltan veinte minutos para que empiece la siguiente reunión. Baja las escaleras a paso ligero. No suele meter estas citas en la pausa para comer, pero como es un viaje de negocios de un solo día y le ha surgido la oportunidad... Lo único que le ha molestado es que la chica se implicara tan poco, a pesar de las buenas puntuaciones de su página de contactos.

Al salir por el portal está a punto de chocar con un hombre de mediana edad que parece haberse sentado en el primer peldaño que baja a la acera. El hombre se levanta rápidamente cuando Ted llega al final de la escalera exterior y pone la mano para evitar que la puerta se cierre. Se miden con la mirada hasta que el hombre da un paso adentro y desaparece. ¿Un vecino o el siguiente cliente? Como de costumbre, Ted siente cierta incomodidad ante la idea de no ser el único que visita a las tías de las páginas. En verdad es bastante asqueroso: follarte a una chica a la que acaba de metérsela otro tío.

Fuera está lloviznando. Ted se apresura con el abrigo por encima de la cabeza en dirección al aparcamiento donde tiene el BMW de alquiler. Abre el coche con el mando en cuanto está cerca; sube de un salto al asiento del conductor. Poco a poco, empieza a sentirse mejor, cuando sale de aquel barrio y deja atrás el piso. «Ventilar», piensa. Esas visitas son como bocanadas de aire fresco para su estresante vida. Le gusta su trabajo, pero es duro: a quinientos kilómetros de casa y con unas exigencias incompatibles con una vida familiar a la que no le puede dedicar todo el tiempo que demanda. La imagen de Alex aparece en su mente. La mirada que le había lanzado cuando le había explicado que tenía que volver a irse por segunda vez en una semana. No tarda en apartarla. El sentimiento de culpa no ayuda a mejorar la situación. Además, su mujer estuvo totalmente de acuerdo cuando decidió aceptar un puesto mejor remunerado, como jefe de ventas en Estocolmo. A pesar de saber de antemano que implicaría muchos días de viaje.

Se mete la mano en el bolsillo para coger el móvil y llamar a uno de sus compañeros: será mejor avisar de que va a llegar unos minutos tarde y de que pueden empezar la reunión sin él. Quiere ducharse antes de ver a otra gente; teme que ciertos aromas puedan flotar como una nube que lo delate. Pero el bolsillo está vacío. Prueba con el otro, allí tampoco está el móvil. Se queda de piedra. No tanto por haber perdido el teléfono, sino porque va a tener que volver a buscarlo. Hace un último intento y hurga en los bolsillos del abrigo, a pesar de saber que nunca lo guarda ahí. Al mismo tiempo, sujeta el volante con la otra mano y mantiene los ojos en la carretera. Joder. Golpea el volante con tanta fuerza que nota un dolor agudo en la palma. Pone el intermitente a la izquierda y cambia de sentido saltándose la línea continua. Ya puede irse olvidando de la reunión. Pero con un poco de suerte le dará tiempo a llamar y posponerla.

Pisa a fondo, alcanza los cien en una carretera de setenta y llega al aparcamiento escasos minutos antes de que empiece la reunión. Ha dejado de llover, pero el cielo sigue igual de gris mientras Ted corre en dirección al portal. Echa un vistazo a la ventana del tercer piso: no hay movimiento, ninguna silueta de persona. Le viene a la cabeza el hombre que estaba sentado en la escalera: si era un cliente, debe de estar dentro del piso en este momento.

En el rellano se oyen voces de fondo, aumentan de intensidad a medida que el ascensor se acerca al tercero. Delante de la puerta del piso, ya no hay dudas: las voces vienen de allí dentro. Suenan agitadas, sobre todo la masculina, pero incluso la mujer ha alzado el tono cuando responde en una lengua que Ted no conoce. Se siente indeciso y observa la puerta por la que ha salido hace apenas veinte minutos. Debería llamar, pero no puede.

Finalmente, apoya el dedo en el timbre. El penetrante sonido resuena en el hueco de la escalera, pero no abre nadie. Dentro del piso se ha hecho el silencio. Vuelve a llamar. Ahora su dedo es más firme. Al cabo de un buen rato, se oyen unos pasos que se acercan. Ted reconoce de inmediato al hombre que abre la puerta.

—¿Qué quieres?

Parece molesto. Tiene un móvil en la mano. Ted intenta echar un vistazo al interior del piso. Está a punto de preguntar qué sucede, pero hay algo en la presencia de ese tipo que le hace desistir de esa idea.

—Disculpa, creo que me he dejado el teléfono.

Ted alarga la mano hacia el hombre, quien tras unos segundos de titubeo le entrega el iPhone.

—Gracias —dice, y se da la vuelta para marcharse.

En el interior del piso reina un silencio sepulcral; si no hubiese oído la voz de la chica hace unos instantes, pensaría que ya no estaba allí.

—Si quieres volver a verla, manda un SMS —le grita el hombre a su espalda—. Te hará un buen precio.

Así que era el proxeneta. No un cliente. Ted traga saliva. Es obvio que en algún rincón de su mente entiende que necesitan un chulo. Las chicas no son suecas, es probable que no estén aquí de forma legal y es altamente improbable que puedan conseguir un piso en Estocolmo por su cuenta. Aun así, es más información de la que quiere tener.

En la planta baja, al principio, no puede abrir la puerta de la calle. Tiene que pelearse un buen rato con la cerradura antes de poder salir al aire libre. Respira, coge aire unas pocas veces antes de sacar el móvil y mandar un mensaje de texto a uno de los vendedores. Le dice que está atrapado en un atasco de tráfico por un accidente y le pide que dirija él la reunión. Después cruza corriendo por segunda vez el aparcamiento en dirección al coche. Con un poco de suerte, llegará a la oficina antes de que la reunión se haya terminado.

Patrik

Estocolmo, junio de 2016

—*V*ale, pero no lo entiendo. ¿Qué hacías en la calle Malmskillnads?

Patrik intenta ocultar su irritación al reclinarse en el asiento azul marino de cuero de la furgoneta de la policía que está aparcada en una de las calles de prostitutas más popular de Estocolmo. Observa al hombre que está sentado a su lado, ve cómo pasea la mirada en la oscuridad, como si buscara algo.

—Si de verdad no era para comprar sexo.

El hombre se vuelve hacia Patrik, apenas parece comprender dónde está.

—Lo siento, pero no te lo puedo decir —dice.

Patrik se muerde el labio para reprimir las palabras que se le acumulan en la lengua. Es terapeuta, tiene que ofrecer apoyo a los clientes para que lo dejen, no irritarse cuando le mienten a la cara.

El hombre ha vuelto a dirigir la mirada a la calle. Sus pupilas vuelan de un lado a otro, registrando la zona.

—¿Qué harán con ella? —pregunta.

En su frente se han formado unas arrugas profundas. No tiene nada de raro: los puteros casi siempre se ponen nerviosos; algunos incluso están al borde del pánico cuando la policía los pilla, como si hasta entonces no hubieran entendido que acaban de cometer un delito. Pero Patrik no puede evitar tener la sensación de que este hombre es distinto a los demás.

—No lo sé.

Presupone que el tipo está hablando de la chica que acaba de subir a su coche. Según la policía, se llama Nadia. Es lo único que saben. Y que no habla sueco.

—Probablemente, la estén interrogando. Te han detenido por intentar comprar sexo. Ella es una testigo. Querrán que ella explique por qué le has pedido que subiera a tu coche. —Sabe que no debe ironizar, pues no suele ser de ayuda en una posible terapia, pero no puede evitar acabar con unas palabras de sarcasmo—. Si tienes suerte, dirá lo mismo que tú, o sea, que para nada le has pedido que se acueste contigo. Dirá que solo querías charlar un poco.

El hombre no percibe la ironía.

—¿Y luego? Cuando la hayan interrogado, ¿qué harán entonces?

Patrik suelta un suspiro.

—No puedo responder a eso, pero me atrevería a decir que la soltarán. No es ella la que ha cometido un delito. A menos que sospechen que es víctima de trata de personas, claro. —Busca a Amira, la trabajadora social, pero no la ve por ninguna parte—. En tal caso, le ofreceremos ayuda. Quizá la animemos a denunciar.

Mira al hombre que el agente de policía le ha presentado como Johan Lindén. Tez ligeramente olivácea, ojos jaspeados con matices castaño-verdosos, pómulos pronunciados y un pelo grueso y oscuro que un año atrás habría hecho que Patrik se pusiera verde de envidia. Ahora ya se ha resignado ante al hecho de que tiene los genes de su padre y que se quedará calvo antes de cumplir los cincuenta.

—¿Y si ella no quiere hacerlo?

La pregunta de Johan Lindén obliga a Patrik a desviarse de sus cavilaciones.

—¿Hacer el qué?

—Si no quiere denunciarlos, ¿qué harán entonces con ella?

—No tengo ni idea. Probablemente estén obligados a soltarla. A lo mejor los servicios sociales le pagan el billete de vuelta a su país de origen. No hablaba sueco, y sin ingresos no puede quedarse en el país más de tres meses.

Él mismo oye la impaciencia que se filtra en su voz, pero quiere zanjar esta desviación del tema y centrar el foco: ofrecerle a Johan Lindén una conversación de apoyo para poner fin a su comportamiento sexual.

—Maldita sea.

El hombre escupe las palabras. En voz baja, Patrik apenas las oye.

—Disculpa, ¿cómo dices?

Johan Lindén no contesta. Se retuerce las manos mientras sus ojos van de aquí para allá en busca de algo o quizá de alguien. Es evidente que está nervioso, pero no se parece a la inquietud habitual de terminar en el registro de delincuentes ni la asociada a que tu familia y tu jefe descubran lo que ha pasado. Es otra cosa.

—¿No puedes contarme por qué has hecho subir a la chica al coche?

De verdad, creo que te ayudaría —dice Patrik en tono apacible—. Tu situación es complicada.

Eso no es verdad. Para nada. Las probabilidades de que condenen a alguien por comprar sexo, si este lo niega, son ínfimas. A menos que lo cojan *in fraganti* entregando el dinero y bajándose los pantalones. Pero seguramente Johan Lindén no conoce tal detalle.

—No importa. —Johan Lindén suena cansado—. De todos modos, no puedo explicar lo que estaba haciendo aquí. Lo único que puedo decir es que no tenía ninguna intención de hacerle daño.

Patrik lo escruta con la mirada.

—Parecía muy joven, ¿eres consciente de eso?

—Vaya que sí. —Johan Lindén mira directamente a Patrik—. Es una de las razones por las que la había elegido justo a ella.

Patrik arde por dentro.

—Pero antes de que puedas sacar conclusiones precipitadas —Johan Lindén alza una mano—, quiero recordarte que mi objetivo no era sexual. Al contrario. Quería ayudarla.

—Aun así, le has dado dinero.

Patrik es cortante. Sus palabras están cargadas de desprecio. Desliza la mirada por los vaqueros elegantes y la camiseta gris grafito de aquel tipo. De marca y bastante caras. Este putero no viene de las capas bajas de la sociedad. Eso hace que su presencia en la calle Malmskillnads sea aún más difícil de entender.

—Sin el dinero, no se habría subido al coche. Era un mal necesario.

Patrik nota que se queda sin aire. Piensa que no puede tardar mucho más en cederle el puesto a algún compañero que aún no haya sido insensibilizado por toda la mierda y denigración humanas. Alguien que todavía crea que las cosas se pueden cambiar.

—Vale —dice cansado—. No estoy aquí para juzgar a nadie. —Mira al agente de policía en el asiento del conductor, completamente absorto con su teléfono móvil—. Pero es tan fácil desilusionarte en esta calle.

Una mujer rubia de entre treinta y cuarenta años se les acerca tambaleándose. La falda de cuero, demasiado ajustada, se le ha subido y ha dejado a la vista el borde de unas medias de nailon ajadas. Los mira y agita la mano desde cierta distancia. Como nadie reacciona, lo deja correr.

—Lo entiendo —dice Johan Lindén secamente.

Ha seguido la mirada de Patrik. Ven un coche que detiene a la mujer borracha. Tras unos segundos de negociación, la puerta se abre y ella

21

sube. Teniendo en cuenta el estado en el que se encuentra, probablemente no sacará más que unos pocos billetes de cien.

—¿Y cuál es tu rol, aquí? —Johan Lindén se vuelve hacia Patrik—. Si no eres policía.

—Soy terapeuta. —Patrik se pasa una mano por la frente, humedecida por el calor—. Trabajo en los servicios sociales municipales, en una entidad que ofrece conversaciones de apoyo para compradores de sexo que quieren dejarlo. —Le parece ver una arruga fugaz en la frente de Johan Lindén, pero se esfuma con la misma velocidad con la que aparece—. Normalmente, estoy en la consulta que tenemos en la plaza de Sankt Eriksplan, pero una noche a la semana suelo acompañar a la policía a hacer trabajo de campo. Por eso estoy aquí ahora. —Patrik saca una tarjeta de visita con su nombre: sus datos de contacto y el compromiso de que todo lo que se diga durante las conversaciones queda protegido por el secreto profesional. Se la entrega a Johan Lindén—. Si, de repente, te parece que, a pesar de todo, necesitas hablar con alguien, puedes llamarme.

Esboza una cuidadosa y discreta sonrisa. Johan Lindén no se la devuelve.

22

—Gracias —se limita a decir. Toma la tarjeta y la lee bajo el tenue resplandor de la farola de la calle. Se detiene—. ¿Patrik Hägenbaum? —dice.

Su voz se ha vuelto peculiarmente tensa.

Patrik asiente en silencio.

—Sí, mi abuelo adoptó ese apellido tras haber vivido unos años en Berlín. Por lo visto, le entraron ganas de tener un nombre alemán.

Johan Lindén lo interrumpe.

—¿Hay mucha gente que se llame así?

—No lo creo —responde Patrik sin prisa, inseguro de adónde pretende llegar—. Que yo sepa, no hay nadie más aparte de mí.

Johan Lindén solo lo escucha parcialmente; los surcos de su frente se han vuelto profundos.

—Es curioso —dice—, pero creo que oí a una persona mencionar tu nombre en una visita que hice a Rumanía este mismo año.

Patrik abre la boca, pero no consigue pronunciar palabra. Cierra los puños en el regazo, nota la uña de uno de sus anulares hundiéndose en la palma de su mano.

—¿En… Rumanía? —pregunta finalmente.

—Sí, pero podría fallarme la memoria, claro. —Patrik no consigue ver con detalle el rostro de Johan Lindén—. Fue una mujer a la que conocí en Bucarest. Cuando se enteró de que venía de Suecia. —Vuelve a leer la tarjeta de visita. Le da la vuelta como si fuera a encontrar algo también en el reverso—. Mencionó tu nombre, o al menos uno muy parecido. Decía que había conocido a un sueco que se llamaba así. Hace muchos años.

Patrik vuelve a abrir la boca, pero lo único que sale es aire.

—Lo recuerdo… porque me pareció que sonaba alemán —continúa Johan, sin percatarse de la batalla que se está librando en el interior de Patrik—. Y se lo comenté, le dije que debía de haberse confundido de nacionalidad. Pero ella insistía en que había sido un sueco. Y quería saber si nos conocíamos, dado que éramos del mismo país. —Johan sonríe un poco—. No debía saber gran cosa de Suecia —añade.

Los labios de Patrik se niegan a decir lo que está pensando. «Viorica», se le pasa por la cabeza. Aunque hayan pasado más de dos décadas sigue recordando su nombre.

Johan Lindén nota su reacción.

—¿Conoces a alguien en Rumanía? —pregunta.

Patrik niega con la cabeza. «Conocer no. Solo la vi una vez», piensa.

—Entonces es que lo recuerdo mal. —Johan Lindén se encoge de hombros—. Podría ser perfectamente que me dijera Peter Hägendaz o Patrik Hagenbaur.

—¿Cómo has dicho que se llamaba?

Patrik se obliga a sí mismo a pronunciar esas palabras, que parecen abrirse paso entre una maraña de recuerdos oprimidos.

—No llegamos a presentarnos. El contexto era un poco especial y la situación exigía… cierto grado de anonimato.

Unas voces lo interrumpen. Patrik ve que Linus, jefe del grupo de prostitución de la policía, se acerca al coche arrastrando a un hombre de mediana edad. Otro agente lo sigue de cerca. La cabeza del detenido cuelga apática, como si le hubieran arrebatado todas las energías. Es hora de que Patrik ofrezca sus servicios al siguiente comprador de sexo. Y es hora de que vuelvan a interrogar a Johan Lindén. Si confiesa, le pondrán unas cuantas multas simbólicas esta misma noche y nadie tendrá por qué saber nunca qué ha pasado. Si sigue negando el delito, pues…, bueno, seguirá siendo improbable que Linus pueda retenerlo. No lo han pillado con los pantalones bajados.

—Quiero saber más de esa mujer —dice Patrik en voz baja.

Las voces se acercan.

23

Johan Lindén no contesta.

—¿Te puedo llamar?

Él mismo se da cuenta de que su voz ha sonado algo desesperada. Johan Lindén no puede bajar del vehículo sin que hayan decidido cómo y cuándo van a hablar de nuevo.

—Tú conoces a esos dos, ¿verdad? —pregunta Johan Lindén, que señala a Linus y a su compañero.

Patrik asiente con la cabeza.

—Sí, ¿por?

El estrés le humedece las palmas de las manos, en cuestión de segundos estarán aquí y habrá pasado la oportunidad.

—Si te enteras de qué le va a pasar a la chica que he recogido —dice Johan lentamente—, lo que han hecho con ella y adónde irá después del interrogatorio... Entonces te contaré todo lo que sé de esa mujer.

Se reclina en el asiento. Patrik niega frenéticamente con la cabeza.

—No lo sé. Quiero decir, no puedo —empieza.

Pero Johan Lindén no le hace caso.

—¿De acuerdo? —insiste.

Antes de que Patrik tenga tiempo de responder, la puerta se abre de un tirón. Linus sujeta al comprador de sexo con fuerza.

—Patrik, este hombre quiere hablar contigo.

Hace un gesto con la barbilla para señalar al tipo, que continúa con la cabeza inclinada hacia el suelo.

—Por supuesto —dice con poca firmeza.

Linus le echa una mirada fugaz. Hace tiempo que se conocen, por lo que a ninguno de los dos les pasa desapercibido un cambio en el estado de ánimo del otro. Pero no es el momento.

—Y tú puedes venir con nosotros.

Linus se vuelve hacia Johan Lindén.

—Claro.

Johan se levanta del asiento.

Patrik titubea un microsegundo. Después coge del brazo a Johan antes de que baje a la calzada. Lo obliga a girarse.

—Haré lo que pueda —susurra, calculando cuál es el grado exacto de negligencia profesional—. Haré lo que pueda, pero no puedo prometerte nada.

Ted

Estocolmo, junio de 2016

—Ya te he dicho que voy de camino.

Ted aguanta el móvil entre la oreja y el codo mientras se abrocha los pantalones. Cojones, realmente le van estrechos. Sin duda, son los viajes a Estocolmo. Poco ejercicio y mucha comida. Además, ya no tiene veinte años. Está engordando. Tiene que hacer algo al respecto.

—Tengo que terminar una reunión con un cliente. Llegaré a la oficina dentro de unos veinte minutos.

Se saca tres billetes de quinientas coronas del bolsillo y los tira sobre la mesita de noche con un gesto de cabeza y una escueta sonrisa hacia la chica que está ahí tumbada, un talento nuevo a la que no había probado antes. Ted escucha con creciente irritación a su compañero al otro lado de la línea, el responsable de uno de los mejores clientes de la empresa en el sector bancario.

—¿Qué quieren decir con eso? —Ted alza la voz—. Ya hemos especificado claramente en el convenio que no se pagan multas por retrasos. —Maldito Swedbank de las pelotas, siempre con lo de las multas—. Pídeles que vuelvan a leer el convenio —murmura, y se abrocha los botones de la camisa, todos excepto el primero—. Y diles que los llamaré desde el aeropuerto. Mi avión no sale hasta las tres.

Apaga el móvil y se lo mete en el bolsillo. Se pone un jersey rosa por encima de la camisa blanca. Alex le había hecho un comentario irónico sobre que debería tener cuidado de que no lo tomen por maricón. Ted siempre había sido extremadamente cuidadoso de no comprarles nada que se acercara siquiera al rosa o al rojo a los niños.

Se ciñe el cinturón y se vuelve hacia la chica, que sigue tumbada en la cama, desliza la mirada por su cuerpo bien proporcionado. Pechos grandes, como a él le gustan, y la piel fina como el culo de un bebé. Ella lo mira, se incorpora con la sábana pegada al cuerpo.

—¿Querrás volver a verme?

La pregunta hace que Ted la mire de inmediato con menos optimismo, no le gusta cuando son pegajosas. Las prefiere seguras de sí mismas, rozando la chulería.

—No lo sé —responde brevemente—. Puede.

Un halo oscuro revolotea por los ojos de la chica, quizá se había hecho ilusiones de captar otro cliente habitual. Para él es al revés. Parte del placer de comprar sexo es poder probar mujeres nuevas en cualquier momento. Y con el tiempo, también más jóvenes, piensa cuando la mira. Según el anuncio, esta tenía veinte, pero ¿será verdad?

—Bueno, hasta luego —dice, y recoge la americana del suelo.

Una vibración en el bolsillo: acaba de recibir un mensaje. Lo deja estar, el vuelo sale dentro de apenas hora y media y ya va bastante justo de tiempo.

En el recibidor, ve sus zapatos negros colocados en el centro del felpudo; por lo demás, no hay prácticamente nada. Habría encajado a la perfección con el gusto minimalista de su mujer, piensa, no sin cierta ironía, y recuerda cómo la semana pasada estuvo buscando desesperado tanto la chaqueta como los zapatos, que, por lo visto, había cambiado de lugar.

Al salir del portal tiene que quitarse el jersey: hace mucho calor; por la tele, han hablado de noches tropicales. El coche está aparcado en batería en la calle. Se sienta al volante y se rasca la entrepierna. A pesar de ser siempre cuidadoso y usar condón, a veces le parece que le pica o le escuece. Serán imaginaciones suyas. En este sentido, es algo paranoico. No quiere ni pensar en que pudiera contagiarle algo a Alex.

Antes de arrancar el motor, saca el teléfono y mira el mensaje. Erik le pregunta si tiene tiempo de verse con él antes de que vuelva a Gotemburgo. Suspira. Como siempre que Erik le pide algo, siente una mezcla de culpa e irritación. Es una cualidad innata de su hijo mayor, al que Ted tuvo con un amor de juventud hace una eternidad.

Le escribe una respuesta: lo siente, pero esta vez no le da tiempo de quedar. A Alex le gusta tenerlo pronto en casa los viernes. Termina diciendo que intentará montárselo la semana que viene, cuando vuelva a subir. Después apaga el móvil y se marcha con el coche.

—Ted, ¿puedes bajar? La cena ya está lista.

La voz de Alex en la planta baja hace que Ted mire el reloj presa del asombro: las seis y cuarto. ¿Cómo puede ser?

—Claro, ya bajo. Solo voy a enviar un correo.

Se da prisa en escribir cuatro líneas al abogado. En cuanto llegó al chalé en Örgryte, se disculpó y subió al dormitorio. Alex se había mosqueado, por supuesto, a pesar de que Ted le explicara que no podía empezar el fin de semana sin antes lidiar con el dilema de Swedbank. Que luego terminara en la página de contactos era culpa del explorador. La página se había abierto sola, aunque eso no debería ser posible. En lugar de cerrarla en el acto, se había quedado atrapado con unos anuncios nuevos. Chicas monas: parecían muy guapas. Miró algunas fotos y leyó lo poco que ponía en los perfiles. En verdad, no debería haber reservado otra. La frecuencia de sus visitas ya era suficiente. Aun así, lo ha hecho. Aquello se ha convertido en un veneno.

Le manda el correo al abogado y comprueba dos veces que ha borrado el historial de Internet antes de apagar el ordenador y ponerse en pie. Una tos que llega desde la cuna hace que vuelva la cabeza. Emil se ha despertado. Lo mira directamente desde su lecho. Siente que lo han pillado en falta, a pesar de que su hijo menor, que nació hace dos meses tras un embarazo no buscado, es imposible que entienda nada de lo que está pasando. Ted se acerca a él con sigilo.

—Hola, pequeño —dice, y se inclina sobre la cuna, que es una reliquia de su propia infancia. La pintura blanca se ha descascarillado y los cantos están llenos de marcas de mordedura—. ¿Te quieres levantar?

Se estira hacia Emil al mismo tiempo que se abre la puerta. Alex se planta en el umbral, lleva el pelo castaño recogido en un moño lacio. En su mirada, se percibe que está algo enfadada.

—¿No has oído que te estoy llamando? —pregunta.

Cuando ve al bebé, su irritación se desvanece.

—Hola, corazón, ¿te has despertado? —Alex acaricia con cuidado la mejilla de Emil. Le cuchichea cositas hasta que consigue sacarle una sonrisa—. ¿No te basta con trabajar fuera ciento cincuenta días al año? ¿Es necesario que te pongas al ordenador las pocas noches que estás en casa?

Alex observa a Ted. Está enfadada, con una rabia que no ha hecho más que crecer desde que nació su tercer hijo.

—Lo siento de veras, cariño. Pero ¿qué culpa tengo yo de que esté a punto de caernos una indemnización de lo más jugosa justo un viernes?

Si aquella vez, diez años atrás, cuando sus amigos y él fueron a un burdel durante el Mundial de fútbol en Alemania le hubiesen dicho que llegaría a convertirse en un mentiroso tan consumado, no se lo habría creído. En la pequeña cabina de la calle Linienstrasse de Dortmund, donde por primera vez tuvo sexo con una prostituta, el sentimiento de culpa casi le provocó náuseas. Pero cuando ahora mira al fondo de los ojos castaños de Alex y achaca la hora que ha pasado a asuntos de trabajo, no siente nada. Nada en absoluto.

—Dentro de poco tendremos vacaciones —añade—. Podremos pasar juntos todo el tiempo que queramos.

Alex murmura algo. No parece convencida del todo. Pero al menos ya no echa chispas.

—Falta un mes para eso —dice.

Ted suelta aire. Por el momento, Alex ha guardado el hacha de guerra.

—Además, no hemos planeado nada. —Se acerca al escritorio. Distraída, apoya la mano en la pantalla del ordenador. Ted se queda de piedra.

—Ya, pero bajaremos a Skåne a ver a tus padres, como siempre, ¿no? —dice él en un tono que pretende sonar como una súplica, pero que más bien suena mecánico.

—¿Y qué más?

—No sé —dice—. A lo mejor podríamos alquilar algo en el archipiélago. O una semana en Francia. ¿Qué opinas?

Le pone una mano en el brazo, está caliente y suave. Alex se encoge de hombros sin contestar. Ted la observa, no se puede negar que ha tenido una paciencia enorme con su trabajo, a pesar de que estuvieran de acuerdo en que lo aceptara.

—Bajemos a cenar antes de que se enfríe —lo interrumpe Alex, y le coge a Emil.

—¿Solo nosotros tres?

—Sí, Lukas cena en casa de un amigo. Y William se iba a ver un grupo de rock en el centro juvenil.

Ted lanza un último vistazo al ordenador, se asegura de que la pantalla esté apagada y sigue a Alex escaleras abajo.

En la cocina huele a curri y a leche de coco, los olores lo hacen salivar. Llena una jarra con agua y se sienta a la mesa.

—Por cierto, hoy te ha llegado una carta. —Alex se estira para coger un gran sobre de color lila que hay en la encimera y se lo pone en el plato a Ted. Él se queda mirando el sobre, sorprendido de no haberlo visto hasta ahora—. Un color poco habitual, tengo que decir —continúa ella—. Y sin remitente.

Él la mira. Ella espera que lo abra. Casi nunca le llegan cartas, y las que lo hacen son del banco. Él la sostiene en la mano. A lo mejor es la dirección escrita a mano lo que lo hace titubear, o quizá sea la voz interior que le dice que no la abra ni aquí ni ahora.

—Bah, luego la leo —dice. Evita cruzarse con la mirada de Alex—. Cenemos.

Patrik

Estocolmo, junio de 2016

*P*atrik se remueve, se lía con las sábanas, intenta arreglarlo sin tener que levantarse de la cama. Se gira hacia Jonna y la rodea con el brazo, pero pronto el temblor en las piernas le obliga a dar media vuelta y alejarse hasta el borde de la cama, donde el calor de su piel no lo pueda alcanzar. Han pasado tres horas desde que ha vuelto a casa de la calle Malmskillnads, casi el mismo tiempo que ha estado despierto en la cama. En breve, Jonna se levantará, convencida de que Patrik y las niñas aún dormirán varias horas más. Pero Patrik duda mucho de que pueda quedarse dormido. Le ha estado dando vueltas a la conversación con Johan Lindén. Y lo único que ha logrado es que le surjan más dudas. Se le han despertado recuerdos que llevaban mucho tiempo escondidos.

Acaricia los rizos rojos de Jonna, la oye balbucear en sueños. Ella lo sabe casi todo acerca de él, incluso que una vez estuvo ante una elección en la que las dos alternativas le parecían igual de imposibles. Pero no sabe exactamente lo que pasó cuando Patrik eligió anteponer su propio bienestar al de una chica rumana. Algunos detalles se los calló.

Hace un último intento por relajarse y conciliar el sueño, pero es en vano. Al final se levanta: sabe que no va a dejar de darle vueltas. Sale a hurtadillas del dormitorio y se pone la bata, que está colgada en la puerta del baño.

La escalera cruje cuando pone el pie en el primer escalón. Debería hacer algo al respecto, lo sabe, se le ha pasado muchas veces por la cabeza, pero luego lo deja estar.

La planta baja está bañada en luz. El sol ha salido hace varias horas: es el mes más luminoso del año. Patrik se pone una mano en la barriga, que le ruge. Siempre que está preocupado o nervioso, siente aquella ansia de grasa y sal. Y su encuentro con Johan Lindén ha hecho que el agujero negro en el estómago sea aún peor.

Abre la puerta de la despensa e inspecciona los estantes: ni una sola bolsa de patatas fritas. Al final se hace con media bolsa de nachos, se come un puñado mientras echa un vistazo al termómetro del otro lado de la ventana. Ya marca dieciocho grados.

Se mete otro puñado en la boca, siente con placer cómo se va llenando el hueco en su estómago y va hasta la cafetera eléctrica. Echa agua como para tres tazas, pero cae en la cuenta y dobla la cantidad. A Jonna le gustará encontrarse café recién hecho por una vez en la vida.

Mientras el líquido negro gotea a través del filtro, Patrik sale a buscar el ejemplar del *Dagens Nyheter* en el buzón y se sienta a la mesa de la cocina. Después de leer la misma entradilla tres veces sin entender lo que pone, cierra el periódico. Piensa en las palabras de Johan Lindén: «Creo que oí a una persona mencionar tu nombre en un viaje que hice a Rumanía este año».

Ese tipo podría haber oído mal, claro. Él mismo había reconocido que cabía tal posibilidad, pero aun así se siente incómodo.

Patrik se levanta y le abre la puerta del porche a la gata. El animal se frota contra sus piernas, maúlla de forma conmovedora. Cuando le ha llenado el cuenco, se calla. Él la observa mientras se va comiendo uno a uno los trocitos de pienso seco con la elegancia propia de una dama de clase alta.

¿No era más que una actuación formidable o Johan Lindén estaba realmente preocupado por lo que le fuera a pasar a esa chica a la que había pagado para que subiera a su coche? Y en tal caso, ¿era importante que fuera justo ella, o acaso Johan Lindén se pasea por allí cada viernes ofreciendo su apoyo a las mujeres de la calle?

Quita unas pocas hojas marchitas de la orquídea que lucha por sobrevivir en el alféizar de la ventana y se estira por encima de la mesa para coger la *tablet* que Sasha ha dejado allí. Escribe «Johan Lindén» en la barra de búsquedas de Google. La primera idea que contempla (la de que Johan Lindén pueda ser periodista o, por qué no, algún tipo de activista) no tarda en desvanecerse. En una web de empleos pone que es economista; además, creador y dueño de Acrea, una empresa multinacional que ofrece soluciones web a clientes de todos los tamaños y sectores. Facturación de doscientos millones de coronas al año, oficinas en todos los países escandinavos, un total de ciento cincuenta empleados. Sin duda, la empresa que fundó hace una década con tres compañeros de la Facultad de Economía ha funcionado.

Patrik se come los últimos nachos que quedan, a pesar de sentir-

31

se empachado. Estudia la foto de Johan. Guapo y con una sonrisa cálida y algo impersonal en los labios. Un poco más joven de lo que le pareció anoche.

—¿Ya estás levantado?

Jonna está en la escalera, en bragas y camiseta. Lo mira sorprendida.

—Sí, no podía dormir. —Patrik va hasta la cafetera—. He hecho un poco, ¿quieres?

—Por favor.

Él saca otra taza del armario y nota los brazos de Jonna en su cintura.

—¿Por qué no podías dormir? —le pregunta su mujer al cabo de un momento.

Él deja la taza en la encimera y se da la vuelta.

—No sé —responde con voz apagada. Apoya la cabeza de Jonna sobre su pecho—. Siempre me cuesta relajarme después de las noches en la calle Malmskillnads. —Se libera del abrazo y le da a Jonna la taza de café—. Y también hubo uno de los puteros detenidos que me calentó la cabeza.

Abre la puerta de la nevera, saca la leche y se sienta a la mesa.

Jonna arquea las cejas al descubrir la bolsa vacía de nachos.

Patrik decide ignorarlo.

—Es este hombre —dice, y le muestra la foto de Johan Lindén.

—Subdirector de Acrea —lee Jonna en voz alta—. Parece una agencia moderna de publicidad. ¿No es un poco raro que una persona así compre sexo en la calle en lugar de una habitación de hotel?

—Sí, desde luego. —Patrik vuelve a coger la *tablet*. Como siempre, ha olvidado todo lo referido al secretismo en cuanto habla con Jonna—. El tema es que no creo que estuviera haciendo eso.

La pone brevemente al día sobre cómo Johan Lindén se empecinaba en afirmar que no había tenido ninguna intención de pagar por tener sexo con aquella chica.

—¿Y tú le has creído?

Jonna lo mira con escepticismo.

—Sí, no te puedo explicar por qué, pero me pareció que estaba diciendo la verdad. Es que no estaba nervioso, y siempre lo están. Al revés, casi parecía que le diera igual el hecho de que lo hubieran detenido, lo único que parecía importarle era lo que le fuera a pasar a esa chica.

Jonna lo observa por encima del borde de la taza.

—A lo mejor era un buen actor —dice.

—Yo también lo he pensado. Pero se me suele dar bien ver cuándo están mintiendo —dice, y se seca la boca—. Este hombre no se comportaba así.

Jonna se levanta con la taza en la mano.

—Llama a Linus y pregúntale cómo fue, a lo mejor dijo algo más durante el interrogatorio. Si no, tendrás que vivir con la incertidumbre. —La puerta del porche chirría cuando ella la abre de par en par—. Voy afuera, a sentarme al sol, ¿vienes?

—Sí, enseguida. Solo quiero mirar si encuentro algo más sobre él. —Hace una bola con la bolsa de nachos y apunta a la encimera: encesta en el fregadero—. Por cierto, ¿no me guardasteis nada, anoche?

Jonna le lanza una mirada fugaz.

—¿No tienes suficiente con eso? —pregunta burlona.

Patrik niega con la cabeza.

—Me parece que Sasha te guardó un cuenco con pudin de chocolate.

Jonna coge las páginas de cultura y la taza, y sale de la cocina. Patrik espera a que se haya sentado junto al cenador para sacar el postre. Es grueso y tembloroso; durante la noche ha perdido un poco más de líquido. No le importa.

Se mete una cucharada en la boca, baja por la pantalla mirando los resultados de la búsqueda. La mayor parte de lo que ve escrito sobre Johan Lindén versa sobre actividades económicas. Entrevistas en algunas revistas del sector, aparece nombrado en varias ocasiones en la revista *Dagens Industri*. Pero nada que pueda explicar por qué una calurosa noche de julio va a la calle Malmskillnads y recoge a una chica que no habla sueco. Si no era para contratar servicios sexuales, vaya.

En la página web de Acrea encuentra el teléfono de Johan, se lo guarda en la agenda del móvil. Será mejor llamarlo directamente. Entonces recuerda su promesa de intercambio de información. Le escribe un SMS a Linus:

Oye, ¿cómo fue con Johan Lindén? ¿Ha confesado? ¿Y qué pasó con la chica a la que había recogido, Nadia? ¿La llevasteis a comisaría?

Siente una punzada de remordimiento por ocultarle cosas a Linus, pero necesita saberlo. Pasan algunos minutos antes de que le llegue una respuesta:

Johan continuó negándolo, así que lo soltamos: no teníamos lo suficiente para retenerlo. La chica parecía joven, así que Amira se la llevó al servicio de emergencias sociales. Pero se ve que luego pudo enseñar documentos que probaban que era mayor de edad.

Por eso Patrik no había visto a la trabajadora social: ella y Nadia ya se habían ido de allí.

OK, ¿y qué ha hecho servicios sociales con ella?

Una polilla que no ha entendido que ya ha despuntado la mañana revolotea aturdida alrededor de la lámpara de la mesa. Patrik enrolla el periódico y lo levanta amenazante.

Pues no lo sé, no he hablado con Amira desde entonces, pero me imagino que la han soltado.

La polilla vuela cada vez con más frenesí alrededor de la lámpara. Patrik golpea con el periódico, pero debe de haber fallado por un milímetro, porque el insecto sigue revoloteando.

«En tal caso, ¿dónde estará ahora? —piensa, al mismo tiempo que su malestar se intensifica—. ¿Escondida en un piso en alguna parte de Estocolmo? ¿O de nuevo en la calle?»

Marca el número de Johan Lindén: «Has llamado a Johan Lindén de Acrea. Ahora no puedo responder a tu llamada...»

Cuelga sin dejar ningún mensaje. El nudo en la garganta se ha hecho más grande. Traga saliva dos veces, pero no le sirve de nada. La náusea sigue ahí. Luego mira por la ventana. Jonna está sentada leyendo, ni siquiera lo mira. Patrik se levanta y entra en el baño. Se mete dos dedos en la garganta y vomita. Ha pasado mucho tiempo desde la última vez.

Andreea

Madrid, febrero de 2015

—¿*C*ómo te encuentras? —La mano que le toca el hombro con cuidado hace que le vuelva el dolor. Andreea gime cuando intenta ponerse de
lado—. ¿Estás despierta?

La mano la sacude otra vez, ahora con más fuerza. Andreea se esfuerza por abrir los ojos, pero solo consigue abrir el izquierdo. El pár-
pado derecho se ha inflamado y se mantiene pegado al pómulo; los
músculos se niegan a colaborar con el cerebro. Entorna los ojos. En la
penetrante luz distingue el contorno de una persona sentada de rodillas
junto al colchón. Se gira para ver mejor. Suelta un grito cuando el dolor
en el cuerpo la azota con todas sus fuerzas.

—Pensábamos que no llegabas hasta hoy. Si no, te habríamos preparado.

—¿Quién eres?

Las palabras salen a trompicones cuando Andreea se obliga a pro-
nunciarlas.

—Elena. Yo también vivo aquí.

La silueta se hace más visible cuando Andreea logra por fin abrir
los dos ojos. La chica que la ha despertado parece un par de años mayor
que ella. Lleva el pelo a la altura de los hombros, se lo ha decolorado tantas veces que debería cortarse las puntas; una capa de rímel negro le en-
grosa las pestañas; su camiseta es demasiado grande, le tapa las piernas
desnudas; agachada en el borde del colchón; uñas largas y afiladas pintadas de rojo.

—¿Te duele?

Señala el cuerpo de Andreea con la cabeza. Hasta ese momento, no
descubre los moratones en el estómago, los brazos y las piernas. Cuando
el tercer hombre la penetró, sintió como si alguien la estuviera cortando
con un cuchillo, pero ella no gritó; simplemente, se aferró con los dien-

tes a la sábana mientras le hundían la cara en el colchón con tanta contundencia que apenas podía respirar.

—¿Quiénes son esos hombres?

El corazón le golpea el pecho a medida que regresan los recuerdos.

Se habían presentado en mitad de la noche. Andreea se despertó con el forcejeo de la cerradura. En ese momento, yacía tumbada en uno de los colchones, con la ropa puesta. Tardó un rato en comprender dónde estaba; a esas alturas los tres hombres ya habían cruzado el umbral del dormitorio. Pudo reconocer a uno de ellos: era el primo de Cosmina, el que la había llevado hasta el piso ese mismo día. A los otros dos no los había visto antes. Parecían borrachos. Algo en sus miradas hizo que Andreea se asustara. Se acurrucó en el colchón, pero uno de los hombres la había agarrado del pelo y con un tirón la había obligado a ponerse de pie. Su cara puntiaguda y sus ojos hundidos le daban un aire de hurón. Al mirar a Andreea se le había dibujado una sonrisa en la boca, pero no había nada de bondadoso en ella: era la mueca de un depredador cuando piensa jugar con su presa. Andreea supo al instante que aquel hombre era peligroso. Ya se ha topado antes con tipos de esa calaña. Los ha visto en las calles de Bucarest, silenciosos, en un coche que frenaban al ver su hambre; le ofrecían un poco de comida a cambio de una mamada. Cuando ella se negaba, la intentaban forzar. Ese tipo de hombres no tienen corazón.

El tipo que la había tirado del pelo la llamó puta. Le dijo que iba a hacer cosas por ellos; cosas que nunca antes había hecho. Andreea había negado con la cabeza, había susurrado que era un malentendido, que ella iba a trabajar en un restaurante. Entonces el hombre le había dado un rodillazo en el estómago, contundente y despiadado. Y había repetido: «Eres puta, ¿te enteras?». Ella había vuelto a protestar. Esta vez, él le había dado varias patadas seguidas, sin mediar palabra. La chica se había abrazado el cuerpo con los brazos para protegerse, pero no le había servido de nada. Cada vez más golpes; cada vez más fuertes. El tipo estaba disfrutando. Como mínimo, había algo en sus ojos que se iluminaba cada vez que ella gritaba. Continuó llamándola puta, guarra, zorra. Al final, ella solo podía gimotear que no. Cuando Andreea intentó coger aire para poder respirar, él le exigió que repitiera sus palabras: «Soy una puta».

Se había negado. Él la había vuelto a patear. Los pulmones de Andreea soltaron un resoplido cuando se desplomó sobre el colchón. Entonces hizo lo que él le había dicho. Las palabras salieron a trompicones, no le quedaba aire: «Soy una puta».

Andreea había mirado al primo de Cosmina. Lo había llamado por su nombre: Razvan. Entre susurros, le había pedido que les contara a los otros dos que era un error. Que iba a trabajar de camarera. Por eso había venido a Madrid. Pero Razvan había apartado la cara, sin contestar. Entonces Andreea había guardado silencio.

Cuando el tercer hombre le arrancó las bragas y le introdujo el pene por detrás, lo único que quedaba era el dolor. No sabe cuántas veces la violaron, cinco, puede que diez. Había dejado de oponer resistencia. Se quedó mirando fijamente a la oscuridad y dejó que le hicieran lo que quisieran. Cuando hubieron terminado, Andreea tenía la cara acartonada por el semen seco. La sábana estaba pegajosa. Su cuerpo, entumecido.

—Ahora ya no tendrás dudas de que eres una puta.

Como en una niebla, oyó que los tres hombres se reían. Ella no entendía por qué ni qué era lo gracioso.

—Da gracias de que por lo menos puedas usar el coño —continuó el hurón—. Dentro de unos años, ni siquiera querrán eso de ti. Entonces no serás nada.

Andreea se quedó tumbada en el colchón, en silencio. Alargó los dedos de una mano, como si intentaran coger algo. O a alguien. Pero no vino nadie.

Antes de irse le dijeron que la matarían si intentaba escapar. Que violarían a su hermana pequeña si acudía a la policía. Y que cuando volviera a Rumanía la estarían esperando, en cuanto bajara del autocar. Jamás conseguiría librarse. Cuando él mencionó cierta dirección en Bucarest, Andreea supo que hablaba en serio. La dirección donde Andreea se había criado. Y donde seguía viviendo Florina, su hermana de once años. No dudó ni un instante de que harían lo mismo con ella. Y no podía permitirlo.

Cuando oyó cerrarse con llave la puerta del piso, comenzaron a brotar las lágrimas. Le dolían, aún más que los músculos y la vagina, que todavía sangraba. «Esto es lo que pasa por no contentarte. Por querer una vida mejor», le susurraba una voz dura en su interior.

Elena observa a Andreea y recoge las bragas tiradas en el suelo.

—¿No te contaron quiénes son? —le pregunta, y deja las bragas a los pies del colchón.

Andreea niega con la cabeza. Recuerda cómo los hombres la habían obligado a meterse sus miembros en la boca, el sabor ácido a orina, las arcadas que le vinieron cuando la forzaron a metérselos hasta la garganta. Sus manos sujetándola por el cuello mientras ella gritaba de dolor.

37

—Son nuestros chulos.

Cuando Andreea la mira sin entender, la otra suelta un suspiro.

—Estás aquí para prostituirte, follar, si entiendes lo que eso quiere decir.

Elena niega con la cabeza. Un mechón de su pelo decolorado le cae sobre la boca. Andreea sabe qué significa follar. También sabe qué es una prostituta. No son las palabras lo que le resulta incomprensible.

—No puede ser —dice en voz baja. Pasea la mirada por aquella habitación tan sucia, por los colchones manchados—. Vengo para trabajar de camarera.

Mira a Elena en busca de algo que confirme sus palabras, algo que le diga que todo lo que ha pasado no es más que un grave malentendido. Pero lo único que encuentra es compasión. Es casi peor.

—Lo juro. —Andreea respira nerviosa, a pesar de que Elena no ha dicho nada—. Pregúntale a ese hombre del pelo lacio, Razvan. Él sabe que es verdad.

Elena le coge la mano sin responder, desliza el dedo pulgar por las venitas que brillan a través de la piel blanca del reverso.

—No es ningún malentendido —dice finalmente, cuando el silencio está a punto de volverse insoportable—. Nosotras sabíamos que ibas a venir. No vas a trabajar en ningún restaurante. ¿Cuántos años tienes, en realidad?

—Dieciséis. —Andreea se mira las manos—. Dentro de una semana —añade.

Elena le acaricia la mejilla.

—¿No habías estado nunca con un hombre?

Imágenes borrosas pasan por la mente de Andreea. No responde.

—Te debe de haber hecho un daño terrible —dice Elena para consolarla—. Pero luego mejora, créeme.

—¿Por qué lo han hecho? —susurra Andreea—. ¿Qué les he hecho yo?

Elena le suelta la mano y se encoge de hombros.

—Ni idea —dice—. Pero supongo que no fuiste lo bastante participativa. En esos casos, suelen ser un poco más duros. O a lo mejor solo querían hacerte entender qué es lo que te espera si se te ocurre protestar. —Se levanta la camiseta y le muestra la barriga—. Esto me lo llevé la semana pasada. —Le enseña un gran moratón en un costado, que ya ha empezado a ponerse amarillo. Tiene pinta de doler—. Porque me negué a ir al parque cuando tenía la regla. —Deja caer la camiseta otra vez—. Pero, en general, Marcel suele evitar las heridas visibles. A los clientes no les gustan, pero se puede poner de muy mala leche. Supongo que ya te has dado cuenta.

¿Marcel? Debe de referirse al hurón. Era el peor de todos. Como paralizada, Andreea clava los ojos en la barriga de Elena, a la altura del moratón.

—Dice que podemos meternos bolas de algodón en el coño cuando estemos sangrando —continúa Elena—. Pero a mí el primer día no me funciona porque me sale a raudales. —Pasa la sábana por encima del cuerpo magullado de Andreea—. Si haces lo que te dicen y colaboras, verás como te las apañas. —Le arregla la sábana a la altura del cuello—. No siempre, pero en general, sí.

El leve chorro de un grifo que se abre hace que Andreea vuelva la cabeza. El corazón le palpita con fuerza y deprisa mientras busca un sitio donde esconderse.

—Es Renata —le explica Elena cuando ve su miedo—. También vive aquí.

Andreea exhala aire y se vuelve a hundir en el colchón. Elena saca un paquete de tabaco, se lo ofrece. Andreea sacude la cabeza.

—¿Cómo habéis acabado aquí? —pregunta. Observa las uñas largas y rojas de Elena cuando saca un cigarro del paquete—. ¿Por qué queríais ser putas?

Elena suelta una risotada.

—¿Ser putas? ¿Quién ha dicho que queramos ser putas? —Se pone el cigarro entre los labios—. Nos vendieron. —Hace un gesto con la cabeza en dirección al salón, aunque los hombres ya no estén allí—. Y ahora tenemos que pagar la deuda. Igual que tú.

Coge un mechero de la mesita de noche y le prende fuego al cigarro.

—¿Qué quieres decir? ¿Qué deuda? ¿Quién me habría vendido a mí?

—Yo qué sé. —Elena se encoge de hombros, como si no tuviera el menor interés en la respuesta—. Tus padres, tus hermanos o algún novio, quizá. Piénsalo, ¿no hubo nadie que recibiera dinero cuando viniste?

Andreea niega con la cabeza tras recordar sus últimos días en Bucarest. Todo fue muy deprisa. Llevaba en casa de Cosmina cosa de un mes, puede que menos, cuando empezó a hablarle de un primo que había conseguido montárselo bien en España. Había levantado un restaurante de la nada. ¡Y ahora era un éxito! Incluso algunos actores famosos comían allí. Andreea no está segura de si fue ella la que preguntó o si Cosmina fue quien se ofreció, pero, en cualquier caso, le había prometido hablar con su primo para ver si podía conseguirle un empleo a Andreea. Aunque fuera una cosa temporal. Había pocas posibilidades, ciertamente. Sin embargo, como Andreea era buena chica y se ocupaba bien de las tareas domésticas en casa de Cosmina, podía hablar bien de ella.

Andreea se había mostrado agradecida. Incluso estaba contenta. Quitando a sus abuelos maternos, pocas personas decían que era buena chica. Su madre opinaba más bien que siempre estaba por en medio, que pedía demasiado, que no hacía nada. Y Iósif siempre la había despreciado, quizá porque no era hija suya. A ella siempre le pegaba más fuerte que a sus hermanos pequeños (que sí eran suyos).

Después todo fue muy rápido. Apenas dos días más tarde, Cosmina le había dicho que su primo podía plantearse ofrecerle a Andreea un empleo de prueba. Si cumplía bien, podría quedarse más tiempo. El único problema era el pasaporte: Andreea no tenía. Tampoco tenía dinero. Por otra parte, era menor de edad. Cosmina le dijo que podía hablar con Dorian, su hijo mayor: tal vez pudiera conseguirle un pasaporte. A ninguna de las dos le acababa de gustar la idea, pero quizá fuera su única oportunidad. Cosmina sabía perfectamente que Andreea ya no era bienvenida en la casa de su propia madre. Tal vez hubiera podido vivir en casa de su abuela, pero últimamente no se veían muy a menudo. Por otro lado, eso de vivir en el campo (sin agua corriente ni lavabo) no era para ella.

Dorian, que llevaba el restaurante de la familia en las afueras de Bucarest, había pasado a recogerla dos tardes después para llevarla al autocar. Andreea solo se había cruzado una vez con el hijo de Cosmina. Le gustaban sus ojos, que titilaban cuando sonreía. En el coche, el chico le había entregado el pasaporte falso: era de una amiga que no lo necesitaría por un tiempo. No se parecían mucho, pero Dorian le dijo que no solía ser un problema: casi nunca se fijaban demasiado. Aun así, a Andreea le preocupaba la idea de acabar en la cárcel por llevar un pasaporte falso. Dorian le había dicho que no había de qué preocuparse y había cambiado de tema. ¿Se daba cuenta de su buena suerte? Iba a ir a España, donde ganaría en un mes lo que hubiera ganado en seis meses en Rumanía. Eso en caso de tener trabajo, claro.

Ya había oscurecido cuando Dorian la dejó junto a un autocar con los faros apagados, en un aparcamiento desolado de las afueras de Bucarest. Un desconocido había venido a su encuentro. Dorian lo presentó como gestor de transporte, le contó a Andreea que se dedicaba a gestionar los viajes de los rumanos que encontraban trabajo en el extranjero. El hombre observó a Andreea durante un buen rato. Mientras tanto, Dorian permanecía en silencio a su lado.

—¿Y bien? —preguntó finalmente.

El hombre había murmurado algo que Andreea no llegó a oír del todo y la había mandado al autocar. Le había dicho que le diera la maleta al conductor y que cogiera sitio al fondo del todo, allí era menos probable que le miraran el pasaporte.

Andreea había mirado a Dorian. De repente, le incomodó separarse de él. Aunque solo se conocieran superficialmente, en aquel momento era el único vínculo con su país. Cuando el autocar comenzara a rodar, Andreea estaría totalmente sola. Dorian se dio cuenta y le revolvió un poco el pelo. Con una sonrisa, le había dicho que sería mejor que se apresurara y cogiera un sitio, antes de tener que quedarse más tiempo en ese país dejado de la mano de Dios. Ella se forzó a sonreír. Lo había tomado de la mano y le había pedido que le dijera a Cosmina que jamás olvidaría lo que había hecho por ella. Después, se había despedido.

El autocar era viejo y olía a gasolina: resultaba mareante. Se había sentado en la penúltima fila, donde todavía había dos asientos libres juntos. Al otro lado del pasillo, un hombre de mediana edad estaba fumando. Andreea había girado la cara para no tener que aguantar el olor y había mirado por la ventanilla. Dorian seguía de pie junto al coche hablando con el gestor de transporte. En varias ocasiones había gesticulado en dirección a Andreea, quien supuso que se estaban refiriendo a ella. Tal vez le estaba explicando dónde tenía que bajarse y quién la iría a buscar.

—No estoy segura —dice, y mira desconcertada a Elena—, pero creo que aquel hombre le dio algo. —Es curioso que hasta este momento no hubiera recordado la imagen de Dorian metiéndose algo en el bolsillo de los vaqueros, justo antes de sentarse al volante del coche y marcharse. Pero, bueno, tal vez no tuviera más importancia. Quizá solo había sido una de esas cosas que se pasan por alto porque carecen de significado—. No llegué a ver lo que era —murmura.

—Ya lo ves —dice Elena, casi triunfal—. Alguien ha cobrado por ti, siempre es así. Dos mil euros son mucho para un rumano pobre. —Le da una calada profunda al cigarro. Esta vez gira la cara para no echarle el humo a Andreea—. Y como Marcel ha pagado por ti, ahora quiere recuperar el dinero. Con intereses. Probablemente, también tengas otras deudas. El billete y el pasaporte suelen ser caros. Y luego están el alquiler y la comida, claro. Por no hablar de lo que cuesta conseguir clientes.

Andreea se deja caer de nuevo sobre el colchón, exhausta. Tiene que ser un error. No puede ser que Cosmina, que cuidó de Andreea cuando estaba viviendo en la calle, la haya vendido como prostituta. ¿O fue Dorian quien lo hizo? ¿Puede que el hombre que llevó a Andreea hasta el piso no fuera el primo de Cosmina, sino un loco con el que Dorian colabora y al que le manda chicas fáciles de engañar?

—Si lo que quieren es el pasaporte —dice Andreea en voz baja—, se lo pueden quedar en cuanto haya vuelto a casa. Ya no lo necesito. El dinero del billete puedo intentar conseguirlo de otra forma. Y si es como tú dices, que Dorian cobró por mí, seguro que se puede arreglar cuando haya vuelto a Rumanía.

Elena sonríe, pero no hay ni pizca de alegría en su sonrisa.

—Mira que eres ingenua —dice—. ¿Dónde tienes tu pasaporte, ese que te va a sacar de aquí?

Andreea recuerda que Razvan se lo había quitado cuando iban en el coche. No se lo ha devuelto.

—Y el dinero, ¿de dónde lo vas a sacar? —continúa Elena—. ¿Cómo harás para comprar un billete de vuelta a Rumanía?

Andreea cierra los ojos cuando entiende lo que le está queriendo decir: está en España sin pasaporte y sin dinero. Además, de forma ilegal, ya que ha viajado con documentos falsos. Elena se pone en pie y se estira para coger la botella de vodka que tiene en la mesita de noche.

—Y créeme, hablan en serio cuando dicen que te matarán de una paliza si intentas escapar.

—Pero yo no soy ninguna puta.

—Ya lo creo que sí —replica en voz baja. Elena desenrosca el tapón de la botella y esboza una sonrisa torcida—. Dentro de unas semanas, no dudarás de ello, créeme. Pero siento no haber tenido tiempo de prepararte. —Da un trago largo antes de ofrecerle la botella abierta a Andreea, que niega con la cabeza—. Espera aquí.

Elena se levanta y sale del cuarto. Andreea la sigue con la mirada. Oye que se abre un grifo en la cocina. Al poco, regresa. En la mano lleva dos trapos mojados. Dobla la sábana para apartarla y le pone uno de los dos trapos entre las piernas: el calor tibio mitiga un poco el dolor. Con el otro frota cuidadosamente la mejilla de la chica, la nariz y la frente. Luego baja por el tórax y la barriga.

—¿Cuánto tiempo llevas aquí? —le pregunta Andreea entre dientes.

—Casi un año. —Elena hace una mueca y se le arruga toda la cara—. Tengo una niña pequeña en Rumanía. Y un marido. Cuando perdió su trabajo, tuve que prostituirme para podernos pagar el alquiler y la comida. Me vendía en las calles de Bucarest cada noche, mientras él estaba en casa con nuestra hija. —Se detiene con el trapo pegado a la barriga de Andreea. Su voz suena impasible—: Me dijo que tenía un amigo que podía conseguirme trabajo en España: estaba mejor pagado; si me quedaba un año, tal vez ahorraríamos lo suficiente para poder comprarnos un piso. Al principio, yo no quería. La idea de separarme de mi hija un año entero me echaba atrás. Pero el muy cabrón era insistente, no se rendía. Además, había empezado a beber y se ponía violento. —El trapo empieza a moverse otra vez sobre su barriga, de forma mecánica, sin atención—. Solo cuando llegué aquí entendí que no iba a ganar ningún dinero, que ese desgraciado me había vendido por un puñado de euros que, te aseguro, ya se habrá bebido. Entonces comprendí que pasaría mucho tiempo antes de que pudiera volver a ver a mi hija. —Elena se mesa el pelo en un gesto apesadumbrado—. Pero me he estado portando bien. Me han dicho que, dentro de unos meses, podré quedarme con una cuarta parte de lo que gano. —Hace un gesto hacia la mesita de noche, donde hay una bolsita con polvo blanco—. Eso no es gratis, ¿sabes?

—Pero ¿por qué lo haces? ¿Por qué no te escapas?

Elena niega con la cabeza, como si Andreea fuera tonta.

—Porque no tengo pasaporte —dice—. Porque mi marido y yo no tenemos dinero, porque mis padres me matarían si se enteraran de que soy una puta. —Suspira—. Y porque ya no aguanto más que me peguen. Aquí ya ha habido chicas protestonas antes, tú no eres la primera. Una incluso intentó fugarse. Llegó hasta el metro antes de que la cogieran. Después le pegaron hasta que solo le quedó un diente en la boca. Había sangre por todas partes. —Elena señala una mancha marrón en el suelo de linóleo—. Sé que soy una cobarde —dice, y hace una bola con el trapo—, pero, cada vez que Marcel me da una patada, pienso que voy a morir, que nunca más volveré a ver a mi hija. Entonces prefiero aguantar. En algún momento tendrán que soltarme.

Andreea piensa en Florina. Preferiría morirse antes de verla en manos de Marcel.

—Pero ¿no puedes llamar a la policía? Es ilegal vender personas.

Elena suelta otro graznido a modo de risa.

—¡¿La policía?! Si no son clientes, aceptan los sobornos de Marcel y sus amigos. Te lo garantizo. Además, ¿quién va a creer la palabra de una puta rumana? —Elena se acerca a la sucia ventana y la abre de par en par. Los ruidos de la calle inundan la habitación: el tráfico y gente que habla en español—. Siempre saben por dónde cogerte —dice—. Y te lo prometo: cuando lleves un tiempo aquí, te olvidarás de todas las ideas de escapar. Además, ¿adónde irías?

Andreea recuerda las últimas semanas en Bucarest antes de que Cosmina la recogiera: el hambre, el dolor de espalda tras dormir en los duros bancos de madera, la cola que esnifaba (en el momento, la hacía sentirse bien; luego la dejaba hecha polvo y abotargada). Elena tiene razón, escapar para volver adónde. A una vida en la calle, donde la única alternativa es subirte a alguno de esos coches que se deslizan lentamente por la ciudad cuando cae la noche, los hombres que bajan la ventanilla para preguntarte si quieres ganar cien leis. Pero, aun así, es mejor que esto.

«A Bucarest. A casa», piensa para sí.

Ted

Gotemburgo, junio de 2016

—*M*aldita sea.

Ted blande con fuerza la raqueta hacia el suelo de la cancha de *squash*. Falla otra vez. Debe de haber perdido la forma, o puede que no se pueda concentrar. En la boca de Martin, se dibuja una sonrisa imperceptible. Nota que Ted no está de humor para una risita burlona en este momento, pero ese gesto consigue irritarlo incluso más. Aprieta los dientes sin decir nada y se prepara para el saque de Martin. Intercambian diez golpes hasta que Ted vuelve a fallar.

—Bah, me rindo —dice. Intenta que suene desenfadado, aunque por dentro está que trina—. Esta semana ha sido demasiado para mí, no doy una.

—Ya, debe de ser un coñazo viajar tanto. —Martin guarda la raqueta en la funda—. ¿Alex no se pone como loca?

—Sí. Al menos desde que nació Emil. Antes de eso la cosa estaba bastante tranquila. Pero no puedo renunciar a un puesto de puta madre solo para quedarme en casa con él. —Ted se agacha y recoge la pelota—. Además, quieras que no, es Alex quien tiene que ocuparse ahora, al principio, por el tema del pecho y todo eso.

Martin asiente con la cabeza y sujeta la bolsa para que Ted pueda meter la pelota.

—Sí, está claro. ¿Ella no lo entiende?

—Por desgracia, no. Le gustaría poder tener relevo tardes y noches, dice. Ahora le toca cargar con todo las veinticuatro horas del día entre semana. No todos los días, claro. Pero sí que paso dos o tres días en Estocolmo cada semana.

Es cierto que podría encontrar un trabajo parecido en Gotemburgo. El mercado está en alza y, con su currículo, podría hasta elegir. El problema es que no quiere. Recuerda muy bien el estrés de aquellos años en los que tenía que salir del trabajo a las cuatro para ir a recoger a William y a Lukas.

Martin se pone una sudadera con capucha y abre la puerta del vestuario.

—Es un periodo corto —dice a modo de consuelo—. Yo, en cambio, podría pasarme mil horas trabajando y nadie me echaría de menos.

Ted le da una palmada amistosa en la espalda.

—Seguro que sí, hombre —dice, y sonríe—. Lo que pasa es que hasta que no vayas en serio no se darán cuenta.

Sigue a Martin al vestuario. Un grupo de jugadores de *floorball* acaba de terminar un partido. Cuando se quitan los jerséis todos a la vez, el aire se llena de hedor corporal, un olor ácido que se clava en la nariz. Ted camina hacia las duchas a paso ligero para adelantarse a la muchedumbre. Cuelga la toalla en un gancho.

—¿Vas a entrar o qué? Si no, me meto yo.

Ted se da la vuelta, Martin lo sigue de cerca.

—Oye, no tan cerca, gracias. —Repele a Martin con una sonrisita torcida y su compañero se retira unos pasos—. Y vete olvidando, yo voy primero.

Se mete en la cabina de la izquierda, que acaba de quedar libre, y se enjabona a conciencia. Se examina un poco más de cerca la entrepierna: todo normal. Luego se enjuaga la espuma y le cede la ducha a la siguiente persona de la cola.

De vuelta en las taquillas se seca deprisa y se pone la ropa. Por lo visto, Martin conoce a algunos de los jugadores de *floorball*, porque se detiene con la toalla atada a la cintura y se suma a la conversación. Ted mete la ropa de entrenamiento y la toalla en la bolsa; en el fondo, ve el sobre que le había llegado ayer con el correo. Aún no lo ha abierto. Lo mueve para que quede arriba del todo. Alex tuvo tiempo de preguntarle dos veces más si no pensaba abrirlo. Ted había murmurado algo así como que enseguida, pero no lo había hecho. Finalmente, lo había metido en la bolsa de deporte antes de irse a jugar al *squash*. Ahora desliza los dedos por el áspero papel. Parece una invitación a un cumpleaños, singularmente llamativa, por su tamaño en DIN-A4 y su alegre color lila.

Cierra la bolsa y se despide de Martin de lejos. Echa un vistazo rápido al móvil. Un mensaje de Erik con una sola palabra: «Ok».

Ha tardado lo suyo en responder. Ted siente ciertos remordimientos. No tiene sentido que no logre verse con Erik más a menudo, sobre todo teniendo en cuenta que cada semana pasa por Estocolmo. Hace tiempo que la madre de su hijo ha dejado de lado los sarcasmos: no le parece bien que Ted solo quede con su hijo para calmar la conciencia.

Se dirige al coche, que está aparcado a doscientos metros del pabellón. Se ha levantado viento. La temperatura, que lleva toda la semana muy por encima de lo normal, ha comenzado a caer. Sube al coche, gira la llave en el contacto y enciende la lucecita interior. Saca el sobre y lo abre. Incluso la hoja de papel es de color lila. Siente el peso en la mano antes de pasear la mirada por el contenido. Lo primero que le llama la atención es la imagen: parece sacada directamente de una página de contactos. Las manos le tiemblan cuando ve el pelo largo y castaño que descansa suavemente sobre la espalda de una joven mujer. Lleva ropa interior de encaje; el culo, con tanga, apunta a la cámara. Aun así, Ted puede verle la cara: está de rodillas delante de un espejo. Los labios haciendo morritos, los pómulos altos y los pechos en el sujetador negro se ven claramente en el reflejo. Tiene la foto como fijada en la retina cuando empieza a leer el texto que hay justo debajo:

> Esta es Irina, con quien te acostaste hace tres semanas. Pagaste por ello.

47

Es como si el mundo se detuviera. Todo, salvo esas palabras, que empiezan a dar vueltas ante sus ojos, más y más rápido. Ted se marea y tiene que abrir la puerta del coche. Aspira el aire fresco unas cuantas veces, se fuerza a mantener la calma antes de seguir leyendo:

> Si vuelves a ver a Irina, pregúntale lo que pensó cuando su marido le pidió que follara con otros para poder seguir viviendo en el piso de Bucarest. Pregúntale también sobre los adolescentes suecos que pagaron por hacer un *gangbang* con ella en el burdel de Berlín, si le pidieron disculpas cuando vomitó después de que le metieran tres pollas en la garganta. O si solo le pusieron mala nota en la página de valoraciones.

Las manos le tiemblan descontroladas. Casi no puede seguir leyendo:

> Pero hagas lo que hagas, no le preguntes nada sobre su hermana pequeña: eso es «terreno prohibido». Mejor, muéstrale que te preocupas llevándole un poco de pomada con la que se pueda untar las heridas de la espalda. Pero que no te dé por ponérsela tú, Irina creería en el acto que quieres volver a follártela, a pesar de que has hecho todo lo posible por con-

vencerla de lo contrario. Así que solo dale la pomada, enséñale cómo puede alargar los dedos para llegar incluso a la herida que tiene en el centro de la espalda, la más difícil de alcanzar. Y di que lo sientes por ella. Que la vida es una lotería. Y que tú eres el que sacó el número premiado.

Ted se reclina en el asiento. La hoja de papel cuelga flácida en su mano, apoyada en el volante. El regusto ácido de una arcada le sube por la faringe y le llena el paladar. Traga frenéticamente, pero el sabor persiste. Cierra los ojos, intenta recordar con quién estuvo hace semanas, pero su cerebro se niega a colaborar. Además, ha tenido tiempo de quedar con dos prostitutas más. Cada encuentro consigue borrar el anterior. Resulta efectivo.

Inspira profundamente y cuenta hacia atrás. Tres semanas. La segunda semana de mayo. Si no recuerda mal, fue la semana que olvidó su móvil. Excepcionalmente, había concertado una cita con una chica de compañía a la hora de comer. Sin embargo, no recuerda ni su cara. Solo sabe que tenía prisa. Tenía poco tiempo para encontrar a una chica. Pero no fue un problema. Nunca lo era. Los anuncios de contactos se habían multiplicado de forma exponencial y la oferta era tan amplia que siempre era posible dar con alguien que podía quedar al instante, independientemente de la hora del día.

Abre los ojos y vuelve a examinar la foto. Compara esa cara delgada y ese pelo largo y castaño con el recuerdo de la chica que dejó en la cama. Se encoge en el asiento. Siente el cuerpo pesado y deforme. Podría tratarse de la misma chica, no cabe duda. El problema es que también podría ser cualquier otra. Tampoco tiene la menor idea de si se llamaba Irina, bien podría haber sido Natalia, Bonnie o Jasmine. Normalmente, se presentan, pero enseguida olvida sus nombres.

Vuelve a leer el texto. Entiende perfectamente que la carta pretende decirle que la chica a la que pagó por tener sexo tres semanas atrás preferiría dedicarse a cualquier otra cosa, que está obligada a prostituirse y que quien se llevó el dinero por la hora que pasaron juntos es la misma persona que le ha causado las heridas en la espalda. Aun así, se siente mal. Quizá no tanto por el contenido (a pesar de que le ha dado unos datos que preferiría ignorar) como por haber recibido una carta. Alguien sabe que compró sexo. Y este alguien quiere persuadirlo para que pare. La pregunta es con qué medios y si esta carta solo es el comienzo.

Deja la hoja en el asiento contiguo y pone en marcha el motor. Sus manos están más estables cuando mete la marcha atrás y sale del aparcamiento. ¿Quién cojones puede saber que va de putas? Suele procurar no dejar ningún rastro, pero con el tiempo se ha vuelto más descuidado. Alguna vez, incluso, ha pasado de cambiar de tarjeta SIM. ¿Significa eso que alguien del trabajo lo ha pillado? O puede que haya sido Alex. Fue ella quien le dio la carta, y mostró un interés más que considerable en que la abriera. Pero el sello postal parecía auténtico: un envío desde Estocolmo. ¿Cómo podría haberlo hecho?

Veinte minutos más tarde sube la rampa del garaje, delante del chalé en Örgryte. Cuando abre la puerta y baja del coche, nota que el viento ha amainado un poco. Recompone rápidamente los gestos de la cara y entra en casa. Alex está en el salón, mirando las noticias de TV4.

—Hola, cariño —dice. Su voz suena hueca, o quizá solo se lo parece a él.

Ella se vuelve para mirarlo, pero sin levantarse.

—Hola, qué tarde llegas.

Ya son más de las diez, hace una hora que el partido de *squash* ha terminado.

—Me he quedado un rato hablando con Martin.

—Ya. —Le parece percibir un leve tono de ironía en su voz—. Por cierto, ¿qué ponía en la carta?

Lo dice como de pasada, como si no le interesara la respuesta. Pero Ted intuye que su mujer no piensa rendirse hasta que haya obtenido una respuesta satisfactoria.

—Bah, solo era publicidad.

La mentira le sale enseguida, quizá demasiado rápido.

—¿Qué tipo de publicidad?

Alex vuelve a dirigir la mirada a la tele, pero está seguro de que tiene toda su atención puesta en él. El problema es que no tiene ninguna respuesta.

—Hay que ver cuánto te interesa mi correo de pronto —dice irritado para ganar tiempo.

Alex no responde; parece totalmente ocupada en saber qué tiempo va a hacer al día siguiente.

—Publicidad normal y corriente —continúa él—, no recuerdo muy bien.

—¿Publicidad normal y corriente?

—Joder. —Hace salir las palabras a la fuerza—. Era una oferta de suscripción a una revista. O quizás un club de lectura. No me he fijado demasiado.

49

—Bueno, perdona. —Alex sonríe de esa forma que, al principio de su relación, le parecía casi mágica—. No te piques. Solo era curiosidad.

En lugar de responder, Ted coge la bolsa y abandona el salón.

—Voy a deshacer la bolsa y a prepararme una tostada, y vengo a hacerte compañía —dice por encima del hombro.

Se va al lavadero y mete toda la ropa de deporte en la lavadora. Se queda un rato de pie, con la carta en la mano. No se atreve a tirarla a la basura, Alex podría encontrarla. Tampoco quiere dejarla en la bolsa de deporte. Al final se mete a hurtadillas en el dormitorio y la esconde debajo del colchón, la empuja hasta el centro del somier para que Alex no la descubra cuando haga la cama. Después se va a la cocina y se prepara dos tostadas de queso antes de regresar al salón. Se niega a mirar a Alex al hundirse en el sofá. Aun así, puede notar que ella no le quita los ojos de encima.

—Ya está. —Le pasa un brazo por los hombros—. ¿Dan algo que valga la pena?

Patrik

Estocolmo, junio de 2016

*E*l gran vestíbulo de cristal se le hace extraño. Elegante, pomposo y ligeramente inhóspito, como si Patrik no perteneciera a ese ambiente. Y es cierto: no recuerda cuándo fue la última vez que le tocó visitar una empresa de moda que tuviera oficinas en el centro de la ciudad. De hecho, a ninguna empresa en absoluto. Aun así, no cabe duda de que este tipo de sitios es donde se pasan el día algunos de sus clientes.

Se planta delante de las puertas de cristal, que se separan sin hacer ruido cuando el sensor láser registra la presencia de Patrik. Quizá debería proponerle a Mikaela, su compañera más cercana en la consulta de compradores de sexo, por no decir la única, que comenzaran a trabajar haciendo hincapié en la prevención. Podrían ofrecerse para visitar grandes empresas, hablar de las partes ocultas de la prostitución: aquello que los clientes eligen no ver. Aunque sería complicado, pues ninguno de los dos dan abasto. Curiosamente, aquella primavera se había producido un aumento significativo en los solicitantes de apoyo. Podría ser una señal positiva: un indicador de que se está yendo en la dirección correcta, a pesar de que las cifras sugieran lo contrario.

—¿A quién buscas?

Sin haber pensado en ello, ha cruzado las puertas de cristal y se ha acercado al mostrador de recepción, donde una vigilante de Securitas equipada hasta las cejas lo observa detrás de unas gafas de plástico negras. La vestimenta gris se ciñe a un cuerpo fornido.

—Disculpa. —Patrik se aclara la garganta y desliza una mano por el lateral de la americana—. Estoy buscando a Johan Lindén, de Acrea.

Tras cuatro llamadas que solo lo habían remitido al buzón de voz, dos mensajes y otros tres SMS, Patrik se había rendido. Johan Lindén se negaba a contestar. Por tanto, solo le quedaban dos alternativas: buscarlo en el trabajo o en su casa. Había elegido el lugar de trabajo, le parecía menos invasivo. Lamentablemente, los datos que Patrik había prometido intercambiar por información sobre la mujer de Rumanía eran insignificantes. Según Amira, los servicios de emergencias sociales se habían visto obligados a soltar a Nadia porque tenía un pasaporte que demostraba que era mayor de edad y porque la chica aseguraba que estaba aquí de forma voluntaria. El único consuelo, le había dicho Amira con un suspiro, era que, con un poco de suerte, Linus y su grupo no tardarían en dar un golpe contra la organización. Cuando los proxenetas estuvieran entre rejas, quizá la chica se atrevería a contar cuál era realmente la situación y aceptaría la poca ayuda que le podían ofrecer.

La vigilante de seguridad teclea algo a toda velocidad en el ordenador.

—Johan Lindén está en excedencia voluntaria —lee en voz alta—. ¿Quieres que llame al subdirector que lo sustituye?

Patrik arquea las cejas.

—¿En excedencia?

Ella asiente con autoridad.

—¿Cuánto tiempo? —pregunta él.

La vigilante vuelve a mirar la pantalla.

—No lo pone, pero lleva sin venir todo este año, así que es una excedencia larga.

Ahora la mujer sonríe, como si quisiera disculpar a Johan Lindén. Quizá le parece impropio del subdirector de una exitosa empresa de publicidad tomarse una excedencia voluntaria así.

—Vaya. Qué pena. —Patrik está decepcionado—. Entonces tendré que intentar llamarlo por teléfono. —Da la vuelta y comienza a alejarse, casi ha llegado a las puertas de cristal cuando se detiene y regresa—. ¿No sabrás si tiene otro número durante la excedencia? No responde al móvil del trabajo.

La vigilante mira por tercera vez al ordenador, luego niega en silencio.

—No, no pone nada. Pero es probable que tenga un teléfono particular.

La chica mira a un hombre trajeado que acaba de llegar al mostrador: la conversación se ha terminado. Patrik se queda quieto e indeciso. No sabe si tiene que irse o si debería seguir haciendo preguntas.

—A lo mejor yo puedo ayudarte.

Patrik se da la vuelta. Detrás tiene a una mujer negra de unos treinta y cinco años. Los vaqueros ajustados parecen caros; la blusa blanca y el chal que rodea su cuello le dan un aire de ejecutiva. Además, le saca una cabeza a Patrik, por lo que ella tiene que mirar hacia abajo. No con altivez, pero aun así, impone.

—Amanda Wiman, directora de Finanzas de Acrea —dice, y alarga una mano.

—Patrik Hägenbaum —responde él—. Diputación de Estocolmo.

—¿Y buscas a Johan?

—Sí, nos conocimos el viernes, me pidió que lo llamara, pero su móvil está apagado desde entonces.

La directora de Finanzas mira a Patrik de la cabeza a los pies.

—Eso es porque está de baja —dice—. Eligió quedarse con el móvil porque también lo usa como teléfono privado, pero suele tenerlo apagado. Escucha los mensajes del buzón y devuelve la llamada, en caso de ser necesario. —Se saca un pase que lleva colgado al cuello—. Si quieres, la próxima vez que hable con él, puedo decirle que has venido.

—Gracias, serías muy amable. ¿Puedo preguntar por qué está en excedencia?

Patrik se arrepiente al instante. Sobra decir que no es de su incumbencia.

—Por razones privadas —dice ella con reservas—. Tendrá que ser Johan quien elija si lo quiere explicar o no.

La mujer pone el pase sobre el sensor.

—Estará de vuelta después del verano —añade, y cruza las puertas que se han abierto.

—Entiendo. —Patrik le da una tarjeta de visita; Johan podría haber perdido la que le había dado—. Si hablas con él, por favor, dile que me llame.

Amanda coge la tarjeta desde el otro lado.

—Grupo de Prostitución —lee en voz alta, y levanta la cabeza.

Patrik espera ver una expresión de asombro en su mirada, pero no hay nada de eso. Es una sensación que no logra descifrar por completo. Dura un instante. Enseguida vuelve a su expresión neutra y deja caer la tarjeta dentro de su bolso.

—Pues le diré a Johan que se ponga en contacto contigo. Hasta la vista.

La mujer da la vuelta y se retira. Patrik la sigue con la mirada. Entonces cae en la cuenta de lo que ha visto: miedo. Amanda Wiman parecía asustada.

Niega en silencio y sale de Acrea. Está decepcionado, pero ¿qué más puede hacer? Lleva cuatro días intentando contactar con Johan Lindén para terminar la conversación que empezaron el viernes. Seguramente, ya es hora de dejarlo.

Camina a paso tranquilo en dirección al puente Kungsbron, se mete la mano en el bolsillo sin pensarlo, pero solo encuentra un envoltorio de aluminio arrugado, nada con que llenarse el estómago. El gesto lo irrita. Un recordatorio del trastorno alimenticio que lo acompañó durante toda su infancia y muchos años después. Pasea la mirada por el agua y los barcos que avanzan pausadamente por el canal. Por fuerza tiene que ser algo puntual, no quiere volver a caer en eso.

De vuelta en la oficina, se quita el abrigo y se sirve una taza de expreso extrafuerte. Lanza una mirada a las galletas que Mikaela ha dejado en el centro de la mesa alta, su compañera asegura que el azúcar tiene un efecto positivo en los clientes, pero Patrik se contenta con un plátano. Tras cerrar la puerta del despacho, saca el móvil para hacer un último intento con Johan Lindén, pero se ha quedado sin batería. Abre la puerta y grita hacia la cocina, donde Mikaela, a juzgar por el ruido, se está preparando una taza de café.

—¿Puedo usar tu teléfono? Tengo que hacer una llamada y el mío se acaba de morir.

La máquina resopla como una vieja locomotora cuando exprime las últimas gotas.

—Claro, está en mi mesa —le grita ella de vuelta en cuanto para el ruido.

Patrik entra en el despacho de Mikaela, donde el ordenador está encendido. Busca el número de Johan Lindén en la página web de Acrea. Empieza a marcar el número en el móvil de Mikaela, pero se detiene. Tras solo cinco cifras marcadas, el número entero aparece sugerido en la pantalla. ¿Johan y Mikaela han hablado en alguna ocasión?

—¿Mikaela? —grita.

Su compañera aparece con una taza de café en la mano.

—¿Qué pasa?

Deja la taza en el escritorio.

—Johan Lindén —dice Patrik, y le enseña el móvil—. El hombre del que te hablé, al que cogieron el viernes en la calle Malmskillnads.

—¿Qué pasa con él? ¿Lo han vuelto a pillar?

Patrik sacude la cabeza con energía.

—No, pero estaba intentando llamarlo desde tu móvil, y he visto que tú ya has estado en contacto con él. El número ha aparecido como sugerencia antes de que lo hubiese terminado de teclear. ¿Te ha llamado?

Mikaela niega en silencio.

—No que yo recuerde. ¿A ver? —Se aparta un mechón de pelo de los ojos y mira atentamente el número—. Qué raro —dice—. Entonces es que se ha puesto en contacto con nosotros en algún momento, pero ahora mismo no me viene a la cabeza. —Deja el teléfono en la mesa—. A lo mejor sí que estaba en Malmskillnads para comprar favores sexuales —dice—. Si resulta que se ha puesto en contacto con nosotros, quiero decir.

Patrik ignora su comentario.

—Pero intenta recordar —dice, empecinado—. ¿Te suena haber hablado con un tal Johan Lindén?

Ella niega con la cabeza.

—No, pero podría ser que quisiera mantenerse en el anonimato.

Patrik coge otra vez el teléfono, abre la lista de llamadas. El número de Johan Lindén aparece tres veces: dos de ellas ha sido Johan quien ha llamado a Mikaela, pero la última vez fue ella quien lo llamó a él. Todas las llamadas son breves y de principios de año; la más larga, de cinco minutos.

—Pero mira esto. —Patrik agita el móvil ante sus ojos—. Tú misma lo has llamado.

55

Mikaela observa la lista de llamadas y las tres fechas que acompañan.

—Llamadas cortas —dice pensativa—. Recuerdo que hubo un hombre que me llamó poco después de Navidad. Me hizo algunas preguntas sobre la consulta y cómo funcionaba. La segunda vez que llamó dejó un mensaje en el buzón pidiéndome que lo llamara porque había decidido pedir una cita. Después, cuando lo hice, había cambiado de idea, dijo que ya no estaba interesado. ¿Crees que podría ser él?

Patrik se deja caer en la silla de Mikaela.

—O sea, que sí que era un putero —dice con voz apagada.

Por tanto, pensar que era diferente de los demás había sido cosa suya. Se había equivocado al pensar que era un hombre con sentido de la justicia y valores cívicos.

—Pero tampoco es seguro que sea él —dice Mikaela—. Se me dan muy mal los nombres, ya sabes cómo soy.

En efecto, durante los siete años que llevan trabajando juntos en la consulta, Patrik ha comprendido que su compañera tiene muchas virtudes, pero la buena memoria no es una de ellas.

—Mal que me pese, creo que esta vez eso da igual. Teniendo en cuenta que el número de Johan aparece tres veces en tu lista de llamadas, seguro que es él con quien hablaste. —Patrik se acerca a la ventana, mira hacia la plaza de Sankt Eriksplan, donde acaba de empezar la hora punta de tráfico—. Me había hecho ilusiones de que no era un putero —murmura, más o menos para sí—. Pensé que de verdad estaba allí para ayudar.

Mikaela se le acerca por detrás y lo toca suavemente en el hombro.

—Creo que deberías olvidarte de esto. Lo más probable es que Johan Lindén fuera un consumidor sexual. Si no, no me hubiera llamado. Si se ha puesto en contacto con nosotros, significa que ha empezado a dudar. Así pues, a lo mejor nos vuelve a llamar.

Patrik se vuelve para mirarla.

—Disculpa —dice, y sonríe ruborizado—. Pensarás que estoy loco, pero es que me causó una impresión especial.

Mikaela no contesta. Vuelve a su escritorio y desenchufa el cargador, se lo da a Patrik.

—A lo mejor quieres esto un rato.

—Sí, gracias.

Va arrastrando el cable por el suelo cuando sale del despacho de Mikaela y vuelve al suyo. Le está costando asimilar que Johan Lindén haya llamado a la consulta. ¿Por qué no se lo había comentado cuando Patrik le dio la tarjeta de visita?

Cierra la puerta con una patadita y enchufa el cargador. Luego llena la jarra de agua y saca pañuelos nuevos de papel para el próximo cliente, que llegará dentro de diez minutos. Un concejal veterano que, a pesar de su trabajo dentro del sistema judicial, lleva muchos años acostándose con prostitutas. Ahora tiene miedo de que le descubran. Pero todas las razones son buenas razones, piensa Patrik, que apunta cuatro cosas sobre las que van a hablar hoy.

El tintineo de un SMS lo interrumpe. Es Linus:

Un compañero me acaba de contar que el hombre al que detuvimos el viernes ha sido declarado desaparecido. ¿No te parece una extraña casualidad?

Quizá se esté refiriendo a Johan Lindén.

¿Qué quieres decir con desaparecido? ¿Quién lo ha denunciado?

Patrik se queda sentado ante el escritorio con el móvil en la mano, consciente de que los minutos van pasando, de un momento a otro tendrá al concejal en la puerta.

Su exmujer, por lo visto. Según dice, debería haber pasado a buscar a sus dos hijos por la escuela anteayer, pero no se presentó. Después de dos días sin dar señales de vida, la mujer entró en su piso. Estaba vacío.

Andreea

Madrid, febrero de 2015

*Y*a es de noche cuando Marcel las hace bajar del coche. Y hace frío. Andreea tirita, de pie en la calzada. Renata y Elena ya se han ido en busca de clientes. Quedan solo ella y una mujer que han puesto para que la vigile. Mira a un lado y a otro. En realidad, el parque se llama Casa de Campo. Elena le ha contado que ahí es donde las putas de Europa del Este van a venderse cada noche. Los coches, que se deslizan despacio por las calles asfaltadas, bordeadas de cipreses y arriates de flores mustias, son de todas clases y precios. Lo único que tienen en común es que los conductores son casi exclusivamente hombres. Solitarios. La mayoría va con la ventanilla bajada, a pesar de las bajas temperaturas.

Andreea se ciñe el abrigo, el corazón le late con fuerza en el pecho. Cierra los ojos y cuenta hasta diez. Primero una vez. Luego otra. Pero sus piernas se niegan a estarse quietas. No sabe con exactitud qué es lo que le espera, aún le cuesta asimilar lo que Elena le ha contado, pero sí le ha quedado claro que no debe hacer preguntas.

—¿Ves este sitio? —La mujer habla con voz asertiva mientras coge a Andreea del antebrazo. Los dedos se hunden en su carne, unas uñas afiladas que pinchan. Andreea asiente en silencio, una gruesa bola en la garganta le impide hablar—. Bien. Aquí es donde vas a trabajar.

Andreea se la queda mirando.

La mujer suspira con irritación.

—Es muy sencillo —dice—. Por la noche vienen hombres en coche. Dan una vuelta, sin prisa, y miran a todas las chicas antes de elegir a la que quieren. Cuando uno te salude, tú te acercas a su coche y te vas con él. Haces todo lo que te pida.

Le corrige la falda a Andreea para que le tape las bragas tanto por delante como por detrás. Por su parte, la mujer lleva una blusa amorfa y una falda gris hasta la rodilla. Le suda la cara, a pesar de ser pleno invierno. Es una de las personas más gordas que Andreea ha visto jamás.

—¿Qué quieres decir?

Los ojos de Andreea se mueven agitados mientras intenta captar el entorno. Un coche se detiene a su lado, dentro va un hombre que la mira fijamente sin ningún pudor.

—¿No hablas rumano o qué te pasa? —murmura la mujer, y niega con la cabeza—. Si quiere que se la chupes, tú se la chupas. —Su voz se ha endurecido, señal de que su paciencia está a punto de agotarse—. Si te quiere dar por detrás, tú te dejas dar por detrás. —Hace una breve pausa para secarse la frente—. Es muy sencillo: lo único que tienes que hacer es aprenderte una frase en español: «Hola, ¿quieres un poquito de amor?».

Andreea gira la cabeza. El parque está lleno de mujeres. La mayoría son jóvenes. Se pasean de aquí para allá, despacio, con las manos hundidas en los bolsillos de sus chaquetas, como si lo único que tuvieran fuera tiempo. Faldas cortas, botas altas y medias de nailon. Algo totalmente insuficiente para una noche de febrero. Aun así, nadie parece tener frío.

Una mujer se asoma a la ventanilla de un coche, sus labios pintados de rojo oscuro han esbozado una sonrisa. Otra mujer está abriendo una puerta y se sube con un conductor que por la edad podría ser su abuelo. A una tercera, la ponen sobre el capó de un coche. Cuando el conductor empuja contra su culo, ella mira directamente a Andreea. Su mirada está vacía.

—No quiero.

Las palabras le salen como un acto reflejo, no es capaz de contenerlas, a pesar de que a estas alturas debería tenerles el mismo miedo a los hombres del piso que a los de ese parque. Pero es imposible, no puede hacerlo.

Esta vez, la paciencia de la mujer se ha agotado por completo. Andreea suelta un gemido cuando la mano le acierta en la mejilla izquierda. Se lleva automáticamente los dedos a la cara, la nota caliente y dolorida donde la palma de la mano de la mujer ha impactado en su piel.

—No se trata de si quieres o no: vas a trabajar aquí hasta que la deuda esté pagada. —La mano alrededor del brazo de Andreea—. Eso implica cuatrocientos euros para esta noche. Cuando los hayas conseguido, podrás irte a casa.

Andreea calla, pero las piernas le siguen temblando. Cuando la mujer se la lleva a rastras a una zona más transitada del parque, hace un último intento de resistirse, pero no es lo bastante fuerte. Además, la mujer ha mencionado el nombre de Marcel, lo cual hace que Andreea recuerde las patadas en el estómago: con cada una conseguía dejarla sin aire y hacerle creer que estaba a punto de morir. La mujer la empuja hacia uno de los coches, parece esforzarse en que Andreea consiga su primer cliente.

—Con el tiempo, la cosa mejora. —Su voz suena casi consoladora—. Te acostumbrarás. —Acaricia a Andreea en la cabeza—. Tú solo sonríe y haz como que te gusta. Así tendrás muchos clientes.

—¿Cuántos años tienes?

El hombre le sonríe. La tiene sentada en su regazo, el volante se le clava en las vértebras. Le duele. Andreea intenta forzar una sonrisa, pero es como si los músculos de su cara hubiesen dejado de funcionar. Está exhausta. Y triste. El reloj en el salpicadero revela que está a punto de empezar un nuevo día. Aun así, todavía no se ha podido ir a casa.

Al hombre se le riza el pelo en la frente. La camiseta blanca cuelga lacia por encima de unos tejanos, un leve olor a alcohol se filtra por su boca cuando habla. Le ha puesto las manos en la cintura, la aprieta contra su miembro. Andreea nota el frío de su anillo en la mano derecha, allí donde el jersey se le ha subido.

—Dieciocho —miente en voz baja.

Marcel le ha dicho que no puede revelar su edad real.

—¿Solo dieciocho?

Puede notar cómo él se pone duro por debajo de los pantalones, quizá sea su edad lo que le provoca una erección, o puede que sea por la presión de la entrepierna de Andreea sobre la suya. Probablemente, ambas cosas. Ella asiente en silencio, el nudo en la garganta se ha hecho más grande, ahora constriñe la laringe.

—Eres muy atractiva.

Él le mete con torpeza una mano por debajo de la falda y tira del tanga. Ella cierra los ojos. Hace lo que ha hecho cada vez esta noche: intenta pensar en su hermana Florina, la naricita apuntando hacia arriba cuando todas las demás lo hacen hacia abajo, el hueco entre los incisivos y la cicatriz por encima de la ceja derecha, los deditos que suelen apretar nerviosos los de Andreea cuando Iósif está borracho.

—¿Te han follado alguna vez por el culo?

Ella lo mira asustada y niega con la cabeza, puede notar cómo él se pone aún más duro.

—¿Quieres probar ahora?

Él la mira directamente a los ojos, una sonrisa asoma en su comisura. Andreea tiene la garganta completamente seca cuando vuelve a negar con la cabeza. La mujer le ha dicho que tiene que hacer todo lo que le pidan, pero no le ha dicho que tenga que contestar que sí a la pregunta que él le acaba de hacer. El hombre le pone la otra mano detrás de la cabeza, se la acerca. Sus ojos verdes justo delante de los suyos.

—Iré con cuidado —dice él, y le acaricia la mejilla.

Las lágrimas le nublan la vista cuando mira la manilla de la puerta. La palanquita que con un simple tirón le abriría la puerta a la libertad está apenas a unos centímetros de distancia.

El hombre baja el respaldo del asiento del acompañante y le enseña a Andreea cómo tiene que ponerse de rodillas y apoyarse en la parte abatida al mismo tiempo que él se pone justo detrás. Es muy estrecho, casi imposible, pero el hombre ya debe de haberlo hecho en otras ocasiones, porque consigue subirle la falda sin problemas. Cuando la penetra, ella no grita, tan solo cierra los ojos, aprieta fuerte la mano alrededor de los dedos de Florina. Susurra por dentro:

—Todo irá bien.

61

Cuando el hombre ha terminado, Andreea se baja la falda por el culo como buenamente puede. Él ya se ha puesto los vaqueros y se ha encendido un cigarro. La mira con calma mientras ella se incorpora; en la mano tiene dos billetes de diez arrugados que le entrega antes de abrir la puerta del acompañante. Ella coge los billetes sucios y pegajosos, cierra el puño. Tropieza al bajar del coche, pero recupera el equilibrio y se aleja unos metros tambaleándose. Ve el Audi blanco hacer un cambio de sentido y alejarse de allí.

La mujer gorda va al encuentro de Andreea al cabo de menos de un minuto. Mira los billetes. Andreea le da el dinero, no sabe si ya ha llegado a los cuatrocientos euros; cruza los dedos para que así sea. Está cansada y tiene frío. La mujer se guarda los billetes de diez en el bolso. Inesperadamente, le acaricia el pelo.

—Eres una buena chica —dice con dulzura—. Y bonita. Si sigues así, llegarás a ser la mejor.

Sus ojos son cálidos; su voz, aguda. Cuando Andreea cierra los ojos, casi puede imaginarse que es su madre quien le está hablando, pero hace mucho tiempo que su madre no le dice nada amable.

—¿Y a que no ha sido tan terrible?

Andreea vuelve a abrir los ojos, ve que la mujer le está sonriendo.

—Veinte euros por unos minutos de trabajo, ¿cuántos rumanos cobran eso?

Andreea recuerda al hombre que la ha hecho bajar de una patada del coche en cuanto se ha corrido o a los dos jóvenes que la han llamado guarra. No responde a la pregunta, pero esta vez la mujer no parece importunarse. Está mirando la hora, luego otea la calle.

—Había pensado dejarte ir a casa a dormir —dice, y mira en la otra dirección—. Pero, por lo visto, Marcel no quiere presentarse. ¿Crees que sabrás llegar sola a casa? —Sus ojos se estrechan cuando se vuelve hacia Andreea—. Y no intentes nada —añade.

Andreea mira a la mujer, pero no le parece ver ningún indicio de que le esté tomando el pelo.

—De acuerdo —dice en voz baja, intentando reprimir una pequeña esperanza que le revolotea en el pecho.

La mujer se la lleva un poco más lejos, al final del parque. Le indica a Andreea que tiene que ir recto hasta que llegue a una rotonda. Allí tiene que girar a la izquierda, después solo ha de seguir la gran avenida transitada hasta que llegue a una plaza con una fuente y una pizzería. Desde allí, ya sabe llegar sola, ¿verdad? Andreea asiente en silencio. La mujer la escudriña con la mirada antes de indicarle con un gesto que ya se puede ir.

Con la cabeza gacha y las manos metidas en los bolsillos, Andreea empieza a alejarse de allí. Por cada metro que agranda la distancia entre ella y el parque, se siente más animada, pero el dolor y el cansancio también hacen que cada paso sea más difícil de dar.

Cuando le parece que está a medio camino, baja el ritmo para conservar algo de fuerzas. Es sábado por la noche y hay mucho movimiento de gente. En la puerta de un bar ve a un hombre que ha bebido demasiado y que está discutiendo con el portero. En un callejón estrecho ve a una pareja joven apretujada contra la pared, se están metiendo mano de aquella manera que solo hacen las personas que van muy borrachas. En la escalera que baja a una parada de metro hay dos grupos que han comenzado a pegarse. La novia de uno de los folloneros está en el primer escalón gritando mientras intenta que alguno de los transeúntes haga algo para separarles.

Andreea estudia a las personas de su alrededor como sumida en una niebla. ¿Qué pasaría si se acercara a alguna de ellas y le contara que acababan de venderla como esclava sexual? Que está amenazada de muerte y necesita ayuda para escapar. ¿La creerían y la acompañarían a la policía, la ayudarían para hacerse entender? ¿O se limitarían a mirarla con asco, la falda demasiado corta, el hondo escote de su top ajustado? ¿Le dirían que no piensan ayudar a una puta rumana? Que no debería haber venido nunca, que ella les quita a sus hombres.

No tiene ni idea, pero si no lo prueba, tampoco va a saberlo. Y no cabe duda de que va a quedarse en este infierno durante mucho tiempo.

Un hombre que se acerca por su lado derecho reduce la marcha cuando descubre a Andreea, sonríe de una manera que ella ha aprendido a reconocer, después de esta noche. Aparta enseguida la cabeza y mira al suelo, acelera los pasos, niega de forma casi imperceptible con la cabeza cuando él le pregunta si tiene fuego. En inglés: él sabe que es extranjera.

Andreea sigue caminando, un poco más adelante ve la rotonda: pronto habrá llegado a la plaza donde está el piso. Pero no quiere ir. Quiere irse a casa. Incluso Iósif le parece mejor que esto.

Mira indecisa a su alrededor, por detrás se acercan dos chicas jóvenes. Caminan cogidas del brazo, se ríen y hablan en voz alta. Están ligeramente bebidas, pero parecen simpáticas. Andreea se detiene cuando ve que se acercan, coge valor.

—Perdón —dice.

Las chicas la miran desconcertadas.

—Vengo de Rumanía.

A una de las chicas se le borra la sonrisa al momento. Andreea respira hondo, ahora no puede rendirse, tiene que continuar.

—Me han vendido —continúa, su voz suena cada vez más insegura.

La que ha dejado de sonreír empieza a moverse inquieta.

—¿Vendida?

—Sí, para prostituirme, y no tengo dinero ni pasaporte.

La otra chica mira a su alrededor, como preguntándose cómo salir de ahí.

—Necesito ayuda. —La voz le tiembla considerablemente, tiene la sensación de estar a punto de caer enferma—. Por favor, ¿podéis ayudarme?

La última pregunta no es más que un susurro. Las chicas empiezan a parecer un tanto desesperadas, una de ellas mira la hora, dice algo en español a su amiga.

—Lo siento, pero tenemos que coger un tren.

La que parece más amable se ha vuelto hacia Andreea.

—Pero ve a la comisaría. Está solo a cinco minutos de aquí.

Le señala la dirección con el dedo, pero Andreea no mira.

—¿Podéis ayudarme? —les pide otra vez, ahora con más ímpetu—. No hablo español y me da miedo que la policía no me crea.

Ahora la otra chica habla nerviosa en castellano; la mirada va saltando de la amiga a Andreea. Vuelve a mirar la hora.

—Lo siento, pero no nos da tiempo. —Tira del brazo de su amiga, al final consigue que esta se vuelva para marcharse—. Ve a la policía, ellos te ayudarán —le suelta por encima del hombro.

Andreea apenas lo oye. Se ha desplomado en mitad de la acera. Se queda en cuclillas mirando fijamente el asfalto español. La bola en el estómago se ha hecho aún más grande. Un hombre que le grita la hace levantarse. Se alisa la falda, se seca una lágrima con la mano. Luego continúa despacio su camino, de vuelta al piso.

Casi ha llegado a la plaza con la pequeña fuente cuando lo ve. El coche blanco y azul de la policía está aparcado delante de la pizzería, con las luces y el motor apagados. El corazón le da un vuelco. ¿Se atreverá? Piensa en lo que Elena le ha dicho respecto de la policía: o bien son clientes, o bien están sobornados. ¿Qué pasará entonces? ¿La llevarán de vuelta hasta Marcel? ¿Y Marcel la matará de una paliza, o peor aún, irá a por Florina? Pero Elena tampoco lo puede saber a ciencia cierta. Nunca ha intentado huir, no le ha pedido ayuda a nadie. Quizá solo sea que Marcel ha dicho esas cosas para que Elena y Renata no intenten nada.

Gira la cabeza para asegurarse de que ninguno de los chulos esté cerca, pero solo hay desconocidos. Se asegura mirando a su alrededor: no ve ninguna cara familiar en ninguna parte. Empieza a caminar hacia el coche patrulla. Primero, despacio. Luego, cuando nadie intenta impedírselo, más deprisa. A apenas dos metros, se detiene.

En el asiento delantero, hay dos agentes de policía, hombres. Se ríen y hablan. Cada uno con una porción de pizza en las manos. La ventanilla está bajada. Andreea oye el leve sonido de una emisora de radio. Entonces uno de ellos la ve. Andreea se obliga a quedarse donde está, a pesar de estar tiritando. Tiene que atreverse. No hay otra alternativa.

Se acerca con otro paso vacilante al coche. Entonces ve que el policía frunce la boca con asco; la mirada que le dirige está tan llena de desprecio que Andreea quiere que se la trague la tierra. De repente, es consciente de su minifalda, de sus ojos intensamente maquillados, de los labios rojo pasión: parece una furcia. El policía le da un codazo a su compañero. Y luego Andreea oye que dice algo. No sabe el qué. Ella no habla español. Solo hay una palabra que reconoce: «puta».

Ted

Gotemburgo, junio de 2016

*E*l bullicio de los padres en la clase de William es insoportable. Ted desconecta y baja la mirada a su regazo, donde tiene el móvil, lee el último mensaje de uno de los vendedores: «Swedbank ha cedido, no insistirán con el tema de las indemnizaciones. Pero dicen que esperan una reducción considerable en el precio del sistema. J ☺».

Alza la vista y se topa con la mirada de la maestra de William. Es la primera vez que ve a Ted en una reunión de padres, y todo apunta a que también va a ser la última. Nada de lo que se ha dicho hasta el momento le ha interesado. Espera hasta que la mujer dirige la atención a otro lugar, antes de responder al mensaje de texto con un dedito arriba. En verdad debería estar más que contento: sus abogados mercantiles han hecho un trabajo excepcional. Pero la carta sigue carcomiéndolo por dentro. ¿Quién lo sabe y por qué se la han enviado?

—Opino que va siendo hora de que los padres tomemos una decisión conjunta y lo prohibamos.

Ted levanta la cabeza. El padre que acaba de proponer prohibir el juego *Grand Theft Auto* mira a Ted con ojos desafiantes desde el pupitre de al lado. Tiene un aspecto provocadoramente progre, lleva una barba larga en la que se ve algún que otro pelo gris, una camiseta con un estampado de algún grupo de rock duro estadounidense de los ochenta y un aro pequeñito y perfectamente visible en la nariz.

—¿Qué quieres decir?

La maestra de William está sentada en su mesa, un pie se balancea en el aire mientras el otro descansa en el suelo. En la pizarra de detrás se puede ver el horario de la clase de cuarto.

—Quiero decir que el juego es sexista y extremadamente violento, aparte de estar prohibido a menores. ¿Por qué vamos a permitir que nuestros hijos de diez años jueguen con él?

—¿Y crees que no accederán a él de todos modos? —pregunta Ted con un suspiro, irritado.

Alex ya le ha contado que han tenido este tipo de debates varias veces en reuniones anteriores, pero ahora sucede que algunos de los alumnos de la clase han ido a casa de William a jugar a la Xbox.

—¿No es mejor que nos comuniquemos con nuestros hijos, en vez de prohibirles un montón de cosas a las que pueden acceder igualmente a través de Internet? —continúa—. Además, probablemente son mucho peores.

Ahora la maestra de William considera que ya es suficiente e interrumpe la discusión.

—Votemos —dice—. ¿Cuántos están a favor de una prohibición conjunta del *GTA*?

Una mayoría: asunto zanjado. La reunión continúa con el siguiente punto del orden del día.

Cuando, al cabo de un rato, la profesora mira la hora y pone fin a la reunión, Ted es el primero en abandonar el aula.

Tiene el coche aparcado muy cerca de la escuela; en el parabrisas hay un papelito amarillo agitándose con el aire. Suspira mosqueado y lo coge de un tirón: el Ayuntamiento de Gotemburgo debe de ingresar una millonada a base de multas de aparcamiento. En cuanto arranca el motor, pone una emisora de música a todo volumen: el rock duro sale a golpetazos por los altavoces, pero el sonido no consigue arrinconar sus pensamientos. Alguien sabe que ha comprado servicios sexuales, pero no tiene ni la menor idea de quién puede ser. Lo único que sabe es que eso podría poner en peligro su relación con Alex, incluso su trabajo. Lo que menos le preocupa es que lo puedan condenar por algo. Por lo que sabe, el delito apenas se castiga con sanciones económicas.

Cuando sube la rampa del garaje, ya son las ocho de la tarde. Apaga el motor y se baja. William ha dejado la bici tirada en mitad del pasillito de grava que conduce a la puerta. Ted la recoge, molesto, y la apoya en el caballete; debe llamarle la atención a su hijo.

Cuelga la americana en el recibidor y va al salón. Alex está sentada en el sofá mirando lo que tiene pinta de ser un *thriller*.

—¿Dónde están los chicos?

Ted deja la funda con el ordenador en la mesa.

—En su cuarto. Les he dicho que pueden jugar hasta las ocho y media; después, a la cama. ¿Qué tal la reunión de padres?

Alex sube las piernas al sofá.

66

—Bueno. —Ted hace una mueca—. Aparte de caerme la bronca porque William trajo a unos compañeros de clase a casa para jugar al violento y pornográfico *GTA*, supongo que ha ido bien.

Alex se incorpora.

—¿Tú has jugado alguna vez?

Ted se sienta a su lado. Esboza una gran sonrisa.

—No, eso ya es cruzar la frontera del tiempo que le puedo dedicar a mis hijos. Si encima tengo que ponerme a jugar a sus videojuegos, ya puedo ir dejando el trabajo.

Comentario erróneo: lo ve en la cara de Alex.

—¿Qué diablos quieres decir con eso? —Le salen chispas por los ojos—. Tú no les dedicas ningún tiempo a tus hijos. No como a las habitaciones de hotel. Ahí sí que deberías de tener tiempo para jugar un poco a videojuegos. Al menos para averiguar qué le has comprado a tu hijo de diez años como regalo de Navidad.

Ted no sabe si ha oído mal, pero hay algo en el tono de voz de Alex que lo hace sospechar. Ha tenido tiempo de leer esa carta unas cuantas veces, se la ha mirado del derecho y del revés, ha analizado la letra escrita a mano, ha intentado descifrar si Alex podría estar detrás de todo. Pero ¿acaso no debería haberse delatado, a estas alturas? Tendría que haber tenido alguna intención, más allá de asustarlo.

—Sí, perdona, tienes razón. —Dibuja media sonrisa y la rodea con el brazo—. Mañana mismo lo probaré. Tal vez así consiga mejores argumentos la próxima vez que surja la discusión.

Alex lo mira sin decir nada. Después se levanta y va a la cocina. Cuando vuelve, trae algo en la mano.

—Por cierto, hoy te ha llegado otra carta —dice, y le enseña algo cuadrado a medio metro de la cara.

Paralizado, Ted mira fijamente ese pequeño papel, que brilla bajo el resplandor de la lámpara del sofá. Quiere levantarse y salir corriendo de allí, pero se ha quedado de piedra. Alex suelta el sobre delante de sus ojos, y aterriza en el sofá.

—Esta vez es rojo metálico.

Patrik

Estocolmo, junio de 2016

Johan Lindén ha desaparecido. Hace cinco días, estaba dentro de una furgoneta de la policía, junto a él. Le había dicho que, si quería, podía telefonearlo. ¿Casualidad o la detención podría tener algo que ver?

Patrik se sienta a la vieja mesa de madera barnizada, que ha vivido tiempos mejores. Abre la tapa de la caja de cartón que ha bajado a buscar al trastero. Han pasado varios años desde la última vez que la estuvo mirando. Durante mucho tiempo, las fotos le despertaban recuerdos demasiado incómodos, pero tras el encuentro con Johan siente la necesidad de recuperar el pasado. Le habría gustado oír a Johan contarle más sobre aquella mujer de Rumanía. Cómo se habían conocido y por qué. Pero, sobre todo, lo que le gustaría saber es si era realmente ella, la mujer cuyo camino se cruzó con el de Patrik cuando él, con veinticuatro años, servía como soldado de Naciones Unidas en los Balcanes.

Saca un puñado de fotos pequeñas, reveladas en algún laboratorio de fotografía que ya no existe. Se le ve joven, más de lo que era.

—¿Qué haces?

Emilou se ha acercado a su espalda a hurtadillas. Le pone una mano en el hombro y se inclina hacia delante llena de curiosidad. Él puede percibir un leve aroma a vainilla en su aliento. Está a punto de comentarle algo sobre los niveles de azúcar en el yogur azucarado, pero lo deja correr.

—Nada, solo estoy mirando unas fotos antiguas.

Su hija mayor se sienta a su lado y coge una de las imágenes de la mesa. Es una foto de grupo que se tomaron justo cuando acababan de aterrizar en Zagreb, aquel otoño en el que aún no se podía ver ninguna luz en la guerra que azotaba los Balcanes. El avión Hércules de color gris, con morro redondo y la bandera sueca en la cola, asoma al fondo. Delante de él hay doce jóvenes dispuestos a llevar la paz a una Yugoslavia devastada por la guerra.

—No me entra en la cabeza que hayas formado parte de esa cultura de machitos —dice Emilou; vuelve a dejar la foto sobre la mesa y la cambia por otra.

En esta se ve a Patrik y a otros tres soldados apoyados en la puerta trasera de un Land Rover, en un paisaje que parecería más bien un desierto, si no fuera por las casas derruidas en el borde de la imagen. Sujetan las armas largas de forma reglamentaria delante del cuerpo, la culata apuntando hacia abajo. Uno de ellos tiene el dedo índice puesto en el gatillo, como para asegurarse de que quien mire la foto no pase por alto el que quizá sea el detalle más importante del equipamiento. En el coche blanco con las siglas UN, ondea la bandera sueca. Está sucia y descolorida por el sol.

Emilou desliza un dedo sobre los cuatro soldados. Se detiene sobre Patrik. La uña de color rojo vino descansa sobre la indumentaria caqui.

—¿Por qué lo hiciste? Meterte a soldado, quiero decir.

Patrik mira la foto, se cruza con su propia mirada de joven. Muestran cierta seguridad en sí mismos. Quizá fuera la sensación ficticia de poder, antes de que ninguno de ellos hubiera comprendido lo que la guerra les hace a las personas, lo que iba a hacer con ellos.

—Me parecía emocionante —dice, tras titubear un poco—. Y estaba sin trabajo.

Es cierto. Después del bachillerato de economía, encontró un empleo en un almacén. Pero cuando lo despidieron por falta de trabajo, de pronto se vio sin ocupación. Y sin dinero.

—Pagaban muy bien y ofrecían la oportunidad de ir al extranjero. Además, creo que necesitaba una identidad más fuerte. De adolescente era bastante flojo.

«Y gordo», piensa, pero eso no se lo dice a Emilou. Su hija mayor está en la etapa más delicada en la vida de una persona; no quiere arriesgarse a influir en su autoestima y llevarla hacia un lugar equivocado; no quiere hablarle del odio que él mismo arrastró durante años. Porque le encantaba la comida y porque no era capaz de resistir aquellas malditas ganas de llevarse algo a la boca. Durante mucho tiempo, pensó que su gran cuerpo era el único motivo por el cual se hallaba tan abajo en la jerarquía de la clase; sin embargo, cuando años más tarde aprendió a controlar su peso, se dio cuenta de que no se trataba de eso. Se trataba de la falta de autoestima. Siempre quería convertirse en otra persona. Y estaba dispuesto a pagar casi cualquier precio con tal de conseguirlo.

—¿Y esa identidad la conseguiste en el ejército?

69

Emilou suena escéptica.

—Eso pensaba yo —murmura Patrik, y saca una nueva foto en la que está sin camiseta delante de una parrilla. Tiene una lata de cerveza en la mano, las pinzas de la barbacoa en la otra, y le sonríe al fotógrafo; los abdominales se marcan en su torso atlético.

En realidad, le sorprende que le hubiese sido tan fácil, una vez que se hubo decidido. Junto con otro compañero que también quería apuntarse a los boinas verdes en el servicio militar, en el curso de medio año consiguió perder treinta kilos y sacar a relucir músculos que le eran desconocidos. Pagando un precio, claro. Siempre tenía ganas de comer, el hambre lo roía. Pero se contuvo. Casi siempre. Cuando no lo conseguía, se metía los dedos en la garganta y se obligaba a vomitar. Si bien es cierto que no llegó a entrar de boina verde, a él no le importó. Había vencido la batalla a la grasa, lo que le parecía una gran victoria. Solo había un problema: no se encontraba nada bien.

—Pero ¿no era todo muy... macho?

El pelo corto y negro como el carbón de Emilou y sus *piercings* en las cejas son más que una imagen: es una declaración política. Y a ella nunca le han gustado demasiado las fuerzas armadas.

—Hay de todo. —Patrik se encoge de hombros—. Obviamente, había gilipollas que se aprovechaban del poder que les daban.

Uno de los oficiales, cuando llegaban esas noches libres en que los soldados hacían un visita a ese club nocturno, Cassandra, solía decirles: «Pero comportaos». Patrik no sabe si se había comportado. En todo caso, si cumplían con su trabajo, no había problema por visitar ese local. Y siempre cumplían: incluso cuando estaban resacosos y en unas condiciones bastante mejorables.

—Pero también había referentes fantásticos que luchaban por los derechos humanos de todo corazón. Uno de mis jefes de grupo, por ejemplo. Él era uno de esos tipos.

Patrik saca otra foto en la que se ve a un joven soldado de rodillas en el suelo, al lado de un vehículo militar destruido; a medio metro de su pierna, una granada de mano. Su boca es una raya. Los ojos carecen de sentimientos. Es como si hubiese visto demasiadas cosas y hubiese elegido abandonar.

—¿Qué estáis cuchicheando, vosotros dos?

Jonna ha entrado en la cocina con dos bolsas del súper llenas, una en cada mano. De cerca la sigue Sasha, con dos auriculares grandes en las orejas. Se los regalaron al cumplir quince; desde entonces, vive en ellos.

A Patrik no le preocupan los daños auditivos, sino que siempre está ausente. Su hija menor ya no participa de las conversaciones.

—Solo unas fotos de Yugoslavia.

Emilou las recoge en un montón y se las pasa a Jonna.

—Y estábamos teniendo una charla sobre militares. Como fenómenos de estudio. Y como personas. —Sonríe burlona—. Porque, según papá, algunos se merecen que los llamemos «personas».

Jonna deja las bolsas en el suelo y las empieza a vaciar.

—Sí, la verdad es que la primera vez que me contó que había sido soldado profesional no me lo creí —dice ella—. Quedaba tan lejos del Patrik al que yo conocí cuando estudiábamos en la Facultad de Trabajo Social. Pero mi visión cambió bastante después de conocernos. —Se detiene y los mira—. Si Patrik había sido soldado de la ONU, es que en ese lugar había buena gente.

Patrik observa la calidez en sus ojos. Sabe que Jonna está orgullosa de él y de lo que intenta conseguir con su trabajo. Pero solo le ha explicado parte de los motivos que le empujaron a estudiar en la Facultad de Trabajo Social cuando volvió de Zagreb. Se había intentado convencer de otros motivos, pero la verdadera razón por la que no se lo había contado todo era que temía que Jonna le diera la espalda.

Sin embargo, como su mujer aún no sabe leerle la mente, cuando le pasa una bolsa a Emilou, observa que en sus ojos sigue habiendo amor.

—Y ahora, si ya habéis terminado con la sesión de fotos, a lo mejor tú puedes ayudarme con la compra.

Ha comenzado a oscurecer cuando Jonna y Patrik se meten por el sendero del bosque que ha acabado convirtiéndose en su habitual ruta de paseo. Es aquí donde han encontrado tiempo para hablar durante todos estos años con las niñas, cuando el día a día acaba hipotecando casi todo el tiempo. Patrik se siente agradecido, no está seguro de si seguirían casados si no fuera por eso.

—Han denunciado la desaparición de Johan Lindén.

Jonna lo mira un poco perdida.

—¿Johan Lindén?

La capucha de la chaqueta verde militar se ajusta a su carita alargada y pecosa, ocultando sus rizos de color anaranjado. Sigue siendo igual de guapa, piensa Patrik, que la primera vez que se vieron en una de las casas de estudiantes en Uppsala.

71

—Sí, aquel tipo del que te hablé. El empresario al que pillamos el viernes en Malmskillnads.

Jonna asiente con la cabeza y se aparta el pelo que le ha tapado en la cara con una ráfaga de aire.

—Se supone que tenía que ir a buscar a los niños el lunes, pero no se presentó y tampoco lo localizaban en el móvil. Después de dos días, su exmujer denunció la desaparición.

Jonna parece pensativa.

—¿Le ha podido pasar algo?

Al lado del camino hay un corzo inmóvil que los está observando, como sopesando si debería retirarse o no.

—No, según Linus. —Patrik habla en voz baja para no asustar al animal—. Está seguro de que aparecerá tarde o temprano; de que hay una explicación natural. La mayoría de los casos de desaparición quedan dentro de esa categoría.

Patrik había llamado a Linus mientras iba en el coche de vuelta a casa después del trabajo. Quería conocer su opinión sobre la desaparición de Johan y, sobre todo, qué pensaba hacer la policía al respecto. Pero Linus no tenía gran cosa que aportar: las desapariciones no pasaban por su mesa, aunque el desaparecido fuera un putero al que él mismo hubiera detenido. Sin embargo, estaba bastante convencido de que los compañeros que habían tomado nota de la denuncia no pensaban hacer demasiadas pesquisas mientras no hubiera ningún indicio de que se hubiera cometido un crimen.

Reemprenden la marcha, el corzo se da la vuelta y se aleja corriendo.

—Pero dime tú cómo explicar que te olvides de tus propios hijos —murmura, y da una zancada para pasar por encima de un montoncito de excrementos de perro en mitad del camino de grava.

—Puede haberse puesto enfermo, o haber sufrido un accidente.

—Pero si fuera el caso, la policía debería de haberlo descubierto —dice—. Tendrán que hacer unas mínimas pesquisas.

Jonna asiente en silencio. Lleva los vaqueros negros recogidos en los tobillos, sus zapatillas de deporte están sucias de barro seco.

—¿Aún se sospecha que compraba favores sexuales? —pregunta—. Tal vez se haya escondido por eso.

—No, se desestimó aquella misma noche. Falta de pruebas. —Patrik se abrocha la chaqueta—. Pero Linus me ha contado que la chica a la que Johan recogió podría ser la última incorporación de una red rumana que tenían vigilada. A lo mejor Johan Lindén se había enterado y quería actuar.

Jonna se vuelve para mirarlo.

—Pero si fuera el caso, se lo podría haber contado a la policía. O a ti. ¿Por qué callarse un acto heroico de este tipo?

—Ni idea.

Una pista anónima había alertado a la policía de la red rumana. Durante la fase de observación, que había durado apenas dos meses, se había visto a los sospechosos entrar y salir de una serie de apartamentos; incluso habían podido seguirlos cuando llevaban a algunas de las chicas a distintas direcciones y hoteles en Estocolmo. Sin embargo, desde hacía un mes, las víctimas trabajaban en la calle. Era extraño y podía indicar que los proxenetas estaban teniendo dificultades para conseguir pisos. Que Nadia, la chica a la que Johan había recogido, pertenecía a la misma red rumana era un dato que la policía no había descubierto hasta que habían detenido a Johan.

Patrik le coge la mano a Jonna. Está fría. Le frota los dedos con suavidad.

—Pero supongamos que hizo subir a aquella chica al coche para ayudarla a salir de su situación. Entonces tal vez los chulos lo consideraran una amenaza.

—Sí, pero ¿de qué nivel de amenaza estamos hablando? Las víctimas del tráfico de personas pocas veces se atreven a denunciar o a testificar ni siquiera cuando la policía ha capturado a los sospechosos. ¿Por qué, entonces, iba ella a confiar en un extraño, y encima un hombre, que dice que quiere ayudarla?

Jonna retira la mano de la de Patrik.

—Además, todo esto no son más que especulaciones tuyas. Johan Lindén puede ser perfectamente un comprador normal y corriente. Y un fuera de serie con las mentiras. —Jonna arquea las cejas—. Por otro lado, pareces haberte obsesionado un poco con él. ¿Me puedes contar por qué?

Patrik se la queda mirando. Un pequeño hueco entre las nubes deja pasar un tímido rayo de sol, que cae en la cara de Jonna, haciendo un juego de luces sobre sus pecosas mejillas.

—Aseguraba haber visto a Viorica —susurra.

Jonna se detiene.

—¿«Esa» Viorica?

El rayo de sol ha alcanzado la cara de Patrik. Se la está calentando. Él asiente con la cabeza.

—Sí, no dijo su nombre: solo que había visto a una mujer en Rumanía que decía conocer a un sueco. —Baja la mirada, unas hormigas se le han subido a las zapatillas, una le está subiendo por la pernera—. Un sueco al que llevaba muchos años sin ver, pero cuyo nombre recordaba porque sonaba alemán. —Patrik sacude la pierna para desprenderse de la hormiga—. Cuando Johan vio mi tarjeta de visita, reconoció mi nombre.

A pesar de todo el tiempo que ha pasado, le sigue doliendo. «¿Cuándo has terminado de pagar una deuda? ¿Cuándo puedes perdonarte a ti mismo?»

—Si es que era ella, claro —dice Jonna, cortante, su dedo pulgar acaricia el de Patrik.

—Por eso le pedí que me contara más —dice Patrik—. Pero faltó tiempo. Linus vino para llevárselo. —Le da una patada a una piña, que sale volando, traza un arco en el aire y va a parar junto a un árbol—. Yo pensaba que estaba muerta —susurra él.

—Y puede que lo esté.

Jonna le pasa el brazo por los hombros. Él se hunde en su abrazo. Hacía tiempo que no hablaban de Zagreb. Ahora que lo piensa, puede que no hayan tocado el tema desde que estaban estudiando. La época en la que Jonna quería saberlo todo de Patrik. Quién era, por qué quería trabajar con la prostitución y, sobre todo, por qué se había alistado como soldado de la ONU en los Balcanes. Jonna venía de una familia de izquierdas políticamente activa, donde lo normal era ser objetor de conciencia.

—En cualquier caso, parece poco probable. —La voz de Jonna le saca de sus cavilaciones—. Probablemente, le dijo otro nombre, uno que se parece al tuyo.

—Sí, puede ser.

Patrik abre la verja de un prado con ovejas y deja que Jonna pase delante.

—Lo que sucede es que me han vuelto esos recuerdos.

Siguen caminando un rato, en silencio. El viento ha amainado. Con suerte, el tiempo será más estable durante el fin de semana: en ese caso, tal vez puedan inventarse alguna actividad para hacer en familia. Podrían necesitarlo. Está preocupado por Sasha desde hace tiempo. Como si Jonna le hubiese leído el pensamiento, saca el tema.

—Tenemos que hablar con Sasha de la escuela —dice, y se vuelve hacia Patrik—. El otro día me crucé con su tutor y, por lo visto, este trimestre está pasando de todo. Si no sienta cabeza en noveno, la cosa está jodida.

Las palabras de Jonna le pesan en el pecho. Lo peor de todo es que ninguno de los dos sabe cómo manejar a Sasha. Si le das el sermón, solo consigues empeorar la situación.

—Lo sé —dice él—. Pero, por favor, hoy no, no tengo el ánimo necesario. ¿No podemos tener una charla con ella durante el fin de semana, cuando estemos libres?

Jonna asiente con la cabeza, consciente de que el temperamento de Sasha los amordaza, hace que pospongan las conversaciones que necesitan. Aunque deberían saber mejor que nadie lo peligrosa que es la pasividad.

Cuando llegan al aparcamiento, los intermitentes parpadean tres veces cuando Jonna abre el coche con el mando. Patrik echa su chaqueta en el asiento de atrás y activa el sonido del móvil. En la pantalla aparece una llamada perdida y un mensaje en el buzón de voz.

—Solo voy a escuchar esto un segundo —dice, y cierra la puerta.

Mientras el coche abandona el aparcamiento, salta el mensaje de voz. Patrik lo escucha con creciente sorpresa. Cuando medio minuto más tarde deja caer el teléfono en su bolsillo, Jonna se vuelve para mirarlo.

—¿Quién era?

Al principio, Patrik no responde. Su mirada ha quedado atrapada en algún punto del bosque exterior, donde los árboles se han quedado quietos al haber amainado el viento.

—Era su exmujer —dice, finalmente.

—¿La exmujer de quién?

Una ardilla los observa vigilante antes de subir a toda prisa por un abeto.

—De Johan Lindén. —Patrik junta las manos en la nuca—. Dice que quiere quedar conmigo para hablar de la desaparición de Johan.

Andreea

Madrid, febrero de 2015

Se despierta por el escozor entre las piernas. Y porque se está haciendo pis. La parte baja del vientre está dura e hinchada. El intenso sol de invierno a través de la ventana revela que ya debe de ser casi la hora de comer. A lo mejor solo queda una hora o dos para que Marcel venga a buscarlas de nuevo.

—Hay muchos hombres que prefieren follar antes que dormir, a la hora de la siesta —le había explicado Elena—. Por eso también damos una vuelta después de comer.

Se le habían hecho casi las cuatro de la mañana cuando Andreea cruzó la puerta del piso, tras el intento frustrado de huir. Se había encontrado a Elena despierta, con las pupilas como platos. Le había contado lo de las dos españolas que tenían tanta prisa por bajar al metro y lo de los policías que habían puesto cara de asco.

—Serás tonta —le había respondido Elena, sin dar mayores explicaciones de a qué se refería con eso. Se había limitado a darle una crema para que se untara la vulva con ella—. Así las heridas se curan antes y no se te abrirán tan deprisa mañana.

Pero por el momento no le ha surtido efecto. Andreea se incorpora con dificultad, aprieta suavemente la sábana contra su parte dolorida; intenta no pensar en los hombres de anoche: no recuerda ni cuántos fueron. Pero muchos. Le costó reunir cuatrocientos euros, sobre todo cuando se hizo más tarde y los precios bajaron.

Uno de los últimos había sido un chico de Noruega. Le había contado que estaba estudiando Ingeniería en la Universidad de Oslo y que había bajado con unos amigos a pasar el fin de semana en Madrid. Tenía el pelo más claro que la puta más rubia de la calle, los ojos del mismo tono azul que el lavabo del piso y lo había visto pisar inquieto el suelo mientras decía que sí a un poquito de amor. Paseando los ojos por todas partes, pero sin mirar a Andreea, le había dicho que había sido idea de sus amigos, que en verdad él no quería. «Entonces, ¿por qué lo haces?», le habían entrado ganas de preguntarle, pero se había reprimido. Aún no había conseguido juntar el dinero. Si no era con él, tendría que ser con otro.

—Joder, qué cansada estoy.

Renata se ha despertado y se ha incorporado en la cama. El pelo castaño, que anoche estaba peinado de forma impecable, está ahora enmarañado y húmedo; el rímel se le ha corrido y tiene las mejillas grisáceas. Bosteza abiertamente y saca una bolsita con el polvillo del que Marcel la provee.

—Venga, ¿no quieres probar? —Su voz suena insistente al ofrecerle la bolsita a Andreea—. Te lo prometo, se te hace mucho más fácil trabajar.

Andreea niega con la cabeza.

Renata se encoge de hombros y esnifa un poco de polvo en un movimiento rápido.

—Allá tú. —Se levanta de la cama y empieza a hurgar en uno de los cajones de la cómoda—. Deberías ponerte guapa si no quieres llevarte unas hostias otra vez. —Renata señala la camiseta holgada de Andreea y sus bragas de algodón desgastadas de tanto lavarlas—. ¿No te compraron un poco de ropa interior chula?

Andreea asiente con la cabeza. La bolsa que el primo de Cosmina le tiró en el coche hace dos días sigue sin abrir, junto a su colchón.

—Sí —dice en voz baja—. Pero no quiero usarla.

Renata suelta una carcajada, más bien suena como un graznido.

—¿Por qué tienes que ser tan pesada? —dice, casi afable—. Arréglate. Te daré algunos consejos para la siesta. Si un putero te mete la polla tan al fondo que te cogen arcadas, lo que tienes que hacer es respirar lo más tranquilamente que puedas por la nariz. Hagas lo que hagas, tienes que respirar con tranquilidad; si no, vomitarás. —Se baja las medias rotas haciéndolas rodar hasta los gemelos—. Y entonces se ponen hechos una furia —añade. Hace una bola con las medias y las tira a un rincón del cuarto—. Y luego tienes que evitar a los tíos más jóvenes, ellos siempre son los que quieren probar cosas perversas. Mejor cógete a los mayores: son demasiado viejos y están demasiado cansados para poder aguantar algo que pase de una mamada.

«Yo no evito a nadie, me voy con quien me haga una señal con la mano», piensa Andreea. Pero asiente con la cabeza. Sabe que Renata pasa de ser la persona más amable del mundo a la más malvada en un abrir y cerrar de ojos. Andreea teme enfrentarse con ella. Solo lleva dos días en Madrid, pero ya se ha dado cuenta de que Renata es la que tiene algo que quizá se podría llamar privilegios. Ayer pudo ir a la lavandería ella sola, y Elena le ha contado que suele salir a hacer la compra y que le confían un poco de dinero suelto para gastos personales. A cambio, por lo visto, es muy leal a los chulos. Andreea no se puede fiar de ella.

—¿Cómo has acabado aquí?

Hace la pregunta en voz baja, temerosa de cómo se la puede tomar Renata. Puede ser sarcástica o completamente sincera.

—Bah, solo tuve mala suerte. —Se encoge de hombros—. El verano pasado empecé a salir con un chico. Al cabo de unos meses, debió de cansarse de mí y me vendió a Marcel.

Andreea se la queda mirando.

—¿No estás enfadada?

Renata se ríe.

—No, ¿de qué me serviría? —Se pone unas medias brillantes—. Toda mi vida he sufrido abusos. La primera vez, cuando tenía cuatro años. Un amigo de mi padre iba a ponerme a dormir..., y cuando la puerta estuvo cerrada comenzó a follarme. —Estira las piernas hacia delante, desliza una mano por la reluciente superficie—. Cada una es como es —dice, y se levanta—. Lo bueno es que ya sé de qué va todo. Ya he dejado de soñar con mi príncipe azul. —Se pone una minifalda de cuero encima de las medias y contempla satisfecha su imagen en el espejo—. ¿Qué te parece? —dice, y se da media vuelta para poderse ver el culo—. Con esto debería cobrar bien esta noche, ¿o has visto a alguna con un culazo como este?

Se ríe. Andreea no contesta. Piensa en su madre. En todo lo que se negó a ver entonces, pero que ahora le gustaría preguntarle. Le gustaría decirle a su madre que entiende por qué estaba siempre tan enfadada y triste cuando volvía del trabajo en Bucarest. En lo mucho que debió de dolerle cuando se vio forzada a dejar a Andreea con sus abuelos en el campo. Sobre todo, le gustaría pedirle perdón por lo que le gritó el día que entendió cómo ganaba el dinero. Cómo lo ganaba para Andreea. Pero para entonces su madre ya se había juntado con uno de sus clientes habituales: Iósif. Y dejaron de hablarse.

Andreea mira por un pequeño agujero en el cristal sucio. Por primera vez desde que ha llegado, se da cuenta de que ha hecho exactamente lo mismo que su madre. Se dio el lujo de soñar con una vida mejor. Si había alguien que debería haberlo sabido, era ella.

Baja la mirada hacia Elena, que yace bocabajo en un colchón, roncando ruidosamente. A su lado, hay un tarro de pastillas y medio vaso de vodka.

—Es la única manera de soportarlo —le había dicho cuando Andreea le había preguntado por qué tomaba drogas—. Pronto lo entenderás. Vas a pasar mucho tiempo aquí. Es la única manera de aguantarlo.

Elena le ha contado que suelen trabajar siete días a la semana: primero, una vuelta corta por el parque durante la siesta; luego, sobre las diez de la noche. A veces toca en alguna de las calles de putas del centro.

—Pero nunca habitaciones de hotel —le había explicado Elena con voz amargada—. Allí solo pueden ir las rusas. Las rumanas nos quedamos en la calle.

Como si tuviera alguna importancia si follaban con pollas desconocidas en una cama de hotel o contra la puerta de un coche, pensó Andreea. Pero había guardado silencio: no habría servido de nada, pues tanto Elena como Renata parecían haber aceptado su destino.

Para ella era distinto, quería salir de ahí a cualquier precio. Hasta que no lo consiguiera, nada podría hacerle sentirse mejor. Ni una habitación de hotel ni la posibilidad de poderse lavar ella misma la ropa.

Después de un breve titubeo, coge la bolsa con la ropa interior roja y se mete en el cuarto de baño. Abre el grifo y deja que el agua helada corra por el lavabo. Se topa con su propia cara en el espejo. Sus ojos están cansados y todavía tiene una marca en la mejilla, donde esa mujer gorda le había arreado el bofetón.

Se enjuaga la cara, se unta una capa gruesa de base de maquillaje por toda la piel, bajo la cual las ojeras se difuminan hasta desaparecer. Luego se pone sombra de ojos, *eyeliner*, rímel y un pintalabios rojo cereza. Poco a poco, su rostro se va transformando, de adolescente cetrina a prostituta profesional.

Mientras se está mirando a sí misma en el espejo, se abre la puerta. Es Elena. Entra y se deja caer en la taza del váter, aún más dormida que despierta.

—¿Por qué lo haces, Elena? —La voz de Andreea suena rendida—. ¿Por qué no podemos, simplemente, intentar escapar? —Casi parece estar suplicando—. Volver a Bucarest, encontrar trabajo.

Elena la mira como si se hubiera vuelto loca de remate. Luego niega lentamente con la cabeza.

—Mírame —dice, y se tira de los mechones rubios—. Si no ves una puta, es que tienes algún problema en los ojos. —Se levanta y se pone

79

las bragas como puede. Andreea tiene tiempo de ver la cicatriz de una cesárea por debajo de la cintura—. ¿Y adónde coño voy a volver? —Tira de la cadena y abre el grifo—. Me tocaría follar en Bucarest, ¿no lo entiendes? Es lo único que sé hacer.

Andreea mira a Elena a través del espejo. Sus pechos voluminosos casi se salen del sujetador, el pelo decolorado es casi de color blanco tiza, las pestañas postizas que anoche no logró quitarse resaltan sus ojos y hacen que se vean grandes. Traga saliva. Quizás Elena tenga razón: puede que ahora sea puta. Luego se mira a sí misma. El exceso de maquillaje hace que parezca varios años mayor. El pelo sigue manteniendo su forma ondulada, después de que ayer Elena le pasara el rizador. ¿Cuánto tiempo tendrá que pasar para que ella esté en las mismas?

Patrik

*P*atrik se lleva la copa a los labios. La familia de Jonna se ha reunido casi al completo alrededor de la mesa de roble oscuro en el comedor para celebrar el cumpleaños de Elsa, la madre de Jonna, que cumple setenta y cinco. Su padre es el único ausente. A pesar de tener más de setenta, todavía le toca viajar como enfermero a alguna parte del mundo, para echar una mano en un hospital de campaña. Ahora está en Nigeria.

Deja que la sidra fría le baje por la garganta. Sin alcohol, pues tiene que conducir. Como un recordatorio, el gran reloj de péndulo da ocho campanadas. Ya va siendo hora de irse, si quiere llegar a casa a tiempo de prepararse la bolsa para ir a trabajar a la calle Malmskillnads. Ha pasado una semana desde que estuvo sentado en el furgón policial con Johan Lindén, pero le parece que de eso hace un año. Mira a Jonna para captar su atención, pero está metida en una conversación con uno de sus primos y no lo ve. Elsa tampoco está a la vista. Como de costumbre, pasa más tiempo en la cocina que en la mesa.

—¿Me pasas tu plato?

Sasha está detrás de él haciendo equilibrios con una pila de vajilla sucia.

—Gracias, cariño, que bien que ayudéis a la abuela a quitar la mesa.

Sasha resopla y le quita el plato de la mano, lo pone encima del montón sin quitar primero los restos de comida del de debajo. Él contiene el impulso de corregirla. Es más importante halagarlas cuando lo hacen bien que quejarse de lo que todavía no sale bien. Sobre todo cuando se trata de Sasha.

Su hija coge unos cuantos platos más antes de irse a la cocina con las manos llenas. Patrik observa el grupo que se ha juntado a la mesa.

—Lo siento, pero me voy a abstener del postre. Tengo que ir a trabajar.

Coge un trocito de *baguette* de la cesta del pan. Las patas de la silla rascan el suelo cuando se pone de pie.

—Qué bien que hayas venido. Ve con cuidado esta noche. —El primo de Jonna se levanta y le da una palmada en la espalda—. Estás haciendo un trabajo importante.

Varios de los presentes asienten con un sonido gutural. La reacción habitual: Patrik siempre recibe algún tipo de reconocimiento cuando su trabajo sale a colación.

—Sí, es realmente terrible lo de las niñas que se ven obligadas a prostituirse —dice la esposa del primo, que al comenzar la cena le había contado a Patrik que hacía poco había visto la película *Lilja 4-ever*, quince años después de que la estrenaran, solo para comprender mejor con qué estaba trabajando su primo político—. Maltratadas y prisioneras de bandas criminales provenientes de Rusia.

Hace una mueca.

—Bueno, eso no se puede aplicar a todas, claro —dice Patrik con sequedad—, pero, por lo que a mí respecta, es irrelevante si es la violencia, la pobreza o la drogodependencia lo que las obliga. Ninguna persona debería tener que vender su cuerpo.

La mujer del primo asiente con la cabeza sin entender del todo la puntualización. Patrik se vuelve hacia Jonna.

—Solo voy a decirle adiós a Elsa, ¿está en la cocina?

Jonna asiente en silencio.

—Mándame un mensaje si llegas más tarde de lo normal.

—Claro.

Aprovecha para llevarse una jarra de agua vacía y un cuenco con patatas cocidas, y se va a la cocina. Unas risotadas le llegan a mitad de camino. Emilou se ha atado un paño a la cabeza y está blandiendo el cepillo de fregar subida a una de las sillas de la cocina. Sasha se desternilla en el suelo. Elsa se ha sentado en una silla y se está secando una lágrima en el rabillo del ojo. Patrik no entiende qué es lo que les hace tanta gracia.

—Hola, papá —dice Sasha apenas sin poder contener la risa—. ¿Has venido para ayudar con los platos?

Patrik niega con la cabeza.

—No, lo siento, tengo que ir a trabajar.

Sasha mueve las pupilas.

—¿Vosotras os quedáis o queréis venir a casa conmigo? —continúa.

Le sale más áspero de lo que pretendía, pero es que el gesto de Sasha lo ha molestado.

—Yo me quedo —dice su hija enseguida, y se levanta del suelo.

Emilou se quita el trapo y se lo tira a Elsa.

—Pero yo me voy contigo.

Se seca las manos en los pantalones y le da un abrazo a su abuela.

—Ve a decir adiós a los demás —le recuerda Patrik—. Te espero en el coche.

Fuera hace fresco, lejos de la noche tropical que experimentaron los holmienses hace tan solo una semana. Patrik tirita. Esta noche tendrá que ponerse calzoncillos largos y el plumón.

Abre el coche y se sienta al volante a la espera de Emilou. Echa un vistazo rápido al móvil. Un SMS de Helena Lindén, la ex de Johan, con la dirección de su casa en Enskede. Cuando Patrik la había llamado para preguntar por qué quería quedar con él, la mujer le había parecido tranquila.

—Según la policía, tú eres una de las últimas personas que hablaron con Johan antes de su desaparición —le había contestado Helena Lindén—. Me gustaría mucho que me hablaras de esa conversación, de qué te dijo y de si hay algo que pueda explicar por qué ha desaparecido.

Patrik había vacilado.

—Bueno, no estoy muy seguro de que lo que yo sepa te pueda ayudar. Además, tengo que ceñirme al secreto profesional, incluso con familiares.

Pudo oír la respiración de Helena Lindén al otro lado.

—Vale, tú eliges lo que me puedes contar, pero me gustaría verte. —Patrik había oído un leve murmullo de niños de fondo—. Johan y yo estamos divorciados, es cierto, pero sigue siendo el padre de mis hijas. Me gustaría mucho que volviera a dar señales de vida. Y, lamentablemente, la policía no parece muy predispuesta a hacer gran cosa; creen que lo está haciendo por propia voluntad.

—¿Y tú no?

—No, no les fallaría a las niñas de esta manera. —Se había quedado callada—. Aunque entiendo que puedas dudar de eso, después de haberlo visto recoger a chiquillas en la calle Malmskillnads.

Patrik había tenido ganas de decirle que, sintiéndolo mucho, era más que posible: a menudo, se encuentra con padres de hijas adolescentes a las que vigilan con uñas y dientes al mismo tiempo que pagan por tener sexo con la hija de otro. Pero no había dicho nada: solo había confirmado que le haría una visita en su casa en Gamla Enskede. Después habían colgado. Todavía le está dando vueltas a qué policía de pacotilla se le había ocurrido revelar que Johan Lindén había hablado con un terapeuta.

El ruido de una puerta al cerrarse le hace levantar la cabeza. Emilou ha salido de la casa y se está acercando. Ya es más alta que él y que Jonna. Ha salido a su abuela, que medía metro ochenta y cinco, al menos hasta que el paso del tiempo empezó a hacer estragos.

Ella abre la puerta y se sienta a su lado. Patrik la mira de reojo. Sus rizos castaños, heredados de Jonna, le bajan casi hasta la cintura; esas pestañas largas las ha sacado de él.

—Estoy orgulloso de ti —dice, y da marcha atrás para salir del aparcamiento.

—¿Por qué?

Emilou lo mira un tanto desconcertada.

—Bueno, me enternece verte ayudar a la abuela en la cocina. O sea, no solo tú; Sasha también, claro.

Gira a la derecha para atravesar el barrio residencial y se incorpora a la autovía.

—Bah, no tienes que estarlo.

Emilou se acomoda y baja el espejito de la visera.

—Sí, desde luego… —empieza Patrik, pero Emilou lo interrumpe.

—Más bien pienso que debería darte vergüenza. —Se pone bien una de las lentillas—. Si tú y esa panda de viejunos os hubieseis levantado para echar una mano, a lo mejor nosotras podríamos haber interactuado un poco, en lugar de pasarnos la tarde en la cocina. —Cierra el espejito y se vuelve hacia Patrik—. No me sorprendería nada que, mientras tanto, hubierais estado hablando de la importancia de la solidaridad y la implicación social.

Patrik nota que se le calienta la cara.

—Venga ya, córtate… ¿No has visto que he llevado la jarra de agua antes de irnos?

Emilou abre el bolso y saca un pintalabios lila oscuro.

—Una jarra de agua —resopla—. Eso no es nada comparado con los platos de veintidós personas. —Vuelve a bajar la visera y se pinta los labios—. ¿No te das cuenta de que en cada cena familiar son siempre las mismas personas las que se quedan sentadas esperando a que les sirvan?

Patrik guarda silencio. La verdad es que tiene razón.

—Disculpa, supongo que tienes razón. —Activa el limpiaparabrisas, ha empezado a lloviznar—. La próxima vez, monta una escena —le dice animándola—. Yo te apoyo. Cambiar las cosas siempre exige lucha al principio.

Emilou lo mira como si acabara de soltar el cliché definitivo.

—¿Y por qué precisamente yo? —Su voz es ácida—. ¿No habría sido bastante chulo que tú también lo hicieras? Al fin y al cabo, eres tú quien sale ganando con la situación tal y como está ahora.

Unos matices rojos en su cuello revelan que Emilou está más enfadada de lo que pretende fingir. Patrik piensa que debe de haber discutido de estos temas con sus amigas, feministas como ella. Probablemente, se habrán indignado entre sí. Y luego se lo vomita a él.

—Perdón, cariño, está claro que tienes razón. —Patrik sonríe conciliador—. Debería haberlo pensado.

Emilou se pasa una mano por el pelo, sus dedos se enredan en los rizos.

—¿Sabes? —dice rabiosa—. A veces pienso que sacas mucho pecho porque trabajas en lo que trabajas.

Mejor no contestar, pero el comentario le escuece. ¿En serio? ¿Se ha vuelto un engreído?

Guardan silencio mientras el coche los lleva a través de los túneles de Södra Länken y luego continúan por la carretera de Värmdöleden. Media hora más tarde, aparcan en el espacio iluminado delante de la puerta del garaje. Patrik abre la puerta y se baja. Le grita por encima del hombro a Emilou, que sigue sentada en el asiento del acompañante.

—Solo voy a preparar la bolsa y me largo.

Ella asiente distraída con la cabeza, sumida en su teléfono.

Veinte minutos más tarde, Patrik está en el salón con la chaqueta en la mano. Emilou está recostada en el sofá con una bolsa de patatas fritas al lado y la *tablet* en el regazo. Patrik se acerca y coge un puñado.

—Me voy, nos vemos mañana.

Emilou no quita los ojos de la pantalla.

—Claro, ten cuidado.

—La noche está tranquila.

Linus se ha llevado los prismáticos a los ojos para escrutar la calle, siete plantas más abajo. Cerca de las galerías Åhléns City se ha juntado un grupo de jóvenes, pero son más interesantes para la unidad de narcóticos que para la de prostitución.

Un Golf azul marino recorre lentamente la calle Mäster Samuels arriba y abajo. El conductor pierde el interés al no ver a ninguna mujer y sigue adelante, en dirección a Malmskillnads.

—Todavía es temprano.

Patrik sigue al Golf con la mirada. Linus ya ha pillado a ese conductor en un par de ocasiones, pero no parece que eso lo eche atrás. Las dos veces ha rechazado hablar con Patrik, alegando que no necesita hablar con nadie, que solo quiere disfrutar de sus derechos civiles, comprar lo que el mercado ofrece. Linus deja los prismáticos y saca un termo de la mochila.

—He hecho un poco de café, ¿quieres?

—Encantado.

Patrik observa a Linus mientras llena una taza. El pelo rubio se le ha encrespado detrás de una oreja. ¿Cuánto hace que se conocen? Hace memoria. Debe de hacer unos quince años. En aquella ocasión, Linus no era más que un aspirante, Patrik se acababa de licenciar de la Facultad de Trabajo Social y había encontrado trabajo en el Ayuntamiento de Estocolmo. La ley sueca de 1999 sobre la compra de servicios sexuales acababa de salir del horno. Coincidieron en un caso de una mujer de Lituania que se vendía en plena calle. Los que la vendían eran el primo de la mujer y su esposa.

Patrik y Linus habían comenzado a trabajar juntos y habían hecho buenas migas, aunque sus pasados no tuvieran nada que ver. Patrik venía de una familia cristiana y de lo más conservadora; Linus se había criado en una comuna *hippie* socialista en la provincia de Småland. Con el tiempo, comenzaron a verse fuera del trabajo. Durante las numerosas y largas charlas de bar se fraguó una colaboración más formal. Fue a Linus a quien se le iluminó la bombilla. A Patrik le pareció una gran idea que la unidad contra la compra de servicios sexuales fuera a trabajar de manera conjunta con los servicios sociales municipales. De esa manera, no solo perseguirían judicialmente a los delincuentes, sino que también les ofrecerían apoyo. A los hombres que pagaban por el sexo y a las mujeres que vendían sus cuerpos.

Patrik coge la taza que Linus le ofrece, se estira para alcanzar la leche y la vierte hasta que el café adquiere un color marrón claro.

—¿Sigue desaparecido? —pregunta, y le pasa la leche a Linus.

—¿Quién?

—Johan Lindén.

Linus lo mira extrañado.

—¿Sigues dándole vueltas?

—Tanto como vueltas… —Patrik se mueve, incómodo. Linus no sabe lo que Johan le contó; tampoco lo que Patrik le prometió a cambio de más información—. Es que desapareció justo después de que lo detuviéramos. No es tan raro que sienta curiosidad.

Mira hacia otro lado al decir esto último, consciente de que se está jugando mucho. Son un grupo muy pequeño. Patrik, algunos agentes de policía y las trabajadoras sociales de la clínica Lovisa, que ofrece apoyo a las mujeres. A pesar de responder a diferentes marcos reguladores y de provenir de distintas administraciones, comparten casi toda la información unos con otros. A cambio, cuentan con que la información no saldrá del grupo, de que son leales entre sí. Y Patrik siente que ha puesto esa lealtad en juego por saber más sobre una mujer a la que creía muerta.

—Creo que sigue desaparecido —dice Linus—. Por lo menos no he oído lo contrario.

Patrik da un sorbo de café: está tibio y no sabe especialmente bien.

—¿La policía ha hecho alguna pesquisa?

Linus guarda el termo en la mochila.

—Solo las de costumbre. No está en el hospital y en su empresa dicen que lleva cinco meses de baja.

—¿Y el coche?

—Bueno, no está aparcado ni en su residencia habitual ni en el trabajo, así que lo más probable es que esté de viaje.

Linus abre la mochila otra vez y saca un tarro de plástico. Se lo pasa a Patrik. Son galletas de mantequilla. No tienen muy buena pinta, pero necesita energía y coge tres.

—Y en su piso estaba todo en orden —continúa Linus—. Ningún indicio de pelea, nada que resultara sospechoso.

Su voz resuena cuando habla. El piso que emplean para completar las tareas de observación casi no tiene muebles.

—Entonces..., ¿qué implica eso? ¿Que la policía lo deja correr y espera a que vuelva por su propia voluntad?

Linus se encoge de hombros.

—Sí. Sabes tan bien como yo que es casi imposible conseguir recursos para este tipo de desapariciones.

Levanta los prismáticos y mira a los otros dos observadores que están sentados en un coche abajo en la calle, dispuestos a actuar en cuanto Linus les informe de alguna actividad sospechosa.

—Pero, por pura casualidad, esta tarde he descubierto algo que podría implicar que hay una conexión entre la desaparición de Johan y su detención el viernes pasado.

Patrik se detiene con el café a medio camino de la boca.

—Acabo de enterarme —continúa Linus—, así que me cuesta valorar si tiene alguna relevancia.

87

Impaciente, Patrik se mete una galleta en la boca.

—Venga, hombre, ve al grano.

Linus deja los prismáticos y se vuelve hacia Patrik.

—Se trata de la red de rumanos a la que le estamos siguiendo la pista —dice—. En una de las listas de contactos de uno de los proxenetas, ha aparecido con cierta frecuencia un número de móvil sueco. Hasta abril. Luego desaparece. Pertenece a una tarjeta de prepago sin registrar, así que no podemos conseguir ningún dato.

—Pero ¿las operadoras no pueden…?

Linus mueve los ojos.

—Qué va. Ya sabes cómo son. Como es el proxeneta y no el dueño de la tarjeta quien es sospechoso de un delito grave, no sueltan prenda. —La voz de Linus revela lo frustrado que se siente de que ni siquiera la policía pueda exigirlo—. Sin embargo, cuando mis compañeros vieron a Helena Lindén, ella les contó que su hija había recibido una llamada de Johan al día siguiente de que lo detuviéramos. No de su número habitual, el que está vinculado al teléfono del trabajo, sino de otro que nunca había visto. Le preguntó por qué la estaba llamando desde un número nuevo.

—¿Y qué dijo?

88

—Que se le había acabado la batería. Que le había cogido prestado el móvil a un amigo. —Linus deja la taza y se seca la boca con el reverso de la mano—. Así que le dio el número a la policía. Les pidió que rastrearan el teléfono.

Patrik suelta aire.

—¿Y es el mismo número que habíais encontrado en la lista de llamadas del proxeneta?

—Sí.

—Y, en tu opinión, ¿qué implica todo esto?

—Bueno, si de verdad es el móvil de Johan Lindén y no el de alguien a quien solo se lo cogió prestado el lunes para llamar a su hija, puede que haya sido un putero inusualmente activo. El número aparece muy a menudo, a veces más de una vez por semana. —El sonido de su teléfono móvil lo interrumpe. Echa un vistazo a la pantalla y rechaza la llamada—. O bien —continúa, mirando a Patrik— puede ser que Johan Lindén forme parte de la red criminal. Podría haber colaborado con los proxenetas y haber participado en los procesos de venta de las mujeres. Eso explicaría por qué está desaparecido. Tal vez comprendió que solo era cuestión de tiempo que descubriéramos su implicación.

Patrik se limpia unas migas que se le han quedado en la perilla.

—Pero ¿qué vais a hacer con esta información?

—No lo sé. Todavía son cabos muy sueltos. En las listas de los proxenetas, hay más números que nos interesan. La mayoría son de puteros. Puse a un compañero a buscar información sobre el tráfico de llamadas tanto del móvil del trabajo de Johan como de la tarjeta de prepago desde la que llamó a su hija. Pero será complicado. Además, los dos móviles están apagados, así que no los podemos rastrear.

—Pero ¿y si resulta que tienes razón? ¿Y si es un proxeneta?

—Entonces lo detendremos cuando intervengamos contra el resto de la organización. Con suerte, dentro de pocas semanas. —Linus guarda un momento de silencio—. Creo que empieza a correr prisa: algunas de las chicas han desaparecido.

Patrik se levanta y deja la taza en el fregadero.

—¿Desaparecido?

—Sí, ya no están en Estocolmo. Probablemente las hayan trasladado a otros países de la Unión Europea. Quizá porque se huelen que los estamos vigilando, o puede que solo sea para reducir las posibilidades de que los descubramos. —Linus levanta los prismáticos. Se queda de piedra—. Oye, hay algo.

Patrik se acerca a toda prisa a la ventana. Al otro lado de la calle Mäster Samuels, ve a tres chicas jóvenes que antes no estaban ahí. Por lo demás, nada extraño.

—Allí.

Linus señala a un hombre joven en vaqueros y sudadera gris con capucha. La lleva puesta y se ha acercado a una de las chicas. Ella niega con la cabeza: no le interesa. Patrik sonríe por dentro: al menos hay algo que sí desarrollan tras tantas noches en la calle: buen ojo para la gente. El problema es que los peores hombres pocas veces saben aceptar un no. Lo constata cuando ve que el hombre agarra a la chica del brazo y trata de llevársela a la fuerza. De la nada aparece otro tipo: estatura media, pelo corto y castaño, con vaqueros y cazadora azul oscuro. Le dice algo a aquel comprador potencial. No saben qué. Pero está claro que ha captado el mensaje: el hombre suelta el brazo de la mujer. Pero antes escupe al suelo. Luego se aleja caminando.

—Llamaré a Hanna —dice Linus—. Le diré que lo siga.

Patrik mira el coche camuflado. Puede vislumbrar a Hanna y a otro agente en los asientos delanteros.

—Si no me equivoco, en breve ese tío sacará su frustración con otra. Es mejor que estemos preparados.

89

Patrik apenas oye lo que dice. Está concentrado en el otro hombre.

—¿Por qué ha parado el trato, el chulo?

Linus se encoge de hombros.

—Supongo que no quería que la chica acabara en manos de un chalado. Negocios. —El hombre está hablando con las mujeres, tal vez dando instrucciones—. Por cierto, es uno de ellos —dice Linus.

—¿De quiénes?

El hombre ha cruzado la calle y se ha plantado delante de un H&M, a la vista de las chicas, pero a una distancia prudencial.

—Los proxenetas rumanos de los que te he hablado —responde, y ven que el tipo saca el móvil—. En su lista de llamadas encontramos el número desde el que Johan Lindén llamó a su hija.

90

Ted

Gotemburgo, junio de 2016

*U*n pequeño restaurante en la terminal de embarque lo atrae por su relativo aislamiento. Ted pide un *cappuccino* y encuentra una mesa libre al fondo del local. El resto está ocupado. Todos los que tienen que ir a pasar el día a Estocolmo por viaje de negocios y quieren llegar a la oficina antes de las nueve tratan de coger este vuelo.

Se sienta a la mesa y deja el móvil en el macuto. Sus dedos rozan fugazmente la memoria USB que le llegó ayer con el sobre rojo. Todavía no se ha atrevido a meterla en el ordenador.

Alex se había mostrado curiosa, como la primera vez. Pero Ted le había restado importancia al asunto y había dejado el sobre a su lado en el sofá, fingiendo concentrarse en la televisión. Luego, en mitad de la noche, una vez que se hubo cerciorado de que Alex estaba dormida, se había levantado y se había sentado en la cocina. Esta vez la carta no contenía ninguna foto de las páginas de contactos, solo el USB y un breve texto. Había decidido esperar al día siguiente para comprobar el contenido del lápiz de memoria, cuando Alex ya no pudiera pillarlo. Pero había leído la carta:

¿Verdad que es agradable poder disfrutar de un poco de sexo sin compromiso, eh, Ted? Sobre todo cuando, contento y satisfecho, te puedes largar de allí al cabo de media hora, sin tener que follar las veinticuatro horas del día. Así que la pregunta es si no habría algo que pudiera hacerte parar a ti. ¿Remordimientos de conciencia por tu esposa o por las mujeres de las que te aprovechas? Parece bastante dudoso. ¿El riesgo de que te descubran? Sí, puede ser. ¿Verdad que te asusta pensar que alguien te pueda pillar? La maldita ley sobre la compra de servicios sexuales, ¿verdad que sí? Así pues, Ted, ¿cuánto estarías dispuesto a ofrecer para que tu secreto quede entre nosotros?

La lámpara de la cocina había titilado y se había fundido, pero él se había quedado sentado en la oscuridad un rato largo, sosteniendo el papel con mano inerte. Mirando al vacío. Entonces, ¿se trataba de una extorsión, al fin y al cabo? Había alguien que no solo sabía lo que hacía con aquellas chicas, sino que era consciente de sus grandes recursos económicos.

Cuando amanecía, se despertó en el sillón. Se había despertado porque Alex había empezado a trastear en la cocina. Un ruido casero, acogedor: como si todo siguiera como siempre. Cuando Ted había ido a darle los buenos días, ella le había preguntado dónde se había metido. Él le había dicho algo sobre diarrea, observándola de reojo para ver si había en ella algún aire de triunfo, quizá pura maldad. Pero nada de eso: si era ella quien se escondía detrás de las cartas, era una actriz excepcional.

Se lleva la taza a la boca y bebe un poco de café, a pesar de que todo le provoca náuseas. La pantalla de salidas le informa de que ya es hora de tomar el avión. Se termina lo que queda de café y se levanta de la mesa. De camino a la puerta de embarque se mete un momento en una tienda de electrónica y compra un juego que le ha prometido a Lukas.

Cuando se sienta en el avión a esperar el despegue, ya no puede aguantar más. Enciende el ordenador y mete el USB. Por el momento está solo en su fila; además, si gira un poco la pantalla hacia la ventanilla y se pone los auriculares, nadie podrá ver nada. Aun así, le tiembla la mano cuando hace doble clic sobre el archivo que hay en la memoria USB. Sin nombre, solo una fecha: 11 de mayo de 2016.

En pantalla aparece un vídeo porno. En la cama que se ve en el centro de la imagen hay dos personas tumbadas. El hombre, de espaldas a la cámara, se mueve frenéticamente sobre un cuerpo de mujer. En la piel tiene cicatrices de granos; las nalgas, blancas como la tiza, tiemblan con el movimiento. Lo único que se oye es el chasquido de cada empujón, el resoplido pesado, algún que otro jadeo. La mujer que yace debajo permanece en silencio. Cuando el hombre se ha corrido y se ha desprendido del condón, dejándolo como una mancha húmeda encima de la sábana, vuelve la cara hacia el foco de la cámara. A Ted se le para el corazón. El protagonista de aquel vídeo porno que se levanta de la cama es él mismo.

Patrik

Estocolmo, junio de 2016

*P*atrik echa un vistazo al GPS y se desvía de la autovía de Nynäs-vägen. Los tres carriles son sustituidos por un mundo propio del universo de Astrid Lindgren, con hermosas casas de fin de siglo cobijadas entre viejos frutales y una frondosa vegetación. La gente puede acurrucarse en casas idílicas con los jardines más apacibles y, aun así, ocultar oscuros secretos. ¿Qué es lo que ha escondido Johan Lindén y dónde está ahora? ¿Por qué aparece el número desde el que llamó a su hija en una lista de llamadas de un proxeneta?

Aminora la marcha y busca la placa con el nombre de la calle. Por muchas vueltas que le ha estado dando durante el fin de semana, no ha conseguido encontrar una explicación alternativa a lo que Linus había sugerido, que, o bien Johan era un putero extremadamente activo, o bien, en el peor de los casos, estaba directamente implicado en la trata de personas. Al final, la cosa se le había hecho tan grande que había acabado por llamar a Amira, a pesar de ser festivo: le había preguntado si en su trabajo en la clínica Lovisa se había topado con alguna prostituta extranjera que le hubiese mencionado a un proxeneta que hablara sueco. Patrik estaba pensando en Johan. Pero, según Amira, las pocas veces que las mujeres reunían fuerzas para hablarles de esos hombres, solían decir que eran de su mismo país de origen.

Se desvía por una pequeña calle aún más idílica, al tiempo que se mete una pequeña porción de tabaco en polvo bajo el labio superior. Dejó de fumar hace años, pero ante la elección entre nicotina o picoteo, se queda con la primera opción. Echa un vistazo al cartel: es la dirección que estaba buscando. Pero es casi imposible encontrar un sitio donde aparcar. Al final, lo consigue delante de la panadería Gamla Enskede.

Cierra el coche, comprueba dos veces que no hay que pagar después de las cinco de la tarde y camina a paso ligero hasta el callejón donde queda la casa que Johan Lindén compartía con su exmujer. Al cabo de unos minutos, ha llegado. Es un edificio de una planta; una casa cuadrada de principios de siglo, rodeada por un gran jardín esquinero que rebosa de árboles frutales y lilas de color blanco y violeta. Lo único que rompe el aura idílica es que en el terreno vecino hay a un centro preescolar. No obstante, en este momento, la calma es total. Ni siquiera el ruido de la autovía resulta especialmente molesto, a pesar de no quedar muy lejos.

Las gotas de lluvia le mojan la mano cuando acciona la manilla de la verja blanca de madera, que se abre con un leve chirrido. Le parece ver un movimiento en una de las ventanas. ¿Le estaba esperando?

Las piedras humedecidas del sendero que lleva a la puerta de la casa están cubiertas de musgo verde. Supone que entre las aficiones de la dueña no está la jardinería.

La puerta se abre. Helena Lindén es más alta que él; la melena rubia termina un poco por debajo de sus hombros; el sencillo vestido beis de talle recto parece caro. Patrik no tiene ni idea de a qué se dedica esa mujer, en qué barrio se ha criado, si sigue viviendo en Estocolmo ni cuáles son sus preferencias políticas. Pero conjetura que Helena Lindén trabaja en el sector financiero, que está acostumbrada a un alto nivel de vida y que pocas veces se pregunta por qué en las calles de Estocolmo hay tantos mendigos de Rumanía. Jonna se habría puesto como una fiera si le hubiese podido leer ahora el pensamiento. Le habría encantado ver cómo le desmigaba todos esos prejuicios.

—Helena —dice la mujer extendiendo una mano en la que las venitas pueden intuirse a través de la fina piel—. Bienvenido.

Las facciones de su cara están tensas. Es delgada, casi flaca.

—Gracias.

Patrik entra en el recibidor. Ella señala el perchero.

—He pensado que podríamos sentarnos en el porche acristalado —continúa ella—. Allí hay menos riesgo de que las niñas nos oigan.

Patrik mira de reojo hacia la escalera, pero no ve ningún par de pies furtivos en los escalones. Cuelga la americana junto a una chaqueta de deporte de hombre. ¿Es de Johan o Helena ha conocido a otro?

—Johan tiene realquilado un piso en el barrio de Söder, por el momento, hasta que encuentre algo para comprar.

Helena Lindén se ha fijado en las miradas de Patrik.

—Sí, me comentaste que os estáis divorciando. —Patrik sigue sus pasos por el pasillo hasta el salón—. Lo lamento.

—No te molestes —dice Helena con sequedad—. Deberíamos haberlo hecho hace años. Aunque me mosquea que lo detuvieran por comprar sexo en Malmskillnads. Eso no lo esperaba.

Camina hasta una gran isla que separa la parte del salón y la cocina. El lugar parece de revista de interiorismo.

—No es seguro que estuviera allí para comprar servicios sexuales —dice Patrik en voz baja.

Helena se vuelve, sorprendida.

—¿Para qué si no?

Patrik se reclina en uno de los taburetes de alrededor de la isla.

—No lo sé. No me lo quiso contar. No podía, dijo. Pero todo el rato se empecinó en que era inocente. Y, por alguna razón, yo lo creí.

No le explica a Helena que ahora ha empezado a dudar, tras la conversación con Linus. Primero necesita asimilarlo él mismo.

—¿Por qué?

Patrik se quita el jersey y lo deja en la silla contigua.

—Porque era distinto de los demás —dice—. Tuve la sensación de que estaba sinceramente preocupado por esa chica y por lo que fuera a pasar con ella, ahora que lo habían detenido a él. ¿Cómo se lo están tomando vuestras hijas, por cierto?

Helena se encoge de hombros.

—No lo sé —dice—. He hecho lo posible para quitarle dramatismo y que no se preocupen más de la cuenta. Pero, claro, ya ha pasado una semana: ellas también entienden que algo va mal. —Abre la nevera—. ¿Quieres tomar algo? ¿Agua, cerveza, vino?

—Un vaso de agua, gracias.

Helena saca una botella de agua con gas y le hace un gesto con la mano a Patrik para que la acompañe. Con el agua en una mano y dos vasos en la otra, la mujer se adelanta hasta el porche acristalado que se abre ocupando toda la fachada trasera de la casa. Niega rotundamente con la cabeza cuando Patrik se ofrece a ayudarla.

—Espero que tengas razón —dice después de dejar la botella y los vasos en la gran mesa blanca que llena la estancia—. Porque tampoco habría sido la primera vez, ¿sabes?

Patrik se detiene, con la silla a medio sacar de debajo de la mesa.

—¿Quieres decir que ya había comprado sexo antes?

Piensa en la conversación con Mikaela: Johan se puso en contacto con la consulta a principios de año.

—Sí.

95

Los ojos de Helena no revelan nada.

—¿Cómo lo descubriste?

—Él mismo me lo contó. Durante una de las muchas conversaciones largas que tuvimos, una vez que hubimos decidido que nos íbamos a divorciar. —Se sienta frente a Patrik y desenrosca el tapón de la botella. Sirve los dos vasos—. Fue una noche a finales de enero. Johan acababa de contarme que había encontrado un piso de tres habitaciones en el barrio de Södermalm; podía realquilarlo el tiempo que hiciera falta. —Hace girar el anillo de matrimonio en su dedo. Demasiado suelto, ha debido de adelgazar bastante—. De repente, me dijo que tenía que contarme una cosa. No sé qué me había esperado, quizá que tenía alguna aventura con una compañera de trabajo; había una mujer con la que solía hacer muchos viajes de negocios. Pero me confesó que había comprado servicios sexuales. Sobre todo en el extranjero, durante los viajes de empresa, pero también un par de veces aquí en Suecia, cuando se hospedaba en un hotel. —Coge el vaso de agua de la mesa, pero no bebe—. Sé que suena disparatado, pero la primera sensación que tuve fue de alivio. —Sus ojos verdes titilan al mirar a Patrik—. De que no se hubiera enamorado de otra mujer. Aunque quisiera divorciarme, era como si mi autoestima no soportara que me sustituyera por otra persona. Sentimentalmente, quiero decir.

Un móvil suena en alguna parte de la casa.

Helena no hace ademán de levantarse.

—Pero luego me cabreé. Quise saber por qué lo había hecho, quiénes eran las chicas con las que se había acostado, si había pensado en nuestras hijas, en cómo reaccionarían ellas si supieran que su padre era un putero. —Vuelve a dejar el vaso, unas gotas salpican la mesa—. No llegué a obtener una respuesta convincente —dice cansada.

Patrik la mira pensativo.

—¿Crees que todavía lo hacía? O sea, comprar sexo.

Helena niega con la cabeza.

—No, me dio a entender que lo había dejado y que la única razón por la que me lo contaba era porque estaba arrepentido. Por eso fue un *shock* que lo detuvieran en aquella calle apenas unos meses más tarde.

Patrik levanta el vaso de la mesa, dejando un rodal mojado. Lo quita con los dedos y se seca en los pantalones.

—¿Por qué cogió la baja, si se puede saber?

—Dijo que era por el divorcio, pero creo que es mentira. La decisión de separarnos no fue demasiado dramática. No me entraba en la cabeza que necesitara coger la baja para poder asimilarlo.

—Entonces, ¿a qué crees que se debe?

—No lo sé, pero durante esa época se comportó de manera extraña. —Helena se enreda un mechón de pelo en el dedo índice—. Fue como si tuviera algún tipo de crisis —continúa—. Y no parecía que fuera a terminar. Durante las siguientes semanas, la cosa empeoró. Apenas comía, no hablaba conmigo ni con las niñas ni con nadie. No más de lo estrictamente necesario. —Suelta el mechón, que se riza en cuanto se desprende del dedo—. Luego salió esto del divorcio. No recuerdo si fue él o si fui yo quien lo puso sobre la mesa. Pero habíamos discutido. Yo me había dado cuenta de que ya no teníamos nada en común, de que llevábamos tiempo sin tenerlo. Y luego…, bueno, lo decidimos y punto.

Se encoge de hombros.

—Y entonces él se buscó un piso —añade Patrik.

—Sí.

El silencio se ve interrumpido por una música pop que empieza a sonar en el piso de arriba a todo volumen. Patrik sonríe para sí, pero Helena parece irritada y les grita a las niñas que la bajen.

—Pero ¿a qué dedicaba los días? —pregunta Patrik después de que el volumen baje a un nivel más aceptable—. Ahora que no estaba trabajando, quiero decir.

—No tengo ni idea —dice ella—. Pero no cogía casi nunca el teléfono, así que parecía estar de lo más ocupado. Aunque puede que solo quisiera evitarme. —Una sombra de duda cruza su cara—. También viajó al extranjero en un par de ocasiones. Dijo que eran viajes de negocios que tenía que hacer a pesar de estar de baja. Es fundador y director de la empresa, así que no se me hizo raro. Di por hecho que serían a Copenhague, tenían una oficina allí. Pero, una vez que llamó a nuestra hija mayor, no reconocí el número. Cuando lo comprobé, resulta que era de un hotel de Rumanía.

Patrik arquea las cejas.

—¿Tenía negocios allí?

—No, que yo supiera. Se lo pregunté a la vuelta. Me dijo que tenían un nuevo cliente en Bucarest.

Así pues, era verdad que Johan había estado en Rumanía. Pero ¿en qué contexto conoció a la mujer que mencionó a Patrik? Esa mujer que podía ser Viorica.

—¿Por qué querías verme, realmente? —pregunta, cambiando de tema.

Helena toma un trago de agua.

97

—A Johan lo detuvieron el viernes por intentar comprar servicios sexuales. Tres días más tarde, desaparece sin dejar rastro. Me niego a creer que sea pura casualidad. —En sus ojos hay un rastro de miedo—. Cuando la policía mencionó que Johan había hablado con un terapeuta esa misma noche, decidí intentar contactar contigo —dice, y deja el vaso en la mesa—. Quería saber si tú pensabas lo mismo que la policía: que la vergüenza de verse detenido puede haber hecho que Johan lo deje todo y se largue, sin más. Pero ahora dices que a lo mejor estaba en la calle Malmskillnads por otro motivo.

Patrik titubea.

—Bueno, no sé qué decirte. Lo que me has contado cambia las cosas.

Helena asiente lentamente con la cabeza. Patrik sospecha que esa mujer, a pesar de estar al corriente del historial de Johan, había cruzado los dedos para que Patrik tuviera razón.

—Pero tenía entendido que lo había dejado.

—Sí, pero a lo mejor te equivocaste.

Tiene ganas de contarle lo del número de teléfono en las listas de llamadas de los proxenetas, pero no sabe si puede. Además, eso no la haría sentirse mejor.

—¿No crees que puede haberse dedicado a algún tipo de labor social, durante la baja?

Helena suelta una risotada seca.

—¿Labor social? No es muy propio de Johan, que digamos. Él nunca le ha prestado atención a quienes tienen dificultades en nuestra sociedad. Solía decir que quien puede puede. —De pronto parece cansada—. Aunque, por otro lado, tampoco se me habría pasado por la cabeza que se acostara con prostitutas. Te aseguro que no es ese tipo de hombre.

Patrik esboza una tímida sonrisa.

—Me temo que no hay ningún «tipo de hombre». Mis clientes vienen de todas las capas sociales, de todos los oficios. Muchas veces son hombres de negocios que aprovechan sus viajes y sus estancias en hoteles. —Lanza una mirada a la cuerda de saltar tirada en el suelo—. A menudo, están casados y tienen hijos.

Helena lo mira pensativa.

—Pero permitámonos jugar con la idea de que tu corazonada era acertada, que Johan decía la verdad cuando aseguraba que quería ayudar a esa chica. Si ese fuera el caso, ¿de qué manera eso podría tener que ver con su desaparición?

Patrik aparta la silla un poco más.

—No es tan difícil de imaginar —dice—. Los que se dedican al tráfico de personas ganan cantidades ingentes de dinero. En pocos meses, cada mujer puede generar grandes sumas. ¿Crees que estarían dispuestos a renunciar a ella como si nada?

En vez de contestar, Helena se levanta y se mete en el salón, vuelve al cabo de poco con un ordenador portátil en la mano.

—El viernes, cuando estuve en su piso, me llevé esto, pero no he tenido tiempo de mirarlo. Quizás aquí estén las respuestas a algunas de nuestras preguntas. —Se sienta al lado de Patrik y enciende el ordenador—. Le pregunté a la policía si lo querían, pero me dijeron que en ese momento no era relevante.

Introduce la clave de usuario. Los ojos de Patrik se fijan al instante en un documento que hay en el escritorio: «Rumanía».

—¿Puedes abrir eso?

Señala con el dedo sobre la pantalla. Helena hace doble clic. No hay gran cosa. En la cabecera, cuatro datos sobre las horas de salida de un vuelo a Rumanía en mayo.

—¿Es el viaje del que me acabas de hablar?

Helena niega con la cabeza.

—No, ese fue en febrero. Este no lo conocía.

En el documento también aparece la información sobre un coche de alquiler, para recogerlo en el aeropuerto de Bucarest. Abajo del todo encuentran algunos nombres y números de teléfono, ninguno de los cuales le dice nada a Helena.

—¿Te parece bien si le hago una foto? —pregunta Patrik, que saca el móvil. —Helena asiente y espera antes de abrir el buzón de Johan: está vacío—. Qué raro que no haya nada.

—Como te decía, es su correo privado. No tengo acceso al del trabajo. Pero, sí, algún correo tendría que haber aquí.

Helena lleva el ratón hasta el menú de la izquierda, hace clic en «mensajes enviados». Lo único que encuentran es un *mail* que Johan envió el sábado por la mañana, el día siguiente de su detención en Malmskillnads. El destinatario es L_799@hotmail.com.

—¿Sabes quién es?

—Ni idea.

Anoche la policía me detuvo en la calle Malmskillnads, me soltaron al cabo de una hora, pero no deja de ser un imprevisto desafortunado. Propongo que sigamos según el plan, pronto tendremos todo el material que necesitamos. Pero hemos de evitar toda comunicación a menos que sea estrictamente necesaria. Como medida de seguridad, intentaré pasar desapercibido.

El silencio que se hace cuando la mirada de Helen se cruza con la de Patrik casi se puede palpar. Sin duda, Johan está metido en algo. La cuestión es en qué y si ese algo está vinculado con su desaparición.

Andreea

Madrid, marzo de 2015

Siente que el corazón le va a estallar en cualquier momento. Pasea la mirada por las personas que tiene detrás en la cola de embarque. No ve los ojos de hurón en ninguna parte, solo gente estresada; nadie que se fije en ella. Aun así, no se siente más tranquila. Marcel ya debe de haber entendido que se ha largado. Si no está en el aeropuerto, seguro que va de camino en coche.

—Siguiente.

Andreea vuelve la cabeza hacia el mostrador, donde una mujer con uniforme azul la mira asertiva. Le hace un gesto con la mano para que se acerque.

—Perdón.

Las mejillas se le calientan cuando se acerca tropezando al mostrador; nunca ha cogido un vuelo, pero ahora saca el papel en el que pone que tiene derecho a coger el próximo vuelo a Bucarest. Se lo entrega a la mujer, que apenas se lo mira.

—¿Y tu pasaporte?

Andreea hurga en el bolsillo interior donde tiene el pasaporte, se lo da a la mujer, quien estudia detenidamente la foto. Andreea no tarda en bajar la cabeza y hace un intento de llevarse el pelo hacia delante para que le cubra parte de la cara. Ha asumido un gran riesgo cuando se lo ha robado a Razvan, ¿y si la mujer descubre que no es ella y todo ha sido en vano? Pero no lo hace. Tan solo cierra el pasaporte y teclea algo en el ordenador.

—¿Equipaje?

Andreea exhala aire y niega con la cabeza. Ninguna maleta. Lo único que tiene es la ropa que lleva puesta y las pastillas, las que le han dado cuando hoy mismo, hace un rato, la han dejado ir a la farmacia por una grave infección de orina. Al final, Marcel había tenido que ceder, al ver que el escozor de Andreea no hacía más que empeorar.

—Vale, podrás ver a un médico —había refunfuñado.

Un médico serbio al que Marcel ya había acudido antes. El doctor no había hecho ninguna pregunta, se había limitado a firmar una receta. Había que pagar, por supuesto, pero a veces incluso Marcel comprendía que le saldría más caro si no hacía caso.

—No puedes vender putas que tienen el coño lleno de mierda —le había espetado a Razvan cuando este había protestado por la visita al médico.

Lo único que hacía falta para conseguir la receta era un documento de identificación. Era así como Andreea se había hecho con el pasaporte. En un instante de descuido, cuando Razvan había ido al baño después de la visita, dejándola sola en la salita de espera, con su americana colgada de cualquier manera de una silla. Andreea había metido la mano en el bolsillo y lo había cogido. No sabe de dónde sacó el coraje para hacerlo. Razvan podría descubrirlo fácilmente; entonces le hubiera dado una paliza de muerte. Pero Razvan no se había percatado de nada. Se había puesto la americana y había desafiado todos los límites de velocidad para llevar a Andreea a la farmacia. La había dejado bajar delante de la puerta y le había dado la receta.

102

—¿No entras conmigo? —había tartamudeado ella.

La alta fiebre le provocaba escalofríos y los dientes le castañeteaban ruidosamente. Razvan la había escrutado con la mirada, quizá calculando las posibilidades de que Andreea, en esas condiciones, tratara de huir.

—Tengo que comprar tabaco —había murmurado—. Vuelvo dentro de un cuarto de hora, no creo que te dé tiempo de sacar las medicinas.

Un cuarto de hora. Andreea había mirado desconcertada a su alrededor, la farmacia quedaba justo delante de una boca de metro. Razvan seguía allí de pie, a la espera de que ella entrara. Andreea podría salir corriendo de allí en cuanto él se hubiera ido al estanco, podría bajar corriendo al metro y colarse, pues no tenía dinero. Irse a cualquier parte, mendigar hasta juntar lo suficiente para un billete de autobús a Rumanía.

Pero entonces había sentido una quemazón entre las piernas. Había apretado las mandíbulas para no soltar un grito, se había dado cuenta de lo absurdo del plan de huida. Estaba enferma, necesitaba medicarse. Y no huyes de dos locos cuando estás a cuarenta de fiebre. Ya devolvería el pasaporte cuando Razvan no lo viera; quizá se libraría de la paliza.

En la farmacia no había casi nadie. Atendieron a Andreea nada más entrar. Le había pasado la receta al farmacéutico, que la había mirado con preocupación y le había dicho que se tomara una pastilla allí mismo. Luego le había dado también dos analgésicos para que le bajara la fiebre. Andreea se había metido una en la boca, había intentado tragársela. Imposible.

—Tienes que tomártela con agua.

Delante de uno de los aparadores había una mujer de unos setenta años que había estado mirando a Andreea mientras toqueteaba el blíster con las pastillas.

—Ven conmigo. —Le había mostrado a Andreea dónde había un surtidor de agua; te podías servir agua fría en un vasito de plástico—. ¿Por qué no te ha acompañado tu madre? —le había preguntado la mujer, poniéndole una mano fría en su frente hirviendo—. No pareces estar nada bien.

Andreea había intentado contestar, pero los escalofríos le hacía castañetear los dientes: no podía pronunciar palabra. La mujer se la había llevado hasta un pequeño sofá que había en un rincón de la farmacia, la había hecho sentarse con un suave empujoncito.

—No eres española, ¿verdad? ¿De dónde eres?

Andreea había hecho un enorme esfuerzo para susurrar:

—Bucarest.

103

A la mujer se le había iluminado la cara y le había contado que había estado en Bucarest varias veces, que le encantaba la ciudad. Le había recordado a su abuela. Tal vez por eso Andreea le había contado que la habían secuestrado, que la habían vendido para prostituirse, que solo tenía dieciséis años. Las palabras le habían salido deprisa y desordenadas. Le dolía tanto la cabeza que había mezclado algunas palabras en rumano en su explicación en inglés.

—Por favor, ayúdame —había susurrado al mismo tiempo que su cuerpo tiritaba por un escalofrío.

Se había preparado para que la cara de la mujer cambiara y se llenara de asco o algo todavía peor. Sin embargo, la mujer había mirado rápidamente a un lado y al otro. Y le había dicho que ya le contaría más en el coche. Que tenían que salir de allí enseguida, antes de que el hombre tuviera tiempo de regresar del estanco.

Y, sin saber cómo, de pronto Andreea se había visto sentada en el asiento de un coche pequeño de color rojo de camino al aeropuerto.

Durante el trayecto, la mujer le había contado que estaba jubilada, pero que había trabajado toda su vida en los servicios sociales. Sabía muy bien, le había dicho, que de Europa del Este llegaban chicas jóvenes a Madrid para vender sus cuerpos. Todo el mundo lo sabía, pero nadie hacía nada al respecto.

—Por lo visto, el derecho de los hombres a comprar sexo es más importante —había dicho con una risa desalentada—. Pero esta vez haré todo lo que esté en mis manos para salvarte de ese destino. Por lo menos a ti. —Le había sonreído: una sonrisa hermosa—. Te sacaré un billete a Bucarest —había continuado la mujer—. Tan solo prométeme que me llamarás cuando hayas llegado.

Andreea había asentido con la cabeza, demasiado conmovida para poder hablar. Se había reclinado en el asiento y había cerrado los ojos. Los escalofríos habían desaparecido. La fiebre había bajado. Pero todavía sentía escozor entre las piernas.

En la terminal de salidas, la mujer española le había dado a Andreea unas pocas instrucciones sobre el procedimiento del *check-in* y el control de seguridad.

—Cuídate —le había dicho, y se había marchado, con la trenza blanca platino ondeando en la espalda.

Andreea se había sentido más sola que nunca.

—Puerta número 34.

Andreea da un respingo. Ha estado tan sumida en sus pensamientos que ha olvidado dónde se encuentra.

—¿Dónde está?

Recoge la tarjeta de embarque.

—Por allí.

Esta vez la mujer le sonríe al señalar a la derecha. Andreea se pega la tarjeta al pecho y se apresura hacia el control de seguridad. La española le ha dicho que una vez que lo haya cruzado, ya estará a salvo: los chulos no pueden acceder allí sin un billete válido. Aun así, Andreea sigue buscando la mueca burlona de Marcel en cada rostro de hombre con el que se cruza. Incluso cuando se sube al avión tiene miedo, como si Marcel fuera a estar allí sentado, para agarrarla con fuerza del pelo y sacarla a rastras.

Hasta que no baja del avión, dos horas más tarde, su corazón no comienza a latir de forma más pausada. Los ojos se le llenan de lágrimas: por fin en casa. Las piernas apenas la sostienen mientras sigue al resto de los pasajeros por largos pasillos. La mayoría se detiene en la recogida de equipaje. Andreea sigue caminando.

Y ahí está: de pie en la terminal de llegadas del aeropuerto de Bucarest. En los paneles hay listas de ciudades de las que nunca ha oído hablar. Los altavoces envían mensajes a pasajeros que no se han presentado en la puerta de embarque. Se queda un buen rato mirando, sin saber muy bien qué hacer ahora. A su madre y a Iósif no los quiere llamar, seguro que le colgarían el teléfono (la maldad de Iósif no tendría límites). Ionela tampoco es una alternativa, no tiene dinero y no podrá ayudarla. Además, Andreea se avergüenza cuando piensa en su amiga, ¿cómo va a ser capaz de contarle lo que ha hecho en España?

A decir verdad, la única opción real es Cosmina. Sabe que es arriesgado. Aunque no sepa que Dorian la vendió, puede que le cuente que Andreea ha vuelto. Que sea lo que Dios quiera. Tiene que irse de allí, conseguir que le presten algo de dinero y luego coger el tren hasta la casa de su abuela. Se esconderá allí hasta estar segura de que esos hombres ya no la están buscando.

Tiene que preguntar varias veces antes de que alguien acepte prestarle un móvil. Se aprendió el número de la casa de Cosmina antes de viajar a España.

Cosmina suena igual de asombrada que contenta al escuchar la voz de Andreea.

—¿Andreea? ¿Dónde estás?

La preocupación en su voz y su amabilidad hacen que Andreea se ponga a llorar. Durante un buen rato, no puede hacer nada más, pero al final se recompone y consigue soltar lo que tenía pensado contar.

—Cosmina, me han engañado —empieza, y coge aire para contener un nuevo ataque de lágrimas—. No había ningún restaurante, ningún trabajo de camarera, me obligaron a hacer de…

Ahí termina, no es capaz de formular la palabra «puta». Pero no hace falta, porque Cosmina lo entiende.

—Ay, pobre niña —dice para consolarla—. Qué rabia. Dime dónde estás e iré a buscarte. Cogeré el coche ahora mismo. Tú solo quédate donde estás.

Es como si una roca se desprendiera de su pecho. Por fin se atreve a creer que es realmente libre. Y se jura a sí misma, antes de que se haya podido olvidar de esta sensación, que no volverá a lloriquear ni a quejarse. A partir de ese momento, piensa estar agradecida por la vida que le han brindado. Siempre y cuando pueda conservar su libertad.

Le explica a Cosmina que la estará esperando en las puertas de la terminal de llegadas, junto a la estación de autobús. Se sentará en un banco y no se moverá hasta que llegue.

—Gracias, muchas gracias —susurra antes de colgar.

105

Después se hace un ovillo en el suelo y llora. Esta vez son lágrimas de felicidad.

No es Cosmina quien viene a buscarla. En el coche que se detiene en la acera media hora más tarde va el hombre al que llaman «gestor de transporte». Cuando Andreea se da cuenta, mira desesperadamente a su alrededor en busca de un camino de huida. Al mismo tiempo, el hombre se baja del coche con toda la calma del mundo. Cierra la puerta tras de sí y se acerca a Andreea. No parece enfadado. Al contrario, le tiende una mano con una sonrisa y la levanta del banco. Andreea nota que las piernas le flaquean. Cuando lo mira, nota que ya no tiene fuerzas. Sin protestar, se deja llevar hasta el coche. Se sienta detrás. Apenas se da cuenta de que se dirigen al centro de Bucarest ni que de vez en cuando el hombre se vuelve para mirarla. Andreea mantiene la cabeza gacha; las manos, juntas en el regazo. En su mente, silencio.

Al cabo de un rato, llegan a un restaurante. El hombre la obliga a cruzar el salón sin decir una sola palabra. Algunos de los comensales les lanzan una mirada, pero enseguida vuelven a sus platos. El hombre no la sujeta del brazo. No hace falta, es como si una cadena invisible la atara a él.

La encierran en un cuarto de una bodega junto con otras dos chicas. Luego llegan los clientes. Son muchos, a algunos les gusta pegar, otros se conforman con palabras humillantes. Cuando unos días más tarde la vuelven a meter en el autocar camino de Madrid, Andreea se ha convertido en una puta muy obediente.

Ted

Estocolmo, junio de 2016

El bar del hotel se ha transformado en una pista de baile. Ted ve a dos de los vendedores en la barra moviéndose al ritmo de la música. Se están metiendo mano abiertamente, a pesar de que los dos están casados. Él, por su parte, sigue sumido en una neblina, apenas sabe dónde está ni qué está haciendo allí. Lo único que sabe es que alguien ha conseguido grabarlo mientras se acostaba con una prostituta. Y que ese alguien podría perfectamente enviarles el vídeo a sus jefes. O a Alex. Ya ha descartado que sea ella quien está detrás del asunto. Si bien podría haber conseguido mandarle una carta con un sello de Correos de Estocolmo, difícilmente podría haber filmado a Ted en un piso con una acompañante.

Sin embargo, no cabe duda de que la carta y el vídeo están conectados. En la primera se menciona a una mujer a la que se supone que Ted visitó la segunda semana de mayo, y como nunca visita a más de una prostituta por semana, coincide bastante bien con la fecha que indica el título del vídeo: 11 de mayo de 2016.

Le da un trago al *gin-tonic*, a pesar de que el alcohol ya no le produce ningún efecto. Lo único que conseguirá es alargar la resaca.

—¡Menuda fiesta, Ted! ¡Estarás satisfecho!

Linnea, una de sus vendedoras más jóvenes, se deja caer en el sofá a su lado. Está caliente y le falta el aliento. Y le sobra alegría. Se puede percibir un leve aroma a perfume por debajo del olor corporal.

—Sí, no está nada mal, ¿no?

Aunque este año Ted haya estado en el comité de fiestas, no puede asumir el mérito de que esta haya salido bien. Aunque era difícil que no saliera bien, viendo las condiciones que les habían puesto.

—¿Nada mal? —Linnea se ríe—. No seas tan modesto. Ha salido genial. Están todos supercontentos.

La conferencia anual se está convirtiendo cada vez más en un pretexto para poder ir de fiesta y soltarse el pelo por completo con los compañeros de trabajo. Presentan las cifras de forma diligente, los ámbitos prioritarios para el año siguiente y luego algunas imágenes comerciales de visiones, valores y de la importancia de entender las necesidades del cliente. Como jefe de ventas, Ted los ha exprimido, pero todos saben lo que les espera luego, y estas fiestas suelen ser costosas y extraordinarias.

—Sí, supongo que tienes razón, igual le hemos dado otra vuelta de tuerca. —Dibuja media sonrisa y le da otro trago a su copa, esperando recobrar un poco de energía. Suele ser el último en retirarse de las fiestas, pero lo del vídeo le ha jodido—. Aunque es difícil fracasar, con esta tropa —continúa, y deja la copa en la mesa.

—Sí, son todos maravillosos —dice Linnea, pero lo mira más a él que a los compañeros.

Durante un tiempo estuvieron liados, todas las fiestas terminaban en la habitación de uno de los dos. Hace más de un año desde la última vez, pero Ted puede ver en Linnea que no le importaría retomar la rutina. Al menos esta noche.

Ted bosteza con toda la boca.

—Uf, la edad empieza a pasar factura —dice, y fuerza una sonrisa—. Justo estaba a punto de subir a la habitación cuando has venido a sentarte.

—Tienes cuarenta, Ted. —Linnea arquea las cejas—. Si estás cansado, no creo que tenga nada que ver con la edad. Pero puedo mecerte hasta que te duermas, si quieres.

Hace que suene como una broma, pero a Ted le parece que lo dice en serio. Tiene que cortarlo de alguna forma, pero con estilo. Si no, uno de los dos quedará fatal.

—Reconozco que suena tentador. —Le guiña un ojo—. Pero me temo que con el sueño que tengo no sería una compañía demasiado divertida; prefiero dejar que me acunes en otra ocasión.

Se levantan al mismo tiempo, el crepitar del fuego en el hogar adormece.

—Vale, mañana te cuento cómo termina la fiesta —dice Linnea, sin poder disimular del todo su decepción.

Se termina las últimas gotas de cerveza que le quedan en la botella antes de dejarla y dirigirse a la barra para pedir otra. Los dueños han prometido hacerse cargo de toda la cuenta de la noche, ya que están celebrando el decimoquinto aniversario de la empresa. Se nota que ninguno de los que quedan ha pasado por alto ese detalle.

Ted saluda al camarero de lejos con un escueto movimiento de cabeza cuando sale a la recepción. En su habitación, se quita los zapatos y sale a la enorme terraza. Está oscuro, pero aun así puede distinguir el mar que se extiende ante sus ojos. Habría sido fantástico sentarse aquí una cálida noche de verano, con una copa de champán y un plato de marisco. A lo mejor podría reservar un fin de semana entero para el cumpleaños de Alex. Han hablado de hacer más cosas los dos solos, para enterrar el hacha de guerra y recuperar la chispa perdida. La pregunta es si todavía será posible.

Se queda un buen rato allí de pie, dejando que el aire fresco le disipe la borrachera. Mira hacia la isla de Lidingö, que está en algún rincón de la oscuridad, justo enfrente, si la cabeza no le está dando demasiadas vueltas. Piensa que quizás en este momento Erik está tumbado en su cama, planteándose si proponerle quedar para verse. O tal vez esté por el centro, aprovechando que ha cumplido dieciocho y pasando olímpicamente de si su padre tendrá tiempo de quedar o no.

No vuelve a entrar hasta que empieza a tiritar de frío. La enorme cama preside la habitación del estilo del archipiélago, decorada con unos pocos cojines marineros en blanco, rojo y azul. El suelo de madera está barnizado en un matiz oscuro y las paredes están cubiertas con paneles de madera pintados de blanco. Al comienzo de su carrera de vendedor, podría haberse prendado de las estancias en hoteles de lujo, quizá por el fuerte contraste con su espartana infancia en Högdalen. Pero ahora, después de casi dos décadas con un sueldo muy por encima de la media, las habitaciones de lujo y las cenas *gourmet* ya no le generan adrenalina. La felicidad es un producto fresco, le había dicho una vez su jefe: no se puede conservar, hay que disfrutarla mientras está ahí.

109

En la mesa está el maletín. Ve el sobre rojo. Lo coge, le da algunas vueltas. Tampoco en este hay remitente ni manchas ni ninguna marca. Solo un sello postal de Estocolmo. Y una dirección escrita a mano.

Vuelve a meter el sobre en el fondo del maletín, coge la *tablet* y se sube a la cama de un salto. No ha vuelto a ver el vídeo; no obstante, recuerda cada detalle, cada movimiento, los ruidos obscenos. Cuando comprendió que era él quien aparecía en pantalla, reconoció el cuarto, el piso desnudo que había visitado aquel día de mayo. Vio el condón tirado en la sábana, el móvil que se le escurrió del bolsillo al ponerse los pantalones. O sea, que fue así como ocurrió. ¿Cómo es posible que no se diera cuenta?

El móvil había quedado en el suelo mientras él se vestía, le daba el dinero a la chica y salía del cuarto. Al cabo de unos minutos, ella lo había recogido, titubeante, había mirado a un lado y al otro antes de empezar a toquetear la pantalla, seguramente tratando de dar con el código. Unos segundos más tarde, aquel hombre se había presentado en la habitación, el mismo con el que Ted se había topado en el portal. Había gritado alguna cosa y se había acercado a la chica, le había arrebatado el teléfono. Un chasquido desagradable cuando él le daba un bofetón, después la imagen se congelaba y el vídeo terminaba.

Ted junta dos cojines tras la espalda y se reclina en el cabezal de la cama. Está cansado, pero no cree que pueda dormir. Navega un rato distraído por Blocket, la página de compraventa de segunda mano, hasta que un arrebato le hace abrir la página de contactos. Casi todos los perfiles están redactados en inglés; los pocos que aparecen en sueco parecen traducidos con algún programa en línea.

Ya ha mirado unos cincuenta cuando una foto llama su atención. Cuando hace clic sobre el nombre de usuario, nota que se le acelera el pulso. La mujer se presenta con el nombre de Sabrina. Pero no cabe duda: es la misma foto que la de la carta que escondió debajo del colchón en el dormitorio de casa. La fotografía que se supone que pertenece a una chica rumana que se llama Irina.

La descripción no es muy larga: la mujer está disponible de lunes a domingo las veinticuatro horas del día; ofrece prácticamente todo lo que se pueda englobar dentro del término sexo. Penetración doble, lluvia dorada, sadomaso y momificación. Esto último no lo había oído nunca, pero se lo imagina.

Los comentarios son numerosos y, en general, positivos. Un hombre escribe:

> Muy buena. Te da la bienvenida con un gran beso. ¡Viste sensual e irradia una alegría genuina! Empieza con una buena mamada y no le da miedo que la cojas del pelo y empujes para metérsela un poco más... No consiguió metérsela entera en la garganta, pero la verdad es que hay pocas que lo logran. Te la follas en diferentes posturas y acabas corriéndote en su boca. Se lo traga todo. ¡Lo único que puedo decir es que es de primera calidad! ¡Top 3 en mi lista!

El texto le deja un mal sabor de boca. Ted también ha dejado comentarios sobre algunas mujeres, pero nunca en esa línea. Aun así, hace un esfuerzo por leer un par de comentarios más. Ve que algo ha cambiado en el último mes; le han puesto notas más bajas y las valoraciones son cada vez peores. Algunos parecen realmente cabreados:

> Llamé y pregunté si hacía anal y facial. Sí, me dijo. Súper, pensé. Vino a mi hotel, fotos reales y chica atractiva. Pero cuando íbamos a ponernos con el sexo anal, parecía como si lo intentara todo para que no se me pusiera dura. Cuando le pregunté si le podía hacer un facial, de repente tampoco lo veía claro. Se me empezaron a quitar las ganas, pero luego consiguió ponerme otra vez y al final tuve una dosis bastante buena de culo. Me cabrea que pongan que ofrecen servicios que luego no cumplen. No volveré a contactar con esta mujer cuando esté de nuevo en Estocolmo.

Es como si sus dedos se movieran de forma autónoma cuando Ted escribe un SMS y lo manda al número de móvil que pone en el anuncio. Esta vez recuerda cambiar primero la tarjeta SIM. Le pregunta si está disponible el próximo miércoles a las dos de la tarde. En tal caso, le gustaría quedar con ella en su hotel. Una hora está bien.

Pasan diez minutos antes de que el móvil emita una señal de mensaje recibido. Ted respira hondo, abre y lee: «Estoy libre. Pero no trabajo a domicilio».

111

Patrik

Estocolmo, junio de 2016

*L*_799. ¿Puede dar un correo electrónico menos información? Patrik se echa una cucharada de mermelada de arándanos rojos en las gachas y vuelve a leer el mensaje una vez más. En realidad, debería dejarlo. Lo que Johan hizo o dejó de hacer en la calle Malmskillnads es asunto de la policía. Sin embargo, el correo electrónico le ha despertado la curiosidad. Además, también tiene motivos personales para querer ponerse en contacto con Johan.

Sopla las gachas antes de llevarse el primer bocado a la boca; luego llama a Emilou, que está en el cuarto de baño. Ella responde con un murmullo lejano.

—¿Puedes venir aquí? —grita él. Esta vez más fuerte.

—Estoy en el baño.

—Vale, no hay prisa.

Sigue comiendo. El mensaje de Johan se envió desde una dirección de Hotmail. Saber eso no sirve de mucho: la informática nunca ha sido lo suyo. Una cosa es segura: lo envió alguien que sabe lo que Johan se trae entre manos. Ese alguien debe de estar involucrado en el asunto; le ha pedido que no se comunique con él durante un tiempo. ¿Por qué? ¿Y qué significa pasar desapercibido? ¿Que a Johan se lo trague la tierra sin avisar siquiera a su familia?

Se levanta y llena un vaso con agua. Se lo bebe entero mientras en el móvil mira el documento del ordenador de Johan al que le sacó una foto en casa de Helena. Aparte de los datos del coche de alquiler, aparecen tres nombres: Neculai, Cosmina y Danisa. Los dos primeros van acompañados de sendos números de teléfono; el tercero está solo. Vuelve a sentarse a la mesa, se termina las gachas y se prepara una tostada. Luego, en la *tablet*, busca un listín telefónico rumano. Encuentra varios, pero elige el primero que encuentra. El número de teléfono que según el documento corresponde a Neculai no da ningún resultado, pero el de Cosmina aparece registrado a nombre de un restaurante en Bucarest. El sitio no tiene página web: debe de ser un restaurante de poca categoría.

Le da un bocado a la tostada. Le sabe a moho. Alguien de la familia, seguramente Sasha, debe de haber dejado el queso demasiado tiempo fuera de la nevera. Patrik se traga la irritación y marca el número de Neculai. No tiene ni idea de lo que piensa decir si contestan. En definitiva, hablaría con un desconocido que podría ser un traficante de personas. Pero se preocupa de forma innecesaria. A los cinco tonos salta el buzón de voz. Patrik escucha con atención el mensaje grabado en rumano, pero, aun así, tiene que llamar cuatro veces más antes de considerar que ha sacado el nombre en claro. Neculai Andrei.

En Internet aparecen cincuenta personas con ese nombre. Tras haber echado un vistazo a todos, hay una persona que le llama especialmente la atención, un periodista autónomo que se ha especializado en trata de personas. La foto de su web muestra a un hombre de unos treinta años; en su cara puntiaguda destacan unas gafas metálicas, una nariz delgada y un pelo grueso de color ceniza. Bastante parecido a Edward Snowden.

Por lo visto, Neculai Andrei ha escrito para un buen puñado de medios, tanto en Rumanía como en el extranjero. Patrik mira por encima los enlaces a varios artículos que están colgados en la página. Se fija en uno que lleva por título «Human trafficking: modern slavery in the 21st century». El artículo está reservado para los usuarios registrados, pero el título deja claro de qué va.

Patrik le da otro bocado a la tostada y llama por sexta vez. En esta ocasión, decide dejar un mensaje de voz. Dice que es amigo de Johan Lindén, que ha desaparecido y que él ha encontrado el número de Neculai en su ordenador. Le pide que le devuelva la llamada cuando le sea posible.

—¿Qué querías?

Emilou está en la puerta. Parece cansada.

—¿Cómo estás, cariño? ¿No consigues dormir durante el día?

Ella niega con la cabeza y abre la nevera, saca un paquete de *filmjölk*, leche agria.

—No —dice, y deja el cartón en la mesa—. Es una mierda trabajar de noche.

Solo lleva una semana en su nuevo trabajo de verano, en el servicio de asistencia a domicilio, pero queda claro que empezar en el turno de noche no ha sido lo mejor.

113

—Solo es la falta de costumbre —dice él para consolarla—. Date una semana más y volverás a dormir bien.

Emilou bosteza.

—¿Qué es lo que querías?

Se sienta a su lado y abre el paquete de muesli.

—Me preguntaba si podías mirar esto un momento.

Patrik señala en la pantalla, donde se ve el correo a L_799. Emilou lo lee en voz alta, parece confundida.

—¿De qué va?

—No te lo puedo decir, lo siento, es secreto, ya sabes. Pero necesitaría tu ayuda con una cosa.

—Vale.

Emilou vierte todo el muesli del paquete, lo aplasta y lo tira sobre la encimera.

—Entonces…

Patrik deja la *tablet* en la mesa.

—Tú tienes un amigo que es bueno en informática, ¿no? ¿Crees que él podría rastrear esta dirección de Hotmail?

Por un instante, Patrik había considerado enviar un correo, pero sería una mala idea si, como Linus sospechaba, Johan era un criminal.

—¿Te refieres a la persona que la usa?

Patrik asiente.

Emilou se encoge de hombros.

—No creo; al fin y al cabo, es un poco la idea de Hotmail: puedes ser anónimo. De todos modos, si quieres, puedo preguntárselo.

—Gracias —dice él, y le sonríe—. Sería genial.

Cuando Emilou sale de la cocina, Patrik se vuelve a llenar la taza de café. Sopesa la idea de llamar al restaurante que está registrado con el número de Cosmina, pero decide esperar hasta que el periodista haya dado señales de vida. Mientras tanto, lee con un poco más de atención la página web de Neculai Andrei. En ella hay enlaces a la UE, estadísticas sobre el tráfico de personas en Europa y las políticas que ha aplicado el Estado rumano para gestionar el problema. Patrik niega con la cabeza cuando ve unas declaraciones de un ministro rumano en las que dice que las fuertes medidas que el país ha tomado contra la trata de personas han dado buenos resultados. «Bienvenido a Suecia», piensa, y mete los platos sucios en el lavavajillas. Cuando llega a la oficina, ya han dado las diez. El primer cliente del día lo está esperando.

114

Υ

—Nadie de todos esos que aseguran que las mujeres que se prostituyen están obligadas a hacerlo saben de lo que hablan. Créeme, he estado con cientos de putas: todas lo han hecho por voluntad propia.

—¿Qué quieres decir con «voluntad propia»?

Patrik observa al cliente que tiene sentado en el sillón de delante, cuyas mejillas, antes tan pálidas, ahora han adoptado un tono rosado.

—Me refiero a que nadie las había obligado a vender sexo. Pueden dejarlo cuando quieran. La mayoría son, simplemente, chicas normales y corrientes que han comprendido que el sexo es un negocio la hostia de bueno.

El hombre se cruza de brazos y se reclina en el sillón. Patrik asiente en silencio, como si sus clientes fueran a tener la menor idea de qué clase de vida suelen llevar las mujeres a las que ven, como mucho, durante una hora.

—No sé exactamente a qué cientos de mujeres has visto —dice Patrik, haciendo caso omiso del comentario—, pero, por pura estadística, solo una minoría de ellas deben ser mujeres nacidas en Suecia, con protección social y de alto nivel socioeducativo.

115

El hombre bebe un trago de agua.

—La mayoría no son suecas, es cierto. Pero supongo que es porque este país es muy mojigato cuando se trata de sexo.

—¿Debo interpretar eso como que consideras que las mujeres son más liberales en otros países, que por eso se prostituyen?

El hombre deja el vaso en la mesa, salta con la mirada de un lado a otro.

—Bueno, la verdad es que no sé si diría que son más liberales. —Es evidente que no le gusta cómo le ha formulado la pregunta—. Pero la prostitución es legal en la mayor parte de los países. Se considera un oficio como cualquier otro. Es una diferencia considerable.

—O bien se debe a que vienen de algunos de los países más pobres de Europa —dice Patrik.

Ya vuelve a estar ahí, al borde de la ironía. Su supervisor le ha advertido al respecto: le ha dicho que nunca debe mezclar sus propios sentimientos cuando habla con un cliente. Pero hay gente con la que no puede.

El hombre niega de forma casi imperceptible con la cabeza. Sus hombros han vuelto a encogerse.

—A lo que quiero llegar —continúa Patrik, más suavemente— es que, si no tienes ninguna alternativa, acabas por vender aquello que tienes que se puede vender. En el caso de que seas una mujer, muchas veces implica tu cuerpo.

—Sí, pero, por lo menos, se lo pueden montar mejor que los tíos pobres. Porque ¿ellos qué tienen?

A Patrik le viene la imagen de los chicos jóvenes que vigilan los portales de los pisos donde él y Linus hacen las redadas; los hombres que se plantan cruzados de brazos en la calle Mäster Samuels, claramente ociosos, pero con un constante ojo avizor sobre el grupo de chicas que hay un poco más allá.

—Bueno, pues quizá tienen a sus hermanas, a sus amigas o, directamente, a mujeres desconocidas que se encuentran por la calle y a las que animan a ir a un país extranjero bajo hermosas promesas de un futuro mejor. —El viejo reloj de pie va marcando los segundos en un rincón. Patrik toma un trago de agua antes de continuar—. Solo lo digo para precisar el concepto de «voluntad propia». Para algunas personas, no existe ese tipo de libertad.

Un destello en los ojos del hombre.

—Podría decirse que estoy haciéndoles un favor, pagándoles.

—Si lo que buscas es hacer una contribución social —responde Patrik secamente—, hay muchas otras maneras. —Echa un vistazo al anillo de oro de su cliente, luego al reloj—. Lo siento, pero debemos dejarlo por hoy. Reservamos una hora para la semana que viene.

Oye voces apagadas en el despacho de Mikaela. Como de costumbre, su compañera ha alargado la sesión. Se implica demasiado con los clientes. Debería pensar más en sí misma, sobre todo ahora que está en mitad de un divorcio bastante complicado.

—Por cierto, me he olvidado de preguntártelo al principio, pero ¿por qué has acudido a nosotros?

Algo difícil de definir cruza la mirada del hombre. ¿Nerviosismo? ¿Miedo?

—Me han llegado algunas cartas.

Las cartas otra vez. Debe de ser el quinto cliente que menciona algo acerca de unos mensajes anónimos con amenazas difusas.

—¿Y qué ponía en ellas?

Patrik hace un esfuerzo para no revelar que conoce esas cartas.

—Varias cosas, como que alguien sabe que compro servicios sexuales, que este alguien sabe cómo se llaman las chicas y de dónde vienen.

—Se queda callado unos segundos—. Y también pone que las chicas están expuestas justo a lo que tú describes: un chulo que las obliga a hacer cosas que no quieren, que las amenaza y les quita el dinero. —Su voz se ha ido apagando—. Me parece que solo quieren meter miedo.

—Entonces, ¿por qué vienes?

—Pues porque alguien sabe que estoy comprando sexo. ¿Por qué va a ser? —replica, y en sus ojos puede verse un rastro de enfado—. Y porque estoy casado y quiero seguir estándolo. —Vuelve a bajar la mirada—. Además, ponía que, si no quería recibir más cartas, no solo tenía que dejar de comprar sexo, sino también visitarte a ti.

—¿A mí?

Patrik se queda boquiabierto.

—Sí, a ver, no especificaba tu nombre. Pero ponía que debía venir a esta consulta.

¿Qué demonios? Eso sí que era nuevo.

—La próxima vez que vengas —dice Patrik—, ¿podrías traer esas cartas? —Le pone una mano en el hombro—. Quién sabe, quizá pueda ayudarte a descubrir quién está detrás.

117

Andreea

Madrid, agosto de 2015

*L*os sueños le vienen a rachas, fragmentados. Vuelve a ser una niña, en casa de sus abuelos, en el campo. Su madre está sentada junto a su cama, le dice que tiene que irse a Bucarest a trabajar, que Andreea se puede quedar en casa mientras tanto. Después, cuando haya conseguido dinero, le comprará algo bonito.

Y, de repente, Iósif. Le rodea los hombros con un brazo a su madre, dice que vivirán los tres juntos. Que Andreea ya no va a seguir en casa de sus abuelos. Ella intenta protestar, pero descubre que no tiene lengua. Mira fijamente a su madre, quiere decirle que tienen que salir de allí, que Iósif es peligroso. Han de darse prisa. Pero lo único que se oye es un gorgoteo, y su madre no lo percibe. Solo tiene ojos para el hombre al que se refiere como su novio. Andreea levanta un dedo, toca los labios pintados de rojo oscuro de su madre, intenta llamar su atención. Sin embargo, cuando retira el dedo, este se ha vuelto rojo. Andreea se queda mirando lo rojo, que ha comenzado a gotear. Ahora ya puede hablar. Le grita a su madre que está sangrando, que va a morir. Pero su madre se está diluyendo, se transforma en un humo gris que poco a poco se cuela por la ventana entreabierta del desván. Iósif sigue allí, con los ojos clavados en Andreea. Él sonríe cuando la ve alargar la mano hacia la ventana. «Ahora estamos solos tú y yo —dice—. Ahora estamos solos tú y yo.»

Se despierta y nota que ha rodado fuera del colchón. Hace frío. El sueño sigue latente, parece incómodamente real. Es como si sus sueños se volvieran más reales cuanto más tiempo lleva aquí. No sabe qué día de la semana es ni en qué mes están. Pero los matices de los árboles le indican que pronto el verano dejará paso al invierno. Así pues, pronto habrá pasado medio año desde su intento de fuga. No lo ha vuelto a intentar. Además, es imposible. Renata la vigila muy de cerca. A cambio, obtiene algunos privilegios más de parte de los chulos.

Se sube al colchón y se coloca el edredón por encima, mete la mano debajo de la almohada. Puede vislumbrar el borde del papel manoseado en el que empezó a escribir cuando acababa de regresar a Madrid:

Querida Ionela:

El papelito está sucio y tiene los bordes arrugados. En la esquina hay un mosquito aplastado que se ha quedado pegado; la sangre reseca se ha vuelto marrón, las alas parecen haberse desintegrado. Apenas quedan unos hilillos.

Cuando leas esto, llevaré en España casi tres semanas.

Levanta la cabeza y mira a la ventana. El cristal está aún más lleno de mierda que cuando llegó, si es que eso es posible.

Hubo un malentendido y el trabajo donde tenía que empezar no existía. Pero seguro que se arreglará, en cuanto haya reunido dinero para el billete, volveré a casa.

La frase respira decisión, voluntad, cierto desafío. No recuerda si realmente creía lo que estaba escribiendo o si más bien era un intento de mantener viva la esperanza.

Te echo de menos.

Ahí termina la carta, no consiguió pasar de ese punto por muchas veces que lo intentó. Tal vez porque, con el tiempo, la frase central se fue volviendo cada vez más inverosímil, o quizá porque no se veía capaz de contarle la verdad a su mejor amiga.

Vuelve a meter la carta debajo de la almohada y se levanta. Saca algo de ropa del cajón de la cómoda y se estira para coger la toalla que hay en el suelo. Es de Elena, pero la suya está en la lavandería, y necesita darse una ducha sí o sí. Helada, para despertarse.

Tumbada sobre una manta delgada junto a la pared está la nueva chica, que llegó ayer. Andreea no puede decir si está dormida o despierta. Le está dando la espalda, su cuerpo yace inmóvil bajo la sábana, que le tapa los peores moratones. Llegó a última hora de la tarde. Andreea, Renata y Elena todavía estaban durmiendo, pero se despertaron con el

119

golpe de la puerta al cerrarse. Poco después, Marcel y un chulo al que Andreea no había visto nunca se presentaron en la habitación. A su lado, una chica delgada. Parecía un poco más joven que Andreea. Mona, pero tímida. Y asustada. Andreea pudo percibirlo por el olor.

No habían reaccionado: una chica nueva no tenía nada de raro. Llegaban con cierta regularidad. Solían quedarse algunos días antes de que las trasladaran a otra vivienda. Pero Marcel les soltó varias patadas. Eso indicaba dos cosas: por un lado, que ya deberían haberse levantado; por otro, que la chica nueva iba a recibir un trato especial, pues no había colaborado lo suficiente a su llegada. Elena y Renata se habían levantado a la segunda patada; Andreea se había unido a ellas junto a la pared. Había permanecido callada y quieta durante todo el ritual de iniciación, sin levantar un dedo. No le había costado demasiado. Las pastillas que se había tomado antes de acostarse la abotargaban. Eso unido al alcohol marrón con el que se las había tragado. Era como Elena le había contado: las drogas eran una mera estrategia de supervivencia.

Andreea había desconectado todos los sentidos y había dejado que las miradas suplicantes de la chica, que se habían ido volviendo cada vez más desesperadas, a medida que avanzaba la violación, no la afectaran. Cuando, finalmente, la chica comprendió que ninguna de las tres pensaba ayudarla, había dejado de mirar. Andreea se lo había agradecido, se lo ponía más fácil. Pero los gritos habían continuado. La chica había seguido gritando hasta quedarse sin aire. Lo único que se oyó fueron los jadeos y resoplidos de Marcel y su colega mientras convertían a la chica en una furcia. Cuando terminaron, Andreea miró a la chica, que se había desplomado sobre una manta en el suelo. Si se quedaba en el piso, estarían muy estrechas. Después, se había girado y se había quedado dormida.

Pasa de puntillas por al lado del colchón y se mete en el cuarto de baño. Se queda un buen rato en la ducha. El agua sale justo lo fría que puede soportar. Aun así, no logra despejarse del todo: solo consigue que se le ponga la piel de gallina en todo el cuerpo. Se toma dos pastillas para quitarse el dolor de cabeza, se las traga con agua y se seca deprisa antes de enrollarse el pelo en un turbante. En la cocina oye unas voces: las otras están allí comiendo algo. También se oye una voz de hombre, probablemente Marcel o Razvan. Suelen pasarse una vez al día, para comprobar que todo va sobre ruedas, que no se ha generado ningún problema (al menos, nada que afecte al negocio), y para llevarlas a la Casa de Campo. En otras ocasiones, solo se acercan para follar o para dejar claro que siguen ahí.

Se pone desodorante bajo los brazos y un chorrito de perfume en el cuello y las muñecas. No mucho, hay clientes que se quejan cuando hueles demasiado fuerte. Después se maquilla. Se pone un poco de base extra bajo los ojos, donde la falta de sueño se hace más evidente. Termina con una capa rojo granate en los labios: así parecen más carnosos. El resultado es bastante lamentable. Debe de haber heredado esos labios tan finos de su padre. Tanto su madre como Florina los tienen más gruesos. Pero, bueno, eso nunca lo sabrá: su madre nunca habla del hombre que la dejó embarazada. Pero a Andreea le gusta la idea de tener algo en común con él, aunque solo sea el grosor de los labios. De todos modos, por encima de todo, lo que espera es que su padre no sea como Iósif.

Se deshace el turbante y deja que los mechones húmedos le caigan por los hombros, sacude la cabeza y se seca el pelo con energía. Se pone la misma ropa que llevaba hace unas horas: una camiseta ajustada que le llega por el ombligo y unos vaqueros blancos. La ropa huele un poco a sudor: durante la siesta, hace un calor insoportable en el parque. Pero es lo que hay. Su colada depende de Renata. Eso siempre lleva a discusiones. Así pues, prefiere ponerse la ropa sudada unos días de más.

121

En la cocina, Elena está sentada a la mesa fumándose un cigarro. Enfrente tiene a Renata y a la chica nueva; debe de haberse levantado mientras Andreea estaba en la ducha. La comida en su plato está intacta. Nadie levanta la cabeza cuando Andreea entra. Junto a la ventana está Marcel con un móvil pegado a la oreja. Cuando la ve, corta la llamada.

—Mirad a quién tenemos aquí, ¿pensabas tomarte el día libre o qué?

Ella no responde, solo podría empeorar las cosas. Agacha la cabeza y mira al suelo.

—Perdón, me he dormido.

Marcel asiente con la cabeza, hoy no está de muy mal humor.

—Vale.

Cierra la ventana y se acerca a la mesa, le pone una mano en el hombro a la chica nueva. Ella tiene la mirada fija en la mesa. Está muy delgada y no deja de tiritar.

—Justo les estaba contando a las demás que nuestra pequeña invitada se va a quedar en el piso.

Andreea lo mira con asombro, casi ni caben. Meter a una cuarta persona en esa habitación es una locura.

—Pero como a las putas os cuesta tanto mantener la paz cuando sois demasiadas, una de vosotras tendrá que irse de aquí.

Andreea se lo queda mirando. Siente algo en el pecho, aunque sabe que es una estupidez. Marcel jamás la dejará irse a casa. Solo quiere hacérselo creer, para luego poder destrozarla.

—Ah —dice Andreea con cautela, a la espera de que Marcel continúe la frase que acaba de empezar.

Pero él no tiene ninguna prisa, se toma su tiempo para sentarse a la mesa y coger un cigarro del paquete que está delante de Elena, le prende fuego y da una calada. Luego, otra.

—¿A ti te gustaría irte de aquí?

La pregunta es ligera, como si la respuesta no tuviera ninguna relevancia. Andreea intenta averiguar si le está tomando el pelo, si en cualquier momento estallará en carcajadas, si dirá que es la puta más tonta de la historia. Pero no ve ningún indicio de que esté bromeando. Su rostro es inexpresivo. Cuando su boca no rodea la boquilla del cigarro, es una como línea recta. Andreea se atreve a asentir un poco con la cabeza. Intenta calmar esa sensación salvaje e indómita. Resulta embriagador. Está claro que le está tomando el pelo.

—Qué bien. —Marcel se reclina en la silla y exhala el humo del tabaco formando unos aros—. Mañana te irás de España. Razvan y yo te hemos conseguido trabajo en Estocolmo.

El rayo de esperanza se desmigaja y se desparrama sobre la mesa. Marcel puede verlo: está sonriendo.

Patrik

Estocolmo, junio de 2016

*E*l sol de media tarde se ha abierto camino hasta la ventana de Patrik, se posa sobre su pantalla, le dificulta la visión. Baja la persiana y enciende la lámpara del techo. En el despacho de Mikaela se oyen voces, a pesar de que su último cliente debería haberse marchado hace media hora. Patrik ha intentado convencerla en varias ocasiones de que los acompañe a él y a Linus a hacer trabajo de campo, pero siempre se ha negado. Dice que, con dos críos pequeños en casa, no se puede trasnochar. Al menos no si los quieres ver de vez en cuando.

Le quita algunas hojas mustias a la lengua de suegra que tiene junto a la foto enmarcada de Sasha y Emilou. La riega con unas gotas de agua, para intentar que se recupere. Un mensaje de móvil le interrumpe. Es de Christoffer, compañero de la mili y, tiempo atrás, su amigo más cercano. Patrik mira sorprendido la foto que Christoffer le ha enviado. Que dé señales de vida de esta manera es de lo más extraño:

> Buenas, viejo compañero, estaba limpiado el sótano y he encontrado esta foto. ¡Joder, qué bien nos lo pasamos, a pesar de todo!

«No puede estar hablando en serio —piensa Patrik—. Lo único que sucede es que los recuerdos tienden a hacerse más bonitos con el tiempo.» La foto está borrosa: aparecen Christoffer y él, cogidos de los hombros en una carretera asfaltada en mal estado. En sus manos tienen cada uno una botella de cerveza. Las alzan para brindar con el fotógrafo. A sus espaldas asoma el club Cassandra, famoso por su cerveza barata, pero quizá más aún por sus bailarinas jóvenes y hermosas. Es verdad que alguno de los soldados había mencionado algo de que las chicas eran baratas, incluso voluntariosas (en algún momento del programa de formación que recibieron antes del viaje a Yugoslavia). Pero Patrik se lo había tomado más como una broma. Igual que los demás, probablemente. Además, quien lo dijo se rio enseguida, frotándose las manos con un gesto teatral.

Sin embargo, las palabras de aquel soldado adquirieron un nuevo significado cuando llegaron. Al principio, Patrik miró para otro lado cuando vio a unos soldados de la ONU abriendo entre risas las puertas del Cassandra, una tarde que tenían libre en Zagreb. Pero con el tiempo se fue acostumbrando: los grandes vehículos con las siglas UN en los laterales que estacionaban de cualquier manera en la entrada, los vigilantes yugoslavos que los recibían como parroquianos. Y luego las risas otra vez, cuando las telas rojas ondeaban con una ráfaga de aire y dejaban al descubierto un muslo desnudo que se deslizaba arriba y abajo por el palo de acero inoxidable. Patrik traga saliva y cierra el mensaje.

—Pareces preocupado. ¿Ha pasado algo?

Mikaela lo mira desde la puerta. ¿Cuánto rato lleva ahí? Lo único que revela que está pasando una de sus peores crisis son unas sombras oscuras bajo los ojos.

—Qué va —dice, y trata de sonreír—. Migraña.

Tras siete años compartiendo oficina, Mikaela lo sabe casi todo de él. Sin embargo, nunca le ha contado nada sobre lo de Zagreb. Es mejor que no. Por eso tampoco le ha comentado nada más de Johan Lindén. Una cosa llevaría a la otra.

—¿Y tú? Tienes cara de no haber pegado ojo en toda la noche.

Mikaela hace una mueca y se deja caer en el sillón de visitas.

—Ya te digo. De hecho, he olvidado cómo era eso de dormir toda la noche. —Se pasa una mano por el pelo. Lo lleva largo y un dedo se le queda enredado—. En casa nos pasamos la mayor parte del tiempo gritándonos. Y la terapia no está dando resultados.

Patrik le mira la mano izquierda, la alianza aún en su dedo anular.

—¿Quieres hablar de ello?

Mikaela suspira.

—Gracias, pero no, ya he hablado lo suficiente. No obstante, una palmadita en el hombro de vez en cuando sería maravilloso.

Patrik sonríe. Al menos, su sentido del humor sigue intacto.

—¿Tienes un minuto? —le pregunta él, y se sienta en el sillón de enfrente. Todavía le parece cómodo, a pesar del desgaste de muchas horas de terapia.

—Claro, ¿de qué quieres hablar?

Mikaela se hunde un poco más en el sillón, parece que le gusta sentarse, por una vez en la vida, al otro lado.

—Es todo bastante curioso —empieza Patrik—. Pero esta tarde me ha venido un cliente y me ha dicho que ha recibido una carta.

Mikaela lo mira con interés.

—¿Y?

Patrik se pasa una mano por la perilla, más larga de lo habitual.

—De alguien que sabe que está comprando servicios sexuales y que amenaza con delatarlo si no viene a pedirnos ayuda.

Mikaela se queda boquiabierta.

—¿Bromeas? ¿Uno de nuestros clientes ha recibido amenazas?

No sabe si reír o seguir seria.

—Sí. Y no es el único —continúa Patrik—. El último mes me han venido cuatro, cinco personas que han recibido cartas anónimas. Es lo que te quería preguntar: si alguno de tus clientes también ha dicho algo de unas cartas.

—No, nada de nada. Qué retorcido. ¿Alguna idea?

Patrik niega en silencio.

—Ninguna —dice—. A lo mejor alguien que busca vengarse. O puede que sea una extorsión: en definitiva, comprar sexo es ilegal. Sin embargo, cuando hay varias personas que han recibido esas cartas, ya no puede ser algo personal.

Mikaela se inclina sobre la mesita que los separa y aparta el montón de servilletas.

—A lo mejor es un grupo de activistas —dice con voz misteriosa—. Gente que combate la prostitución.

Patrik sonríe burlón.

—¿Sabes qué me ha insinuado mi último cliente? Que éramos tú y yo los que estamos detrás de las cartas. Para que vengan más clientes a nuestra consulta.

Mikaela echa la cabeza atrás y rompe a reír.

—Supongo que le has contado que no cobramos por horas, ¿no? —dice cuando contiene la risa.

—Sí, desde luego, pero no sé si me ha creído. Parecía muy suspicaz: desde que ha llegado hasta que se ha ido.

Patrik se levanta y se acerca al cárdigan que tiene colgado en el respaldo de la silla del escritorio. Saca una cajetilla de tabaco en polvo y se pone una monodosis bajo el labio superior.

—¿No podrías preguntarles mañana a tus clientes si ellos también han recibido alguna carta?

Mikaela asiente con la cabeza.

—Por supuesto. No hace falta ni que me lo pidas. —Se levanta, todavía con una sonrisa de oreja a oreja—. Pero debo reconocer que me gusta la idea. Alguien que no solo intenta pararles los pies a los puteros para que dejen de comprar, sino también que nos los envía a nosotros. Ahora solo falta que el jefe nos conceda más recursos.

Ya han dado las seis cuando Patrik apaga el ordenador y se cambia de ropa para salir a correr. Hay quince kilómetros hasta la casa en Saltsjö-Boo; en realidad, está demasiado lejos, teniendo en cuenta que el último año no ha salido a correr más de una docena de veces y nunca más de cuatro kilómetros, pero debería poder con ello. Cierra la ventana y mueve la foto enmarcada de las niñas. Sasha lo mira fijamente desde la instantánea con ojos furiosos. Patrik apoya un dedo en el cristal y le acaricia la mejilla con suavidad, como para apaciguarla y relajar la dureza. Piensa que es culpa suya que la cosa se esté torciendo con Sasha. A pesar de que intenta no hacer distinciones entre sus hijas, siempre ha sentido más cercana a Emilou. Sasha tiene que haberse dado cuenta, seguro. Suspira y piensa que en verano le dedicará todo su tiempo a su hija menor. Solo espera que no sea demasiado tarde.

Al salir asoma la cabeza al despacho de Mikaela, donde la lámpara sigue encendida. Una música tranquila sale por los altavoces, le parece que es Håkan Hellström.

—Me retiro.

Mikaela levanta la cabeza. ¿No tiene los ojos un poco rojos?

—Claro, nos vemos mañana.

Él la mira un poco más de cerca, ahora ya no cabe duda de que tiene los ojos hinchados.

—¿Seguro que no quieres hablar? No tengo prisa por volver a casa.

Mikaela esboza una leve sonrisa.

—Vete, Patrik. No creo que me ayude hablar, más bien lo contrario. Me iría bien salir y emborracharme, bailar, hacer algo divertido.

Patrik se agacha y se ata una de las zapatillas de deporte.

—Me apuntaría con mucho gusto, pero esta noche he quedado con Linus y Amira. Tenemos que planificar el trabajo de campo de otoño, antes de que todos se vayan de vacaciones. ¿No podemos ir a tomarnos una cerveza la semana que viene? Como para cerrar el verano. Y te prometo que podemos hablar de cualquier cosa menos de tu marido.

—Claro, estaría bien, pero ahora vete, para que te dé tiempo de llegar a casa antes de que tengas que volver a salir.

Patrik levanta una mano para despedirse y baja las escaleras hasta la planta baja, saca el móvil. Un mensaje de Emilou: «Lo siento, pero Love no ha encontrado nada».

Love debe de ser el *hacker* con el que Emilou pensaba hablar. Vale, pues nada. Con un poco de suerte, Neculai Andrei tendrá algo que aportar. Escribe una respuesta a toda prisa: «Tranqui, cariño. Saluda a Love y dale las gracias».

Luego abre la aplicación de *runners* en el móvil.

Los primeros siete u ocho kilómetros los supera bien. Por un rato, cree que su condición física está intacta. Luego le viene el azote, el sabor a hierro en la boca y el dolor en el gemelo. Pero se obliga a continuar. Los últimos dos kilómetros va caminando más que corriendo. Cuando se deja caer en la puerta de casa, cada respiración suena como un chirrido.

Se desata los cordones y va a la cocina. Jonna está preparando un aliño. Se vuelve cuando lo oye entrar.

—¿Cómo estás? —pregunta, y le da un vaso de agua.

Patrik consigue dar un par de tragos entre una aspiración y otra.

—Bueno. Hecho polvo, pero, por lo demás, bien.

—¿Quince kilómetros no son un poco demasiado? Si casi no has corrido este año.

Él no contesta.

—Es Viorica, ¿verdad?

Patrik levanta rápidamente la cabeza.

—¿A qué te refieres?

—¿Hola? Noto que te pasa algo. Duermes mal por las noches, vas picando entre horas, estás inquieto, como hace años. —Solo se oye el suave zumbido del lavavajillas—. ¿Todavía te pesa?

Él se encoge de hombros.

—Normalmente, no: lo he dejado atrás. —Estira un gemelo, le duele bastante—. Pero, claro, cuando Johan Lindén dijo aquello fue como si me lanzaran atrás en el tiempo. Mira que no mover un dedo para ayudarla.

Jonna le acaricia el pelo.

—Hiciste lo que pudiste —dice con cariño—. Pasara lo que pasara, no es culpa tuya.

«Te equivocas —piensa cuando se cruza con la mirada de Jonna, tan preocupada por él—. No hice todo lo que pude. Es más: no hice nada.»

—Sí, puede ser. —Arrastra las palabras, no quiere seguir hablando del tema. Jonna lo entiende, no le hace más preguntas—. Voy a darme una ducha.

127

Cuelga el jersey empapado en una de las sillas de la cocina y sube al primer piso. Las puertas de las chicas están cerradas. El chorro caliente de la ducha hace que el dolor en el gemelo se disipe y casi desaparezca. Cuando termina, se seca rápidamente y baja las escaleras. Justo acaba de entrar en la cocina cuando le suena el móvil.

—Tu teléfono —grita Jonna, a pesar de que Patrik está a un metro de distancia—. Es un número extranjero.

Ella lo mira extrañada mientras le pasa el aparato. Patrik echa un vistazo rápido a la pantalla: 0040. El prefijo de Rumanía.

—Oye, tengo que cogerlo —dice tenso, y se dirige a la puerta de la cocina—. Creo que tiene que ver con Johan Lindén.

Jonna asiente. Patrik ve que no le habría importado escuchar la conversación.

—Claro, nosotras empezamos a comer.

Apenas oye esta última frase: ya ha cerrado la puerta tras de sí.

—Patrik Hägenbaum.

Por un instante, todo queda en silencio. Luego se oye una voz de hombre al otro lado de la línea.

—*Hi Patrik, my name is Neculai Andrei. You wanted to talk to me about Johan Lindén.*

Ted

Estocolmo, junio de 2016

*E*l cielo está despejado y hace un sol achicharrante. Ted se quita la americana y se suelta la corbata mientras camina de Fridhemsplan al ayuntamiento. Tiene el coche aparcado en la calle Scheele; por lo que parece, demasiado cerca de un paso de peatones, porque hay un papelito amarillo debajo del limpiaparabrisas. Otra vez. Últimamente, la suerte no le sonríe. Coge el papel y se lo mete en el bolsillo sin mirar el importe. Abre la puerta del coche y sube.

Han pasado cinco días desde que le mandó el mensaje a Sabrina, o a Irina, como puede que se llame en realidad, para reservar una cita. Después de eso, no ha pasado nada: ninguna exigencia de dinero, ninguna carta más. Y, sobre todo, ningún nuevo vídeo. Pero le es imposible olvidarse del asunto: es demasiado grave.

Durante el fin de semana, Alex se ha comportado con normalidad. En la medida en que había tenido tiempo de observarla. Y es que habían tenido una agenda de lo más apretada: tanto el viernes como el sábado, fiesta infantil de cumpleaños e invitados a cenar. Pero si ella también hubiese recibido un vídeo en el que Ted aparecía practicando sexo con otra mujer, se habría dado cuenta. Nadie puede ser tan buena actriz.

Deben de ser la mujer o su chulo los que están detrás de las cartas. Tienen su número de móvil y pueden enterarse de dónde vive. Además, son los únicos que han podido grabarle, aunque sigue sin entender cómo. Aunque, por otro lado, las cartas están escritas en un sueco perfecto, y le cuesta pensar que podrían ser ellos quienes las hayan escrito. No sin alguien que dominara el idioma perfectamente.

Arranca el motor, mete primera e introduce la dirección en el GPS. ¿Qué va a decir cuando llegue? ¿Preguntarle si no se llama Irina y si tiene algo que ver con la carta que le ha llegado? Y si es así, ¿qué hará entonces? ¿Amenazar con denunciarla? Difícilmente. ¿Pedirle que pare, sobornarla, preguntarle qué es lo que quiere?

Unos niños salen corriendo a la calzada sin mirar; tiene que pisar el freno a fondo y tocar el claxon. Un pitido largo. Los críos vuelven corriendo aterrorizados; un anciano, de pie en la acera, lo mira desconcertado. Irritado, Ted maldice y sigue su camino.

Como va bien de tiempo, aparca delante del centro comercial de Solna Centrum y se mete en Wayne's Coffee. Se sienta en un sofá cerca de la biblioteca y busca en Google información sobre trata de personas, para hacer tiempo. Lee que entre uno y dos millones de mujeres y niñas viven como esclavas sexuales. Que es la actividad criminal más lucrativa después del comercio de armas y del narcotráfico, y que, a diferencia de las drogas, el producto se puede revender una y otra vez. Las cifras empiezan a dar vueltas ante sus ojos, se convierten en una estadística sin ningún tipo de arraigo en la realidad.

Un mensaje de Erik le hace pensar en otras cosas:

> ¿Estás en Estocolmo esta semana? ¿Te apetece tomar una cerveza y comer algo en Urban Deli, en la avenida Sveavägen? Tienen una buena terraza en el ático.

Ted suspira. A pesar de lo prometido la semana anterior, esta vez tampoco tiene tiempo de quedar con Erik:

> Lo siento, Erik, estoy en Estocolmo, pero esta tarde tengo trabajo. La semana que viene, ¿tú puedes?

Se guarda el móvil en el bolsillo y abandona la cafetería. Veinte minutos más tarde, ha aparcado en un barrio de bloques de pisos en Huvudsta. Los mazacotes grises le hacen pensar en la Europa del Este. Esos bloques tienen exactamente el mismo aspecto estés donde estés. Se acerca al edificio más cercano, introduce el código, abre el pesado portal y entra. Hay un fuerte contraste entre la oscuridad del rellano y la luz de junio de la calle. Sus ojos tardan un rato en acostumbrarse lo suficiente como para ver la placa con el nombre. Johansson, ahí está.

Una nota en la puerta del ascensor: está averiado. Ted sube las escaleras hasta el tercer piso y pone un dedo sobre el timbre. No se oye nada dentro del piso. Se queda un rato, esperando antes de volver a tocar el timbre. Esta vez resuena por todo el hueco de la escalera. Pero el piso parece vacío. ¿Puede haberse equivocado de día? Como ha borrado todos los mensajes, no tiene forma de comprobarlo.

—¿Me buscas a mí?

Ted se da la vuelta. De repente, está cara a cara con un hombre algo más joven que él que acaba de subir las escaleras. Una camiseta blanca desgastada cuelga lacia por encima de una barriga prominente; vaqueros raídos y zapatillas deportivas. Aparte de la grasa abdominal, tiene pinta de haber hecho deporte en sus tiempos.

—Disculpa, debo de haberme equivocado de puerta. —Ted sonríe con cortesía—. Venía a ver a una mujer que me dio esta dirección, pero supongo que me la anoté mal.

El hombre arquea las cejas al oír la palabra mujer.

—Puede que no. He tenido el piso alquilado unos meses.

¿Hay cierto descaro en su mirada?

—Ya, pero habíamos quedado hoy —insiste Ted—, así que no puede ser aquí. Porque entiendo que ya no lo alquilas, ¿no?

El hombre se saca unas llaves del bolsillo de atrás.

—En realidad sí, pero a quien se lo alquilaba lo dejó ayer mismo. Le toca pagar el mes entero. De todos modos, como estaba vacío, pensé que para qué esperarme a volver a casa.

Ted se mueve, un poco inquieto.

—¿A quién se lo estabas alquilando?

En realidad, no está seguro de querer saberlo. Tal vez debería largarse cuanto antes. El hombre mete la llave en la cerradura.

—A un tipo de algún país del Este —dice de espaldas a Ted.

—¿Un tipo?

—Sí. Razvan, me parece que se llamaba.

Unas cuantas hojas de propaganda caen al rellano cuando la puerta se abre hacia fuera. Ted vislumbra un recibidor alargado que termina en un salón, un poco más adentro.

—Pero supongo que quería el piso para otra persona. Me imagino que por eso estás aquí, ¿no? —añade el hombre, que se vuelve hacia Ted y lo mira con descaro.

—Es verdad: estoy aquí para ver a una prostituta. —Ted ha afilado el tono. Será mejor coger la batuta para que este imbécil no se piense que tiene la sartén por el mango—. Y supongo que igual de cierto es que tú sabías perfectamente para qué iban a usar tu piso. ¿Cuánto te daban por él?

El hombre se remueve, incómodo.

131

—Eso a ti no te importa —responde con voz insegura—. No tenía ni idea de para qué quería alquilarlo ese extranjero. Pero, como me pagaba bien, no vi ninguna razón para decirle que no. —Se agacha y recoge el correo comercial—. Y como la persona a la que buscas no está aquí, a lo mejor serías tan amable de irte.

Se mete en el piso para dejar claro que esa conversación ha acabado.

—Claro, me voy —dice Ted sin moverse del sitio—. Solo una pregunta: ¿tienes el teléfono del tal Razvan?

El hombre se lo queda mirando.

—¿Para qué lo quieres?

Ted sonríe.

—A ti eso no te importa, pero me gustaría mucho tenerlo. —La sonrisa se le ensancha cuando juega su baza ganadora—. Y te prometo que no llamaré a la policía para denunciar un posible burdel ilegal. Sabrás que las penas son algo más elevadas por eso que por la compra de un simple servicio sexual.

Andreea

Alemania, agosto de 2015

Ya ha empezado a clarear cuando Razvan reduce la velocidad y se mete en el aparcamiento de un bar de carretera junto a la autovía. Andreea se despereza, tiene todo el cuerpo rígido después de pasarse toda la noche despierta. Ha intentado dormir, pero no lo ha conseguido. Así que ha perdido las horas mirando en la oscuridad los faros de los vehículos con los que se han ido cruzando y el resplandor de alguna que otra farola. Han cruzado dos puestos fronterizos, el último hace apenas un rato, pero no sabe en qué país se encuentra ahora. Francia o Alemania. Tal vez. Marcel y Razvan suelen hablar de esos países, dicen que allí hay muchos clientes, lo cual significa mucho dinero. Lo único que Andreea sabe con seguridad es que están yendo en dirección norte, hacia un país que se llama Suecia. En cada puesto fronterizo ha cruzado los dedos para que le pidan el pasaporte. Para que alguien descubra que es falso y encierren a Razvan, para que la salven. Pero no ha pasado, y puede que sea mejor así. No hay nada que sugiera que solo fueran a encerrar a Razvan. Probablemente, a ella también la meterían en la cárcel.

Razvan la mira por el retrovisor.

—Desayuno —dice con brusquedad.

Nada más. No le gusta hablar con ella más de lo estrictamente necesario. Eso no ha cambiado desde la primera vez que fueron juntos en coche. Andreea se pone los zapatos y baja. Una pareja mayor que ha aparcado a su lado está discutiendo a voces y gesticulando. A Andreea le parece identificar que hablan alemán, pero no está segura.

Razvan cierra el coche y con un gesto de cabeza le indica que pase delante, quiere asegurarse de que no intenta salir corriendo. Después de su fuga en marzo, la han vigilado celosamente. Nada de volver paseando desde la Casa de Campo, nada de visitas a la farmacia, apenas la han dejado ir sola al cuarto de baño. Pero ella no dice nada, se limita a caminar hasta el edificio de hormigón donde está el bar. La pareja mayor los mira, sonríen, quizá creen que son padre e hija.

—Coge lo que quieras.

Razvan pone una bandeja en el mostrador y señala con el dedo los distintos platos. Andreea asiente en silencio y coge un flan, huevos revueltos y un panecillo recién hecho con jamón y queso. No sabe cuánto tardarán en volver a parar, así que será mejor alimentarse bien. Razvan coge un bocadillo más grande y luego llena el plato con beicon y huevos. La cajera mira la tarjeta de crédito de Razvan y le pregunta de qué país vienen. Cuando él responde que de Rumanía, ella sonríe afable y le cuenta que es de Bulgaria, de la zona norte, justo en la frontera con Rumanía. Dice que, igual que muchos otros búlgaros, ha huido de la pobreza de su país para buscar trabajo en Alemania.

—La libre circulación es lo mejor que hay —dice, y le guiña un ojo a Andreea—. Aunque tú que eres joven no conoces otra cosa.

Razvan le lanza a Andreea una mirada de advertencia y le explica brevemente a la mujer que solo están cruzando el país, que tienen un poco de prisa por continuar el viaje. La mujer les desea suerte y se vuelve hacia el siguiente cliente.

Razvan se lleva a Andreea de allí. Ella gira la cabeza y mira un buen rato a la mujer en la caja, una punzada de tristeza mezclada con algo más, quizás envidia.

—Siéntate a esa mesa, voy al lavabo.

Razvan le señala una mesa en el centro del local. Andreea va hasta allí, aparta una bandeja con platos sucios y restos de comida; limpia las migas con una servilleta. Mira por las grandes puertas de cristal. Han elegido un triste bar de carretera. La autovía está justo allí fuera, con coches que no dejan de pasar. Alrededor del edifico gris de hormigón no hay nada más que un aparcamiento gigantesco y cuatro árboles que ofrecen un poco de verdor. Las personas que están desayunando en el salón parecen estresadas, como si quisieran acabarse la comida cuanto antes para largarse de allí.

Aun así, a Andreea le parece bonito. Hacía mucho tiempo que no se mezclaba con gente normal, con gente que no la mira como alguien a quien se pueden follar. Personas libres que se mueven por donde quieren y que creen que a ella le sucede lo mismo. Ahora que Razvan no está a la vista, casi puede imaginarse que la libertad de los demás también es suya, fantasear con que está de vacaciones en Alemania y que las vacaciones de verano están a punto de terminar. Después piensa volver a

Bucarest, continuar con la escuela. Y nadie la engañará haciéndole creer que es mejor conseguir un trabajo en Madrid.

Le quita la tapa al flan y se mete una cucharadita en la boca. Nota la lengua cremosa y fina al contacto del dulce sabor de vainilla que le llena el paladar. Eso le evoca recuerdos de desayunos en Bucarest, después de cuidar de sus hermanos mientras su madre dormía fuera de casa. A Florina solía encantarle el flan de vainilla, igual que a su hermano pequeño. A veces, cuando a Andreea le tocaba hacer la compra, cogía un paquete de aquellos flanes solo para ver la cara radiante de felicidad de su hermanita, que salía corriendo a coger su cuchara de Drácula, la que usaba cuando había algo especialmente rico. Las últimas semanas, Andreea ha soñado mucho con ellos. Ese anhelo de acariciarle el pelo a Florina, de abrazarla fuerte contra su pecho. Es algo físico.

Razvan ha vuelto y se ha sentado enfrente. Los dedos que aprietan el bocadillo son cortos y rechonchos, bajo las uñas se le ven líneas negras. Come en silencio.

—¿Falta mucho? —pregunta ella.

—Sí, no llegaremos hasta esta noche.

Ella lo mira, se le ha quedado un poco de huevos revueltos pegados en la barbilla, justo por debajo del labio. «¿Por qué lo haces? —tiene ganas de preguntarle—. ¿Cómo has acabado metido en esto?» Pero se limita a terminarse el flan en silencio. Ya no le sabe tan bien.

—En Suecia… —empieza Andreea, titubeante, no sabe cómo formular la pregunta.

Razvan la mira despistado.

—¿Sí?

—¿Allí también tienen un gran parque?

Andreea ha tratado de no pensar en el país al que la llevan, cómo van a ser allí los días, los hombres que piensan comprarla. Pero ahora que se acercan ya no puede quitárselo de la cabeza. Sabe que hará frío, y teme la idea de pasearse al aire libre por la noche. A lo mejor en agosto no, pero luego, dentro de un mes o así, sí. Sabe que Suecia queda al norte de Europa, que allí hay nieve. En Rumanía también la hay, evidentemente, pero Suecia queda mucho más cerca del polo norte. En invierno, las noches serán oscuras y frías.

—No —responde él—. En Estocolmo trabajarás bajo techo. Los clientes vendrán a ti. Puede que a veces te toque ir a un hotel. —Razvan se limpia los huevos revueltos con el reverso de la mano—. Es ilegal, así que hay que hacerlo a escondidas.

135

Andreea se queda de piedra.

—Existe una ley que prohíbe la compra de servicios sexuales —le explica Razvan—. Pero gracias a eso también está mejor pagado. Olvídate eso de diez o veinte euros, ahora podrás cobrar por lo menos cien.

Esboza una sonrisita tonta al decir esto último, pero ella apenas lo ha oído.

—¿Y ser puta? —susurra—. ¿También es ilegal?

Razvan parece inseguro.

—No lo sé, me parece que no.

Se levanta para ir a buscar una taza de café, Andreea lo mira mientras zigzaguea entre las mesas. La americana beis que no parece quitarse nunca le cuelga holgada por la espalda, el pelo ralo que suele peinarse para que le tape las entradas está revuelto tras el largo camino en coche. Andreea se alegra de que sea él y no Marcel quien la esté llevando. Aunque Razvan no tenga nada de bueno (todo lo contrario), no llega a ser tan voluntariamente malvado como Marcel. Y en alguna ocasión puntual incluso ha llegado a mostrar cierta compasión. Como aquella noche de mayo en que Andreea estaba tosiendo tan fuerte que parecía que los pulmones le fueran a reventar. La dejó quedarse en casa mientras las otras iban a la Casa de Campo. Marcel jamás lo habría permitido.

—¿Tú te quedarás en Suecia? —le pregunta cuando Razvan se sienta de nuevo.

Ha dejado el café humeante en la mesa. Echa tres terrones de azúcar y remueve antes de empezar a beber.

—No sé, ya veremos. —Arruga los envoltorios del azúcar, ahora tampoco la mira—. Allí hay otro jefe, Christu. Él es quien te buscará los clientes.

A Andreea le viene a la cabeza el comentario de Elena la tarde que se enteró de que Andreea se iba a Suecia:

—En Suecia, los hombres son más buenos —le había dicho con envidia en la voz—. Tratan mejor a las putas. Estarás bien.

Andreea no se vio capaz de contestar, todavía tenía un nudo en el estómago que le impedía respirar con normalidad. Por un segundo, había creído de veras que sería libre, tuvo tiempo de rozar la idea de que volvería a casa. Hacía tanto tiempo desde la última vez. A lo mejor podría curarse en el campo, en casa de su abuela. Seguro que tardaría lo suyo, pero en algún momento los recuerdos deberían de borrarse y el dolor se mitigaría. Si alguien le preguntaba, se limitaría a decir que el dueño es-

136

pañol del restaurante la había engañado, que no le pagaba el sueldo y que por eso había vuelto a casa. Pero había sido muy emocionante viajar al extranjero, añadiría.

—A lo mejor ni siquiera tendrás que hacer la calle —había continuado Elena.

En su voz seguía habiendo un matiz de envidia. A Andreea le importaba más bien poco dónde le tocara follar mientras hubiera alguien decidiendo sobre su cuerpo. Pero, aun así, había asentido con la cabeza. Ya se vería. Renata no había dicho nada, pero Andreea había tenido la sensación de que se alegraba de que se fuera. Solo la chica nueva que había llegado el día antes estaba realmente triste. Andreea la había oído ahogar el llanto en la oscuridad. Pero no había podido consolarla. En la situación en la que ambas se hallaban todo era cuestión de sobrevivir. No había fuerzas para nada más.

—¿Estás lista?

Razvan se ha levantado, está de pie junto a la mesa, impaciente. Andreea se apresura a terminar el bocadillo, los huevos revueltos tendrá que dejarlos. Cuando pasan junto a la caja, la mujer búlgara se despide con la mano, les desea buen viaje. Andreea no tiene fuerzas ni para contestar ni para levantar la mano. Siente el cuerpo pesado y torpe. Solo puede meterse en el coche. Nada más.

El viaje continúa, hora tras hora. A ratos, Andreea consigue dar alguna cabezada, pero la mayor parte del tiempo está despierta mirando por la ventana. Razvan sigue callado, como siempre. Fuma sin parar. De vez en cuando, le echa un vistazo por el espejo retrovisor. Cuando ella le devuelve la mirada, él la aparta. En una ocasión lo oye hablar por teléfono: debe de ser con el chulo de Suecia, porque Razvan menciona una hora a la que cree que habrán llegado y le pide una dirección. Entonces empiezan a hablar de dinero. Por primera vez desde que se han subido al coche, Razvan alza la voz: él y la persona al teléfono no están de acuerdo. Después de colgar, da caladas forzadas al cigarro, responde irritado a la pregunta de Andreea de si pueden parar para ir al lavabo. Cuando por fin lo hacen, las ganas han menguado y vuelve el escozor entre las piernas cuando intenta sacar algunas gotas. Razvan le dice que elija algo de comida en la gasolinera donde han parado para repostar.

—Tenemos que coger un ferri —le explica—. No nos dará tiempo de parar otra vez.

Cuando suben al barco que los va a llevar a Suecia, ya es media tarde. En la cubierta para vehículos hay tráileres de distintas nacionalidades, también un buen número de turismos. Aparcan y suben en ascensor hasta la séptima planta, donde hay espacio para sentarse. Andreea pasea la mirada. El barco está lleno de gente. Algunos ya han cogido sitio en el restaurante, pero parecen estar más interesados en beber que en comer.

—Si Marcel estuviese aquí, te habría tocado trabajar para pagarte el billete —dice Razvan, malhumorado, y hace un gesto de cabeza para señalar a un camionero que está mirando descaradamente a Andreea.

Ella lo mira asustada, pero luego se tranquiliza. Razvan no la venderá, le incomoda tratar con desconocidos. Pero suena mosqueado: resulta obvio que eso le molesta.

Cuando el barco atraca en el muelle, ya ha caído la noche. Siguen por la autovía. Poco a poco, el paisaje va cambiando de carácter, pasando de grandes campos de cultivo a bosques de coníferas. Paran una vez a repostar. Andreea se come una hamburguesa mientras Razvan se contenta con un café y un bollo. Ella come a pesar de que sabe que le va a sentar mal. El olor a gasolina empeora las náuseas, se tapa la nariz y respira por la boca mientras Razvan acaba de llenar el depósito.

—¿Falta mucho para llegar?

Razvan le lanza una mirada irritada por el retrovisor, pero no contesta. Andreea se detesta a sí misma por sonar como una niña quejica, pero está asustada y el silencio empeora el miedo.

—¿Habrá otras chicas?

Andreea ve que él asiente débilmente con la cabeza. Lo interpreta como un sí: no estará sola.

Sin saber cómo, al final consigue quedarse dormida. Cuando Razvan la despierta a base de sacudirle el hombro, le da la impresión de que acaba de cerrar los ojos.

—Ya hemos llegado.

Él ha bajado del coche y está junto a la puerta abierta de Andreea. Tiene una bolsa en la mano. Ella sacude los brazos para despejarse. Por la puerta abierta puede ver que están en un gran aparcamiento. El aire es fresco, pero frío, a pesar de ser verano. Se baja del coche, agita una pierna que se le ha quedado dormida. Si no fuera por el miedo, que hace que le resulte difícil respirar, habría sigo agradable salir un rato. Ahora mira al edificio que se yergue ante sus ojos. ¿Va a vivir aquí? La fachada es gris y está desconchada en varios sitios. En una de las habitaciones le parece ver movimiento tras las cortinas corridas. ¿Aquí es donde se la van a follar?

Razvan se acerca al portal. Andreea lo sigue. Apenas observa a su alrededor, está demasiado cansada. Además, no hay ni un alma. Debe de ser más de medianoche.

Cogen el ascensor hasta el segundo piso. Andreea oye música de fondo, algunas risas seguidas de voces. Se pega a la espalda de Razvan mientras llama al timbre. Tiene las manos sudadas; las piernas, doloridas.

Cuando la puerta se abre, Andreea mira al frente. El nuevo chulo ronda los treinta años. Lleva el pelo rapado y es corpulento. Viste los pantalones de chándal de rigor que parece el uniforme de todos los proxenetas. No tiene nada que ver con Marcel. No es ningún hurón. Pero sus ojos son igual de fríos que los de Marcel cuando la evalúa.

—Nos servirá —dice, y se dirige a Razvan—. Ya tenemos varias reservas.

Sujeta la puerta.

—Pero tendremos que conseguir fotos nuevas para el anuncio. Me parecía que habías dicho que era morena.

Patrik

Estocolmo, junio de 2016

*P*atrik se mete el tenedor en la boca casi sin darse cuenta. Mastica un trocito de salmón sin notar a qué sabe. Emilou y Sasha hablan a la vez, pero él solo atiende a medias. La conversación que tendría que haber sido tan reveladora resultó ser más bien un anticlímax. Neculai Andrei se había negado a revelar por qué Johan y él se habían puesto en contacto. Le dijo que no duraría mucho como reportero de investigación si iba por ahí filtrando datos por teléfono de buenas a primeras.

—No obstante, si coges un vuelo y vienes a Bucarest para verme en persona —le había dicho el periodista—, prometo contarte más. Partiendo de la base de que seas quien afirmas ser, claro.

A Patrik la propuesta le había cogido tan por sorpresa que se había quedado en blanco. ¿De verdad creía que iría hasta Bucarest para conseguir una información que podría resultar totalmente irrelevante?

—Vale, como quieras —había contestado el periodista—. Si cambias de idea, solo tienes que llamar. Estaré en la ciudad hasta mediados de julio.

Y eso es con lo que se había tenido que contentar.

Cuando volvió a la cocina, estaba tan molesto que solo le había resumido a Jonna lo que el periodista le había dicho, o quizá más bien lo que no había dicho. El viaje a Bucarest no lo había mencionado.

—¿Llegarás tarde?

Patrik levanta la cabeza. Jonna lo está observando a través de sus gafas de montura verde. No es habitual, casi siempre lleva lentillas.

—No, solo un par de horas. En realidad, estoy demasiado cansado, pero hace tiempo que lo teníamos planificado.

Se termina la cena con cierta prisa y se levanta.

—Me voy. Nos vemos esta noche.

Ƴ

Conduce hasta el centro de la ciudad y aparca en la calle Vasa. En cuanto baja del coche llama a Helena Lindén y le cuenta la conversación con Neculai Andrei.

—¿Cómo? ¿Te ha propuesto que vayas a Rumanía?

—Sí.

Patrik resopla y aprieta el botón verde en el paso de peatones, frente a la estación central de trenes.

—Debe de haber pensado que estoy dispuesto a hacer cualquier cosa con tal de encontrar a tu exmarido.

Patrik se vuelve para comprobar por segunda vez que ha cerrado el coche antes de cruzar la calle.

—Lo cierto es que estoy dispuesta a hacer casi cualquier cosa con tal de encontrarlo —dice Helena en voz baja—. Así que a lo mejor debería ir.

Patrik acelera el paso para que le dé tiempo de cruzar antes de que se ponga rojo.

—Sí, pero imagínate que la información acaba siendo irrelevante: habrás hecho el viaje para nada.

Se detiene delante de Bishops Arms. Puede vislumbrar a Amira en la barra, pero parece que Linus no ha llegado.

—Mejor llama a la policía —le sugiere—. Cuéntales lo del documento que encontramos en el ordenador de Johan, que ha viajado a Rumanía por lo menos en dos ocasiones esta primavera, que puede haber mantenido contacto con un periodista rumano y que la chica a la que recogió era rumana. A lo mejor ahí hay una conexión.

«Pero ¿qué conexión?», piensa. También podría ser que Johan haya estado confabulado con los proxenetas. Sin embargo, el contacto con el periodista contradice tal hipótesis.

Se despiden y Patrik se guarda el móvil en el bolsillo de la americana, abre la puerta del bar y lo recibe una bofetada de calor. Amira levanta la cabeza cuando él se le acerca.

—Linus me ha mandado un mensaje —dice—. Llegará media hora tarde.

—Genial.

Esboza media sonrisa.

—Así podemos planificar a nuestro gusto.

Toma asiento y pide una cerveza de baja graduación.

—¿Cómo estás? —pregunta Amira—. ¿Mucho trabajo?

Patrik hace una mueca.

—Más bien, pocos empleados. Esta primavera, el número de clientes se ha disparado, pero nuestro jefe se niega a ponernos a jornada completa.

141

Amira asiente, comprensiva.

—Lo sé, nos pasa lo mismo en Lovisa.

Patrik le entrega la tarjeta al camarero, que le acaba de dejar una cerveza Falcon delante.

—Pero ahora mismo tengo otra historia metida en la cabeza.

—¿Cuál? —pregunta Amira con curiosidad.

Patrik le resume brevemente todo lo de Johan Lindén, lo que ha pasado desde la noche que lo detuvieron en Malmskillnads y Amira se llevó a Nadia a urgencias de los servicios sociales. Le cuenta que, unos días más tarde, declararon desaparecido a Johan y que el número desde el que Johan llamó a su hija al día siguiente de la detención ha aparecido con notable frecuencia en las listas de llamadas de uno de los proxenetas rumanos.

Amira lo mira interesada.

—¿Por eso me llamaste para preguntar si he oído a alguna mujer mencionar a un proxeneta sueco? ¿Porque crees que ese hombre es un chulo, y no un putero?

Patrik niega con la cabeza.

142

—No, al contrario, había esperado poder descartar tal cosa. —Sonríe—. Más que nada para poder seguir presumiendo de mi buen olfato para las personas. Cuando estuve hablando con él aquella noche, aseguraba que estaba intentando ayudar a Nadia. Y, por alguna razón, le creí.

Amira le lanza una mirada de escepticismo.

—Pero, entonces, ¿por qué iba a aparecer en la lista de llamadas de uno de los proxenetas?

Patrik toquetea la etiqueta de la botella y la quita.

—Bueno, eso es justo lo que cuesta un poco de justificar —dice—. Pero, o bien es lo que Johan dijo, que le había pedido prestado el móvil a un amigo, o bien, tal vez, llamara al chulo para pedir cita con una chica, pero no con el objetivo de tener sexo, sino de intentar ayudarla a escapar.

Pero hay demasiadas llamadas. La teoría tiene sus lagunillas. Amira lo mira pensativa.

—Vale, entonces te puedo tranquilizar con que ninguna de nuestras mujeres ha mencionado a ningún proxeneta sueco —dice, y toma un trago de cerveza—. Eso no significa que no los haya. Por otro lado, en mayo, vino a vernos una mujer. Era rumana: había sido víctima de la trata de personas. Nos contó que había conseguido escapar de los chulos y que ahora se estaba escondiendo en una dirección secreta, pero que no se veía capaz de recuperarse ella sola de lo que había vivido.

Amira mira a Patrik por encima del borde del vaso.

—Lo más llamativo de su historia no es la fuga en sí, a veces lo consiguen. Lo más raro era que aseguraba que un putero la había ayudado.

Patrik se queda mirando a Amira fijamente.

—¿Lo dices en serio?

Extiende la mano de pronto, casi volcando la cerveza.

—¿No te contó nada más? ¿Qué aspecto tenía el hombre, o cómo tuvo lugar la huida o dónde estaba viviendo ahora?

Amira niega con la cabeza.

—No. Tampoco se lo pregunté. No pensé que podría acabar siendo importante. Pero puedo hablar con Linda, mi compañera; ella vio a la mujer más veces.

—Sí, hazlo. —Coge a Amira del brazo—. Imagínate que resulta ser ese tal Johan quien la ayudó a escapar. Eso significaría que realmente está amenazado. Y tal vez luego intentó hacer lo mismo con Nadia, pero fracasó porque lo pilló la policía.

Mira el móvil. Linus le acaba de escribir que está buscando aparcamiento.

—Por cierto, ¿intentasteis convencer a la mujer para que pusiera una denuncia o testificara? —continúa.

—Sí, claro —dice Amira, tajante—. Por supuesto que lo hicimos. Pero estaba muy bien informada, tengo que reconocerlo. Sabía que, si aceptaba testificar, solo se le concedería el permiso de residencia provisional. Después del juicio, probablemente le tocaría volver a Rumanía otra vez.

—¿Y no quería?

Amira arquea las cejas.

—Desde luego que sí, pero no después de haber testificado contra algunos de los criminales. Dijo que si tenía que elegir entre la seguridad de su familia y la posibilidad de poder encerrar a uno de los proxenetas, prefería lo primero.

Ya ha empezado a anochecer cuando Patrik sale del bar junto a la estación central. No puede quitarse de la cabeza lo de la mujer que había ido a verlas a la clínica Lovisa. ¿Y si fuera eso? ¿Y si Johan Lindén ha intentado ayudar a escapar no solo a Nadia, sino a más mujeres? La idea resulta vertiginosa.

Tiene el coche aparcado en un hueco estrecho. Se sienta al volante y le manda un SMS a Jonna: llegará a casa dentro de media hora. Luego sale del aparcamiento en dirección a las galerías Åhléns y la calle Mäster Samuels.

Las ve en la cuesta que queda justo por encima de la calle Drottning. Están en el mismo sitio que el viernes. Cuatro mujeres que se pasean de aquí para allá. Una saca un espejito y se corrige el pintalabios; otra se sienta en cuclillas con el móvil en la mano. A Patrik le viene a la cabeza lo que Linus había dicho el viernes mientras estaban trabajando: algunas de las mujeres a las que han estado observando durante el seguimiento parecían haber desaparecido. Linus sospechaba que las habían trasladado a otro país, pero a lo mejor resultaba que las habían ayudado a huir.

Aminora la marcha, abre la ventanilla, se acerca despacio.

—¿Quieres compañía?

Una de las mujeres se le ha acercado. Sus ojos verdes se cruzan con los de Patrik. La sonrisa es amplia, pero cansada. Sus delgadas piernas se han hecho más largas gracias a unos tacones altos y puntiagudos.

—Estoy buscando a alguien. —Las palabras salen sin prisa mientras Patrik otea la oscuridad. Apenas la pudo ver un instante, el viernes, pero recuerda que parecía muy joven—. Creo que se llama Nadia.

144

En cuanto pronuncia el nombre, una de las chicas que está detrás de las otras alza rápidamente la cabeza. El pelo castaño le llega por los hombros y tiene la misma caída que el de Sasha. Sus ojos son oscuros. Pero ahí termina el parecido.

—Disculpa, ¿podría hablar contigo?

Patrik la señala, ve que su mirada salta de un lado a otro.

—¿Yo?

Patrik asiente en silencio, intenta esbozar una sonrisa, pero la chica parece asustada cuando da un paso hacia el coche. A lo mejor la ha hecho sentirse insegura al llamarla por su nombre.

—¿Te llamas Nadia? —le pregunta cuando la tiene junto a la ventanilla.

Ella asiente sin decir nada.

—Me gustaría hablar contigo, ¿te parece bien?

La chica mira desconcertada a una de las otras mujeres, luego otra vez a Patrik.

—Vale, pero tendrás que pagar.

Maldita sea, debería haber pensado en ello. Patrik hurga en sus bolsillos, están vacíos.

—Lo siento —dice, y levanta las palmas de las manos—. No tengo dinero.

Ella lo mira una última vez antes de dar media vuelta para irse. Los hombros encogidos, las manos colgando.

—¿Te puedo preguntar solo una cosa? —le grita Patrik.

Ella titubea antes de volverse de nuevo para mirarlo, espera a que diga algo.

—Se trata de un hombre que estuvo aquí hace dos semanas. —Las palabras se tropiezan, Patrik teme que la chica vaya a marcharse—. La policía lo detuvo cuando subiste a su coche. —La chica no dice nada, pero a Patrik le parece leer en sus ojos que recuerda el suceso—. ¿Puedes decirme qué te dijo?

Ella se acerca al coche.

—Dijo que quería hablar.

Unas gotas de lluvia caen del cielo, le mojan la mejilla a la chica, parecen lágrimas.

—¿De qué? ¿Te lo dijo?

—No.

—¿Habías visto antes a ese hombre? ¿Lo conoces?

—No.

—Nadia.

Una voz los interrumpe. Patrik gira la cabeza. El hombre que la ha llamado está al otro lado de la calle. Empieza a caminar hacia ellos. No es el proxeneta que Linus le había señalado: este es más bajito y algo mayor. Las mujeres se mueven inquietas. La que le había hablado primero a Patrik dice algo así como «razvan». Patrik no sabe decir si es un nombre o si solo es una palabra en rumano, pero queda claro que no deberían estar hablando así con él sin cobrar nada. Patrik corre a sacar su tarjeta de visita.

—Toma —susurra, y le pone la tarjeta a Nadia en la mano a través de la ventanilla abierta—. Soy trabajador social. Llámame si necesitas ayuda.

Nadia abre los dedos en los que Patrik acaba de meter su tarjeta, la deja caer al suelo. Patrik ve cómo se le doblan las esquinas en un charquito de agua. Poco después, el hombre alcanza a las mujeres. Es de mediana edad: da una impresión triste, no es alguien en quien te fijas. Antes de acercarse a Nadia, se vuelve hacia Patrik, le lanza una mirada con la que le deja claro que no olvidará su cara así como así. A Patrik le entra prisa por meter primera y alejarse de allí. Lo último que ve por el retrovisor es a Nadia. Está con la cabeza gacha hablando con el hombre de la americana beis. A Patrik se le hace un nudo en el estómago. Esa chica no es mucho mayor que Sasha. Debería ser un delito dejarla allí. Aun así, eso es justo lo que hace. Igual que veinte años atrás. Siente vergüenza.

145

Ted

Estocolmo, junio de 2016

—$\mathcal{H}$ola, Erik.

Ted se pone el auricular en la oreja, activa el intermitente de la izquierda y se pone en el carril izquierdo para adelantar a un tráiler. Ha guardado el número del móvil del chulo en la agenda bajo un nombre encriptado. No tiene ni idea de qué va a hacer con él, pero, como la mujer ya no está en el piso, el proxeneta es la única conexión que tiene con el vídeo que le mandaron.

—¿No tenías que trabajar?

Erik suena sorprendido, no hace mucho rato que Ted le ha mandado un mensaje diciendo que estaba ocupado.

—Sí, lo sé, pero he salido antes de lo que pensaba. —Vuelve al carril derecho—. Si todavía puedes y te apetece, vaya.

—Sí…, claro.

—Podríamos quedar en el Puerta Azul, está mejor situado que la terraza que tú proponías.

—Vale.

—Qué bien —dice Ted con calidez—. Tengo muchas ganas de verte, hace mucho desde la última vez.

Lo dice en serio. Hace mucho que no se ven. Demasiado.

Corta la llamada, se quita el auricular y continúa por la carretera de Essingeleden. Agua, islas y bloques de viviendas van pasando por la ventanilla. Coge la salida que lleva al centro. Aún queda más de una hora para la cita con su hijo; hasta entonces piensa trabajar todo lo que pueda en la oficina.

Aparca en la calle Sankt Görans, a unos minutos a pie de la oficina. Cuando coge el teléfono del soporte, ve que le ha llegado un nuevo mensaje. Esta vez no es de Erik, sino de un número desconocido. La sensación de desagrado recorre su cuerpo cuando abre el SMS. No hay texto, solo un enlace a un vídeo. Titubea unos instantes antes de abrirlo. Hace de tripas corazón. ¿Otro vídeo sexual?

Pero no lo es. La grabación está hecha al aire libre. Al principio, Ted no reconoce el escenario, pero luego lo ve claro. El vídeo, que apenas dura unos segundos, está grabado en la calle Mäster Samuels. Puede intuir el cartel de Åhléns un poco más allá. Parece ser de noche. Al otro lado de la calle se ve a un grupo de mujeres. Ted lleva demasiados años comprando sexo como para no saber de qué tipo de mujeres se trata. Pero no son ellas lo que despierta su interés, sino el texto que empieza a subir por la pantalla:

> Ayer subieron a Irina a un autocar rumbo a Alemania; en Estocolmo se ha quedado su hermana pequeña, Nadia, de solo catorce años. En este momento, se está vendiendo en las calles del centro, pero solo es cuestión de tiempo antes de que a ella también la manden al sur. Si quieres hacerle un favor a Irina, algo que significaría mucho para ella, puedes ir a buscar a Nadia y llevártela de allí. A lo mejor eso también te ayudaría a ti a guardar tu secretito.

147

Ted mira a su alrededor, como si el emisor del vídeo fuera a estar en las proximidades. Después pulsa el símbolo de llamada, pero esta vez no se oye ningún tono, solo un mensaje de voz automático: «Este es el buzón de voz del 0735…».

Furioso, se mete el móvil en el bolsillo.

—¿En Berlín? —Ted sonríe a su hijo—. ¿Cómo demonios se te ocurrió celebrarlo en Berlín, de todos los sitios que hay?

Ha pasado casi un año desde que Erik cumplió los dieciocho, pero Ted se había olvidado de preguntarle cómo lo había pasado. El flequillo castaño y encerado de Erik cuelga en mechones por delante de sus ojos cuando agacha la cabeza hacia la mesa. Ted contiene el impulso de despeinárselo.

—Bueno, a un amigo le pareció un buen sitio —murmura Erik con las mejillas algo sonrojadas, llamativamente incómodo con el tema de conversación—. Buenos sitios para salir y tal.

Sigue negándose a cruzarse con la mirada de Ted. ¿De qué se avergüenza? Una buena borrachera en el extranjero la ha cogido casi todo el mundo, aunque quizá no sea algo que vas comentando a tus padres. Ni siquiera cuando están tan libres de prejuicios como Ted.

—Vale, sí, puede que los haya. No controlo tanto, lamentablemente.

La última vez que fue a Berlín, estuvo trabajando las veinticuatro horas, así que no tuvieron tiempo de visitar ningún local nocturno, a pesar de que sus clientes alemanes hubieran insinuado algo sobre un glamuroso bar de *striptease* que tenían que visitar, aprovechando que estaban en la ciudad. Ted mira las jarras vacías.

—¿Qué me dices, otra?

—Perfecto.

Ahora Erik ya parece el de siempre, sus mejillas han adoptado un color más bronceado y sus ojos castaños titilan. «Es guapo», piensa Ted. No cabe duda de que la combinación de Marie y él ha sido un gran éxito estético, aunque no estuvieran sincronizados en nada más. O quizá fuera por la edad, apenas habían dejado de ser unos críos cuando el embrión de Erik comenzó a gestarse en la barriga de Marie.

Llama la atención del camarero con la mano y levanta dos dedos junto con una Staropramen en el aire.

—Por lo demás, ¿qué tal te va? ¿Cómo van las clases?

Ted le pasa la tarjeta de la empresa al camarero, que ha dejado dos botellas abiertas en la mesa.

—Tirando.

Erik se lleva la botella a la boca, de un trago se toma un tercio del contenido.

—Con calma, hombre. —Ted se ríe—. No hace falta que te vuelvas alcohólico solo por haber cumplido los dieciocho.

Erik tose.

—No es por eso, y ya tengo casi diecinueve —murmura. Deja la botella en la mesa—. Las clases van bien —continúa—. He sacado buenas notas. Así que espero poder entrar en el Instituto Real de Tecnología. Lo sabré ahora, en verano.

Ted lo mira casi con admiración. Él aprobó por los pelos el bachillerato de economía, así que no habría podido seguir estudiando en la universidad ni aunque hubiera querido. Aunque, por suerte, no tenía ninguna intención de hacerlo. Eso sí, a veces, ha echado en falta un poco de formación académica como tarjeta de presentación, sobre todo cuando queda con clientes en otros países europeos donde los títulos se valoran más.

—Cojonudo, Erik, me vas a superar por goleada. ¿No podrías pedir plaza en Chalmers, por cierto? Así nos veríamos más a menudo.

—Sí, pero tú también pasas más tiempo en Estocolmo que en Gotemburgo, ¿no?

Ted guarda silencio. Posiblemente, se lo ha dicho sin mala intención. Pero, aun así, le sienta mal.

—Sí, en eso tienes razón. —Ted nota que se le calientan las mejillas—. Pero no es seguro que dentro de un año siga siendo así.

—¿Por? ¿Vas a cambiar de trabajo?

Erik lo mira extrañado.

—Bueno, no del todo. —Ted se remuve en la silla—. Pero desde que nació tu hermano pequeño, Alex está cada vez más descontenta con que trabaje en Estocolmo. Así pues, tarde o temprano tendré que cambiar.

Les da tiempo de pedir una cerveza más antes de que Erik, con un vistazo al reloj, diga que tiene que volver corriendo a casa, que Marie se pone como loca si entre semana no se va a dormir antes de las once.

—Lo entiendo —dice Ted con una carcajada—. Pero ha sido divertido verte tanto rato. Tenemos que repetirlo.

Erik asiente con la cabeza.

—Me encantaría, ¿vuelves a subir la semana que viene?

Ted echa un vistazo rápido al calendario: la semana que viene solo estará de martes a jueves, y tiene la agenda a reventar.

—Sí, pero no tendré tiempo, lo siento. —Ve cómo Erik se desinfla—. Pero dentro de poco son las vacaciones de verano, ¿no podrías bajar a visitarnos? —se apresura a decir.

—No sé, ya veremos. A lo mejor en verano hago algo con los colegas. Y mamá y Nicklas han alquilado una casa en Francia una semana, pensaba ir con ellos.

El padrastro de Erik, a diferencia de Ted, ha estado presente toda la vida de su hijo.

—Tengo muchas ganas de verte. Eso lo sabes, ¿verdad? —Ted lo mira lamentándose—. Pero el trabajo...

Erik alza una mano para detenerlo.

—No digas nada más. Ya me conozco esa historia. Es solo que había pensado que, después de hoy..., bueno, que sería diferente. —El brillo en los ojos de Erik se ha desvanecido—. Pero me había equivocado —añade, y se levanta de la silla.

Ted rodea la mesa y le pone una mano en el hombro.

—No, no te has equivocado. Te prometo que, a partir de ahora, nos veremos más a menudo. —Hace un esfuerzo por sonar sincero, pero no parece surtir ningún efecto. Ya no vale con promesas, necesita más—. Creo que podré hacer un hueco —dice, sin pensar en cómo se las apañará—. Miércoles o jueves, ¿te va bien?

149

Antes de que Erik pueda contestar, el móvil de Ted los interrumpe: es Alex.

—Oye, tengo que cogerlo. —Le da a Erik un abrazo rápido—. Pero te llamo la semana que viene.

—Claro. Adiós.

Erik se encoge de hombros y da media vuelta. Ted sigue su espalda con la mirada mientras responde a Alex, con el auricular en la oreja.

—Me acaba de llamar la profesora de William.

Ted suspira.

—¿El *GTA* otra vez?

—No. —Alex suena cansada—. Por lo visto, William y otro chico de su clase han tocado a una de las chicas.

—¿Cómo dices?

—Que William y otro chico le han tocado las tetas a una chica. Por lo que parece, ella está crecidita, y William y su amigo se han inventado un juego en el que van corriendo a su alrededor y le van tocando las tetas mientras le gritan vaca lechera.

Ted no puede evitar una sonrisa; suerte que Alex no lo ve.

—Vaya, un poco desafortunado —dice.

—¿Un poco desafortunado?

La voz de Alex suena gélida.

—A ver, solo es una trastada de niños —se apresura a añadir Ted—. Los chicos hacen esas cosas. Deben de estar chorreando hormonas y no saben cómo gestionarlo.

—Pues entonces, tal vez, deberíamos llamar a esa chica y sugerirle que se la devuelva —replica Alex, cínica—. Que la próxima vez que vea a William le tire fuerte del ciruelo y grite: ¡sardinita!

Aquella respuesta le irrita.

—No quería decir eso. Por supuesto que hablaremos con él. Si me llamabas por eso, puedo tener una charla con William.

—Sí, era eso. No es precisamente fácil educar a dos chavalitos al mismo tiempo que tengo un bebé de dos meses en los brazos.

Silencio.

—Lo sé —dice Ted al cabo de un rato largo—. Perdóname, estás haciendo una proeza.

Alex hace caso omiso del comentario.

—¿Cuándo vuelves a casa?

—Mañana, sobre las siete. —Se aclara la garganta—. Puedo hablar con William cuando llegue.

—Bien.

Otro silencio.

—Dales un beso a los chicos de mi parte —dice Ted—. Nos vemos mañana.

Deja que el móvil se deslice en el interior de su bolsillo, pero enseguida lo vuelve a sacar. Mira a su alrededor antes de abrir el breve vídeo que le han enviado hace un par de horas: el de la supuesta hermana pequeña llamada Nadia. Le cuesta distinguir si alguna de las chicas es realmente adolescente, pues la calidad de la imagen es demasiado mala. Se las ve inquietas, paseando sin rumbo de un lado a otro, con las manos hundidas con fuerza en los bolsillos de sus chaquetitas cortas.

Se guarda el móvil y empieza a caminar en dirección al hotel. Ha dejado el coche, para poder beber. Decide cruzar el centro, aunque no sea el camino más rápido. Titubea un momento en el cruce de la calle Mäster Samuels, pero luego gira a la izquierda. No sabe el lugar exacto en el que se ha grabado el vídeo, pero debe de haber sido más adelante, pues se podía ver el cartel de Åhléns al fondo.

Lo encuentra en la pendiente que baja a la calle Drottning. Un hombre de mediana edad, pelo ralo, con vaqueros y una americana holgada. Pero no es la ropa lo que llama la atención de Ted, sino la cara. Se queda de piedra. Es el mismo hombre que le abrió la puerta aquel día de mayo en que se había dejado el teléfono en el piso de la prostituta a la hora de comer. La prostituta que debería de llamarse Irina y con la que se tendría que haber visto hace unas horas en un piso en Huvudsta.

151

Se detiene y clava los ojos en el hombre. Sus miradas se cruzan. Ted puede ver que el hombre también lo reconoce. Su corazón se acelera cuando se cruzan, pero ninguno de los dos dice nada. Cuando Ted llega al cruce con Drottning, gira a la izquierda; al cabo de unos metros, se mete en la calle Mäster Samuels. Saca el móvil con dedos temblorosos y mete su otra tarjeta SIM. Llama al número que le ha dado esta tarde el hombre de Huvudsta; se supone que pertenece a alguien llamado Razvan. Asoma con cuidado la cabeza por la esquina. Ve que el hombre se ha detenido para hablar con una mujer. Cuando suena el primer tono, el hombre hurga en el bolsillo de su americana.

—¿Hola?

Ted se esfuerza en mantener la voz firme.

—Me gustaría ver a Irina.

—¿Irina? —El hombre titubea—. No está aquí. ¿Puedo darte otra?

—No.

Ted mira desde detrás de la esquina, ve que el hombre se mueve inquieto en el sitio con el teléfono pegado a la oreja.

—Solo me interesa ella. —Ted titubea un instante—. A menos que tenga una hermana, claro.

El hombre se ríe.

—La tiene. ¿Cuándo quieres verla?

Ted intenta recordar su agenda para la semana que viene.

—Estaré en Estocolmo la semana que viene. ¿El miércoles?

Acuerdan una hora: el hombre le mandará una dirección y un código de portal poco antes de la cita. Ted está a punto de cortar la llamada cuando se acuerda.

—¿Cómo se llama?

Silencio

—Nadia —responde el tipo finalmente—. La hermana de Irina se llama Nadia.

152

Andreea

Estocolmo, agosto de 2015

El chulo que les ha abierto la puerta coge a Andreea por la barbilla y le levanta la cara a la luz de una bombilla sin pantalla. La observa detenidamente, como quien valora la calidad de un producto.

—Joder, cómo apesta. —Suelta a Andreea tan pronto como la ha cogido—. Dile que se lave el coño.

Es a Razvan a quien se dirige, no a ella.

—Claro.

Razvan suelta la bolsa de Andreea con un golpe, le lanza una mirada reprobatoria, como si fuera culpa suya que el nuevo chulo empiece quejándose. Desde el salón llega el ruido de varias voces hablando al mismo tiempo. Una risa que parece de mujer.

—Mete su bolsa en el dormitorio y luego ven con nosotros —continúa el chulo. Debe de ser Christu, el nuevo jefe de Andreea—. Pero primero dile que se limpie la mugre. Esta noche tiene clientes.

Christu le da una patada a la bolsa de deporte de Andreea. Ella mira fijamente al suelo, le tiemblan tanto las piernas que teme caer desplomada. Siente, más que ver, la mirada de desprecio que el tipo le dirige antes de darse la vuelta e irse a la sala de estar.

Razvan coge a Andreea del brazo.

—¿Por qué no puedes lavarte, maldita furcia? —murmura con los dientes apretados.

Andreea no contesta. Tampoco se mueve. Es como si los pies se le hubiesen pegado al suelo. Esto es peor que Madrid. Es más terrorífico que aquella noche en la que estuvo merodeando en busca de alguien que la pudiera ayudar. Esta vez sabe lo que le espera. Eso vuelve su cuerpo más pesado que el plomo. El cansancio resulta paralizante. Por mucho que se esfuerce, cada vez le cuesta más recordar quién era antes de que la vendieran: la sensación de meterse en la cama de su abuela, cómo solía olerle el pelo a Ionela cuando se lo apartaba para susurrarle un secreto al oído. Cierra los ojos, la respiración se le entrecorta.

—¿Qué cojones estás haciendo? —Se oye un chasquido cuando la palma de la mano de Razvan le abofetea la mejilla, obligándola a volver a la realidad. Andreea abre los ojos, intenta decir algo, pero tiene la boca seca—. Espabila —le suelta Razvan, y agarra impaciente su bolsa—. Van a creer que les he traído a una maldita psicópata.

Tiene la cara roja. Los dedos se hunden en la carne de Andreea cuando la agarra y la arrastra hasta el dormitorio.

Es pequeño, más que el de Madrid. Está sucio y huele tanto a sexo que le escuece la nariz.

—Dúchate y cámbiate —dice Razvan tajante, y le tira la bolsa sobre la cama. Andreea puede ver que sigue enfadado, pero que no tiene intención de volver a pegarle. Seguramente intuye que no servirá de nada—. Y luego ven al salón.

Ahora su voz suena rendida más que molesta. Le lanza una última mirada antes de retirarse. Poco después, Andreea oye su voz en la sala de estar. Alguien lo invita a un trago. Con el bullicio no consigue distinguir lo que Razvan contesta, pero está bastante segura de que es un sí. Los chulos tienen devoción por el alcohol, el sexo y la violencia. Y por el dinero, claro.

Andreea se hunde en la cama. Piensa en lo asqueado que sonaba el chulo cuando hablaba de ella, no a ella. Nunca se ha creído guapa, ni de lejos. Sin embargo, nadie, excepto Iósif, la ha llamado nunca fea ni le ha dicho que huele mal. Olfatea con insistencia, pero lo único que nota son esos olores nauseabundos incrustados en las paredes.

Se lleva las rodillas a la barbilla y trata de aislar los ruidos que le llegan del salón. Deja que las yemas de sus dedos acaricien la suave textura de los pantalones de felpa. Una vez tuvo un peluche de un material similar. Se lo regaló su madre cuando empezó a trabajar en la ciudad y dejaba a Andreea con sus abuelos cada fin de semana. Al principio, Andreea estaba inconsolable, se negó a dejarla marchar, gritó y se aferró a sus piernas. Al final, su madre, desesperada, le prometió que le compraría algo bonito, cualquier cosa, con la condición de que Andreea la soltara. Solía prometer muchas cosas, pero cumplir pocas. Pero aquella vez su madre hizo lo que había dicho. Llegó caminando por el sendero de tierra dos días más tarde con la bolsa marrón en la mano, casi la arrastraba por el suelo, pero no parecía percatarse. Por una abertura en la bolsa asomaba una cosa marrón. Andreea salió corriendo y se abalanzó con un alarido sobre la bolsa. Sin abrazar siquiera a su madre, comenzó a tirar de la felpa marrón. Sin duda, se daba cuenta del rímel que se le había corrido por las mejillas, ahora grises. Podía ver los cardenales en el pómulo y su balanceo al caminar. Sin embargo, no tenía tiempo de preguntarle qué le había pasado. Estaba demasiado ocupada con el peluche.

Sus piernas han dejado de temblar. Se frota con cuidado un moratón en el muslo derecho. Tiene una semana. Ha empezado a amarillear, pero aún duele. Luego se cambia y se pone unos vaqueros elásticos y una camiseta de manga corta. Sale del dormitorio y busca el baño con la mirada. Lo encuentra al otro lado del pasillo. Se enjuaga rápidamente la cara con agua fría y se mira al espejo. Tiene cara de cansada. Ha estado viajando más de un día entero y apenas ha dormido. En el armarito encima del lavabo encuentra una cajetilla con sombra de ojos, rímel, un pintalabios rojo. No sabe de quién es el maquillaje, pero se lo pone. Se embadurna todo lo que puede.

Al principio nadie se percata de su presencia en el umbral de la puerta. En el sofá ajado de tela que en su día fue de color blanco, ve a Christu, sentado con las piernas abiertas; el chándal negro tiene un gran agujero en la entrepierna. Su brazo descansa con contundencia sobre los hombros de una chica sentada a su lado: parece decir que es suya. Va muy maquillada y se inclina hacia Christu con gesto casi amoroso. Sus ojos advierten a Andreea de que se cuide muy mucho de intentar nada. Andreea reconoce la hostilidad: es la misma que vio tantas veces en Renata.

Razvan está apoyado en el marco de la ventana al fondo de la estancia, con una copa en la mano. Echa un trago al mismo tiempo que se estira para coger un cigarro de un paquete abierto que hay en el alféizar. Asiente con la cabeza al ver a Andreea, para dar el visto bueno a su maquillaje.

En el centro de la sala hay un tercer hombre que rodea con los brazos a una chica de pelo cobrizo. No se da cuenta de que Andreea entra en el salón: está demasiado ocupado estrujándole las tetas por debajo del sujetador. La chica, en cambio, mira a Andreea. Una mirada apática, una sonrisa de esas postizas que esbozaban tanto Elena como Renata en cuanto aparecían los chulos. Quizás a ella también le saliera, quién sabe. En realidad, en lo único en lo que pensaba era en cómo evitar las patadas de Marcel en la barriga.

—Así que aquí tenemos a la puta nueva. —Christu mira a Andreea con ojos entornados y da un trago de la copa que tiene en la mesa—. Pero no me dijiste que estaba tan hecha mierda. —Se vuelve hacia Razvan—. Marcel debería hacerme un descuento, díselo de mi parte.

155

Andreea nota que se encoge.

—Hemos viajado toda la noche —le explica Razvan, hay un tono de disculpa en su voz—. Te lo prometo, cuando se esfuerza, puede ser de lo más sexi.

—Pues será mejor que empiece a esforzarse.

Una de las chicas empieza a reírse a carcajadas.

—Los clientes suecos están dispuestos a pagar ciento cincuenta euros, pero quieren algo a cambio de ese dinero. Pero, bueno, qué cojones: ahora ya está hecho. —Christu suelta un eructo ruidoso y deja el vaso. Se vuelve hacia la chica que todavía tiene rodeada con el brazo—. ¿Le das un poco de alcohol?

Es una orden, no una pregunta. La chica asiente obediente y estira el brazo para coger uno de los vasos de la mesa. Andreea tiene tiempo de ver que alguien ya ha bebido de él. Lo llena de vodka, se lo pasa a Andreea.

—¿Qué teníais pensado? —pregunta Razvan—. ¿Se va a quedar en este piso?

Le prende fuego al cigarro. Christu niega con la cabeza.

—No, solo esta noche. Luego la moveremos. El problema es que vamos mal de pisos. La poli le ha echado el ojo a Airbnb. —Se lleva el combinado a los labios—. Aunque la calle también funciona. Sobre todo para las que son como ella.

—Como te he dicho antes… —empieza Razvan.

—Lo sé. —Christu se ríe y lo hace callar levantando la mano en el aire—. Puede ser sexi cuando quiere, ya lo has dicho.

El timbre de la puerta los interrumpe. Christu mira a la chica que está subiendo a su regazo.

—Natalia. —Le da un empujón—. Tu cliente está aquí.

Andreea sigue a Natalia con la mirada cuando la chica se retira; el pelo largo le ondea en la espalda. Mira a Razvan, quien, como de costumbre, la evita. A diferencia de Christu.

—Tranquila, no seas tan impaciente: tú también tendrás un cliente dentro de poco —dice, con una sonrisilla en los labios—. Pero existe el riesgo de que se queje porque no eres como en la foto. Procura currártelo para que salga contento.

Andreea no contesta. Por el rabillo del ojo ve que Natalia pasa por delante del salón y continúa hasta el dormitorio. Un hombre la sigue de cerca. Su pelo rubio le recuerda al chico de Noruega que conoció en Madrid. El hombre no los mira al pasar por la puerta. Oyen cerrarse la puerta de la habitación y un murmullo de voces cuando el cliente paga.

Los chulos empiezan a reír cuando el murmullo se ve sustituido por gruñidos y golpeteos rítmicos. Christu le dice a Razvan que suba el volumen de la minicadena para no tener que oír los gritos de Natalia. Pero le llegan igualmente: Natalia chilla como posesa en el dormitorio. A Andreea le cuesta creer que los clientes se lo tomen en serio, pero cada vez que se lo comenta a Razvan él le sugiere que los puteros están convencidos de que a las putas les gusta lo que hacen. Incluso que tienen orgasmos cuando se les corren en la cara.

—Por eso tenéis que gemir —suele decir—. Mucho. Y cuanto más fuerte, mejor.

Andreea no está segura de que tenga razón. Ella ha tenido clientes que se le han quejado cuando ha gritado demasiado. Pero Razvan es su jefe, así que no queda otra que obedecer. Pero él también dice que los clientes tienen que salir contentos.

Andreea se sienta en el sofá y coge el vaso de vodka de la mesa. Se bebe la mitad de un trago. El efecto es inmediato: los ruidos del dormitorio quedan mitigados y ya no le afectan tanto. La chica que antes estaba sentada en el suelo se sienta a su lado. La mira con apatía.

—¿Puedo? —pregunta Andreea señalando el porro que la chica tiene en la mano.

—Claro.

Andreea da tres caladas: la droga emborrona sus sentidos. Mira a la chica. El pelo rojizo es liso y le llega un poco por debajo de los hombros. Su tez es blanca, típica rumana.

—¿Cómo te llamas? —le pregunta.

—Rosita.

Andreea le dice su nombre. Nota que empieza a balbucear. Es curioso, su cuerpo no suele reaccionar tan deprisa con el hachís. Se permite cerrar los ojos, pero vuelve en sí cuando el timbre de la puerta suena de nuevo.

—Ya está. —Christu observa a Andreea con mirada de hielo—. Ahora te toca a ti. —Se reclina, extiende los brazos sobre el respaldo del sofá—. Tienes que sacar quinientos. Y quiere que te lo tragues.

—Qué sexi estás en esta foto.

El hombre le muestra su teléfono móvil a Andreea: una mujer a cuatro patas. Está desnuda, a excepción de un tanga de encaje. La foto está tomada desde atrás y no se le ve la cara, pero sí el pelo: igual de largo que

157

el de Andreea, castaño oscuro, descansa ondulado sobre su espalda. Andreea nunca ha visto a esa mujer.

—Pero veo que te has teñido el pelo. —El hombre suelta una risa forzada y acaricia los mechones de color rubio ceniza de Andreea—. ¿No podrías ponerte así ahora?

Él coge su camiseta, tira del hombro y esta se desliza. Las manos del hombre son ásperas al contacto de la piel de Andreea. De su torso desnudo, donde el pelo es más cano que en la cabeza, se desprende un leve olor a colonia.

Ella hace lo que le pide. Nota su aliento en la oreja cuando él se inclina sobre su espalda. El reloj en la mesita de noche marca la una. Andreea intenta relajarse, mira por la ventana. Fuera está oscuro, pero no es negra noche como sucede en Rumanía o en Madrid. Razvan le ha dicho que las noches de verano en Suecia son más claras, que hay partes del país en las que nunca oscurece.

Cuando el hombre la penetra, ella aprieta los dientes. Como las heridas nunca tienen tiempo de curarse, todas las penetraciones se vuelven dolorosas, a pesar de que a estas alturas ya debería estar acostumbrada. El hombre tiene problemas para correrse, tiene que trabajar un buen rato antes de hacerlo. Ella empieza a jadear, pero la mera idea de tener a los chulos en el salón escuchándola la humilla. Andreea piensa en lo que Christu le ha dicho justo antes de meterse en el dormitorio. En rumano, para que no hubiera ningún riesgo de que el cliente lo pudiera entender:

—Una sola mala nota y te pego una paliza de muerte.

Cuando el hombre por fin termina, cae rendido sobre su espalda. Pesa mucho. Ella intenta mantener la calma hasta que él rueda a un lado. Entonces respira aliviada.

El hombre le coge la mano y se la lleva a su pene lacio, la mantiene ahí poniendo la suya encima, obligándola a subirla y bajarla.

—Ponme cachondo otra vez.

Él gime. Ella pestañea y lo acompaña en los movimientos. Tenía la esperanza de que se contentara con una vez.

—¿Me la chupas?

Se le ha puesto dura. Andreea se mueve torpemente hasta ponerse entre sus piernas y separa los labios. Cierra los ojos y trata de encontrar un recuerdo en el que perderse. Pero no puede: los ha utilizado todos tantas veces que han empezado a perder fuerza.

Por fin, tras correrse por segunda vez, el hombre se muestra satisfecho y se pone la camiseta, que se le humedece en la espalda. En la cartera, que se ha caído de sus vaqueros, Andreea tiene tiempo de ver a un bebé, antes de que el tipo se agache deprisa y la recoja otra vez. Cuando mira a Andreea, la calentura se ha esfumado. Ahora más bien hay algo acusador, como si fuera culpa de ella que haya visto la foto. Andreea aparta la mirada.

—¿Siempre estás en Estocolmo?

El hombre se estira para coger los calzoncillos; un hilillo de esperma le cuelga del prepucio. Andreea no sabe qué contestar. Acaba de llegar, pero supone que se quedará por un tiempo.

—Sí.

El hombre recoge el móvil de la mesita de noche, donde lo había dejado. Andreea lo mira.

—¿Puedo ver el anuncio? —le pide.

—¿Qué pasa, ya no te acuerdas de lo que pusiste?

El hombre esboza una sonrisa boba y sujeta el móvil delante de su cara. A una distancia prudencial, teme que ella se lo vaya a robar. Razvan se lo había dicho: «A los suecos no les gustan los rumanos. Se creen que somos todos ladrones». Eso sí, para acostarse con chicas rumanas no tienen problema. Al menos mientras mantengan los precios más bajos del mercado, había añadido, y la había mirado con ese aire de superioridad tan suyo.

—Por si te interesa, te puedo decir que lo ofreces todo —continúa el hombre, y le guiña un ojo.

Andreea no se molesta en contestar, tan solo mira la pantalla. «Real Escort», pone. Nunca ha visto el texto. Solo ha oído a los chulos hablar de los anuncios, de la importancia de que las putas aparezcan en cuantos más sitios mejor, que da más clientes. Pero también es caro. Y ahí tienen el dilema.

Andreea lee la breve descripción: el inglés de Christu es peor que el suyo. Según el anuncio, está disponible las veinticuatro horas del día. La lista de servicios sexuales es tan larga que no los puede contar. De algunos no ha oído hablar nunca, otros se ha visto forzada a aprenderlos, pero apenas puede aguantarlos, como cuando hay orina de por medio.

Mientras iban en el coche de camino a Estocolmo, le había preguntado a Razvan por qué algunos hombres quieren hacer cosas tan asquerosas. Él la había mirado por el retrovisor y se había encogido de hombros. «Quieren hacer como en las pelis porno —le había contestado—. Pero sus esposas no se dejan: por eso contratan a una puta.»

El hombre se guarda el teléfono en el bolsillo de los vaqueros.

—¿Cómo se llama el bebé? —pregunta Andreea, que enseguida se muerde la lengua: ¿cómo se le ha ocurrido?

159

—Prefiero no hablar de ella.

Lo dice de un modo que le deja claro que ha cruzado un límite. Andreea asiente con la cabeza. Pero sí que ha averiguado una cosa: es una niña. El hombre se pone los calzoncillos y los vaqueros.

—No quiero que pienses que soy un mal padre —continúa. Hay algo vigilante en su voz—. Quiero a mi mujer. Lo que pasa es que ya no tenemos tanto sexo, desde que ella nació. Se lleva una mano al bolsillo de atrás, donde está la foto de la hija—. Y como hombre, de vez en cuando necesitas follar.

—Perdón, no quería decir eso —balbucea Andreea, pero el hombre parece satisfecho con aquellas explicaciones.

Le sonríe y se abrocha los botones del pantalón. Ella se pregunta cómo debe de ser como padre, si lanza a su niña por los aires y juega con ella, o si le suelta una bofetada cuando hace demasiado ruido. Elena le dijo que en Suecia los hombres son distintos. Lo descubrió una vez que estuvo compartiendo piso con una chica que había trabajado aquí. Le contó a Elena que algunos de sus clientes suecos estaban de baja por paternidad. Baja por paternidad. Andreea no sabía que eso existía.

—¿Te ha gustado?

El hombre ya se ha vestido del todo y mira a Andreea.

—Sí, mucho —miente—. Eres un… buen amante.

El hombre parece satisfecho con la respuesta.

—Bien, entonces nos veremos pronto.

Que ha pagado por el cumplido es algo en lo que no parece caer. El tipo se inclina hacia delante y le acaricia la mejilla. Ella se pone tensa.

Cuando el hombre se ha ido, los ruidos del salón le entran a chorro en la cabeza. Poco después, Christu se planta en la puerta. Andreea recoge el billete de quinientos de la mesita de noche.

—¿Ha salido contento?

La mirada de Christu la atraviesa mientras coge el billete. Se lo guarda en el bolsillo de cualquier manera.

—Mmm.

—¿Mmm? —Christu parece molesto.

Andreea se apresura a responder antes de que le dé por levantar la mano.

—Sí —dice en voz baja—. Ha salido muy contento. Quiere verme otra vez.

Patrik

Estocolmo, junio de 2016

—*P*or cierto, ¿te has acordado de traer la carta?

Patrik se inclina por encima de la mesa y llena el vaso de su cliente con agua. Luego hace lo mismo con el suyo.

—Sí, sí.

El hombre se agacha con cierto esfuerzo y empieza a hurgar en su gran funda de ordenador que, a juzgar por la forma, contiene bastantes más cosas que el portátil.

—Aquí tienes.

Le entrega un papel a Patrik. Un DIN-A4 y de color lila claro. El gran número de pliegues indica que el hombre la ha abierto y leído varias veces. Patrik coge la carta. Es más rígida que una hoja de papel normal, más bien parece una especie de cartulina fina. Y empieza a leer:

En la foto ves a Roxanna, a la que te follaste hace dos semanas. En cuanto te fuiste, pasaron unos diez minutos antes de que llegara el siguiente putero. Era un hombre que mostraba escasa comprensión de lo que supone estar caliente, agradecida y contenta por séptima vez en un mismo día, así que, cuando se fue de allí y le cedió el turno al siguiente hombre, estaba tan molesto e insatisfecho con la puta tan vaga que le había tocado que incluso le puso a Roxanna una nota mediocre en la página de contactos. Dicha nota la vio el proxeneta de Roxanna, y como las notas de los clientes son directamente proporcionales a los ingresos del susodicho, este consideró que Roxanna se merecía un castigo. Con tal de proporcionarle a Roxanna una vida en la que no sea juzgada en una escala del uno al diez, tenemos que hacer una serie de peticiones. Habíamos pensado empezar con la tuya. Si no quieres que tu mujer y tu jefe descubran a qué te dedicas, deberás llamar al número abajo indicado y concertar una cita. Tienes exactamente un mes de tiempo.

Patrik mira el número que aparece bajo el texto, es el de la consulta. Luego examina la fotografía de la joven que parece sacada directamente de la página web de contactos, cualquiera podría dar con ella.

—¿Es correcto? ¿Has comprado servicios sexuales de la mujer de la foto? —pregunta.

El hombre asiente con la cabeza.

—Sí.

—Pero… —Patrik vuelve a mirar la imagen, no es demasiado precisa en la zona de la cara—. ¿Cómo puedes estar tan seguro?

—He quedado con ella muchas veces. Digamos que esa imagen de perfil no me es desconocida.

Patrik echa un vistazo al texto.

—¿Cómo puede saberlo la persona que ha escrito la carta? ¿Dónde has dejado rastro?

El hombre se encoge de hombros.

—En varios sitios, supongo. En las páginas de contactos he entrado tanto desde casa como desde el trabajo. Y los SMS los he enviado desde mi teléfono. Si alguien quisiera hacerlo, no le sería demasiado difícil espiarme. Pero la verdad es que no creo que sea así como la persona me ha localizado.

—¿Por qué no?

—Porque también me llegó un vídeo, en el que aparecemos tanto ella como yo.

Patrik levanta la cabeza.

—¿Un vídeo? ¿Había alguien más en el piso, aparte de vosotros dos?

El hombre sacude enérgicamente la cabeza.

—No, no, la cámara debía de estar instalada en alguna parte de la habitación. Escondida, supongo. A mí se me ve claramente, pero a ella le han pixelado la cara. —El hombre suspira—. Está claro que alguien sabe lo que estoy haciendo. Y mucho me temo que pronto serán aún más los que lo sepan.

Patrik vuelve a leer lo que se le exige a su cliente. Sonríe por dentro: sin duda, quien escribe esas cartas es de lo más creativo. Estudia la cabeza gacha del hombre que tiene delante, su cuerpo. Ya no parece tan gallito.

—Entiendo que esta carta te ha afectado mucho —dice con cuidado—. Que te resulta incómodo.

El hombre levanta la cabeza rápidamente, sus ojos centellean llenos de rabia.

—Incómodo es quedarse muy corto. —Resopla molesto—. No he estado así de jodido en toda mi vida. Qué puto enfermo.

Le quita el papel a Patrik, lo arruga hasta convertir la carta en una pelota y la tira a la alfombra.

—Entiendo que te resulta amenazante e intrusivo —empieza Patrik de nuevo—. Sobre todo cuando no sabes quién está detrás. Pero a lo que quería llegar es a si has pensado en lo que pone en la carta. En la situación que vive esa mujer, en si lo que pone es cierto.

Unas motas rojas en las mejillas del hombre revelan que no le gusta el derrotero que ha tomado la conversación.

—No sabemos si es verdad o no.

—No, no lo sabemos. —Patrik se pone de pie—. Pero, si lo fuera, ¿es algo en lo que tú quieres participar y a lo que quieres contribuir?

Cuando el hombre ya se ha marchado, Patrik se agacha y recoge la bola de papel que su cliente ha tirado al suelo. La despliega. Un color curioso, ¿por qué lila, precisamente? Le viene a la mente la propuesta que Beatrice Ask lanzó hace unos años: a los sospechosos de comprar servicios sexuales se les debería enviar la notificación a sus casas en un sobre púrpura, para que todo el mundo supiera de qué delito se trataba.

Patrik da por hecho que no es la exministra de Justicia la que está detrás de las cartas, pero seguro que le entusiasmaba la idea. Considera que la ley sobre la compra de servicios sexuales no es suficiente, que se necesitan otros métodos para poner fin a la demanda.

Toquetea el papel con los dedos, le da varias vueltas, pero no encuentra rastros del remitente en ninguna parte. Ya no le parece tan llamativo que aparezca el nombre de la consulta. Si alguien quiere reducir la demanda, a lo mejor no es tan raro mandar a los puteros a desintoxicarse.

Coge el móvil y le escribe a Amira:

¿Has hablado con tu compañera? ¿Sabe algo más de aquella mujer que fue a veros a la clínica Lovisa y del hombre que la ayudó a huir?

La respuesta se demora apenas unos minutos:

He intentado llamar a Linda, pero está en excedencia todo el verano; está trabajando en una casa de acogida en Lituania, así que puede resultar difícil contactar con ella. Mañana lo volveré a intentar.

Patrik lleva dos tazas de café sucias a la cocina y las mete en el lavavajillas. Al volver, asoma la cabeza por el despacho de Mikaela. Está todo recogido y en silencio. Lleva enferma desde el lunes; varios de sus clientes han tenido que posponer las sesiones hasta otoño. Es una pena: le encantaría compartir con ella el contenido de la carta lila, lo que podría implicar. Se han celebrado manifestaciones delante de puticlubs, acciones pacíficas para animar a que se tramiten leyes más duras contra los delitos sexuales, pero nada como esto: apuntar directamente a clientes concretos.

Saca el móvil y llama a Linus.

—¿Habéis sabido algo más de aquel número que aparecía en las listas de llamadas de uno de los proxenetas? —pregunta—. ¿Alguna otra conexión con Johan?

—No. Pero sí que ha habido un giro inesperado en la vigilancia. —La voz de Linus suena tensa.

Patrik cierra la puerta, a pesar de que la consulta está vacía.

—Hace una hora se han presentado dos mujeres en la comisaría que querían denunciar a los proxenetas a los que hemos estado vigilando: Razvan y Christu. Según ellas, las han estado vendiendo durante mucho tiempo, en Estocolmo.

Dos denuncias, es casi demasiado bueno para ser verdad.

—Eso es fantástico —dice Patrik—. Por fin podréis arrestarlos.

—Bueno, bueno, aún no sabemos lo predispuestas que están a testificar. —Linus suena contento—. Pero si son fiables y, además, están dispuestas a participar en un juicio, encerraremos a esos dos tipos dentro de unos días. Llevamos tiempo detrás de ellos. Pero si estas chicas no los hubiesen denunciado, aún no nos habríamos atrevido a actuar.

De pronto, Patrik recuerda su paseíto de anoche por el centro de la ciudad.

—¿Y Nadia? —pregunta—. Esa chica a la que recogió Johan Lindén. ¿Qué pasa con ella?

—Lo mismo que con las otras. Si está dispuesta a testificar, podría recibir un permiso de residencia provisional. Y si no lo quiere, podrá volver a Rumanía con el billete pagado.

—¿Y las que han denunciado, ¿pueden contar con domicilio protegido? ¿Terapia?

—Por supuesto, ya se les ofreció. Se llaman Natalia e Irina, por cierto. —Linus carraspea—. Pero rechazaron la vivienda. Por lo visto, se fugaron durante una visita a un cliente hace cosa de un mes. Habían conseguido refugiarse cada una en una casa sueca. Por seguridad, han preferido no dar nombres ni direcciones.

Patrik se detiene.

—¿Se fugaron? —pregunta, y se deja caer en la silla de oficina—. ¿Han explicado cómo?

—No, aún no, pero seguro que lo harán durante el interrogatorio. —Alguien está llamando a Linus al otro lado del teléfono—. Oye, tengo que dejarte, hablamos luego.

Patrik se queda un buen rato con el móvil en la mano después de haber desconectado, mirando al vacío. Dos mujeres que se han fugado durante una visita a un cliente y que han encontrado refugio en una dirección secreta. No puede ser casualidad. Hay demasiados parecidos con lo que le contó Amira. Le manda un SMS a Linus:

Oye, cuando las interrogues, ¿les puedes preguntar si fue un putero quien las ayudó a escapar? Y en tal caso, ¿les puedes preguntar si el putero se parecía a Johan Lindén?

Cuando dan las cuatro, Patrik baja la pantalla de su ordenador y activa la alarma. Fuera hace calor y el aire es seco. El pronóstico indica llovizna para Midsommarafton, la fiesta del solsticio de verano, pero ahora mismo cuesta creerlo. Camina sin prisa en dirección a Slussen. Hace un alto delante del quiosco Pressbyrån, pero luego sigue andando. La inquietud inicial tras el encuentro con Johan Lindén se ha apaciguado, igual que las ganas de tomar dulces. Puede que sea gracias al tabaco en polvo.

Cuando cruza la verja de su casa, sobre las seis de la tarde, Jonna está recostada en una de las tumbonas del jardín con el ordenador en el regazo.

—Tengo que trabajar un rato —le grita cuando lo ve—. ¿Crees que podrías ir adelantando cosas para mañana?

—Claro. —Patrik pasea la mirada por el jardín, podrían poner la mesa en el mismo sitio que el año pasado, aunque en este Midsommarafton vayan a ser más—. Por cierto, ¿está Sasha en casa?

—No, está en casa de una amiga, pero le he pedido que llegue a las ocho, como muy tarde.

—Vale. —Patrik alza la vista y mira la ventana de Sasha—. La fiesta esa de la que nos habló, le he dicho que no. Se quedará con nosotros.

Jonna asiente en silencio. A Patrik le da tiempo a ver algo brillante en sus ojos antes de que vuelva la cara hacia el ordenador. La preocupación por Sasha flota como un peso entre los dos. Le gustaría tomar a Jonna entre sus brazos, decirle que es una buena madre, quizá la mejor, que todo es culpa suya. Pero, en lugar de hacerlo, se mete en la cocina y saca un rollo de papel del armario de la limpieza.

De vuelta en el jardín, empieza a colocar la mesa para la fiesta del día siguiente. Si se presentan todos los invitados, serán veinticinco personas en total. Y la mayoría vendrá para comer. Junta dos de las mesas largas, para completarlas con una tercera que el vecino ha prometido dejarle prestada. Luego distribuye las sillas plegables. Una se ha roto. Será mejor retirarla para que nadie se haga daño. Siempre existe ese riesgo, sobre todo cuando los invitados empiezan a ir un poco alegres. Coge la silla para llevársela al trastero, pero se detiene a medio camino porque le suena el móvil. Es un número desconocido. Por un instante, sopesa la opción de no cogerlo: suele ser gente vendiendo cosas. Finalmente, cede.

—Patrik Hägenbaum.

—Hola, soy Amanda Wiman.

Patrik hurga en la memoria, el nombre le resulta levemente familiar, pero no consigue ubicarla.

—Nos conocimos en Acrea —le aclara ella—. Estuviste allí hace algunas semanas buscando a mi jefe, Johan Lindén.

—Ah, sí, claro.

Ahora la recuerda. La directora de Finanzas que se presentó justo cuando él se iba.

—¿Te llamo en mal momento?

—En absoluto.

Patrik coge dos sillas nuevas del trastero.

—Disculpa que te llame la víspera de Midsommarafton, pero es en relación con Johan.

—¿Tienes noticias de él?

El pulso se le acelera un poco.

—No. —Amanda Wiman se queda callada un momento—. Pero después de tu visita empecé a preocuparme. Al comprobar que su móvil seguía apagado, me dio por revisar su correo. —Se aclara la garganta—. Hacía tiempo que no lo miraba —continúa, casi como disculpándose—. Johan tiene una respuesta automática, que remite al subdirector sustituto. Así pues, a medida que ha ido pasando el tiempo, han ido entrando cosas menos importantes. De todos modos, entré para revisarlo, para ver si podía encontrar algo que pudiera explicar su desaparición.

—¿Y qué has encontrado?

Debe de haber algo. Si no, no lo habría llamado.

—Una confirmación de reserva. De un vuelo.

Patrik despliega una de las sillas y se sienta.

—¿Un vuelo?

—Sí, a Bucarest. Johan se fue el 5 de junio, pero el billete no lo reservó hasta el día anterior.

«El 5 de junio, dos días después de su detención en la calle Malmskillnads.»

—Bueno, la verdad es que no sé si se fue, pero, según el billete, ya debería haberse encontrado allí cuando te presentaste en nuestras oficinas. —Amanda suspira—. Además, era un billete solo de ida.

Andreea

Estocolmo, septiembre de 2015

—¿*H*ola?

Andreea oye que alguien le habla, pero la voz le llega de muy lejos, como el eco que sigue a un grito.

—Despierta.

La voz otra vez, ahora un poco más fuerte. Algo, quizás una mano, la coge del hombro y la sacude. Primero con suavidad. Después, al ver que no reacciona, más fuerte. Pero Andreea no puede responder. Siente como si el cuerpo le pesara varias toneladas. Algo parecido a un sueño en secuencias cortas. Ya no sabe si está despierta o dormida. Pero la mano se niega a soltarle el hombro.

—Oye, te tienes que despertar.

Andreea intenta apartarse, pero sus músculos no obedecen. Al final se rinde y se obliga a abrir un ojo un milímetro. La penetrante luz del techo no tiene compasión. Vuelve a cerrar el ojo enseguida. Suelta un gemido cuando una náusea le atraviesa el cuerpo. Nota que le aprietan los labios y se los separan. Unas gotas de agua que los humedecen.

—Tienes que beber —dice la voz—. Toma, coge esto.

Finalmente, el borde frío del vaso y el líquido que se desliza por su garganta consiguen despertarla. Entorna los ojos para acostumbrarse a la luz. Ve la silueta de una chica sentada a su lado en la cama, sujetándole un vaso en la boca. La otra mano le sostiene la cabeza en alto. Andreea traga obediente unas gotas de agua antes de dejarse caer otra vez en el colchón. Sus párpados se vuelven pesados. El cuerpo parece alejarse flotando. Lo último que nota antes de sumirse en un sueño profundo es la mano de la chica acariciándole la mejilla: está caliente y un poco húmeda.

Cuando se despierta de nuevo, no sabe cuánto tiempo ha pasado, si un minuto o quizá varias horas. El entumecimiento de los músculos ha empezado a ceder, pero la náusea surge de nuevo. Esta vez es más intensa y le hace vomitar el escaso contenido de su estómago. Se desploma sobre el colchón. Una mano se le pringa de vómito.

—¿Hola? ¿Estás despierta?

Otra vez la chica. Ahora está en el umbral de la puerta. Parece tener más o menos la edad de Andreea. Su cabello lacio es rubio, bastante fino, probablemente debido a una descuidada decoloración. Como el pelo de Elena. Cuando se acababa de teñir, podía arrancarse mechones enteros.

—Has estado completamente fuera de ti, ¿me puedes decir qué te has metido? —La chica se acerca a la cama de Andreea, pone cara de asco cuando ve el vómito—. Oh, mierda, tendremos que cambiar las sábanas.

Andreea se encoge de hombros. Aún no puede pensar con claridad.

—No sé, alcohol, creo —dice sin fuerza.

No tiene ni idea de quién es esa chica. Debe de llevar por lo menos un mes viviendo sola en un piso frío e inhóspito, perdido en algún lugar de las afueras de Estocolmo. Es así desde que Razvan la llevó allí, al día siguiente de llegar a Suecia.

La chica sostiene un tarrito de pastillas bocabajo delante de su cara. Lo agita.

—¿Mezclaste?

Andreea vuelve a encogerse de hombros.

—No sé.

Se incorpora muy despacio. La sábana bajera se ha amontonado en los pies de la cama. El vómito ha caído directamente sobre el colchón. Va a ser un infierno conseguir dejarlo limpio. Andreea se pasa una mano por la minifalda. Está acartonada, pero no de vómito, sino de esperma seco.

Recuerda que, cuando Christu la dejó en el piso, tenía tanto frío que le castañeteaban los dientes. Serían las tres de la madrugada y sospechaba que tenía fiebre. A lo mejor ya la tenía al empezar la noche, pero no se había molestado en comentarlo. Christu opina que pueden trabajar de todas formas: si las noches que tienen que hacer la calle están enfermas, pueden tomarse alguna pastilla.

Cuando por fin llegó a casa, abrió la botella de vodka y se tomó todo lo que pudo. El alcohol suele ayudarla a quedarse dormida. Las pastillas no las recuerda, pero algunas debió de tomar. Ayer el tarro no estaba vacío. A la mierda. Da igual. Tampoco habría importado si se hubiese muerto.

—¿Quién eres?

La chica, más bajita que Andreea, tiene un rollo de papel higiénico en la mano y desenrolla lo que parecen varios metros.

—Nicoleta. —Tiene un hoyuelo en una mejilla que la hace parecer simpática. Aprieta el papel contra la mancha, frota con intensidad, pero no queda satisfecha con el resultado—. Luego tendremos que llevarlo a la ducha, cuando te levantes.

Se seca la frente con el reverso de la mano. El movimiento revela unas cicatrices blancas en la muñeca. Cortas y pegadas entre sí. Las de Elena eran mucho más largas.

—¿Eres una de las putas de Christu?

Nicoleta frunce la boca.

—Sí así es como quieres llamarlo, pues sí: soy una de las putas de Christu. —Se levanta y se acerca a la ventana, la abre de par en par—. Lo siento si tienes frío, pero aquí dentro huele a chotuno.

Andreea asiente en silencio.

—No pasa nada.

La chica se quita su chaqueta, que le llega por la cintura. La deja sobre un colchón que hay en el suelo.

—Pero ¿qué haces aquí? —intenta averiguar Andreea.

—Hay que ver qué preguntona. —La chica esboza una sonrisita burlona—. Voy a vivir aquí. Pero tendrás que procurar mantenerte con vida. —Hace un gesto de cabeza para señalar el tarro de medicamentos—. Christu me ha encargado que te vigile.

Andreea se la queda mirando, atónita.

—¿Por qué tienes que vigilarme?

Nicoleta se encoge de hombros.

—Ni idea. Solo me ha dicho que no eres de fiar. —Se acerca al colchón y abre la tapa de una maleta de viaje roja. Parece nueva. Y cara—. Me la dieron como premio cuando la vieja se me rompió. —Nicoleta ha visto que Andreea está mirando—. Por lo bien que he trabajado —aclara, y acaricia la tela de color rojo claro de la maleta, con la plaquita de metal de Samsonite—. Aunque preferiría haberme quedado con el dinero. —Abre la maleta y saca un neceser—. ¿No lo eres? ¿De fiar?

Andreea mueve la cabeza.

—Sí —responde en voz baja—. Debe de ser Marcel quien se lo ha dicho. En Suecia he hecho todo lo que me han pedido.

Es cierto: ha hecho lo que los clientes han querido, no se ha hecho la rezongona y no ha intentado huir. A pesar de que la soledad en el piso nuevo ha estado a punto de volverla loca. Estar abandonada a sus propios pensamientos y no tener ni una sola persona a la que recurrir cuando la angustia le clava las zarpas es una de las peores cosas que ha experimentado. Y luego las voces en su cabeza: siempre están ahí cuando un cliente se marcha del piso o cuando Razvan o Christu pasan a recoger su dinero. Le hablan sin cesar. Su intensidad la asusta.

—Pero estaré encantada de que me vigiles. —Andreea hace un esfuerzo por sonreír, pero lo único que le salen son lágrimas—. Necesito compañía —dice, y parpadea fuerte unas cuantas veces.

Nicoleta asiente con la cabeza y saca una foto enmarcada de la maleta. La deja en el suelo, junto al colchón. La foto es de una niña. Debe de tener un par de años: el pelo castaño y el dedo pulgar metido en la boca. No sonríe a la cámara.

—¿Quién es?

Andreea recoge la foto del suelo, observa la mirada grave de la niña.

—Sonya. —Nicoleta recupera la foto—. Mi hija.

Andreea la mira estupefacta.

Nicoleta parece tan joven que jamás habría adivinado que es madre.

—Pero ¿dónde está ahora? Mientras tú estás aquí conmigo.

Andreea se estira para coger el vaso de agua que Nicoleta ha dejado en la mesita de noche.

—Con la mujer de Christu.

Andreea se atraganta.

—¿Con la mujer de Christu?

—Sí. —Nicoleta mira al suelo; unas estrías rojas suben por su cuello blanco—. O eso creo.

De nuevo, Andreea se deja caer con un suspiro en la cama.

—Me lo tendrás que explicar desde el principio —le pide—. Porque no estoy entendiendo nada.

Nicoleta cierra la tapa de la maleta con un toquecito.

—¿El principio? —dice, y mira a Andreea—. Ni siquiera sé si hay un principio. —Se sienta a los pies de la cama, recoge las piernas—. Si lo hay, supongo que es cuando mi padre murió.

Nicoleta le cuenta que nació hace diecinueve años en un pequeño pueblo cerca de Constanza, la segunda ciudad en tamaño de Rumanía, en la costa del mar Negro. Sus primeros años estuvieron bien, a pesar de que no tenían mucho dinero. Su padre trabajaba en un taller de co-

171

ches mientras su madre estaba en casa cuidando de Nicoleta y de su hermano pequeño.

—Mis padres tenían dinero para la comida y el alquiler —dice, y desliza una mano por la funda nórdica—. Y mi padre era el mejor padre del mundo.

Andreea asiente en silencio. Tiene un nudo en la garganta. Ella nunca ha conocido al suyo, pero, si pudiera desear uno, cree que le gustaría que fuera como el de Nicoleta.

—Murió cuando yo tenía cinco años. —La sonrisa se ha borrado, los ojos de Nicoleta están serios—. De un infarto. Mi madre me ha contado que cayó de bruces en el taller y que la ambulancia tardó demasiado en llegar. Cuando empezaron a reanimarlo, ya estaba muerto. —La mano de Nicoleta en el edredón ha dejado de moverse—. Después de eso, nuestras vidas cambiaron.

Su madre buscó muchos trabajos, pero nunca le daban ninguno. Y la pensión de viudedad no daba para vivir. Una pequeña cantidad cada mes que ni llegaba para pagar el alquiler. Al final su madre cogió al hermano de Nicoleta, que por entonces apenas tenía un año, y empezó a mendigar por las calles de Constanza.

—Y mientras estaban fuera, yo hacía lo que podía por conseguir algo de comer.

Nicoleta le cuenta que solía robar un trozo de pan o una salchicha en alguna de las tiendas de los alrededores.

—Sin embargo, al cabo de un tiempo, ya me reconocían y no me dejaban entrar.

Recuerda que la peor hambre era la que la azotaba cuando se acostaba para dormir. Que solía ponerse una mano en la barriga y decirle que intentara aguantar durante la noche, que mañana tal vez todo se resolvería. Pero nunca lo hacía. Al contrario, el hambre solo empeoraba.

—Entonces, cierto día, mi madre llegó a casa. —La voz de Nicoleta se ha vuelto débil—. Con un hombre.

Nicoleta ya lo había visto antes. Trabajaba en el almacén del pequeño colmado que había a unas pocas calles de su casa. Su madre había mirado al suelo cuando le dijo que el señor Codrescu se había ofrecido para ayudarlas. Las proveería con un poco de comida de la tienda. A escondidas, claro, no podían contarle nada a la dueña. Nicoleta había asentido con la cabeza. Entendía que era un poco sospechoso, pero estaba acostumbrada: ella ya era una ratera. Pero su madre no lo había dejado ahí. Había dicho que, obviamente, el señor Codrescu esperaba recibir alguna cosa a cambio.

Nicoleta cierra los puños.

—Dijo que se pondría muy contento si yo podía acompañarlo a su casa y estar con él de vez en cuando. Como él no tenía hijos…

A Nicoleta aquello la había sorprendido mucho. No tenía la menor idea de que al señor Codrescu le gustaran los niños y que ella le pareciera encantadora. Al contrario, solía echarles bronca a los críos que entraban en la tienda.

Había observado a su madre, pero no quiso cruzar una mirada con ella. Nicoleta se había vuelto hacia el señor Codrescu, que estaba un poco apartado. Él había juntado las manos sobre su gran barriga y el abrigo blanco que solía llevar. No sonreía, casi parecía severo. Pero Nicoleta no protestó, necesitaban comida.

—No tenía ni idea de cómo pueden ser los hombres —dice, y abre el puño—. El único hombre al que conocía era mi padre, y él era el más bueno del mundo.

—¿Cuántos años tenías?

Andreea no sabe si quiere oír la respuesta, pero la pregunta se le escapa antes de que pueda detenerla.

—Seis. —Algo duro se ha asomado en los ojos de Nicoleta—. Aquella misma tarde acompañé al señor Codrescu a su piso, a unas calles de nuestra casa. A partir de entonces, siempre tuvimos comida en la mesa.

173

Andreea mira las manos de Nicoleta, las numerosas cicatrices que destacan en su piel.

—¿Por qué no se lo contaste a tu madre? —le pregunta.

Nicoleta le lanza una mirada inescrutable.

—No hacía falta. Ella ya lo sabía.

—¿Qué?

Andreea sacude la cabeza sin entender. ¿Cómo puede una madre permitir tal cosa?

—Además, no podía —dice Nicoleta—. Porque poco después dejé de hablar.

Un frío soplo de aire alcanza a Andreea, pero apenas lo nota. Solo puede pensar en la niña que, muda, continuó yendo a ver al hombre de la tienda semana tras semana.

—Luego se cansó. —Nicoleta parece agotada, como si contar su historia hubiera consumido toda su energía—. Cuando cumplí diez, le dijo a mi madre que ya no necesitaba compañía. Y que tampoco podía darnos comida. —Nicoleta se levanta, cierra la ventana. Parte de la cortina queda fuera, la deja así—. Por aquel entonces mi madre ya había conseguido trabajo: un puesto a media jornada como mujer de la limpieza.

Su madre jamás dijo nada sobre lo que había sucedido. Tampoco Nicoleta. Entendía que lo que había pasado era un secreto del que no se iba a hablar jamás, ni siquiera dentro de la familia.

—A lo mejor le daba vergüenza —dice Nicoleta entre dientes—. O quizá pensaba que no había nada que decir.

Andreea puede ver que todavía le duele pensar en su madre, nueve años más tarde.

—Pero ¿y tú? ¿Qué pasó contigo? —le pregunta.

Nicoleta se encoge de hombros.

—Él siempre me decía que tenía un chichi bonito —dice—. Decía que, si me lo administraba bien, podría llegar a convertirse en algo muy valioso. —Vuelve a abrir la maleta y saca las pocas prendas que hay en ella—. La palabra administrar era demasiado difícil para mí. Pero sí que sabía qué era eso de «valioso». Así pues, empecé a cambiar el chichi por dinero. —Sacude un jersey y lo vuelve a doblar—. Con trece años, empecé a trabajar la calle en Constanza. Mi madre no lo sabía… Bueno, en todo caso, si lo sabía, le daba igual. Ella cambió tras la muerte de mi padre.

Nicoleta cierra la tapa de la maleta vacía y la mete debajo de la cama de Andreea.

—¿Y tu hermano?

Nicoleta alza los ojos.

—Bah, él solo iba por ahí liándola. Ahora está en la cárcel por robo.

Andreea asiente en silencio. Piensa en su propio hermano pequeño. ¿Él también acabará así?

—Luego conocí a un chico del que me enamoré, a los diecisiete. Pero no era un amor correspondido. Él solo quería follar: nada más. Y es lo que hicimos unas cuantas veces hasta que me hizo un bombo. Entonces desapareció. —Se levanta y mete los jerséis en la cómoda. Solo hay un cajón libre; el otro se lo ha adueñado Andreea—. Luego nació Sonya. Mi madre me ayudó como buenamente pudo, pero no daba: el dinero no llegaba. Un día conocí a una mujer que se ofreció a ayudarme. Me dijo que su marido trabajaba en Suecia, que seguro que él podría conseguirme algo a mí también. Para que pudiera acumular un capital inicial para mí y para Sonya. —Nicoleta cierra el cajón y se sienta en la cama—. Mientras tanto, ella se ocuparía de Sonya por mí.

—¿Estás loca? ¿Dejaste que una mujer a la que no conocías de nada se encargara de tu hija?

Nicoleta la mira cansada.

—No tenía elección —dice—. Además, no era del todo desconocida: la había visto muchas veces, solía ir a la peluquería que había en la planta baja de nuestro bloque. Iba como mínimo una vez al mes. La veía esas mañanas, con el pelo lleno de rulos. —Nicoleta pasa una mano por la sábana—. Y era muy simpática, lo cual era bastante raro para mí.

Andreea se ruboriza. ¿Quién es ella para juzgar? Si no hubiese llamado a Cosmina, seguiría en Rumanía.

—Así pues, dejé a Sonya con ella, vine a Suecia y conocí a Christu. Y el resto ya lo sabes: no creo que difiera mucho de tu historia. —Nicoleta se pone la foto enmarcada en el regazo, acaricia con un dedo las mejillas, los labios, la barbilla de la niña—. Él dice que la recuperaré cuando la deuda esté saldada. Pero, por lo visto, no para de aumentar. Que la mujer de Christu cuide de mi hija cuesta mucho dinero.

—¿Estás segura de que sigue allí? ¿Que no le ha pasado nada?

Al principio, Nicoleta no contesta, se limita a seguir deslizando el dedo por la cara de su niña.

—Sí —dice tras un breve silencio—. Porque Christu me deja llamarla de vez en cuando. —El dolor desnudo en los ojos de Nicoleta es peor que las palabras—. Para que no me olvide de hacer lo que los clientes quieran. —Se levanta y sonríe discretamente—. Pero, oye, mejor nos olvidamos de las cosas tristes y procuramos que comas algo. No quedaría muy bien que empezara mi trabajo de vigilante dejándote morir de hambre.

175

Ted

Gotemburgo, junio de 2016

—William. Tu profesora llamó anteayer.

Ted ve que William se tensa, probablemente su cerebro ya esté trabajando a todo trapo para elaborar una estrategia que lo permita salir de esta.

—No fue idea mía —empieza, sin que Ted haya dicho nada más.

Su padre lo mira con dureza al mismo tiempo que le pone el cinturón de seguridad. Lukas ya está sentado en el alzador en el asiento de atrás, con unos auriculares en las orejas. Ya va bien: Ted no quiere que él oiga esta conversación.

—No me gusta que mientas —dice, y mira a William directamente a los ojos.

El niño se mueve, incómodo.

—Pero no fui yo, fue Hampus quien quería que lo hiciéramos.

Ted le sostiene la mirada.

—Ayer hablé con la madre de Hampus —dice.

No es cierto, pero suele tirar de ese truco cuando cree que William le está mintiendo, y hasta la fecha le ha funcionado. Él parece inseguro.

—Bueno, fue idea de Hampus, pero yo me apunté, así que también es culpa mía.

William agacha la cabeza humildemente. Ted percibe que la irritación se le dispara como una llamarada. Detesta ese mecanismo de defensa que su hijo se ha acostumbrado a emplear. No poder confiar en él es un gran problema ahora que tiene diez años, pero dentro de un par más resultará un problema gigantesco, cuando sea adolescente.

—Está muy bien que lo reconozcas. No mola nada echarles la culpa a los demás.

Ted enciende el motor y sale a la calzada. William asiente levemente con la cabeza.

—Lo sé, pero me daba miedo que te enfadaras.

—Me enfado más cuando mientes —murmura Ted, que gira a la izquierda en el cruce—. Y ahora explícamelo. ¿Por qué lo hicisteis?

—Solo era una broma —murmura William—. No pensábamos que se fuera a poner triste.

Suena afectado de verdad, pero Ted conoce a su hijo: es un oportunista con todas las letras. Recuerda lo que Alex le dijo por teléfono.

—¿A ti te parecería divertido que ella te tirara del pito delante de toda la clase?

William da un respingo y niega con la cabeza.

—No —dice entre dientes.

—Entonces, ¿por qué dices que no entiendes por qué se iba a disgustar?

Puede ver que William no le ha dado más vueltas al asunto. Probablemente, tampoco ha tenido demasiados remordimientos. No quiere mantener su prestigio ante la profesora, sino ante los compañeros de clase. Y es posible que ellos también se hayan divertido con el numerito.

—¿Sabes qué? Creo que deberías pedirle perdón a esa niña. Y luego procuras que no vuelva a pasar, ¿de acuerdo?

William levanta la cabeza y asiente.

—Lo prometo.

Ted le revuelve el pelo.

—Está bien —dice sonriendo—. Lo dejamos aquí.

Pone las dos manos en el volante, echa un vistazo a Lukas por el retrovisor: no parece haber oído nada, aunque con él nunca puedes saberlo; a Lukas se le da muy bien hacerse el inocente. Ted conduce en silencio el breve trayecto hasta la escuela. Se detiene delante de la verja y se vuelve hacia sus hijos.

—Ya está. Ya hemos llegado. —Recoge la mochila de William y se vuelve hacia Lukas, que sigue con los auriculares tapándole las orejas—. Hemos llegado —grita. Lukas asiente con la cabeza y apaga la música a regañadientes—. No te dejes la mochila.

Lukas se la pone con esfuerzo dentro del coche.

William lo espera impaciente junto a la verja; preferiría adelantarse, pero Alex le tiene dicho que tiene que esperar a su hermano pequeño.

—Os dejo, mamá vendrá a buscaros al mediodía.

—¿Te vas a Estocolmo?

Lukas lo mira. Ted niega en silencio.

—Hoy no, me voy el miércoles.

Espera hasta que han abierto la verja y han llegado al edificio de la escuela. Luego se marcha de allí. Le ha prometido a Alex cuidar de Emil esa mañana, mientras ella almuerza con una amiga. Ya va siendo hora, Alex apenas ha estado sola desde que nació Emil.

Se topa con Alex tras la puerta. El pelo recién lavado cae húmedo por sus hombros.

—¿Está durmiendo?

Ted se desata los cordones de los zapatos.

—Sí, ha acabado de comer y se ha quedado frito.

Alex se revuelve el pelo mojado. Ted se da cuenta de golpe de cuánto hace que no pasan un rato juntos, solos ellos dos.

—¿A qué hora te vas? —le pregunta afónico, y se le pega a la espalda.

—Dentro de media hora. Pensaba darme una vuelta por algunas tiendas antes de comer.

—¿Media hora?

La rodea con los brazos desde atrás, le sube la fina blusa de verano. La barriga de Alex está caliente y húmeda, la piel se pliega bajo sus manos, todavía lacia tras el parto. Ted hunde la nariz en su pelo, aspira un leve aroma a champú.

—Entonces a lo mejor te da tiempo de acompañarme un ratito arriba, al dormitorio. Hace tanto tiempo...

Está preparado para recibir un no, pero para su asombro Alex le coge la mano y sin decir palabra se lo lleva a las escaleras. Ella es la que dirige el acto. Ted solo la sigue. Lo hacen a un ritmo rápido, casi acelerado. Después, cuando yacen agotados entre sábanas arrugadas, Ted piensa en que se les da bastante bien. En realidad, nunca han tenido ningún problema en lo sexual. Lo que pasa es que a él le han faltado ganas. Y tiempo. Y luego están las broncas... ¿Quién quiere tener sexo justo después de una bronca?

Hace rodar el cuerpo y se tumba de costado.

—Ha estado genial.

Alex no contesta. Se ha incorporado en la cama y se está rascando una costra en el gemelo. Luego baja los pies al suelo y se levanta. Ted se queda mirándola tumbado mientras ella se pone las bragas y el sujetador. Se pregunta si su secreto sigue siendo secreto. Tras la conversación con el chulo del otro día, había mandado una respuesta al SMS en que lo exhortaban a ayudar a Nadia, la hermana pequeña de aquella prostituta. Escribió que estaba a punto de hacer un movimiento: para empezar, había reservado una cita con la muchacha. En cuanto la tu-

178

viera localizada geográficamente, haría cuanto pudiera para ayudarla. También había añadido que daba por hecho que, a cambio, guardarían su secreto.

Cuando Alex sale de la habitación, Ted cierra los ojos. Los leves siseos de la cuna tienen un efecto adormecedor. Da una cabezada de unos minutos, pero se despierta con el sonido del móvil. Es el teléfono de Alex. Ted se incorpora y mira desubicado a su alrededor. Encuentra el móvil en el suelo, debe de habérsele caído de los pantalones al desnudarse.

—Te están llamando.

Estira el brazo para coger el teléfono, mira la pantalla: «Erik».

No será su Erik, ¿no?

Sin pensárselo, desliza el dedo por la pantalla para cogerlo.

—Ted al teléfono de Alex.

—¿Ted?

Erik suena desconcertado.

—Hola, Erik. —¿Por qué llama Erik a Alex, si apenas se conocen?—. Alex está en la ducha. ¿Querías algo?

—En realidad, no. —La voz de Erik suena un tanto vaga—. Quería hablar contigo, pero debe de pasarle algo a tu teléfono. Solo me salta el buzón de voz. Así que he llamado a Alex.

Ted coge su móvil de la mesita de noche.

—Qué raro. —Mira la pantalla. Ninguna llamada perdida, y parece tener el máximo de cobertura—. Lo tengo aquí ahora mismo, está encendido. ¿No puedes probar de llamarme otra vez?

—Vale —dice con pocas ganas.

—De acuerdo, pues cuelgo.

Ted corta la llamada y espera, enseguida se oyen los tonos de su propio teléfono: el nombre de Erik en la pantalla.

—Bueno, al menos ahora funciona —dice Ted, alegre—. Qué raro que antes no.

Erik asiente con un sonido gutural.

—¿Qué me querías decir, por cierto? —pregunta Ted, que se sienta en el borde de la cama y se seca el pene con un trozo de papel higiénico que tiene en la mesita.

—Nada en especial, solo quería ver si vas a subir esta semana, tal como dijiste.

—¿Nada en especial? —Ted se ríe—. Y vas y llamas a Alex para dar conmigo. Pensaba que había pasado algo grave. —Deja el papel y se pone los calzoncillos—. Pero vale, si solo era eso. Los planes de subir siguen

179

en pie y me encantaría verte. —Recuerda que el miércoles por la tarde ha quedado con Nadia, pero el jueves por la mañana está libre—. ¿A qué hora entras a trabajar el jueves? ¿Podemos desayunar juntos en mi hotel? Voy a hospedarme en el Anglais, en la plaza de Stureplan.

Erik tiene el mismo trabajo de verano que el año pasado, en un almacén en Sundbyberg.

—Vale, podría ser. —Erik parece titubear—. Tengo que mirar el calendario. Lo acabamos de concretar.

Para haberse esforzado tanto por localizarlo, Erik suena algo reacio. Ted recoge los vaqueros del suelo.

—Bueno, ya me dirás cuando lo sepas.

Cuelga y se acaba de vestir. No tenía ni idea de que Alex tuviera el número de Erik guardado en la agenda. Ella nunca suele hablar de él ni de su vida con Marie.

—¿Quién era? —pregunta Alex desde el cuarto de baño.

—Erik. —Ted vuelve a coger el teléfono de Alex, abre el número de Erik en el registro de llamadas—. Pero me buscaba a mí.

Alex responde algo, pero Ted no la oye. Los ojos se le han quedado clavados en la pantalla. En la lista de llamadas, el número de Erik aparece en varias ocasiones en el último mes. Y no es solo Erik quien ha llamado a Alex; su mujer también lo ha llamado a él.

¿A santo de qué? ¿Y por qué nadie se lo ha contado?

180

Patrik

Estocolmo, junio de 2016

*P*atrik coge una bandeja de la cocina y sale al jardín. Lo abarrotada que está la mesa deja clara la dimensión de la fiesta de Midsommarafton que han montado. Ha salido bien, mucho mejor que lo que se había atrevido a esperar, después de la conversación con la directora de Finanzas de Acrea el día antes.

Se queda un rato observando el ajetreo antes de empezar con las copas. Son muchos. Cada bebida exige su propio tipo de vaso: aguardiente, cerveza, vino y, al final, también whisky. Por su parte, ha acabado mezclándolo todo, a juzgar por el dolor de cabeza. Si se para a sentirlo un momento, el malestar también está al acecho.

Abre de par en par las puertas del porche y carga el lavavajillas con los vasos. Luego continúa con los platos. Las cáscaras de gamba han estado varias horas al sol y apestan, pero, en general, se cuida mucho de tirar los restos de marisco antes de irse a la cama. Menos mal que los pájaros no han bajado para darse un festín.

Coge la bolsa con los desperdicios de la fiesta. Mientras camina hasta el contenedor de basura piensa que, independientemente de los motivos que tuviera Johan para hacer el viaje a Bucarest, los hechos son los que son. Además, han pasado tres semanas de aquello. Tres semanas sin dar señales de vida.

—¿Sasha ya está de mejor humor? —le pregunta a Jonna cuando regresa a la cocina.

Ella está sentada a la mesa con una taza de café. Se ha subido las gafas de sol a la frente para apartarse los rizos.

—No —dice.

Después de los entrantes de arenque, Sasha ha sufrido un colapso. Patrik le había dicho muchas veces que no podría ir a la fiesta que una de sus compañeras de clase montaba en Stavsnäs, pero era como si sus palabras le entraran por un lado y le salieran por el otro. Al menos hasta que sus amigas la han llamado. Primero lo ha pedido educadamente; luego ha puesto el grito en el cielo. Patrik y Jonna han tenido que aguantar un alud de palabrotas, tras las cuales han brotado las lágrimas. El llanto ha sido la peor parte. Patrik ha tenido que recuperar todo lo que estudió durante la formación de terapeuta para convencerse de que estaba haciéndole un favor a Sasha, que no le haría ningún bien si cedían tras las lágrimas. Pero acostumbrarse, no se acostumbraría nunca.

Cuando los mayores han empezado a estar un poco bebidos y han comenzado a hacer carreras de sacos y a cantar desafinando y engullendo chupitos, la mirada de Patrik se desviaba cada dos por tres hacia Sasha, que estaba acurrucada bajo el manzano, rodeándose las rodillas fuertemente con los brazos. El rímel negro se le había corrido y le había dejado pequeñas manchas en los pómulos. Patrik se le ha acercado en un par de ocasiones para darle un abrazo y charlar un poco. Pero ella se lo ha quitado de encima y le ha dicho que la dejara en paz.

Patrik coge la bayeta y limpia un poco de café que Jonna ha derramado en la mesa.

—No entiendo esto del viaje a Bucarest —dice, y enjuaga la bayeta—. Que Johan comprara un billete de ida a Rumanía al día siguiente de que lo detuvieran. Que lo dejara todo. Sin más.

Jonna se hace con la sección de cultura y busca un sudoku sin resolver.

—A bote pronto, a mí me parece una huida —dice ella, que se levanta para ir a buscar un bolígrafo del armarito de encima de la cocina.

A Patrik le viene a la memoria el correo que encontraron en el ordenador de Johan. ¿Podría ser esto a lo que se refería con lo de pasar desapercibido? ¿Que pensaba abandonar el país?

—Sí, pero, en tal caso, ¿estaba huyendo de la policía o de algo completamente diferente? —Se sirve una taza de café e intenta recordar la conversación con Nadia. Había dicho que Johan solo quería hablar, pero que no le había dicho de qué, ¿no? Pero, bueno, la chica podría haber mentido. —¿Y si Johan le dijo a la chica a la que recogió que pensaba ayudarla a escapar y luego, después de que los pillara la policía, los proxenetas la obligaron a hablar? Si fuera así, podría haber abandonado el país como medida de seguridad.

Jonna lo mira.

—Sí, pero ¿cómo iba Johan a saberlo? Que lo habían delatado, quiero decir. —Deja el bolígrafo y el periódico—. Aparte de que, si estaba

182

intentando evitar a unos rumanos, ¿no habría sido más inteligente irse a París o a Berlín?

—Sí, tienes razón. —Patrik suspira y se levanta—. Ya no tengo fuerzas para seguir pensando en esto: me duele demasiado la cabeza.

Se bebe un vaso de agua de un trago y sale al jardín. Alza la vista para mirar la ventana de Sasha, en el primer piso. La persiana sigue bajada, pero antes ha oído música: está despierta. Debería subir a hablar con ella, pero intuye que habrá cerrado la puerta con llave y que no piensa abrirle a menos que Patrik amenace con llamar a la policía o dejarla sin paga.

Mueve la tumbona a la sombra del manzano; le viene el recuerdo de su madre, que siempre se tumbaba a la sombra de los frutales en cuanto la temperatura pasaba de los veinte grados. Con un crucigrama o un libro. A veces, le pedía a Patrik que le hiciera compañía; él siempre rechazaba la propuesta. Intentaba evitar a sus padres todo lo posible, su avanzada edad y el movimiento pentecostal no sumaban puntos para él cuando era adolescente.

Mira al cielo, las nubes que lo surcan. Luego cierra los ojos y se queda dormido. El móvil lo despierta.

—¡Johan ha dado señales de vida! —La voz de Helena es más aguda de lo normal.

Patrik se incorpora de golpe en la tumbona.

—¿Bromeas? ¿Ahora?

—No, no ahora. Bueno, yo he descubierto el mensaje ahora, pero lo mandó hace dos domingos: el día antes de que le tocara ir a buscar a las niñas al colegio pero no se presentó.

«Y el mismo día en que, al parecer, tomó un vuelo a Bucarest.»

—¿Qué pone?

Patrik se cambia el teléfono de oreja y se seca una mano sudorosa en la camiseta.

—Que tiene que irse de viaje unos días, que es importante y que quiere que vaya a buscar a las niñas el lunes y el martes. Dice que, en principio, el miércoles ya estaría de vuelta. Y termina prometiendo que me llamará al día siguiente.

—Pero ¿por qué no te ha llegado hasta ahora?

—Porque me lo mandó a mi número antiguo —dice Helena, secamente—. Me lo cambié en primavera. Desde entonces, he tenido ese móvil guardado en un cajón, hasta que lo he sacado para cargar hace un momento. Debía de tener prisa, porque este tipo de cosas no las suele pasar por alto. La cuestión es adónde se fue. Y por qué no ha vuelto.

Patrik se ruboriza.

—Adónde te lo puedo decir yo.

Le cuenta lo del billete de avión a Bucarest. Dice que siente mucho no haberla llamado antes, pero no quería importunarla durante la fiesta del solsticio. Ahora se arrepiente. Es evidente que ella habría querido tener esa información lo antes posible.

—Pero no tengo ni la menor idea de lo que pensaba hacer allí ni por qué no ha vuelto.

Helena no contesta.

Patrik oye su respiración pesada al otro lado de la línea.

—Lo que dice al final —tantea con cuidado—, que te iba a llamar el lunes, ¿lo hizo? ¿Tienes alguna llamada perdida en tu móvil viejo?

—No, pero ha estado sin batería. Si Johan ha llamado a ese número, solo le puede haber saltado el buzón de voz. Y en él remito a mi número nuevo.

Eso quiere decir que no llamó el lunes, tal como había prometido. No es una buena señal. Helena pone palabras a los pensamientos de Patrik.

184

—Algo le ha pasado —dice afónica—. Nunca desaparecería así, sin dar noticias. Maldita sea.

Patrik intenta dar con algún tipo de consuelo, pero no se le ocurre cómo.

—Lo siento muchísimo —dice al final—. Creo que deberías llamar a la policía otra vez. Insiste. Cuéntales lo del viaje a Bucarest y lo del mensaje. Es una información totalmente nueva. Indica que pensaba volver a casa enseguida, pero ahora ya han pasado tres semanas. Debería ser motivo suficiente para buscarlo en Rumanía.

Patrik conecta los auriculares y reclina el respaldo de la tumbona hasta la posición horizontal. Cierra los ojos. Lo refresca una suave brisa entre los árboles.

—Ya, sí, tendré que hacerlo. —Helena parece dudar—. Pero podría ser demasiado tarde. Lleva varias semanas desaparecido. Puede que a estas alturas ya esté muerto y enterrado.

Patrik recoge las piernas.

—No han encontrado ningún cuerpo. La policía rumana ya habría avisado.

—Puede que hayan abandonado el cuerpo donde nadie pueda encontrarlo.

Silencio.

—Voy a ir —dice de pronto Helena.

—¿Qué?

Patrik mira embobado su teléfono móvil, que descansa sobre la barriga.

—Voy a ir. A Bucarest. —La voz de Helena ha subido un tono—. Llamaré a ese periodista y le contaré que Johan ha ido a Bucarest. Que su desaparición está relacionada con eso. Que una vez allí le debe de haber pasado algo. Quedaré con él para descubrir de qué estuvieron hablando.

—No es seguro que…

Helena lo interrumpe.

—Lo hago por Elsa y por Alice. Para poder mirarlas a los ojos y decirles que hice todo lo que pude por encontrar a su padre.

Patrik asiente. Él habría hecho lo mismo si la que hubiera desaparecido hubiera sido Jonna. Está a punto de decirlo cuando Helena se le adelanta:

—¿Me acompañarás?

185

Andreea

Estocolmo, noviembre de 2015

*A*ndreea mira a los dos chicos que acaban de entrar en el piso. Le sacan algunos años y van bien vestidos, pero uno tiene un tatuaje que le sube por el reverso de la mano. Llevan sendas botellas de cerveza. A juzgar por el sonido, hay más en la bolsa que lleva uno de ellos.

—No sabía que... —empieza a decir Andreea, pero se detiene.

Estaba a punto de comentar que no sabía que iban a ser dos: el chico que había hecho la reserva no lo había mencionado. Pero se contiene a tiempo, a lo mejor se lo toman como una queja. Hace muy poco que le han concedido teléfono propio. No quiere que Razvan se lo vuelva a quitar.

—¿El qué? ¿Que íbamos a ser dos? —El chico se termina lo que queda en la botella y luego señala a su amigo—. Mi colega también quería venir. Pero pagamos por el tiempo, no por la cantidad, ¿no?

Se seca la espuma que le ha quedado en la barbita y se quita la chaqueta. El amigo ya se ha quitado la suya. Luego deja la bolsa con las botellas en el suelo. El plástico rezuma gotas de agua. Andreea ha visto que está lloviendo.

—Sí, claro.

Pero eso le complica las cosas, sobre todo teniendo en cuenta que solo han pagado por media hora.

—¿Tienes alguna habitación, o pensabas hacerlo aquí mismo?

El chico sonríe, burlón. Andreea lo odia.

—Disculpa.

Se les adelanta hasta el dormitorio, donde ha hecho la cama a toda prisa después del cliente anterior. Un hombre de unos sesenta años que decía padecer algún tipo de discapacidad, que por eso tenía que ir con prostitutas. Había estado enfadado casi todo el rato.

Los dos chicos la han seguido. Uno dice algo en sueco, a lo que el otro responde con una carcajada. Andreea se vuelve hacia ellos.

—¿Qué queréis hacer?

—Tú eres la profesional. —Otra vez esa sonrisita—. Danos lo mejor que tienes.

Huele mucho a cerveza, la mirada es acuosa.

—¿Os hago una mamada?

El chico intercambia una mirada con su amigo, sonríe satisfecho, como si esto fuera lo que le había prometido cuando habían decidido venir. Andreea le desabrocha el cinturón, le baja los pantalones hasta las rodillas.

—El dinero —dice tanteando, sin tocar el pene, que cuelga semierecto a un par de centímetros delante de su boca—. Tenéis que pagar primero.

No lo mira a los ojos, teme que el chico se vaya a enfadar. El que tiene los pantalones por las rodillas se agacha y saca unos cuantos billetes arrugados del bolsillo de atrás. Se los ofrece a Andreea.

—Toma —dice escuetamente.

Ella cuenta el dinero y se lo guarda en la cajita de la mesita de noche. Luego se vuelve de nuevo hacia él, quien le ha puesto las manos en la cabeza, sin dejar de mirar a su colega. Empieza a apretar. «Quieren hacerlo como en las pelis porno. Por eso van de putas.»

El chico se corre casi antes de que hayan empezado. Andreea nota la carga corriéndole por la barbilla, goteando al suelo, cuando toma al otro chico con la boca. Él ya se ha preparado, los pantalones están amontonados en el suelo. Ha dejado la cerveza en la cómoda. Andreea respira hondo y se pone en marcha. El chico bascula la cadera, más fuerte y más adentro. No puede evitar las arcadas de siempre. Cruza los dedos para que se corra enseguida, antes de que le venga un vómito. Pero no lo hace, así que Andreea tiene que frenarlo con la mano.

—Tranquilo —murmura—. No quiero que se acabe tan rápido.

Le da tiempo de ver un atisbo de satisfacción en la mirada del chico antes de volver a bajar la cabeza. Después de descargarse él también en su garganta, el chico coge una servilleta de papel de la mesita de noche y se seca el pene. Ni él ni su amigo la miran mientras recogen la ropa y la bolsa y se marchan. Es como si de pronto les diera vergüenza.

Pero parecen contentos, probablemente repitan. Quizá sea con Nicoleta, la próxima vez. O con Natalia.

Andreea se levanta del suelo y se mete en el baño. El maquillaje de Nicoleta está esparcido por el lavabo. Hoy andaba con prisa. Por eso ha salido antes.

187

Andreea se mira en el espejo. Las bolsas en los ojos: ya no son sombras oscuras, sino que se han transformado en pequeños pellejos secos justo por debajo de las pestañas. Todavía puede ocultarlas con una gruesa capa de base. Aun así, si uno se fija bien, su cara es tal y como dice Christu: cascada.

Con una uña se rasca en la barbilla donde tiene un poco de esperma seco, posado como una película de hielo resquebrajado. Le escuecen los labios. No tiene crema de cacao, así que tendrá que untarse pintalabios.

Después de hacer pis vuelve al dormitorio, se tumba en la cama y escucha la lluvia tamborilear en la ventana. Cae con más fuerza que antes. En el colchón de Nicoleta está la foto de su hija; el cristal se ha agrietado porque un día Andreea lo pisó sin querer. Vio claramente que Nicoleta se había puesto triste, por muy bien que lo disimulara. Durante los dos meses que llevan compartiendo piso, Nicoleta ha hecho todo lo posible por animar a Andreea.

El viejo Nokia empieza a vibrar en la mesita cuando Christu la llama.

—¿Estás lista? Razvan te pasará a recoger dentro de media hora y te llevará al centro.

Andreea mira la ventana. El agua corre por el sucio cristal. En la casa de enfrente, se pueden ver los destellos de un televisor.

—Sí.

Fuera está totalmente oscuro. Pronto llegarán el frío y la nieve. Al menos eso dice Razvan. Andreea tirita un momento. En septiembre ya pasó frío, a saber cómo será esta noche.

—Hoy vas a hacer quinientos.

Quinientos. Va a tener que coger muchos para poder terminar. Probablemente, más de diez clientes. Eso de que los hombres suecos pagan más solo era verdad en parte. «Todo depende de la oferta y la demanda», ha dicho Razvan. Hay épocas en las que llegan muchas chicas a Suecia, por lo que los precios bajan. Sobre todo el de las rumanas.

—Vale.

Él la imita.

—Vale, vale, vale. Menos mal que no te pagan por sentarte a hablar con ellos.

En la casa del otro lado de la calle, hay un crío saltando delante de la pantalla del televisor. En otra ventana, una pareja cenando. La mujer se inclina por encima de la mesa, esquiva unas velas encendidas y le da un beso largo al hombre en la boca.

—Y lávate bien el coño.

—Vale.

El hombre al que acaban de besar se levanta y rodea la mesa. Le tiende una mano a la mujer. Poco después están bailando lentamente con una música que Andreea no puede oír. Los sigue con la mirada mientras se desplazan bailando hasta la siguiente habitación, fuera de su campo de visión. Andreea se mete en el cuarto de baño y utiliza el pintaúñas y el rímel. El lápiz de labios le da algo de vida a su boca agrietada.

Cuando Razvan asoma por la puerta, ya está lista, sentada en la cama.

—¿Adónde vamos? —pregunta Andrea en cuanto se suben al coche. Se pregunta dónde estará Nicoleta. Si volverá tarde a casa. Probablemente. Las últimas semanas ha trabajado mucho.

—Había pensado llevarte al centro, pero no merece la pena: está lloviendo demasiado. —Razvan ha puesto en marcha el limpiaparabrisas a toda velocidad. Aun así, tiene que inclinarse hacia delante para poder ver bien. La observa por el retrovisor—. Por suerte, me acaba de entrar un pedido para un piso en Sundbyberg. Natalia también va a ir. El tipo quería dos chicas.

Natalia.

Andreea no la ha vuelto a ver desde la noche que llegó a Estocolmo. Hace apenas unos meses, pero le parecen años.

—Paga tres mil. —Razvan baja la ventanilla y tira una colilla que sigue encendida—. Os iré a buscar cuando hayáis terminado.

Andreea intenta captar la mirada de Razvan por el retrovisor, pero él tiene la mirada fija en la calzada.

—¿Natalia es la novia de Christu? —pregunta.

Razvan suelta una risotada. Andreea no sabe cómo tomársela, pero le suena burlona.

—Sí, se podría decir así.

—Pero Nicoleta me dijo que está casado.

Ahora Razvan mira rápidamente hacia atrás, arquea las cejas.

—Puede tener una novia igualmente. O varias, incluso.

A Andreea le da tiempo de ver algo divertido en su mirada antes de que Razvan vuelva a dirigirla al frente.

—¿Y dónde vive su esposa?

—En Constanza. Junto con su hijo.

—¿Cómo? ¿Tiene hijos?

Andreea se lo queda mirado por el retrovisor. Razvan asiente en silencio.

—Sí, un niño de tres años. Pero no se te ocurra sacarle el tema a

Christu. No quiere que las putas se acerquen a su pepita de oro. —Razvan arquea las cejas otra vez—. Ni siquiera de pensamiento.

Andreea intenta imaginarse a Christu como padre. Imposible. Ese tipo es un bloque de hielo.

—Nicoleta me dijo que su hija vive con la mujer de Christu.

—Así es. Vivirá allí hasta que Nicoleta haya saldado su deuda. Aunque sospecho que tardará lo suyo.

Se han incorporado a la autovía. Razvan acelera y se coloca en el carril izquierdo. Andreea ya ha estado antes en Sundbyberg, porque un cliente vivía allí. Aun así, no tiene ni idea de dónde queda en relación con ningún otro sitio; cuando van, siempre es de noche.

Veinte minutos más tarde, Razvan se detiene delante de un portal. No se molesta en apagar el motor.

—Natalia ya está aquí.

Señala una figura oscura que está al abrigo del tejadillo. Tiene las manos metidas en los bolsillos de un plumas dorado. Andreea se baja. Ni ella ni Natalia dicen nada cuando se encuentran. Razvan baja la ventanilla.

—Volveré dentro de una hora. —Razvan tira la colilla por la ventanilla y mira irritado a Andreea—. Y no pongas esa cara de perro, joder.

190

Patrik

Estocolmo, junio de 2016

—$\mathcal{M}$e ayuda a ser mejor amante, simple y llanamente.

—¿A qué te refieres?

Patrik mira al hombre en la butaca de enfrente. Se esfuerza por concentrarse, pero su mente se empeña en irse lejos. Se había reído ante la propuesta de Helena. ¿Dedicaría su semana de vacaciones a ir a Bucarest a buscar a su exmarido? En lugar de corresponderle la sonrisa, ella se había limitado a señalarle que Patrik ya había mostrado un interés desmesurado por su ex. ¿No sería una lástima perderse la continuación? Tras unos segundos de silencio, ella había zanjado el asunto aclarando que todos los gastos, viaje, hotel y vuelos, correrían por su cuenta. Con tal de no tener que ir sola… Además, si se confirmaba lo peor y Johan estaba muerto, sería un alivio tener a alguien en quien apoyarse. Y por muy inverosímil que pudiera sonar, Patrik era la única persona con la que ella compartía este secreto.

—A ver, es evidente. —El hombre de la butaca ha arqueado las cejas al oír la pregunta de Patrik—. Teniendo sexo con prostitutas, aprendo lo que las mujeres quieren. Luego puedo llevármelo a casa y ponerlo en práctica con mi mujer.

—Pero ¿no es eso por lo que estás pagando? —Patrik pensaba que a estas alturas ya había escuchado todos los argumentos posibles, pero este era nuevo—. ¿No tener que pensar en ella y poderte centrar en ti mismo?

El hombre se inquieta: no le gusta cómo ha formulado la pregunta.

—Bueno —titubea—, puede que hasta cierto punto. Pero estoy seguro de que la mayoría de ellas también disfruta. —Esboza una tímida sonrisa. Tal vez quiera dar la impresión de que es un chico bastante majo, aunque con un instinto sexual algo desbocado—. Esas cosas se notan.

—¿Y no crees que forma parte de su oficio?

Mientras aguarda una respuesta, Patrik escucha el viejo reloj de pie, su tictac incesante en la pared. Piensa en la cara de Jonna cuando compartió con ella la propuesta de Helena. Había entornado los ojos y le había dicho que daba por hecho que ni siquiera se lo plantearía. Entendía muy bien que quisiera dar con Johan, pues para él era importante saber si Viorica seguía viva. Pero tenía que poner límites. Patrik le había asegurado que no tenía la menor intención de ir a Bucarest. Aun así, Jonna le había lanzado miradas suspicaces durante el resto del día.

—Sí, sí, ya sé por dónde vas —dice el hombre, que interrumpe sus cavilaciones—. Pero estoy convencido de que te equivocas. —Cruza una pierna por encima de la otra. Le sonríe a Patrik, seguro de sí mismo. En realidad, es un cliente de Mikaela, pero su compañera sigue enferma—. Supongo que tú nunca has estado con una prostituta, porque entonces sabrías de qué estoy hablando.

Patrik se echa hacia delante, apoya los codos en la mesa.

—Como comprenderás, no puedo responder a esa pregunta —dice—. Estamos aquí para hablar de ti, no de mí. Pero si ese fuera el caso, estoy bastante seguro de que mis habilidades en la cama no habrían mejorado. Más bien al contrario.

El hombre parece perder parte de su seguridad. Se pregunta si es igual con Mikaela, que suele ser bastante rápida en ponerles los pies en el suelo.

—Desgraciadamente, tenemos que dejarlo por hoy —añade Patrik—. Pero estaría muy bien si para la próxima sesión le puedes dar unas vueltas a lo que hemos hablado.

El hombre no responde.

Patrik se levanta y extiende una mano.

—Por cierto, ¿te puedo preguntar cómo es que te pusiste en contacto con nosotros?

El cliente de Mikaela lo mira desconcertado.

—¿Es importante?

—No, en absoluto. —Patrik sonríe, afable—. Solo estoy haciendo un poco de estadística. Nos va bien saber qué es lo que lleva a nuestros clientes a recurrir a nuestra consulta.

—Ah, bueno, ya se lo he contado todo a tu compañera, pero claro. —Parece tener ganas de salir de allí cuanto antes—. Me llegó una carta —dice—. Pensé que era mi mujer, que me había pillado y quería vengarse.

—Vaya, has recibido una carta. ¿Estás seguro de que se lo has contado a Mikaela?

El hombre lo mira inseguro.

—Sí, ¿hay algún problema?

Patrik se apresura a sonreír de nuevo.

—Para nada. Solo que no me lo había dicho. ¿Y eso cuándo fue?

—No lo recuerdo muy bien. Pero, vamos, se lo conté en nuestra primera sesión.

Eso era a mediados de mayo. ¿No debería Mikaela haberlo recordado cuando, la semana anterior, Patrik sacó el tema?

—Bueno, la verdad es que no mencioné la carta en sí —le aclara el hombre tras un momento—. Solo le dije que mi mujer me había pillado y que me había enviado un mensaje de amenaza.

—Entiendo. Oye, para la próxima cita que tienes con Mikaela, ¿podrías traer la carta?

—Claro. —El hombre se muestra algo receloso—. Aunque, no sé, tal vez debería ser mi terapeuta la que me pidiera ese tipo de cosas.

Después de que el hombre se haya ido, Patrik anota algunas cosas en el historial del ordenador. Aprovecha para repasar los apuntes de Mikaela de las sesiones anteriores con el mismo cliente: encuentra un breve comentario respecto de que el hombre cree que su mujer ha descubierto lo que hace. Cuando cierra la sesión ya son las cuatro, hora de volver a casa. Sobre todo, teniendo en cuenta que, en teoría, ya está de vacaciones.

Al bajar las escaleras, vuelve a leer el mensaje que Helena le ha mandado por la mañana.

Cojo un vuelo de SAS mañana al mediodía. He concertado una cita con Neculai Andrei para el miércoles. Se ha mostrado preocupado cuando le he dicho que Johan se había ido a Bucarest. ¿Existe alguna posibilidad de que cambies de idea y me acompañes? Apreciaría mucho tu compañía cuando vaya a encontrarme con él. Obviamente, asumo todos los costes.

Patrik le responde que sigue sin poder acompañarla. Eso sí: puede llamarlo cuando esté allí, sea la hora que sea. Y si puede ayudarla de alguna otra manera, lo hará sin dudarlo.

Sale a la calle Sankt Eriks y mira el edificio amarillo y el jardín frondoso. Con un poco de suerte, no volverá por allí hasta pasadas las vacaciones. Para a comprarse un *bratwurst* y un revuelto de gambas en el puesto de comida rápida de la plaza Sankt Eriksplan. Todavía tiene comida en la boca cuando lo llaman al móvil. Esta vez sí reconoce el número: Amanda Wiman, la directora de Finanzas de Johan.

—¿Ha pasado algo más? —pregunta Patrik, que se limpia la boca.

—No. —Pero su tono de voz suena inestable—. Solo es que me da miedo haber hecho algo realmente estúpido.

—¿A qué te refieres?

Patrik tira la servilleta a la basura y se sienta en el raído banco de madera que hay junto al quiosco.

—No pude pasar por alto que ponía Unidad de Prostitución en tu tarjeta —dice Amanda—. Entendí que era así como tú y Johan os conocisteis. El problema es que sospecho que podría ser más grave que una simple compra de servicios sexuales.

Patrik se queda de piedra.

—¿Por qué?

—Porque me pidió ayuda. En aquel momento, no entendí de qué se trataba, pero ahora sí. —Amanda suspira—. Johan me llamó una noche en primavera y me dijo que necesitaba acceso a uno de los pisos que tiene la empresa para alojamiento.

Patrik se desplaza por el banco.

—¿Qué quieres decir?

—Acrea tiene tres pisos en Estocolmo que pueden alquilar los compañeros de las otras oficinas. Johan me dijo que necesitaba uno de los pisos para un proyecto de negocio. —Amanda se aclara la garganta—. Pero no quiso revelarme de qué se trataba. Solo me pidió que hiciera constar el piso como alquilado por nuestra oficina danesa.

Poco a poco, Patrik asimila qué puede implicar eso.

—Pero ¿no le preguntaste nada? Por ejemplo, ¿por qué no lo podía alquilar a su nombre? ¿Te limitaste a hacer lo que te dijo?

—Sí. —Amanda respira con pesadez—. Johan es el director, no quería cuestionarlo. Pensé que él ya sabría lo que estaba haciendo. Pero luego vi tu tarjeta. No me costó mucho atar cabos.

—A ver, creo que no deberíamos sacar conclusiones precipitadas.

Patrik tropieza con las palabras.

—Pero no es solo eso —susurra Amanda—. Al cabo de un mes, me dijo que prefería el otro piso. Al cabo de otro mes, quiso cambiarlo por el tercero.

Patrik deja caer todo su peso en el respaldo del banco.

—Oye, creo que deberías llamar a la policía y contárselo. Por si ha cometido algún delito, quiero decir.

—Sí, pero ¿qué me pasará a mí? —Amanda Wiman suena asustada—. Soy directora de Finanzas, la responsable de los datos que entrego.

—Pero actuaste de buena fe.

—Sí, pero yo soy la única que lo sabe. No tengo pruebas, ningún correo electrónico de Johan. Solo está mi palabra.

Tiene razón. Si Johan sigue desaparecido, Amanda Wiman es la única que puede sostener que la petición salió directamente de su jefe.

—Sí, entiendo. —Patrik suspira—. Pero, mira, la exmujer de Johan se va mañana a Bucarest. Allí ha quedado con un hombre que creemos que es periodista y con quien Johan ha mantenido contacto en secreto. Quizás él pueda aportarnos algún dato que explique para qué necesitaba Johan los pisos.

Y a saber de qué se trata. Hasta la fecha, casi toda la información que ha ido apareciendo concerniente a Johan ha sido mala: que compraba servicios sexuales, que probablemente mantuviera contacto frecuente con los chulos y ahora ha utilizado a escondidas los pisos de la empresa, a pesar de estar de baja. Lo único que todavía sugiere que Johan puede haber tenido buenas intenciones es que, aquella noche en Malmskillnads, su preocupación por lo que le iba a pasar a Nadia parecía casi febril. Y también sus contactos con el periodista rumano, claro. Pero Patrik no tiene pruebas de que Johan haya ayudado a algunas de las víctimas del tráfico de personas a huir. Ni Amira ni Linus le han dicho nada más.

A pesar de todo, se ponen de acuerdo para no revelarle todavía nada a la policía, al menos hasta que Helena haya hablado con Neculai Andrei.

Después de colgar, Patrik cruza a pie el puente en dirección a la plaza de Fridhemsplan; luego baja hasta el parque de Rålambshovs. El sol lo calienta cuando se sienta en un banco para llamar a Helena.

—Oye, solo quería saber a qué hora sale mañana tu vuelo.

—12.35. —Helena suena sorprendida—. ¿Por?

Patrik se reclina, tiende un brazo sobre el respaldo. Unas gaviotas graznan en el cielo.

—He estado pensando en tu propuesta —dice. Unos críos acaban de saltar al agua y gritan de emoción—. Finalmente, creo que iré contigo.

195

Andreea

Estocolmo, noviembre de 2015

*E*l ruido de la puerta del piso al cerrarse de golpe saca a Andreea del duermevela en el que se había sumido. Su cabeza ha caído sobre la mesa de la cocina. Tiene el cuerpo rígido por la mala postura. Han pasado varias horas desde que ella y Natalia han vuelto de Sundbyberg, pero no quería irse a dormir sin esperar primero a que volviera Nicoleta.

Se levanta a toda prisa cuando la chica entra en la cocina. Su mirada es cetrina.

—¿Dónde has estado? —le pregunta. A Andreea le tiemblan tanto las piernas que apenas puede sostenerse en pie—. Pensaba que te había pasado algo.

El miedo es un duro nudo en el estómago y hace que su voz suene enfadada, aunque no era su intención. Son las siete de la mañana, Nicoleta nunca ha estado fuera tanto tiempo.

No contesta. Se limita a bostezar con toda la boca y a coger un cigarro del paquete que hay en la mesa.

—Bah, solo era el cliente ese de siempre —dice, y acerca una silla al extractor, las patas metálicas emiten un chirrido al rozar el suelo—. Ese que pretende que me quede toda la noche. Pero nunca quiere pagar por ello. Hasta que no va tan cachondo que casi se le rompen los pantalones, no abre la cartera. —Echa el humo hacia el filtro—. Pero es que es tan asqueroso que entiendo que vaya de putas, nadie se acercaría a ese hombre por propia voluntad.

Se rasca lo último que queda de un pintaúñas azul metalizado en el pulgar.

—¿Te trata mal?

Andreea mira preocupada a Nicoleta. Tiene bolsas oscuras bajo los ojos y el maquillaje está corrido, pero no logra ver ninguna señal de maltrato. Nicoleta niega en silencio.

—No, no, es bueno —dice cansada—. Solo es un poco lerdo. Realmente, solo es que cree que, solo porque él vaya tan cachondo que no necesita dormir, pues yo también puedo aguantar despierta. —Niega con la cabeza. Algo como de metal cae como confeti sobre el suelo de linóleo—. Si algún día me encuentro a un putero que entienda que soy una persona de verdad y no un jodido robot que han fabricado solo para que él pueda follar, te juro que me hago creyente.

Nicoleta junta las manos con el cigarro en la comisura de la boca y mira al techo. Andreea escucha la lluvia, que repiquetea en el cristal. ¿Acaso nunca para de llover en este puto país? El cielo gris es el espejo de su estado de ánimo. En Suecia, las cosas no han ido a mejor. Follar bajo techo tampoco ha supuesto un avance. Al contrario, porque por cada día que pasa en este piso diminuto se muere un poco más. Lo único que la mantiene con vida es Nicoleta.

—¿Crees que es un castigo?

Nicoleta se saca el cigarro de la boca.

—¿Un castigo?

—Sí, ¿crees que la vida me ha puesto aquí para castigarme?

Nicoleta parece no entender.

—¿Cómo que castigarte? ¿Qué has hecho?

197

Andreea agacha la mirada, toquetea la pequeña A que ha grabado en la hoja de madera, un discreto desafío que llevó a cabo una de sus primeras noches, cuando no podía dormirse.

—No me contentaba —dice con dureza—. Consideraba que me merecía algo mejor. —Piensa en su abuela, que ha trabajado tan duro durante toda su vida y aun así apenas tiene dinero para comida—. Por eso me fui a España. Para no tener que acabar como mi madre. O como mi abuela. —Se reprime las lágrimas; las odia, hasta ahora nunca le han servido de ayuda y ahora tampoco lo harán—. Ya ves lo bien que me ha ido. ¿Podría ser más evidente el castigo?

Nicoleta se levanta y arrastra la silla hasta al lado de Andreea.

—Ay, tontita. —Un atisbo de sonrisa en mitad de todo el cansancio—. La justicia no existe. A ver si te enteras. Tampoco los castigos ni Dios. Solo hay chulos que se vuelven locos con la pasta y puteros que quieren follarse a niñitas. Por eso estamos aquí.

Andreea no responde. Le gustaría que Nicoleta tuviera razón, lo desea de todo corazón. Pero ella se fue a España por propia voluntad, nadie la obligó. Ni se preocupó de cerciorarse de que existía aquel primo inventado o el restaurante donde iba a trabajar. Simplemente, dejó que la metieran en un autocar, sola y sin dinero. ¿Cuántas veces se ha reído Razvan cuando le ha explicado que realmente pensaba que iba a trabajar de camarera? Que estaba convencida de que Dorian y su madre no tenían ni idea de que la habían vendido cuando se subió a aquel autocar.

—Las putas sois tan cortas —suele decir—. Menos mal que servís para algo.

Como si él fuera tan listo. Siempre se equivoca hablando inglés, haciendo que las frases signifiquen cualquier otra cosa, y no se aclara con las cuentas cuando Andreea le entrega las ganancias de la noche.

—Además, todo el mundo quiere algo mejor. —Nicoleta apaga el cigarro contra la encimera de metal—. Ya verás, pregúntales a tus clientes, los que se pueden permitir pagarnos. ¿Te crees que a ellos no les motiva el dinero y el estatus? —Le guiña un ojo a Andreea—. Así que estás bien acompañada.

Andreea la mira, sabe que Nicoleta intenta hacerla reír. Por asombroso que parezca, lo suele conseguir, pero hoy no.

Nicoleta abre la nevera, arruga la frente al ver que solo hay medio paquete de yogures, un poco de mantequilla y un trozo de queso.

—Tenemos que decirle a Razvan que haga la compra, ya no puedo más con las pizzas congeladas.

Saca una rebanada de pan de molde de la bolsa y la mete en la tostadora. Andreea sigue sentada a la mesa. En realidad, debería intentar dormir, pero la cabeza le va a mil por hora. Al volver al piso, sobre las cuatro de la madrugada, y ver que estaba vacío, le entró el pánico. Por eso estaba tan enfadada cuando Nicoleta ha vuelto a casa.

Mira a su amiga mientras esta unta el pan de mantequilla. Su pelo lacio está enredado en la nuca. Andreea piensa que podría sacar el cepillo antes de acostarse y pasárselo por el pelo a Nicoleta, con un poco de suavizante en espray, hasta deshacerle los nudos.

—Si te vas, me suicido —susurra.

Nicoleta se vuelve rápidamente, se saca la tostada de la boca.

—Corta el rollo, te lo he dicho varias veces. Nadie va a suicidarse, porque entonces ellos ganan, ¿no lo entiendes?

Vuelve a coger la tostada, le da un bocado grande. Andreea niega con la cabeza.

—No, al revés: si me quito la vida, ya no generaré ni un euro más. Entonces seré yo quien gane.

Aunque algunos días sean más flojos, en general la estrategia de Christu de poner anuncios en más páginas de contactos ha dado resultado. Andreea recibe a muchos clientes: cada día de la semana, a cualquier hora. Aun así, no puede quedarse con nada. Razvan le suele comprar tabaco y bebida, a veces maquillaje y algo de ropa. Y el otro día le vino con un libro en rumano. Lo había encontrado en un piso del que se habían desprendido al trasladar a las chicas que vivían en él a Dinamarca.

—Pero ¿tú eres tonta? —le espeta Nicoleta—. ¿No te das cuenta de que eres intercambiable? En Bucarest hay millones de chicas que sueñan con un futuro mejor. Christu y Razvan solo tienen que elegir.

Andreea se tapa las orejas: no quiere escucharlo. Sabe que es cierto. Por ejemplo, en su barrio hay como una docena que venderían hasta a su madre con tal de poder largarse al extranjero y ganar dinero. Piensa en Natalia. Algunas incluso son capaces de juntarse con un chulo.

—Pero yo ya no quiero seguir —susurra. Fuera, el gris del amanecer está venciendo a la oscuridad de la noche—. Ya no puedo más —añade Andreea.

199

Ted

Estocolmo, junio de 2016

—¡*Noooooooooo!*

El grito angustiado le atraviesa los tímpanos y se le clava en la cabeza. Ted se incorpora de un salto en la cama y mira agitado a su alrededor. Ve el contorno de la butaca y del escritorio, la puerta del baño. Está en la habitación del hotel. Solo era una pesadilla. Intenta respirar hondo y llenar los pulmones, pero su corazón sigue palpitando como un tren de alta velocidad bajo las costillas, su respiración no es más que un jadeo superficial.

Ayer por la tarde, sobre las siete, había aparcado delante de un bloque de pisos en Hägersten. La dirección se la había dado el proxeneta, ese tipo que se hacía llamar Razvan. Ted se había bajado del coche y había localizado el portal. Estaba mucho más que nervioso. ¿Qué iba a hacer si resultaba que Nadia era tan joven como decía el mensaje de móvil? ¿Llevársela de allí? ¿A los servicios sociales? ¿Y bastaría eso para que el acosador anónimo dejara de atosigarlo con cartas?

Había subido el caminito de grava hasta el portal. Aquel bloque de pocas plantas de los años cincuenta parecía acogedor. Arriates bien cuidados con flores lilas, rosas y amarillas; un conjunto de muebles de jardín que parecían nuevos y una barbacoa de obra. Un hombre con delantal negro la acababa de encender. En el césped, dos niñas practicando volteretas.

Había cogido el ascensor hasta el segundo piso y había llamado al timbre de la puerta, donde se suponía que tenía que estar Nadia. Mientras esperaba, había estudiado los buzones. Todos tenían apellidos suecos. En una de las puertas había una foto de una familia: los tres críos parecían alegres y traviesos.

El ruido de la cerradura antes de abrirse la puerta. Una joven con el pelo negro por los hombros lo había recibido en el umbral. Ted había intentado determinar si podría tener catorce años. Quizá sí. Era tan difícil saberlo. Ella lo había invitado a pasar. Mientras se quitaba los zapatos, le había preguntado cómo se llamaba.

—Nadia —había respondido ella.

Él había asentido en silencio y le había hecho más preguntas. Quería saber cuántos años tenía.

—Dieciocho —le había contestado casi antes de que terminara de preguntar.

Ted lo dudó, pero ¿qué iba a hacer? No podía obligarla a enseñarle papeles.

Se habían metido en el dormitorio. Ted le había hecho más preguntas, de dónde venía, cómo se le había ocurrido venir a Suecia, si se quedaba con el dinero. Pero ella se había limitado a responder con pocas palabras y en un inglés macarrónico que venía de Rumanía y que estaba aquí por voluntad propia.

—Una amiga me lo sugirió —había añadido. Se había molestado en alisar las arrugas en las sábanas. Como no había sillas en el cuarto, habían tenido que sentarse en el borde de la cama—. Ella ganaba un montón de dinero. Yo quería hacer lo mismo.

—Y el hombre este —había insistido Ted—. ¿Razvan? ¿Qué relación tienes con él?

—Solo es un amigo. Me lleva si tengo que ir a alguna parte. Suele comprarme comida. Coge el teléfono si yo estoy con un cliente. —La chica había esquivado su mirada—. Y se ocupa luego de los anuncios en Internet, claro: yo no sé sueco.

Ted había observado su cabeza gacha, los dedos que se entrecruzaban. Parecía una respuesta bien ensayada.

Después, Ted le había hecho la pregunta. La de su hermana Irina. Fue entonces cuando la chica sucumbió. Se puso a gritar hasta que Ted creyó que el grito salía de sí mismo. Llenó hasta el último milímetro cúbico de la habitación. Invadió todas las células de su cuerpo. La angustia de la chica era tan intensa que, literalmente, se le echó encima. Él había extendido una mano y le había rozado el hombro. Pero entonces la chica había entrado en pánico total. Así pues, Ted se había ido de allí. A pesar de su determinación inicial, se había largado. La cerradura volvió a chasquear cuando la puerta se cerró. Había dejado el dinero en la mesita, claro. Se había ido directo al hotel, se había puesto dos películas seguidas antes de meterse en la cama, pero no había logrado conciliar el sueño hasta pasada la medianoche.

201

Vuelve a acostarse y cierra los ojos. El corazón sigue latiendo a golpes. Finalmente, su cuerpo se relaja. Sin embargo, a las siete, cuando suena la alarma del móvil, todavía le pican los ojos. Después de una ducha y de un vistazo rápido al correo, baja al salón, a pesar de que Erik no vaya a llegar hasta dentro de media hora. Espera que una taza de café y la compañía de otras personas lo ayuden a desprenderse de la desagradable pesadilla.

Llena la bandeja del desayuno con beicon y huevos. Se sienta a una mesa con ventana. La única que queda libre. El hotel está lleno de hombres de negocios.

Intenta leer un artículo en las páginas de deportes del *Dagens Nyheter*, pero está demasiado cansado para entender nada. Saca el móvil, abre su página de contactos habitual. Si Nadia aparece en ella y tiene su número, otro distinto al que Ted llamó cuando se puso en contacto con el chulo aquel, quizá los servicios sociales puedan localizarla por esa vía. Tiene que llamarlos. Sabe demasiadas cosas. Y no era más que una niña.

—¿Qué estás haciendo?

Ted se vuelve a toda prisa. Tiene a Erik justo detrás. Nota un sudor frío por todo el cuerpo mientras se guarda torpemente el móvil en el bolsillo y balbucea algo sin sentido. Erik lo interrumpe.

—¿Lo he visto bien? ¿Era una página porno?

Su voz es gélida.

—No, bueno… —Ted busca algo acertado que decir, pero su cerebro no es capaz de formular ni una frase sensata—. O sea, era…, quiero decir…

—¿Sí?

La cara de Erik parece de piedra. En la mano tiene una taza de café. ¿Qué hace aquí a esta hora? Habían quedado a las ocho, faltan quince minutos.

—Pero ¡contesta! —dice Erik, el tono es agresivo.

Ted gira la cara.

—Es una página de contactos —dice finalmente al no dar con ninguna otra explicación.

Erik frunce el entrecejo.

—¿Una página de contactos? ¿Una página de prostitutas?

Ted clava los ojos en la mesa.

—Sí —dice, y asiente con la cabeza.

Patrik

Rumanía, junio de 2016

—*Cabin crew take your seat, we're ready for landing.*

Patrik bosteza y sube la pequeña persiana que tapa la ventanilla. Fértiles campos de cultivo hasta donde alcanza la vista, algunas casas desperdigadas: es más bonito de lo que esperaba.

Juega con el billete impreso que había metido de cualquier manera en el bolsillo del respaldo del asiento de delante. Si ha coincidido en el mismo vuelo que Helena, ha sido gracias a la divina providencia. En realidad, el avión estaba lleno. Sin embargo, ayer, a última hora, la compañía lo había telefoneado para decirle que había habido una cancelación: Patrik tenía sitio, si quería. Y él quería, a pesar de que Jonna se había enfadado. Nunca antes la había visto así.

—¿Estás loco? ¿No te das cuenta de lo peligroso que es?

Patrik había podido ver unas vetas de color rojo subiendo por su cuello. Eso quería decir que estaba fuera de sí.

—¿Y por qué? ¿Qué piensas hacer allí? —había añadido luego.

—No lo sé. —Patrik la había mirado con ojos suplicantes—. Porque Helena me lo ha pedido, porque siento curiosidad y porque tal vez sea la única forma de descubrir qué ha pasado con Johan. Por favor, di que me entiendes.

Ingenuamente, había albergado la esperanza de que a Jonna le pareciera emocionante, como algo que incluso a ella se le habría podido ocurrir hacer en su día, cuando eran un poco más salvajes y alocados. Pero Jonna no había mostrado ni pizca de comprensión, por mucho que él le dijera que no se lo tomara tan en serio y que el porche ya lo arreglaría más adelante.

—No es por el porche de las narices, cojones —le había soltado ella—. Es que podría pasar cualquier cosa. Mira Johan, sin ir más lejos.

Había terminado recordándole que tenía una responsabilidad. Que era padre de dos hijas, una de las cuales necesitaba a su padre más que nunca. Evidentemente, este último comentario le había dolido. Jonna lo sabía incluso antes de soltarlo. Patrik le había prometido que no se expondría a ningún peligro: se limitaría a quedar con ese periodista. Pero Jonna no se había contentado tan fácilmente. Cuando se despidieron, aún no se habían reconciliado, y eso le hacía sentir mal.

Vuelve la cabeza y mira a Helena, sentada tres filas atrás: sigue durmiendo, con la cabeza recostada en un cojín de viaje inflable. Mientras estaban haciendo la cola del *check-in*, le había contado que había llamado a la policía: les había dado toda la información que tenía sobre el billete a Bucarest, sobre el mensaje que Johan había enviado y el hecho de que no había regresado. Por alguna razón que no entendía, esos datos habían logrado despertar el interés de la policía: esta vez, le habían prometido rastrear a Johan en Rumanía.

Patrik endereza el respaldo del asiento: el suelo se les acerca. La mujer de su lado sujeta el reposabrazos con una mano agarrotada. A pesar de la hora tan temprana, se ha tomado un vino y un whisky; de reunir el valor suficiente, se habría aferrado a la mano de Patrik.

Se junta con Helena al salir del avión y caminan juntos hasta el autobús. Sienten una bofetada de calor nada más tocar tierra. Según el piloto, ya están a treinta y dos grados. Y la cosa amenaza con ir a más.

Siguen al resto de los pasajeros por largos pasillos que parecen eternos, pero al final llegan a la zona de recogida de equipajes. Helena ha facturado; Patrik ha conseguido meter todo lo que necesita en una maleta de cabina. Se toca el bolsillo para comprobar que la grabadora sigue allí: su idea es registrar la conversación con Neculai Andrei, para poder entregársela a la policía si consiguen alguna información relevante.

Les toca esperar un buen rato hasta encontrar un taxi libre. Finalmente, consiguen uno y se encaminan hacia su hotel en el casco antiguo: Patrik va detrás; Helena, de acompañante. Una emisora de radio está pinchando algún *hit* de los ochenta. El coche apesta a tabaco.

—Gracias por venir.

Helena se ha vuelto hacia atrás para mirar a Patrik.

—No hay de qué, lo hago con mucho gusto. —Él le sonríe—. No puedo imaginarme cómo me sentiría si Jonna desapareciera.

Ella lo mira con curiosidad.

—¿Solo lo haces por eso? ¿Para ayudarme?

Patrik aparta la mirada y se encoge de hombros.

—Sí, supongo que sí —murmura sin desarrollar más la respuesta.

Helena lo observa.

—No te creo —dice al cabo de un rato—. Dudo mucho que cojas un vuelo para cruzar medio continente solo para buscar a mi exmarido, por muchas ganas que tengas de ayudarme o por muy misteriosa que sea su desaparición. Tiene que haber algo más.

Él se cruza con su mirada y suelta un suspiro.

—Sí, tienes razón. —El coche avanza en un flujo constante de tráfico que ocupa los tres carriles rumbo a la ciudad—. Lo hago para saldar una vieja deuda.

Helena lo mira desconcertada: no era la respuesta que había esperado. Tampoco Patrik quería expresarlo de ese modo. Las palabras se le han escurrido de la boca casi sin darse cuenta.

—¿Una deuda?

—Sí, fui soldado de la ONU en los Balcanes, hace veinte años. Conocí a una chica de Rumanía. Me pidió ayuda y yo se la negué. Nunca he podido perdonarme por ello.

—Suena complicado —dice Helena, pero Patrik no sabe si lo dice en serio—. Aunque sigo sin entender qué tiene eso que ver con Johan.

El calor le ha provocado unas gotitas en la nariz.

—En realidad, nada —dice Patrik, que alza la vista. Se cruza con la mirada del conductor en el retrovisor—. Pero Johan mencionó una cosa cuando estuvimos hablando en el furgón policial.

Le cuenta a Helena la conversación que había mantenido con Johan: se había topado con una mujer en Rumanía que afirmaba haber conocido a un hombre sueco con un nombre parecido al de Patrik.

—Y como soy el único que se llama así, tiene que haberse referido a mí.

—A menos que Johan lo entendiera mal —dice Helena con brusquedad—. No tiene muy buena memoria, la verdad.

—Ya, él mismo mencionó esa posibilidad. —Patrik se agarra al asidero del techo—. Pero que la mujer hubiese mencionado un apellido parecido al mío... Es bastante raro. Suena más alemán que sueco.

Helena no contesta, se limita a escrutarlo con la mirada.

—Me pregunto qué habrás hecho..., al elegir volver aquí veinte años después, para pedir perdón.

Patrik se mira las rodillas, las manos entrelazadas.

—No vengo para pedir perdón —dice en voz baja—. Vengo para ayudarte a encontrar a tu exmarido. Si luego resulta que él me puede contar algo más sobre esa mujer, pues estupendo. Pero te aseguro que he venido por eso.

205

Υ

Sigue haciendo calor cuando Patrik y Helena salen del hotel sobre las seis de la tarde y se dirigen al límite del casco antiguo. Mejor no pensar en lo que deben de haber costado las habitaciones. El hotel está en la zona rica. Además, su habitación está decorada de forma exclusiva. La de Helena no será menos. Además, la suya quedaba arriba del todo y daba a una de las plazas.

La recepcionista les había sugerido un restaurante que quedaba a tan solo cinco minutos del hotel; según ella, era un poco menos turístico. No acaba de ser del todo así. Cuando entran en la terraza, los recibe un camarero con menús en inglés en la mano. Además, la mayoría de los comensales no hablan rumano. El camarero les ofrece una de las pocas mesas que quedan libres. El aire está cargado de olor a tabaco, lo que a Patrik le molesta, a pesar de que en su día fue fumador empedernido.

Helena se disculpa casi de inmediato para ir al servicio. Él toma asiento y mira la lista de bebidas. La cerveza es barata: solo veinte coronas. Pide una local. Supone que Helena querrá mirar primero la oferta. Cuando el camarero le deja la cerveza espumeante en la mesa, saca el móvil. Le manda un mensaje de texto a Jonna:

> Ya hemos llegado. Todo ha ido bien. Hemos quedado para mañana con el periodista. Después espero volver a casa y terminar el porche de madera. Te quiero. Besos.

Pone un emoticono guiñando un ojo después de la palabra porche, para que Jonna entienda que se trata de una broma.

—Eso tiene buena pinta.

Helena ha vuelto. Llama al camarero con la mano para indicarle que quiere pedir y se sienta frente a Patrik.

—¿Por qué crees que lo hizo?

Helena aparta un jarroncito con flores que hay entre los dos.

—¿Te refieres a venir a Bucarest?

—No, por qué contrató servicios sexuales. Tú, que trabajas con hombres así, debes de saber por qué lo hacen.

«Tú, que trabajas con hombres así.» Patrik recuerda los resoplidos de Neculai al teléfono cuando Patrik mencionó su oficio, que los servicios sociales suecos les ofrecen terapia a los puteros.

—No, no lo sé. —Toma un trago de cerveza—. Obviamente, la respuesta más sencilla sería que se debe a vuestra mala relación, que no practicabais suficiente sexo, que Johan ya no se sentía reafirmado, y que le parecía menos infiel pagar por tener sexo que acostarse con una compañera de trabajo.

—No estoy segura de que no hiciera también eso —replica Helena—. Mi intuición siempre ha sido muy buena.

Patrik la observa atentamente. Como de costumbre, le resulta imposible interpretar su mirada: ¿bromea o sus palabras están llenas de amargura? Tal vez las dos cosas.

—Sí, es posible. Lo cierto es que no hay ningún denominador común entre mis clientes. No son ni especialmente feos ni solitarios, ni tienen menos autoestima que cualquier otro hombre. En muchas ocasiones, tienen una relación perfectamente funcional, o al menos eso dicen.

El camarero se acerca a la mesa y les pregunta si ya saben lo que quieren. Helena señala una ensalada en el menú; Patrik elige un plato de pasta. Ambas son apuestas seguras.

—Pero ¿por qué acuden a ti? —pregunta ella cuando el camarero se ha retirado—. ¿Por qué, de repente, les entran remordimientos?

Patrik mira la marquita blanca en el dedo anular de la mano izquierda de Helena.

—Hay muchos motivos —dice—. Algunos tienen miedo de que los pillen; otros, de perder a su familia; otros se sienten mal haciéndolo; a otros les sale demasiado caro. —Recuerda el caso del concejal: un hombre que perdería su trabajo si alguien descubriera a qué dedica su tiempo libre—. Lo que tienen en común es que me visitan por su propio interés. —Mira hacia la calle. Ha empezado a anochecer. Un poco más allá, ve un rótulo parpadeante: «MASSAGE»—. Pero cómo se sienten las chicas a las que visitan durante una hora, de vez en cuando, es algo que nunca se cuestionan.

Recuerda las risas bulliciosas en los bares de Zagreb cuando alguno de los clientes hacía que alguna de las bailarinas se sentara en su regazo. Muchas de ellas no eran más que adolescentes; aun así, se las trataba como *strippers* profesionales.

—Pero ¿por qué crees que pagaba por tener sexo? —Helena lo mira gravemente—. ¿Por qué no se contentaba con la compañera de trabajo?

Patrik se limpia la espuma del labio superior.

—Es difícil de decir. Mis clientes suelen referirse a ello como una válvula de escape. Aseguran que lo necesitan para poder desconectar de todas las exigencias: el trabajo, la mujer, la familia. Pero, en mi opinión, es egoísmo puro y duro.

207

Unos chicos jóvenes se han acercado al sitio de los masajes, se pasean inquietos de aquí para allá delante de la puerta, sin que ninguno se atreva a entrar. Podrían ser suecos.

—¿A qué te refieres?

Patrik observa a los chicos al otro lado de la calle.

—Bueno, en parte está el placer de poder tener sexo sin compromiso con las condiciones que ellos mismos pongan.

Uno de los chicos se ha atrevido a acercarse a la puerta, apoya una mano en la superficie negra.

—¿Y qué más?

Helena lo mira con ganas de saber.

—La sensación de poder. —Patrik ve que la puerta se abre sigilosa. En cuestión de segundos, los cuatro se han colado en la oscuridad. Se vuelve hacia Helena—. Poder ordenarle a alguien que se acueste contigo. —Patrik recuerda las luces del Cassandra—. Con una compañera de trabajo, eso no siempre funciona.

208 Cuando regresan al hotel, ya son las once. Patrik abre la ventana y observa el casco antiguo. Un poco más allá, puede vislumbrar el ostentoso parlamento que mandó construir Ceaucescu. Se quita la ropa y se tumba en la cama. Saca el ordenador y relee lo que ha recopilado de Johan hasta la fecha. Hay muchas cosas y bastante contradictorias. Piensa en lo que le dijo la directora de Finanzas: Johan había estado usando los pisos de la empresa a escondidas. Hasta ese momento, es lo más grave. No obstante, si las cosas son como Patrik sospecha (si Johan ha ayudado a algunas mujeres a huir), eso explicaría por qué necesitaba disponer de los pisos. En algún sitio tendrían que esconderse esas chicas. Saca el teléfono y llama a Linus.

—¿Qué tal va? ¿Ya lo habéis encontrado? —pregunta Linus antes de que Patrik haya podido siquiera abrir la boca.

Patrik se ríe.

—No, pero mañana tenemos una cita con un periodista. Cuando hayamos terminado, les echaré una mano a tus colegas para encontrarlo. Está claro que ellos solos no son capaces.

Linus resopla.

—No seas así. Después de que llamara su exmujer el otro día, a Johan lo están buscando internacionalmente. Con un poco de suerte, ahora empezarán a pasar cosas.

—Eso está muy bien. —Patrik mira por la ventana: el edificio del parlamento está hermosamente iluminado a esta hora. Se estira para alcanzar la botella de agua con gas que hay en el escritorio—. ¿Qué tal las pesquisas? —pregunta—. ¿Habéis detenido a los proxenetas?

—Sí, sí. Al menos a Razvan y a Christu. No obstante, sospechamos que la red es más grande: pueden caer algunos más.

—¿Y esas chicas que pusieron la denuncia? ¿Natalia e Irina? —Patrik toma un trago de agua—. ¿Ya las habéis interrogado?

—Por supuesto, lo hicimos el mismo día. De lo contrario, habría sido difícil detener a nadie.

—Pero ¿qué dijeron? —pregunta Patrik, impaciente.

Linus titubea.

—Que Razvan y Christu las habían vendido. —Hace una pausa—. Y que probablemente estás en lo cierto: a las dos las habían ayudado a escapar.

—Dios mío. Entonces, Johan se ha dedicado a liberar víctimas de la trata de blancas. Amira y Linda también habían recibido la visita de una mujer que se había escapado. No me sorprendería que hubiese sido Johan quien la ayudó también a ella. —Se lleva la botella a la boca, el pulso le tiembla ligeramente—. Supongo que solo era cuestión de tiempo que los proxenetas lo descubrieran —añade.

—No creo que fuera Johan Lindén quien las ayudara.

—¿Ah, no?

—No. Cuando les pedimos que describieran a la persona que las había ayudado, las señas no coincidían con las de Johan Lindén.

—Podría haberse disfrazado.

—Sí, pero eso no lo vuelve más joven.

Patrik deja la botella en la mesita de noche.

—¿Qué quieres decir?

—Las dos mujeres afirman que el hombre que las ayudó tenía su edad. —Linus se aclara la garganta—. Y esas chicas no pasan de los veinte años.

209

Andreea

Estocolmo, noviembre de 2015

Andreea se acerca a la ventana. El cristal está manchado con las huellas dactilares de sus dedos y de los de Nicoleta. Suelen quedarse de pie, mirando fuera, imaginándose cómo sería su vida si vivieran en uno de los pisos que hay al otro lado de la calle. En el césped ante uno de los bloques, dos chicas juegan a las cartas. Le recuerdan a Florina. Andreea acostumbraba jugar a las cartas con su hermana. A Florina le encantaba, pero tenía mal perder. En una ocasión, cuando solo llevaban jugando un ratito, Florina se inclinó por encima de la mesa para mirarle las cartas.

—Jo, contigo no se puede ganar nunca —se quejó.

Andreea tuvo remordimientos. Era su hermana pequeña. Debería dejarse ganar alguna vez.

—La próxima vez seguro que ganas. Solo tiene que mejorar un poco tu cara de póker.

Pero ya era demasiado tarde, Florina estaba de morros, negaba con la cabeza y decía que ya no quería jugar más. En ese mismo instante, apareció Iósif. Al oír que las niñas estaban discutiendo, los ojos le brillaron de aquel modo tan siniestro, cuando veía que se le presentaba la ocasión de poner a Andreea en su sitio.

—Tienes que ganarle a tu hermana pequeña, ¿no? —dijo Iósif con una dulzura despreciable—. No la puedes dejar ganar ni una vez.

Andreea había murmurado algo ininteligible.

—No te oigo, habla más claro.

—Ha sido sin querer —tartamudeó Andreea—. La próxima vez la dejaré ganar.

Andreea había mirado al suelo. Iósif no se ponía tan agresivo como cuando lo miraba a los ojos. Aunque tampoco estaba muy segura de eso.

El primer golpe fue en la cabeza, con la mano abierta. No le hizo demasiado daño. Pero como tuvo que levantar la cabeza, el siguiente tortazo le dio en plena cara. Primero, las bofetadas: a Iósif le gustaba aquel sonido. Luego, los puños. Y la rabia crecía sin parar dentro de él.

Florina ya había salido de la cocina. Andreea estaba segura de que se habría sentado fuera con las manos en las orejas y los ojos cerrados. Solía decir que era para no tener que oír los gritos, pero no era cierto, porque Andreea casi nunca gritaba. Había aprendido a encajar el dolor en silencio. Y eso enfurecía más a Iósif, que quería someterla fuera como fuera.

Por eso tal vez no se contentaba con pegarle. Cuando Andreea se acurrucó en posición fetal en el suelo, para protegerse la cabeza de sus patadas, inesperadamente notó que Iósif le empezó a tirar de los pantalones. Le sorprendió tanto que se soltó la cabeza y bajó las manos a la cintura. Opuso toda la resistencia que pudo mientras él le arrancaba la ropa, pero fue en vano. Cuando notó el aire frío en su piel desnuda, comenzó a gritar. Gritó como nunca antes. Entonces él se sintió satisfecho. Había dado con algo contra lo que Andreea no se podía defender.

Un grito proveniente de la calle la saca de su ensimismamiento. Procede de un cochecito aparcado delante del portal: un crío pequeño está sentado con el cinturón puesto y se desgañita mientras su joven madre trata en vano de mantener al niño quieto en el asiento. Cuando por un breve instante la madre endereza la espalda y alza la vista, su mirada se cruza con la de Andreea. ¿Qué pasaría si Andreea empezara a gritar y a golpear el cristal? ¿Cogería la mujer a su hijo del cochecito y subiría al segundo piso para preguntarle por qué grita de esa manera? ¿Se atrevería Andreea a contarle que tiene dieciséis años y que la han encerrado en un piso para que la vaya follando un desconocido tras otro? ¿Le diría que ya no puede más?

Pero Andreea ni grita ni golpea el cristal. Aun así, la mujer se la queda mirando un buen rato. Hasta que no despega la frente del cristal, aquella chica no se vuelve de nuevo hacia su hijo y se aleja con el cochecito. Andreea ve que se aleja por la acera, hacia la plaza y la libertad.

En el piso hace más frío, a pesar de que los radiadores están al máximo. El de la cocina se ha estropeado. Se lo ha comentado a Razvan, pero él se ha limitado a decir que no puede hacer nada al respecto. La dueña del piso pasa todo el invierno en el extranjero y no pueden llamarla, pues no tiene permiso para realquilar. Tienen que actuar con discreción. Aunque, con tantas visitas, cuesta ser discreto.

Le llega un mensaje al móvil, Andreea lo mira: «¿Estás libre? ¿Puedo verte treinta minutos? Liam».

Desde hace un tiempo, dejan que se organice con los clientes ella misma. Nicoleta le ha explicado que es por razones de seguridad: si las putas hacen las reservas, es más difícil que pillen a los chulos. Coge la agenda en la que va apuntando los hombres que vienen, a qué hora, cuánto rato y el precio que tienen que pagar: «Estoy libre. 1.000 coronas con condón», escribe.

Ese hombre ya ha venido una vez. Solo se quedó un cuarto de hora. Aseguraba que era la primera vez que recurría a una prostituta. Cuando hubieron terminado, le entró la prisa por volver con su familia.

«¿Cuánto sin condón?»

Andreea se acaricia con cuidado entre las piernas: unos granitos que le pican con una intensidad que la saca de quicio. Razvan le ha prometido conseguir medicinas, pero parece que siempre se olvida. Se encoge de hombros, no es obligación suya responsabilizarse de los puteros. Ellos no se responsabilizan de ella: «1.500 coronas».

El putero tarda menos de treinta segundos en responder: «Entonces lo hacemos sin condón».

Andreea se quita la ropa y se mete en el cuarto de baño. Ve su propia imagen en el espejo: sus piernas han perdido gran parte de la musculatura que tenían cuando se movía más. Parecen dos alfileres.

En la ducha se lava tres veces con jabón, se frota hasta que le escuece. Aun así, le parece que no se deshace de ese olor penetrante y asqueroso del que Christu siempre la acusa. Se enjabona por cuarta vez antes de salir de la ducha y secarse a toda prisa. Hace mucho frío. No puede quedarse desnuda demasiado rato. Después de vestirse, se va a la cocina y se prepara una copa. Se sienta a tomársela hasta que llaman a la puerta. Sus manos ya han dejado de temblar.

—Qué guapa estás.

Parece venir directamente del trabajo. El traje es caro y a la moda. En el dormitorio, le entrega a Andreea tres billetes doblados de quinientas, que ella guarda en el cajón de la mesita. Andreea echa un vistazo por la ventana. La madre del cochecito ha vuelto. La mujer levanta al niño, que está profundamente dormido. Se acerca al portal con él al hombro. Antes de abrir, la mujer mira hacia la ventana de Andreea. Esta levanta la mano en un tímido saludo. La mujer la saluda de vuelta. Entonces nota que el hombre la agarra por las muñecas y se le pega por detrás. Tiene tiempo de ver un atisbo de desconcierto en los ojos de la joven madre antes de que gire la cara. Andreea siente vergüenza de sí misma.

Patrik

Rumanía, junio de 2016

—No fue Johan quien ayudó a esas mujeres a escapar.

Helena se queda quieta, con la tostada a medio camino de la boca.

—¿Cómo lo sabes?

Están desayunando en el comedor del hotel, o como se le deba llamar a la pequeña cafetería que hay en el vestíbulo y que se parece más al salón de una casa particular que a un comedor de verdad. Han quedado con Neculai Andrei dentro de una hora.

—Porque ayer llamé a Linus. Me contó que las mujeres que habían denunciado a los proxenetas habían recibido ayuda para huir, en efecto, pero no de un hombre de cuarenta años, sino de alguien bastante más joven.

Helena no parece demasiado decepcionada. Puede que le gustara tan poco la idea de que Johan fuera liberando por ahí a mujeres de la calle como la de que fuera un putero. Pero Patrik no se alegra. Era su mejor carta para explicar lo de los pisos y salvarle la cara a Johan.

—Esa no puede ser la razón por la que ha desaparecido —dice al cabo de un momento—. Que los proxenetas lo hayan descubierto y lo hayan quitado de en medio. Por cierto, los han detenido: al menos a dos de ellos.

—Johan se fue a Bucarest por voluntad propia. Si le ha pasado algo, más bien debería de ser aquí —responde Helena, que ha dejado la tostada en el plato. —Desde la calle les llega un leve ruido de sirenas de policía. Los rayos de sol sobre su mesa generan un bonito patrón de luces y sombras—. La pregunta es qué pensaba hacer esta vez en Rumanía —dice Helena, pensativa—. Según el periodista, no era para verlo a él.

Él aparta un poco su silla para que otro huésped pueda pasarle por detrás.

—Ni idea —dice—. Necesitamos una visión global y responder a una serie de preguntas. ¿Qué hacía Johan en Malmskillnads cuando recogió a Nadia? ¿Por qué se fue a Rumanía? ¿Quedó con Neculai? ¿Para qué quería los pisos?

Los huevos revueltos no tienen nada que ver con el prefabricado que suelen poner en muchas cadenas hoteleras suecas. Le indica con un gesto a la camarera que querría más café.

Entonces, de repente, Patrik recuerda algo de lo que le había hablado Helena.

—Oye, aquello que me contaste de que Johan cambió mucho a finales del año pasado. ¿Podrías intentar recordar lo que hizo justo antes?

Ella se reclina en el respaldo del sofá para esquivar los rayos de sol, que se han abierto paso hasta su cara.

—Fue después de que volviera a casa de una reunión de negocios —dice—. Tenía alguna de vez en cuando. Solían quedar con colaboradores extranjeros en algún hotel de moda en Estocolmo, cenar como reyes y discutir sobre cómo podían ampliar el negocio. —Su tono de voz se ha vuelto ácido—. Luego cerraban con una fiesta por todo lo alto. A Johan le encanta la juerga.

Patrik la mira pensativo.

—¿Crees que pudo contratar servicios sexuales durante esas reuniones de trabajo?

Le ha contado que Johan contrataba prostitutas cuando se hospedaba en hoteles. Tal vez lo hiciera también en compañía de otros compañeros de trabajo.

—Ni idea —dice Helena—. Nunca me lo planteé. En aquel momento, cuando volvió a casa, en diciembre, yo ni siquiera sabía que era un putero.

Un joven camarero se acerca a su mesa y les sirve más café.

—Pero, según dices, cuando volvió de aquella reunión de trabajo, lo viste cambiado, ¿no es así?

—Sí. —Helena toma un bocado—. En primer lugar, porque no trajo ningún regalo para las niñas; solía hacerlo cuando pasaba una noche fuera. Volvió muy taciturno. Apenas abrazó a las niñas. Entró en casa y fue directo a sentarse delante del ordenador. Se excusó diciendo que estaba cansado. Pero había algo más. —Helena se aparta un mechón de pelo. —Y luego cayó en esa depresión. No obstante, nunca me contó por qué. Ni siquiera reconocía que algo iba mal. Más bien se mosqueaba cuando se lo preguntaba.

—¿Te dio alguna explicación de por qué se comportaba de aquella manera?

—No, pero, si te soy sincera, creo que tenía que ver con la decisión de divorciarnos. Puede que la idea le surgiera durante esa reunión de trabajo en diciembre. —Mira la hora—. Uy, deberíamos darnos prisa. El taxi llegará dentro de media hora.

—Aquí es adonde lo traje.

Neculai Andrei se reclina en el respaldo negro de piel sintética de un sofá usado. Es distinto a como aparece en la foto de su web. A excepción de la fina montura metálica y del pelo de color de rata, no hay más similitudes con Edward Snowden. Neculai no es solo mayor, sino también más corpulento.

—¿Qué vino a hacer aquí? —pregunta Helena.

No le ha quitado los ojos de encima desde que han entrado en el restaurante. Debe de estar desesperada por obtener respuestas.

—Este sitio es propiedad de unos criminales. Johan había concertado una cita con dos de ellos.

—¿Criminales?

Patrik pasea la mirada por el oscuro local: huele a tabaco. En la barra hay dos hombres apoyados, tienen pinta de llevar un buen rato ahí. Uno agita un billete en el aire, la camarera lo pesca a toda velocidad y luego vuelve a sumirse en lo que estaba haciendo: secar vasos. Es joven y parece cansada; puede que haya estado trabajando toda la noche. Al fondo del local, hay una pareja de mediana edad en un sofá de cuero ajado. La mujer está sumida en la pantalla de su móvil; el hombre está recostado sobre su hombro, con los ojos cerrados.

—Sí, pero no os preocupéis, ahora no están aquí.

Como si eso fuera lo que les preocupara.

—Pero ¿por qué? —pregunta Helena—. ¿Qué quería de ellos?

Neculai tamborilea con el índice en los pasaportes, que todavía siguen sobre la mesa. Hasta que Patrik y Helena no se hubieron identificado, no abrió la boca.

—Johan me llamó una noche —contesta—. Me dijo que había topado con uno de mis artículos en Internet y que tal vez me interesaría conocerlo.

Neculai mira a la camarera, que ha terminado con los vasos y ahora está recostada sobre la barra hablando con uno de los hombres.

Cuando sus miradas se cruzan, Neculai levanta tres dedos para indicarle que quieren pedir.

215

—No quiso revelarme por teléfono de qué se trataba. Me propuso quedar cuando viniera a Bucarest, unas semanas más tarde.

Les cuenta que se citaron en el Hilton, en el centro de Bucarest, una tarde de abril. Hacía un frío inusual. Cuando Neculai bajó del coche y entró en el lujoso vestíbulo del hotel, estaba lloviendo. En el bar, Johan se había presentado, le había hablado de sus dos hijas, Elsa y Alice, le había contado que era director y fundador de una empresa de webs. Le dijo que le iba estupendamente, pero que ahora estaba de baja.

—Luego hablamos de la trata de blancas y de mi experiencia como periodista de investigación especializado en redes criminales.

Helena lo mira con asombro.

—¿Cómo funciona, en verdad?

—¿El sistema? —Neculai se pone un cigarrillo en la boca—. Es complicado —dice—. Abajo del todo, en la base, operan los reclutadores, como si fueran miles de células independientes. Puede ser un pariente, un novio o una amiga que le vende una chica a alguien del siguiente nivel. Si uno de esos reclutadores desaparece, enseguida aparece uno nuevo. La conexión con los que están más arriba casi nunca se puede demostrar. De esa manera, la actividad prosigue sin que los auténticos criminales acaben en prisión. —Coge un mechero que alguien se ha dejado en la mesa; consigue prenderle fuego al cigarrillo después de dos caladas—. Si, contra todo pronóstico, se abriera una investigación en relación con los que están arriba del todo, recordad que Rumanía sigue siendo uno de los países más corruptos de Europa. Los traficantes de personas tienen dinero y margen para sobornar a personas de la esfera judicial.

Calla cuando la camarera se acerca a la mesa. Balancea una bandeja con tres vasos llenos de cerveza espumosa, de una variedad oscura. Los deja en la mesa.

—Pero ¿por qué quería Johan hablar contigo? —pregunta Patrik, impaciente. Y sabe cómo funciona lo de la trata de personas.

—Tardó un rato antes de llegar a ellos —responde Neculai en cuanto la camarera se retira. Apaga la colilla en un vaso vacío y mira a su alrededor, como para asegurarse de que nadie pueda oírlos—. Hasta que no le dije que tenía que irme, no me reveló el motivo real de su visita. —Se inclina por encima de la mesa, baja la voz—. Me dijo que pensaba acabar con una red de tráfico de personas. —La ceniza cae lentamente hasta el fondo del vaso, se posa en el fondo—. Pretendía infiltrarse en una.

Ted

Estocolmo, junio de 2016

—¿*P*rostitutas?

Erik parece en *shock*.

—Sí —responde Ted, cansado. —Está exhausto. La visita de ayer a Nadia. Las pesadillas de anoche. Y ahora esto: que su propio hijo lo haya pillado mirando la página de contactos—. Alguna que otra vez…, ha pasado que he visitado a prostitutas cuando estaba en Estocolmo.

Es la verdad, si bien no deja de ser un eufemismo. Desearía no haber entrado jamás en esa página.

—Pero ¿cómo? ¿Te refieres a la calle Malmskillnads?

—No. —Ted aprieta fuerte la taza de café—. En el hotel. O en algún piso. —La cerámica le quema en los dedos—. Ayer fui a ver a una. Es la que estaba buscando cuando has llegado tú.

Desde la cocina les llega el ruido de cacerolas, voces del personal pegando gritos porque hay que rellenar algo. En la mesa de bufé libre se ha generado cierta irritación porque se ha acabado el beicon. Erik niega en silencio, como si le costara asimilar lo que acaba de escuchar.

—¿Ayer?

—Sí, pero no para comprar sexo —se apresura a añadir Ted—. Alguien aseguraba que allí vivía una chica que era víctima de la trata de personas. Me pidió que la ayudara.

No menciona que era a cambio de que el secreto de Ted continuara siendo tal. No viene mal que Erik piense que, a pesar de todo, Ted tiene un mínimo de moral.

—¿Quién?

Ted se encoge de hombros.

—Ni idea. He recibido mensajes anónimos.

Erik se hunde en la silla frente a Ted.

—O sea, esto no me lo esperaba de ti —empieza—. Que tú... no. Hay que joderse.

Su voz se agrieta. Ted levanta una mano para ponérsela en el hombro, pero enseguida la retira.

—Perdón, Erik —dice en tono apagado—. No es una buena imagen. Lamento que hayas tenido que enterarte.

—Como si eso importara —murmura Erik—. Sigues siendo un putero de mierda me lo cuentes o no.

Ted traga saliva.

—Lo siento —murmura de nuevo.

Erik no dice nada. Durante un buen rato, permanecen en silencio. Tiene la mirada fija en la mesa; Ted, los ojos puestos en su hijo.

—¿Y así era?

Erik levanta la cabeza, mira a Ted.

—¿El qué?

—¿Era víctima de trata?

—No lo sé. Puede. —Ted le da un trago al café—. Ella afirmaba estar aquí por voluntad propia —dice en voz baja—. Pero ¿qué me iba a decir? —Observa a la gente que tienen alrededor: en su mayoría, gente en viaje de negocios; muchos vivirán en otra ciudad; tal vez tengan también una doble vida—. Pero luego mencioné a su hermana y entonces su reacción... No puedo describirla... Estaba tan llena de angustia. Me quedé de piedra.

—¿Te dijo por qué?

—No, después de eso no conseguí sacarle ni una palabra. Cuando intenté tocarla, entró en pánico. Así que me fui.

Erik sacude la cabeza.

—Pero tienes que ayudarla.

—Sí, está claro.

Ted nota que se le calientan las mejillas.

—Había pensado llamar a los servicios sociales: seguro que ellos pueden hacer algo.

Erik asiente sin decir nada.

—Tengo que ir a buscar comida —murmura.

Ted sigue a su hijo con la mirada cuando se dirige al bufé libre: los hombros le cuelgan, camina con la espalda encorvada. ¿Qué pensará de su padre, un hombre al que solo ve de vez en cuando, casi siempre en la ciudad, en una cafetería o en un restaurante, en algún museo o en el parque de atracciones de Gröna Lund? Esta conversación es la más íntima que han tenido nunca, y se avergüenza de que gire en torno a su desafortunada metedura de pata.

—Oye, te tengo que preguntar —dice cuando Erik vuelve a la mesa.

Lleva la bandeja llena de comida. Ted se alegra de que su confesión al menos no le haya quitado el apetito a su hijo.

—¿Qué?

Un tono de alerta en la voz de Erik. Deja la bandeja en la mesa.

—El otro día llamaste a Alex —continúa Ted—. Y no pude pasar por alto que os habéis llamado en varias ocasiones. —Se ruboriza al decir esto último; quizás Erik se piense que tiene por costumbre espiar a su mujer—. Solo me preguntaba…, ¿soléis llamaros directamente?

—No.

—Pero, entonces, ¿por qué aparece tu número en su lista de llamadas?

—No te lo puedo contar, he prometido guardar silencio.

—Pero… —Ted se despista—. Podrás decirme por qué os habéis estado llamando. No es que me vaya a enfadar, si es lo que crees. Al contrario, me alegraría mucho que tú y Alex os conocierais un poco más.

Se ríe para relajar el ambiente, pero Erik sigue más serio que en un funeral.

—Vale, pero tienes que prometerme que nunca dirás que he sido yo quien te lo ha contado.

Ted asiente con la cabeza.

Teme lo que va a oír. Erik le da un bocado al cruasán.

—Alex pensaba que le estabas siendo infiel —dice después de tragar.

—¿Infiel? —Ted se lo queda mirando—. ¿Y te llama a ti?

—Sí, aunque la primera vez no me comentó nada de la infidelidad, solo quería saber si nos habíamos visto mientras estabas aquí. —Erik levanta el vaso de zumo de naranja, se lo lleva a la boca y mira a Ted por encima del borde—. Por lo visto, es lo que tú le has dicho en alguna ocasión.

Lo recuerda: una vez, Alex lo llamó mientras estaba en plena faena con una chica de compañía en la habitación del hotel. Se precipitó y le dijo que estaba con su hijo.

—¿Y tú que le dijiste? —dice, tenso.

—No sabía de qué se trataba. —Erik se termina el zumo—. Así que le dije la verdad: que tú casi nunca tienes tiempo de quedar conmigo cuando vienes a Estocolmo —añade, y Ted agacha la mirada—. Después le pregunté por qué quería saberlo. Al principio, se negó a contármelo, pero al final me dijo que sospechaba que tenías a otra, que te estabas viendo con una mujer de aquí. —Erik deja el vaso en la mesa—. Obviamente, le dije que no pensaba eso de ti. —Mira malhumorado a Ted—. Pero la llamé algunas veces para ver si se había enterado de algo.

—¿Y qué te dijo?

Ted contiene el aliento.

—Que estaba convencida. —Erik deja el cruasán en la mesa—. Dijo que tenía pruebas.

Andreea

Estocolmo, noviembre de 2015

Cuando el hombre se marcha del piso, Andreea se queda tumbada en la cama con la mirada fija en el techo. Es blanco y un poco rugoso. Se pregunta qué estará haciendo ahora mismo Ionela. ¿Irá a la escuela o la habrán expulsado? Solían hacer novillos juntas. Recibieron varios avisos, aunque nunca pasaba de ahí. Ionela estaba más en la zona de exclusión, sus padres no tenían dinero ni para los libros ni para el uniforme. Al menos eso es lo que decían, pero Andreea sabía que la madre de Ionela se bebía como mínimo una botella de vodka al día.

—¿Qué haces ahí tirada? ¿No tienes clientes?

Andreea se incorpora enseguida.

Christu está en el marco de la puerta. La mira con cara de pocos amigos: se le debe de haber corrido el maquillaje. A su lado ve a una chica de unos veinte años. Nunca la había visto.

—Esta es Irina —dice Christu—. Va a pasar la noche aquí.

Tira al suelo de la habitación una bolsa de deporte negra, con bandas rojas y azules. La chica nueva se queda en el umbral sin hacer ningún ademán de saludar. Es alta, más que Christu. Viste unos vaqueros blancos ajustados. Lleva el pelo castaño recogido en un moño y va muy maquillada.

Christu entra en la habitación. Agarra a Andreea de la barbilla y levanta su cara hacia la luz.

—Joder, qué pinta. —Señala el baño con la cabeza—. Ve a arreglarte.

No se queda esperando a que Andreea cumpla la orden, sino que las deja a ella y a Irina solas en el cuarto. Oyen que la puerta del piso se cierra. Luego se hace el silencio.

—¿Eres de Rumanía? —pregunta Andreea.

La chica asiente con la cabeza, pero sigue sin moverse del sitio.

—Sí, he volado desde Bucarest esta mañana.

¿Volado? ¿Qué puta de lujo es esta?

—Vale, entonces ya sabes que…

Andreea se ruboriza, no termina la frase. Irina da un paso dentro de la habitación y se deja caer en la cama, se quita una de las botas, mueve los dedos como para aumentar la circulación sanguínea.

—No es la primera vez —dice—. Estuve en Alemania. Luego volví a casa, a Rumanía. Pero hace unos días decidí volver. Aunque esta vez ha sido Suecia.

Se frota con suavidad una rojez que tiene en uno de los gemelos. Andreea no entiende nada. ¿Esa chica ha vuelto por voluntad propia? ¿Significa eso que no está prisionera, que puede quedarse con el dinero que gana?

—¿Por qué? —pregunta llena de curiosidad.

Irina levanta la cabeza con avidez. En sus ojos hay una pena contra la que Andreea no puede defenderse.

—Para salvar a mi hermana —dice—. He hecho algo horrible. La he vendido a Christu.

Andreea se queda boquiabierta. Piensa en Florina. Ni por todo el dinero del mundo vendería a su hermana pequeña a esos desgraciados.

—¿Cómo has podido hacer eso? —pregunta con energía.

Irina se quita la otra bota, la deja caer al suelo antes de responder.

—Porque me escapé del burdel de Alemania y porque no era capaz de volver. La única manera de librarme era dándoles a otra en mi lugar. —Mira las sábanas—. Y les di a mi hermana.

La respiración de Irina se ha vuelto más superficial.

—No hace falta que me lo cuentes —se apresura a decir Andreea, que se mira intranquila las manos en el regazo—. Si te resulta difícil, quiero decir.

Irina alza la vista. Sus ojos se han vuelto duros otra vez.

—Tengo que contarlo —dice—. Si no, ¿qué vas a pensar de mí, de alguien que vende a su hermana? Además, está bien que alguien sepa lo que ha pasado, por si yo no consigo encontrarla.

Andreea guarda silencio. No tiene ni idea de las situaciones por las que ha pasado esta chica.

—¿Sabías que en Alemania la prostitución es legal? —pregunta Irina.

Andreea niega con la cabeza. No sabe nada de los países occidentales, y muchos menos de sus leyes.

—Eso implica que hay mucha gente vendiendo, y que los precios se desploman. Cuando llegué a Alemania, acababan de abrir los burdeles de tarifa plana. Significa que los hombres pueden ir y pagar setenta y nueve euros. Y lo incluye todo. Todo el sexo, alcohol, vino y cerveza que quieran. Todo incluido. —La mirada de Irina se pierde en la ventana, parece estar muy lejos—. Llegué a Berlín un jueves, a la hora de comer. Esa misma tarde, me llevaron a un burdel que acababa de abrir, uno de esos de todo incluido. Muchos de los clientes lo llaman *gangbang*, porque follan en grupo. Había cientos de hombres haciendo cola. Las chicas trabajábamos una hora cada una, se la chupábamos y follábamos con cuantos pudiéramos. Luego descansábamos un rato. Nos lo descontaban del sueldo, así que varias de las chicas intentaban recortar la pausa lo máximo posible. Yo era una de ellas. Luego continuábamos otra hora. Y así hasta la mañana siguiente.

Andreea traga saliva. La Casa de Campo era horroroso, sin duda, pero eso parecía mil veces peor.

—La primera noche, una de las chicas se desmayó de agotamiento. Tuvieron que llevársela. —Irina parece triste—. El chulo le subió la deuda diez mil euros: jamás conseguirá pagarla.

—¿Quién te vendió a ti? —pregunta Andreea.

Irina suspira.

—Mi marido. En aquel momento, yo no lo sabía, cuando me subí al autocar. Pensaba que iba a hacer la calle unos meses, para conseguir algo de dinero. Sin embargo, cuando llegué a Alemania, me enteré de que él había cobrado por mí, que tenía una gran deuda que debía saldar. Y en el sitio ese de *gangbangs*, la deuda no hacía más que aumentar. Como cobrábamos poco, los chulos querían quedárselo todo y un poco más. A modo de comisión, por conseguirnos trabajo.

A Andreea le da vueltas la cabeza. Nunca ha sido especialmente buena con las matemáticas, pero incluso ella puede ver que eso no cuadra.

—¿Y qué pasó? ¿Cómo conseguiste salir?

Irina se pone de pie y empieza a pasearse inquieta por la habitación.

—Pasé cinco meses encerrada en ese puto sitio. Bebía y me drogaba para poder soportarlo, pero lo único que quería era morirme. —Se acerca a la ventana, apoya los dedos en el cristal—. Al final me fugué con un poco de dinero que me habían dado de propina en el burdel. Encontré un autocar que iba a Rumanía, me compré un billete y me monté en él. —Suelta un suspiro—. Pero me encontraron, claro. Primero fueron a ver a mi marido. Lo amenazaron porque la deuda no estaba saldada. Luego él trató de convencerme para que volviera. Me negué. Entonces el chulo me dijo que, si encontraba a otra chica, alguien que pudiera

223

sustituirme, me dejarían en paz. Si no, me matarían. —Se vuelve hacia Andreea—. Las dos alternativas eran igual de macabras. Quiero mucho a mi hermana, no pienses lo contrario. Pero era la única a la que podía engañar. Solo tenía catorce años, confiaba ciegamente en mí. Así que la convencí para que fuera a Suecia a trabajar. Allí era donde la querían, al menos por un tiempo. —Las lágrimas ruedan por las mejillas de la chica—. Recuerdo el día que se subió al autocar. Me despidió con la mano. Parecía contenta. Sé que estaba orgullosa de poder ir a trabajar al extranjero. Y como fui yo quien le habló del trabajo… No tenía ningún motivo para sospechar. —Irina debió de ver en su mente a su hermana, pues sonrió—. Me arrepentí ese mismo día. Le dije a mi marido que ardería en el infierno, pero él me dijo que no tenía elección. Intenté convencerme de eso, pero las pesadillas no me dejaban dormir. Yo sabía lo que le esperaba. Así pues, un día fui a buscar a un amigo del chulo. Le dije que estaba dispuesta a volver, siempre y cuando soltaran a mi hermana. Aceptaron mi propuesta, incluso me dejaron venir en avión. Aunque tendré que pagarlo, claro. —Abre la ventana, saca la mano por la estrecha abertura—. Pero cuando Christu vino a buscarme a Arlanda, me dijo que de momento no podré ver a mi hermana porque han perdido mucho dinero por culpa de mi fuga. Dijo que tendremos que trabajar las dos, por un tiempo. Después, cuando la deuda esté saldada, la soltarán. —Vuelve a meter la mano—. Le he pedido que me lleve con ella para que al menos podamos estar juntas, pero Christu dice que no se fía de mí.

Andreea la mira preocupada.

—Pero ¿estás segura de que está en Suecia?

—No lo sé, pero me quedaré aquí hasta que me lo confirmen. Luego la salvaré —dice, y regresa a la cama—. Mientras tanto, haré lo que me digan los chulos. Es un castigo menor por lo que he hecho.

Andreea recoge las rodillas y apoya la barbilla en ellas.

—¿Cómo se llama tu hermana? —pregunta—. Si me la encuentro, le puedo contar que estás aquí.

Irina se deja caer en el colchón.

—Nadia —responde entre dientes—. Mi hermana se llama Nadia.

Patrik

Rumanía, junio de 2016

—¿*I*nfiltrarse en una red criminal? —Helena no da crédito a lo que ha oído—. ¿Qué lo ha empujado a hacer eso?

—Eso no me lo quiso contar, desgraciadamente. Dijo que era mejor que no supiera demasiado. —Neculai esboza una sonrisa torcida—. Es un principio que yo mismo suelo aplicar, por lo que no quise presionarlo. Me explicó que en el plazo de dos meses había conseguido ganarse la confianza de los dos jefes locales en Estocolmo. Por eso le habían encomendado la misión de venir aquí.

Helena se lo queda mirando.

—¿Jefes locales?

—Proxenetas —le aclara Neculai con acidez—. Internamente, se los llama «jefes locales».

—Pero ¿no se te hizo extraño? —pregunta Patrik—. Quiero decir, ¿cuántos directores de empresa suecos te llaman para contarte que están intentando pararle los pies a una red de trata de blancas?

Neculai se lleva otro cigarrillo entre los labios.

—Demasiado pocos, por desgracia. Si se relacionan con proxenetas, suele ser por otros motivos. —Se saca un mechero del bolsillo. Patrik aparta la cara para esquivar el humo—. Pero sí: consiguió despertar mi interés, desde luego. Así pues, le dije que lo ayudaría, si podía. —Los rayos del sol han logrado colarse por la ventana y se reflejan en las gafas de Neculai—. Johan sabía que estoy muy puesto en temas de redes criminales aquí, en Bucarest. Me pidió información sobre los hombres con los que se iba a reunir. —Echa la ceniza al suelo—. Además, temía que le fuera a pasar algo. Así pues, lo acompañé aquí. Me quedé esperando en el coche. Estuve todo el rato conectado a su móvil mediante una aplicación de vigilancia. Si la cosa se ponía peligrosa, tenía que llamar a la policía.

Un ruidoso traqueteo los interrumpe cuando uno de los tipos que está jugando a la máquina tragaperras consigue un premio mayor: las monedas caen en el cazo, acompañadas de un bramido de alegría de los dos jugadores.

—¿De qué iban a hablar en la reunión?

Helena mira atenta a Neculai.

—Dos cosas. Por un lado, Johan traía dinero de los proxenetas suecos para entregárselo a estos hombres.

Patrik apenas se atreve a pensar en lo que habría hecho falta para que Johan se ganara la suficiente confianza como para ir a Bucarest a entregar dinero a los cabecillas.

—Pero, aparte de la entrega, la reunión tenía otra finalidad. —Neculai cambia de postura. Patrik observa que los dedos con los que sostiene el cigarrillo están amarillos por la nicotina—. Discutir una nueva idea de negocio.

—¿Idea de negocio?

La voz de Helena ha subido otro tono.

—Sí, Johan les había asegurado que, con sus contactos en las altas esferas de la economía sueca, podría ayudar a montar un negocio de putas de lujo. Pondría los pisos y conseguiría la clientela. Los rumanos se encargarían de asegurar la disponibilidad de mujeres. Entre otras cosas, la reunión que celebraron aquí era para discutir sobre la logística.

—¿Y cómo iba a servirle eso de ayuda para detenerlos?

Neculai sonríe discretamente.

—En ese punto, era un poco ingenuo. El plan de Johan era grabar la conversación en el restaurante para luego utilizarla como prueba. —Neculai echa el humo en circulitos perfectos: flotan en el aire hasta diluirse—. Le expliqué lo difícil que es meterlos entre rejas, que no basta con una grabación sobre algo que tal vez hagan. Además, esos mafiosos han ganado millones con la compraventa de mujeres, así que se pueden permitir los mejores abogados.

—Pero Johan eligió seguir adelante, a pesar de todo —dice Helena con voz frágil.

—Sí, aseguraba tener una testigo. Ella, junto con las grabaciones y el testimonio de Johan, inclinarían la balanza. También me explicó que llevaba unos meses grabando las conversaciones que mantenía con los jefes locales de Estocolmo. El siguiente paso era darle un chivatazo a la policía sobre los dos hombres, conseguir que los vigilaran y luego reducir sus propios contactos con los proxenetas para que no lo pillaran también a él.

Patrik recuerda que fue un informante anónimo el que puso a la policía tras la pista. ¿Había sido Johan?

—Pero ¿por qué no le había enviado ya el material a la policía? —pregunta Patrik, pensativo—. ¿Y por qué no nos contó nada cuando lo detuvimos en la calle Malmskillnads?

—Primero quería asegurarse los testigos —responde Neculai—. Tanto aquí como en Suecia. Para aumentar las probabilidades de que los criminales realmente fueran condenados. Supongo que por eso tampoco os dijo nada a vosotros; seguramente, la policía no le habría permitido continuar si revelaba que había colaborado con criminales profesionales. En realidad, lo que ha hecho es ilegal.

¿Era eso lo que Johan estaba a punto de hacer cuando lo detuvieron? ¿Intentar convencer a Nadia para que huyera y luego testificar en contra de los traficantes? ¿Y por eso se negó a contarle nada ni a Patrik ni a la policía? ¿Porque pensaba intentarlo de nuevo y temía que alguien se lo impidiera?

—Pero ahora ha desaparecido —dice Helena con voz apagada.

—¿Estáis seguros de que cogió el vuelo?

—Sí, la policía lo ha comprobado. Johan subió al avión a Bucarest el domingo 5 de junio.

Intranquilo, Neculai se pasa una mano por el pelo.

—Eso no es bueno —dice—. Hablé con Johan unos días antes y no me dijo nada de que fuera a volver a Rumanía. Al contrario, por razones de seguridad, quería mantenerse lo más alejado posible de Bucarest. —Se recoloca las gafas—. Johan había empezado a sospechar que esos hombres del restaurante lo habían calado.

Se hace un silencio sepulcral. Helena se aferra al vaso como si de un salvavidas se tratara.

—¿Y por qué crees que, aun así, vino?

Neculai los observa.

—No quiero asustaros —dice—. Pero me huele a que alguien quería que Johan viniera a Bucarest. A partir de ahí, solo faltaba poner el cebo adecuado.

Los hombros de Helena se hunden y parece envejecer diez años de golpe. Apenas se la oye cuando dice:

—En tal caso, eso significa que lo han descubierto.

Neculai asiente.

—Sí, por desgracia, eso parece lo más probable.

Helena se vuelve hacia la ventana, sin decir nada. Patrik le pone una

mano en el hombro. De la cocina llega el olor de unas patatas fritas acei-
tosas y de salchichas especiadas.

—En el documento del ordenador de Johan, encontré dos nombres
más —recuerda entonces. Le pasa una hoja impresa a Neculai—. A lo
mejor sabes quiénes son.

El tipo se limpia las gafas y lee.

—A Danisa la conozco bien —dice—. Es responsable de una casa de
acogida para víctimas de la trata de personas. Id a visitarla. La casa solo
queda a un par de horas en tren desde Bucarest. Tal vez ella os pueda explicar por qué Johan estaba haciendo todo esto. A mí nunca me lo quiso decir.

Patrik mira a Helena, que asiente débilmente con la cabeza.

—¿Y Cosmina? ¿A ella también la conoces?

—No.

—¿Y este restaurante? —Patrik le da la vuelta a la hoja, donde ha escrito a mano un nombre en rumano.

—Desde luego, lo conozco —dice Neculai—. Es la tapadera de un
burdel.

228   Cuando Neculai se detiene a las puertas del hotel, ya son las dos del
mediodía. Patrik nota un vacío en el estómago: no ha comido nada desde el desayuno.

—Haré algunas llamadas para ver si encuentro algún rastro de Johan —dice Neculai, que se vuelve para mirarlos—. Ahora que sé que
está en Bucarest, puedo concretar un poco la búsqueda.

Helena no dice nada. Ha estado callada desde que han salido del restaurante. Patrik ha visto que ha empezado a escribir un mensaje en el
móvil varias veces, pero siempre ha acabado por borrarlo.

—Gracias, te lo agradecemos —responde Patrik por los dos. Mira a Helena, pero sigue sumida en sus pensamientos—. El restaurante ese —continúa Patrik—. El que has dicho que es una tapadera. ¿Deberíamos ir?

Neculai sacude la cabeza.

—No, evitadlo. Si Johan ha estado allí, significa que forman parte de la misma red que los proxenetas de Suecia. Es mejor que no me-
táis las narices.

Patrik abre la puerta del coche y se baja. Se seca la frente.

El termómetro de una tienda cercana marca treinta y cinco grados.

—Os llamaré si me entero de algo más —dice Neculai—. Dadle recuerdos a Danisa de mi parte.

Una vez que se ha marchado de allí, Patrik se vuelve hacia Helena. Sigue de pie, quieta, inexpresiva.

—¿Cómo te encuentras?

No contesta.

—¿Quieres ir a comer y hablamos un poco?

Ella niega en silencio.

—No logro entender por qué lo ha hecho —dice. Su voz está llena de rabia y abatimiento a la vez—. Es padre, joder, se ha expuesto a un riesgo enorme y sin contar nada.

«También compró servicios sexuales —piensa Patrik—. Puede que a mujeres jóvenes de países pobres. A pesar de ser padre de dos niñas.» Pero no dice nada.

Cuando Helena se mete en el hotel, Patrik va a un restaurante griego en una zona más tranquila del casco antiguo. Está a la sombra. Solo algunas de las mesas blancas de madera están ocupadas. Pide *moussaka* y un vaso de agua. El barullo de una bronca le hace girar la cabeza. Hay una pareja en la terraza del restaurante: están tan metidos en su discusión que no se dan cuenta de que hay más gente. Patrik los mira fascinado, pero los olvida en cuanto el camarero llega con su comida. Está caliente y humeante. Justo cuando va a dar el primer bocado, recibe una llamada de Amira.

—He intentado localizarte varias veces —dice—. ¿Le pasa algo a tu teléfono?

—No, pero ayer cogí un vuelo y hoy he tenido una reunión. ¿Qué querías?

Da otro bocado, la *moussaka* sabe mejor que en Grecia.

—Solo que ayer logré contactar con Linda. Recuerda muy bien a esa mujer que nos llegó en mayo, a la que habían ayudado a escapar. No tenía la menor idea de cómo se llamaba el putero, pero sí que pudo describirlo. Era un hombre que rondaría los cuarenta. Pelo castaño y bien vestido. Dijo que parecía rico.

Patrik se endereza en la silla.

—¿Estás segura de eso? —dice tenso—. ¿Qué el putero era un cuarentón y no alguien mucho más joven?

Amira se ríe.

—Totalmente segura —dice.

Un pájaro que se atreve a acercarse birla un pedacito de pan de la mesa vecina.

—¿No coincide bastante bien con Johan Lindén?

229

Andreea

Estocolmo, diciembre de 2015

*L*as paredes blancas se han estrechado un poco. A veces le da la sensación de que se le van a caer encima. Logra controlar el pánico a base de caminar lentamente del dormitorio a la cocina, luego al salón y de vuelta al dormitorio. Junto al colchón, en el suelo, está la maleta de Nicoleta: todas sus pertenencias están en ella, pero aún no está cerrada. En un rincón, el viejo sujetador de Irina. Se lo dejó después de aquella noche en la que le contó cómo a una hermana mayor le puede dar por vender a su propia hermana pequeña. Desde entonces, ni Andreea ni Nicoleta le han vuelto a ver el pelo. Puede que no siga en Suecia.

Andreea se deja caer. Desliza los dedos por los hilos suaves del pijama de seda de Nicoleta. Es un pijama que solo utiliza de día; durante la noche suele estar sin ropa. Apoya la mejilla sobre la tela, inspira y cierra los ojos. Recuerda unos brazos delgados alrededor de su cuerpo, mañanas tempraneras en las que se ha despertado con las lágrimas empapándole la almohada. La maleta llena es la promesa de que pronto Andreea volverá a estar sola.

Unos copos ligeros de nieve caen sobre el alféizar de la ventana. Es el último mes del año y el sol aún no ha salido. Solo la farola ilumina el cuarto en el que no ha dormido nadie esta noche. El último cliente de Andreea se fue sobre las dos. Nicoleta sigue fuera trabajando. Ni siquiera la última noche antes del viaje a Alemania la dejan descansar.

Andreea sigue paseándose. Al final se queda dormida en la alfombra del recibidor. Se despierta con el ruido de una llave girando en la cerradura. Se incorpora lentamente. Deja que la camiseta le cubra todo el cuerpo, al pasársela por encima de las piernas, hasta los pies. El calor empieza a esparcirse por su cuerpo en el mismo momento en que Nicoleta, ligera de ropa, entra y cierra la puerta tras de sí. Bosteza al mismo tiempo que arquea las cejas al descubrir a Andreea en el suelo.

—¿Estás despierta?

Andreea asiente. Algo grueso que le está creciendo en la garganta le impide hablar. Así pues, se limita a extender los brazos. Nicoleta da unos pasos cansados al frente y baja al suelo. Apoya la cabeza en las rodillas de Andreea. Esta le acaricia el pelo áspero y le susurra que la quiere. Nicoleta sonríe, levanta una mano y toca con cuidado los labios agrietados de Andreea.

—Deberías ponerte crema.

Andreea la hace callar y pasea las yemas de sus dedos por los párpados de Nicoleta. Los cierra. Se quedan así un rato, sin hablar. Las manos de Andreea en el pelo de Nicoleta, la mejilla de Nicoleta sobre el muslo que la bata ha dejado al descubierto. Andreea inspira, espira. Poco a poco, sus músculos se van relajando.

—Me ha tocado un tío asqueroso ahora, por la mañana. No quería dejarme ir.

Nicoleta abre los ojos y se lleva el dedo índice hacia una marca roja que le brilla en una mejilla.

—¿Te duele?

Andreea acaricia con suavidad la zona inflamada.

—Sí —responde Nicoleta con voz seca—. Pero me ha dolido más chupársela. ¿No deberíamos cobrar más por meternos en la boca pollas que llevan sin ducharse desde las Navidades pasadas?

Pone cara de asco. Andreea sonríe. No por lo que dice, sino por cómo lo dice. El humor de Nicoleta es lo que ha mantenido a Andreea con vida. Su manera de cachondearse de los puteros, las bromas burdas e irrespetuosas. Eso les ha dado una sensación de superioridad. Es una superioridad que solo ellas dos conocen. Eso lo hace todo más embrutecedor.

—Tendré que dormir un poco si quiero aguantar el viaje de esta tarde.

Las palabras de Nicoleta retuercen sin compasión la navaja que Andreea tiene clavada en el estómago. De vuelta a la realidad. Se seca unas lágrimas que le emborronan la vista. Clava la mirada en la cara de Nicoleta. El rímel corrido y el pintalabios pegajoso contrastan con sus rasgos casi infantiles.

Si Christu se lleva a Nicoleta de su lado para castigarla, no cabe duda de que lo ha conseguido. Sin Nicoleta, no habrá nadie para mantener al miedo en jaque, no habrá unos brazos delicados abrazando ni nadie que pueda engañar a Andreea para que crea que, a pesar de todo, ahí fuera existe otra vida.

—Ven, vamos a acostarnos —dice Nicoleta con cariño. Se apoya en

el suelo para levantarse y le tiende una mano a Andreea—. Te abrazaré, por supuesto. —Con una mano firme alrededor de la muñeca, levanta el cuerpo apático de Andreea del suelo y le acaricia la mejilla—. Te
abrazaré tan fuerte que van a tener que cortarnos con cuchillo para separarnos. —Nicoleta aprieta la mano helada de Andreea—. Pero no lo
harán, porque no quieren lastimar su bella mercancía. Así pues, te ven-
drás conmigo a Alemania.

Un brillo de esperanza, Andreea intenta reprimirlo.

—¿Es posible, crees? ¿Que me pueda ir contigo? —susurra.

—Ni por asomo —responde Nicoleta con dureza—. Christu te mantendrá aquí. Aunque sea por joder.

Andreea recuerda lo que Christu le ha dicho: está cascada y huele
mal. El corazón late enérgico y frío. El tórax se le tensa.

—Cuando te hayas ido, no pienso volver a hacerlo.

Nicoleta la atraviesa con la mirada.

—¿Qué quieres decir con eso?

—No pienso dejar que se me acerque un hombre nunca más. —Las
palabras le salen con chulería, como para convencer a Nicoleta, o quizá
a sí misma—. Lo juro.

232

Nicoleta la sujeta del brazo. Le hace daño.

—Te he dicho que dejes de decir esas chorradas. Sé lo que estás pensando, pero vete olvidando. Haz lo que te dicen. Un día, cuando menos
te lo esperes, se te presentará la oportunidad de huir y ser libre. Y entonces estudias algo y consigues un trabajo. Eres una chica lista, mucho
más que yo. Luego vienes a buscarme, y viviremos juntas el resto de
nuestras vidas. Mientras tanto, te quedas obedientemente aquí, haces lo
que te piden. Y no la cagues. ¿De acuerdo?

Andreea se encoge de hombros, no se le da bien mentir.

Sin embargo, Nicoleta parece tomarse el gesto como una afirmación.

—Puedes con ello.

Su voz se ha vuelto más dulce cuando acompaña a Andreea al dormitorio. La cama doble deshecha, el colchón en el suelo y la maleta de
viaje que sigue abierta, con el pijama de seda medio tirado en el suelo.
Una instantánea de las últimas horas juntas.

Nicoleta se deja caer en el colchón, lleno de manchas. De cosas que se
ven y de suciedad que solo existe en el recuerdo. Hace bajar a Andreea a
su lado, sus cuerpos se juntan, sus pies se entrelazan bajo el edredón de
flores. Nicoleta yace más cerca de la ventana, por donde se cuela una corriente de aire frío. Andreea le pega la espalda. El brazo de Nicoleta des-

cansa pesado sobre su cintura. No es del todo cómodo, pero no importa. En este momento, quiere tener a Nicoleta lo más cerca posible. Su mente se vuelve grumosa, su cabeza se aligera y, por fin, se duerme.

Cuando se despierta, no tiene ni idea de cuántas horas han pasado. El edredón se ha deslizado a un lado y el cuerpo de Nicoleta ya no calienta el suyo. Se incorpora de un brinco. Los ojos vuelan por toda la habitación. Se relaja de golpe al oír a Nicoleta cantar una canción pop en la cocina. Ruido de cubiertos. La oscuridad al otro lado de la ventana revela que ha caído la noche... o la tarde.

Se levanta y sale al pasillo. La maleta roja con ruedas de Nicoleta está junto a la puerta del piso, con la tapa cerrada. De la cocina sale el olor más que familiar de pizza hawaiana recalentada en el micro. El hedor se le atraganta.

—¿Un poco de comida?

Nicoleta balancea dos platos con sendas mitades de pizza en el brazo derecho; con el otro, le hace un gesto a Andreea para que tome asiento. A falta de servilletas, Nicoleta ha hecho dos conos con papel de cocina y los ha metido en los vasos. Andreea se emociona ante el esfuerzo de hacerlo un poco festivo.

Se sienta. La pizza recalentada sigue un poco congelada en algunas partes. No importa. De todos modos, no tiene apetito. Solo mordisquea a desgana el borde.

—Christu vendrá a buscarme dentro de media hora. —Nicoleta le da un gran bocado y hace una mueca—. Parece que no está del todo caliente. —Se levanta y se lleva el plato al microondas—. ¿Quieres que te caliente la tuya?

Andreea niega en silencio. El micro emite su monótono zumbido mientras la pizza se descongela; al cabo de un minuto, suena la campanita. Nicoleta suelta un taco al quemarse con la cerámica. Por lo visto, no aguanta que la calienten de esa manera. Hace equilibrios con el plato y se vuelve a sentar frente a Andreea.

—No estés tan triste. —Nicoleta le acaricia una mejilla—. Tienes que luchar. Por favor. Hazlo por mí.

Andreea asiente sin contestar. Por Nicoleta. Ya ha tomado una decisión, pero su amiga no tiene por qué saberla. Ya tiene bastante con lo suyo.

Se quedan un rato calladas. Los copos de nieve siguen cayendo al

233

otro lado de la ventana. Eso hace que su desangelado piso parezca más acogedor. Cada copo tiene una forma distinta, le dijo una vez una compañera de clase cuando iba a primaria. A Andreea le cuesta creerlo, pero sí que son bonitos.

Cuando un ruido en la cerradura anuncia a Christu, la pizza sigue intacta en el plato de Andreea. Unos pasos se acercan a la cocina. Andreea no mira en su dirección. Nicoleta es la única que tiene que quedar en su recuerdo cuando la puerta se cierre y se quede sola.

Aprieta la mano de Nicoleta en la mesa, ya no se molesta en contener las lágrimas. Le parece ver que los ojos de Nicoleta también brillan. Y ella nunca llora. Lo hace por Andreea: sabe que si ella se desmorona, Andreea también lo hará. Pero ahora sus ojos titilan. Eso asusta a Andreea todavía más.

—¿Vamos?

Christu está en la puerta: una mano apoyada en el marco, la voz fría, como de costumbre. Andreea se ha esforzado en hacerlo humano. Ha intentado imaginarse las cosas por las que puede haber pasado. Las estrías rojas inflamadas en la espalda después de que su padrastro lo azotara, sus pulmones intentando coger aire cuando los otros niños le sacaban la cabeza del váter en los lavabos de la escuela, el ruido de cristales rotos en el suelo cuando su madre bebía hasta perder el conocimiento. Pero, aun así, la crueldad, la ausencia de empatía… No lo entiende.

Nicoleta se levanta sin decir nada. Deja el plato en la mesa. Andreea se queda sentada, el pelo le cae por delante de la cara cuando, sin darse cuenta, empieza a contar las marcas en la raída mesa de la cocina. Llega a diez cuando oye a Nicoleta coger el abrigo del perchero y el ruido de la percha al caer al suelo. Christu dice algo. Andreea no distingue el qué, pero puede imaginarse su cara. En cuanto la puerta de la calle se abre, Andreea se levanta de un salto. La silla cae hacia atrás mientras ella sale corriendo al pasillo. Se lanza al cuello de Nicoleta, la abraza con todas sus fuerzas, hunde la cara en su anorak, le grita que no se puede ir, que no puede dejarla aquí, sola, que se va a morir. Le importa una mierda que Christu la vea, que entienda lo que esto significa para ella, que pueda aprovecharse de ello de alguna manera. Solo sabe que Nicoleta tiene que quedarse, que no pude cruzar ese umbral por nada del mundo.

Nicoleta suelta la maleta y rodea a Andreea con los brazos. Le acaricia la espalda suavemente, le susurra pequeñas palabras de consuelo, que todo irá bien, que pronto volverán a verse. Andreea oye la voz de Christu, pero no piensa dejarla entrar. Hasta que él las separa por la fuerza;

tira a Andreea del pelo hasta que parece que las raíces van a empezar a saltar. La cara de Christu está roja como un tomate mientras va soltando un juramento tras otro, salpicando saliva; le suelta una bofetada tan fuerte que la cabeza de Andreea empieza a dar vueltas. Después empuja a Nicoleta y la saca por la puerta. Empuja furioso a Andreea al interior del piso cuando ella los intenta seguir.

—Después me encargaré de ti —le grita.

El eco del portazo resuena en su cabeza. El cerrojo gira al instante: es imposible abrir desde dentro. Andreea corre al salón. Pasa por al lado del sofá de cuero y la mesita de cristal repleta de botellas de alcohol vacías. Va hasta la ventana que da a la calle. Se agarra al marco de la ventana y pega la cara al frío cristal.

Tarda un rato en verlos: Nicoleta, delante; Christu, varios metros atrás. Sabe que Nicoleta no intentará escapar, que su hijita en Bucarest es una manera más que efectiva de hacer que colabore. La delgada figura de su amiga camina con la espalda erguida hacia el coche de Christu. Abre la puerta de atrás y sube. Lo último que Andreea ve son sus vaqueros y una sucia zapatilla blanca de deporte.

Christu se toma su tiempo. Se fuma un cigarrillo junto al coche, lo apaga meticulosamente con la punta del pie y se sienta al volante. Andreea ve encenderse los faros del coche, el humo del tubo de escape cuando da marcha atrás un metro. Christu deja que el coche se quede quieto un segundo antes de salir por fin del aparcamiento. Cuando Andreea ya no lo tiene a la vista, levanta la mano y se despide.

Andreea se pasea de una habitación a otra, los ojos clavados en el suelo. Un pitido del móvil le avisa de que Razvan viene de camino. Lee el mensaje y mira la hora: falta media hora.

En el cuarto de baño, se esmera en maquillarse con sombra de ojos verde en la fina piel sobre las pestañas; una gruesa capa de rímel las hace parecer el doble de largas; una gruesa capa de pintalabios y la boca se torna de color rojo intenso.

Vuelve al dormitorio y saca del cajón de la cómoda unas braguitas blancas de algodón que se trajo de Bucarest, así como un sujetador austero del mismo material. Del cajón inferior saca una minifalda negra y una blusa blanca sedosa que le llega por la barriga. En realidad, hace demasiado frío para ponerse eso. Pero Razvan le ha dicho que coja el abrigo largo y negro; van a ir a un hotel de calidad. Eso la mantendrá caliente. Se sienta en el borde de la cama y se toma su tiempo en deslizar una media sobre cada pierna. Demasiado tarde, descubre que tiene una carrera justo por debajo de una nalga, pero es lo que hay. Ya no le da tiempo de buscar otras.

Cuando la llave gira en la cerradura, ella ya está vestida en el pasillo. El largo abrigo le llega hasta los zapatos negros de tacón. En el bolsillo ha escondido la navaja que le robó a un cliente esta semana. Razvan mira y asiente en silencio: aprobada. Como siempre, él se ha esforzado en usar el poco pelo que tiene para cubrir las partes calvas de su cabeza. La americana marrón de pana (un intento de parecer elegante para cuando han quedado con clientes) le va varias tallas grande.

Andreea le sostiene la mirada. Sabe que eso lo pone nervioso.

—Vas a ir a un hotel —dice él, tajante—. Dos horas: cuatro mil coronas.

Ella asiente y sale al rellano delante. Razvan se apresura a seguirle los pasos. Una vez en el coche, le da instrucciones, pero ella no atiende. Mira fijamente la oscuridad y el coche empieza a rodar. Lejos del aparcamiento y del piso que ella y Nicoleta han compartido unos meses. Una punzada de tristeza porque no va a volver. No al piso: eso le da igual. Sino con Nicoleta.

El complejo residencial de color gris desaparece a su derecha. Lo sustituyen mamotretos de hormigón del mismo estilo. Los árboles que se han plantado para darle un poco de vida a la zona oscilan por el viento, deshojados y nudosos. Un grupo de chicos suecos se acerca al coche. Caminan por el centro de la calle, cada uno con su bolsa de plástico en la mano, dando voces y tambaleándose. Razvan les pita para que se hagan a un lado, pero más que apartarlos lo que consigue es cabrearlos. Uno de los chicos le suelta una patada al coche cuando Razvan pasa por su lado. Él maldice, irritado. Andreea no puede evitar subir un poco las comisuras de la boca, pero se contiene cuando él la fulmina con la mirada.

El coche los lleva en silencio por largos túneles y autovías de varios carriles. Andreea no tiene ni idea de adónde van. Tampoco importa. Razvan la mira de vez en cuando. En una ocasión, parece estar a punto de comentar algo, pero cambia de idea y cierra la boca.

Media hora más tarde, se detienen en un gran patio. El edificio del hotel se yergue en madera roja. Por detrás, solo hay prados y bosque. Deben de haberse alejado bastante de la ciudad. En lugar de detenerse delante de la entrada del hotel, Razvan la lleva hasta una puerta en la parte trasera. Le explica que tiene que introducir un código, que debe haber una escalera entrando a la izquierda, que ha de subir tres pisos, meterse en el edificio del hotel y llamar a la primera puerta de la derecha.

—No intentes nada —le advierte.

«¿Como por ejemplo?», piensa. A kilómetros y kilómetros de la civilización, sin dinero y en pleno invierno. ¿Cómo coño puede pensar que le va a dar por escaparse?

—A la una te recojo aquí y vamos al siguiente cliente.

Ella asiente cansada y baja del coche.

Miles de estrellas titilan en el firmamento. Se lo toma como una buena señal.

—Así, vamos, pon buena cara. Ahí dentro están de fiesta. No quieren jugar con una cascarrabias.

Razvan la examina con la mirada, ¿sospecha algo? Es como si no quisiera separarse de ella.

Andreea hace una mueca que pretende ser una sonrisa.

Él frunce el ceño.

—Allá tú: ya sabes lo que pasa si los clientes se quejan…

Ella cierra la puerta antes de que él termine la frase. Introduce el código y sube las escaleras hasta un largo pasillo. Se detiene delante de la puerta en la que pone SUITE, en una plaquita negra de metal. Al otro lado se oyen voces de hombre y risotadas. Tintineo de copas y botellas. Andreea mete la mano en el bolsillo, saca la navaja y la desenfunda con un chasquido. Nota el metal frío al contacto de los dedos. Se la vuelve a meter en el bolsillo con la hoja desplegada. Levanta la mano y llama a la puerta.

237

Patrik

Rumanía, junio de 2016

*L*a cocina de la casa de acogida es enorme. Tiene papel de flores en la pared y ventanas que dan a un frondoso jardín. En la lejanía, se pueden ver las montañas. Patrik saca una de las sillas que hay junto a la mesa, que tiene los cantos astillados. Mira a Danisa, que llena el agua del hervidor y abre el tarro de café soluble. Hace un rato que los ha recibido a bordo de un Nissan pequeño de color verde, delante de la estación, adonde han llegado en tren desde Bucarest. Los estaba esperando con el motor en marcha.

—En los rescates tenemos que salir corriendo en cuanto la chica se ha subido al coche —les había explicado cuando ellos le habían preguntado—. Por eso nunca apago el motor.

Era bajita y el pelo se le ondulaba alrededor de la cara. Durante el trayecto en coche, Helena le había susurrado a Patrik que Danisa debía de ser la última persona en el mundo que se pone rulos por la noche.

—¿Por qué se puso Johan en contacto contigo?

Patrik mira las grandes verjas, que, según Danisa, mantienen alejados de la casa a los visitantes indeseados. Por lo visto, de vez en cuando, llega alguno, sobre todo cuando se acerca el juicio.

—Me preguntó si podía ofrecerle un sitio a una chica de dieciséis años a la que estaba escondiendo en Estocolmo.

Helena da un brinco.

—¿Escondiendo?

Danisa asiente con la cabeza.

—Sí. Johan me envió un correo a finales de enero y me contó que había ayudado a una chica rumana a huir de la gente que la tenía retenida.

En enero. Entonces no puede ser la misma mujer que fue a ver a Amira y a Linda a la clínica Lovisa. Eso sucedió en mayo.

—Pero no lo entiendo —dice Helena—. ¿Qué quieres decir con que la estaba escondiendo? ¿Dónde?

—Eso no me lo dijo. Solo sé que era en casa de alguien en quien podía confiar.

—Pero ¿por qué no fue a la policía y dejó que ellos se ocuparan de todo? —insiste Helena.

Todavía no se ha sentado. Ha preferido quedarse de pie apoyada en la encimera, con la mirada fija en Danisa.

—Porque los proxenetas habían amenazado con matarla tanto a ella como a su hermana si acudía a las autoridades. Así pues, la chica se negaba a denunciar y testificar. —Danisa pone en marcha el hervidor—. Johan solo veía una salida: encontrarle una casa de acogida en Rumanía donde los que la habían vendido no pudieran encontrarla.

—Pero ¿por qué no se podía quedar en Suecia? —Helena no lo entiende.

—En parte porque quería volver a casa, pero también porque, según el pasaporte, era mayor de edad. Si es así, solo puede quedarse en vuestro país si tiene la manutención garantizada o si está dispuesta a testificar. —Danisa saca unas tazas del armario, todas ellas con motivos y formas diferentes, y las deja en la mesa—. Desgraciadamente, son pocas las que se atreven. Y Andreea no se atrevía en absoluto.

Andreea. Patrik recuerda que él y Jonna habían pensado en ese nombre cuando esperaban a su primera hija. Al final, se decantaron por Emilou: Emmylou Harris.

—No sabía que solo les daban el permiso de residencia si testifican —murmura Helena.

—Permiso de residencia provisional —la corrige Danisa, que deja una jarra de leche en la mesa—. Una vez terminado el juicio, a la mayoría las envían de vuelta a casa. Si en ese momento no reciben el apoyo adecuado, es altamente probable que acaben siendo víctimas del tráfico de mujeres otra vez.

La vieja perra que Danisa les ha presentado como el perro guardián de la casa la sigue a cada paso que da.

—¿Y pudiste ayudar a esa chica? —Patrik mira de reojo al pasillo, donde un vigilante completamente equipado está sentado en un taburete mirando el móvil.

—No —responde Danisa—. Ya teníamos lleno. Pero Johan no se conformó. —Mira a la ventana, donde unas gotas en el cristal revelan que ha empezado a llover—. Siguió llamando. Incluso, en febrero,

239

se presentó aquí. Dijo que era para intentar convencerme, pero supongo que era porque la chica estaba fatal y necesitaba ayuda urgentemente.

Patrik sigue su mirada: las altas cimas de las montañas se yerguen en la lejanía, las ramas de los árboles se alargan hasta el marco de la ventana. La paz del lugar contrasta con el destino de quien allí vive.

—Nadie puede pasar por las experiencias que ellas han pasado sin sufrir heridas muy profundas. Lamentablemente, no suelen salir a la luz hasta que ya están libres. Cuando están sometidas a la violencia de los proxenetas, ya tienen bastante con sobrevivir.

A medida que Danisa va contando más cosas, Patrik se siente peor.

—Cuando Johan vino, me contó que Andreea quería volver a casa. A pesar de los riesgos. —Les llena las tazas con agua. El tarro de café va pasando de mano en mano—. Volví a decirle que no. Pero, claro, Johan no se rindió. Finalmente, acordamos que Andreea podría instalarse en agosto, cuando preví que tendría un sitio libre. Creo que le pareció bien. O, al menos, no volví a tener noticias suyas hasta meses después. No me volvió a llamar hasta mediados de mayo. Me contó que Andreea había decidido volver antes de tiempo. Pensaba vivir en casa de sus abuelos hasta que tuviéramos un sitio libre en agosto. Al parecer, cuando era pequeña, tenía mucha relación con ellos.

—¿Era lo bastante seguro?

Helena remueve la taza hasta que el polvo se ha disuelto.

—Lo dudo mucho, pero su nostalgia fue más grande que el miedo.

La perra se frota contra la pierna de Patrik, que baja la mano y le acaricia el hocico. Tiene uno de los ojos turbios. Le recuerda al golden retriever que tuvieron: la sacrificaron cuando las cataratas la dejaron completamente ciega.

—Johan la acompañó todo el trayecto hasta Bucarest —continúa Danisa al cabo de un momento—. Alquiló un coche y la llevó hasta la casa de la abuela. Me llamó un par de días más tarde, para contarme que todo había ido bien, que la chica estaba con su abuela y que Johan había vuelto a Suecia.

—¿Y esto fue en mayo?

Helena se lleva el café a la boca.

—Sí. Solo un par de semanas antes de que Johan desapareciera, según vosotros.

Patrik se devana los sesos. Si Danisa está en lo cierto, Andreea debería estar en casa de su abuela en estos momentos. Podrían ir allí, conocerla. Quizás ella incluso sepa dónde está Johan.

—La abuela… ¿Sabes dónde vive?

—No, pero tengo su número de teléfono.

Danisa se levanta y hurga en uno de los armaritos. Saca un papel, lo deja en la mesa, delante de Patrik, que toma una foto del número y se estira para coger la leche.

—¿Por qué Johan se implicó tanto con la tal Andreea? ¿Lo sabes? ¿Cómo se conocieron?

Danisa le lanza una mirada inescrutable.

—Johan contrató los servicios de Andreea —dice secamente—. Así es como nuestras chicas suelen relacionarse con personas adultas. —Se lleva la taza a los labios con cuidado—. Eran cinco hombres en una habitación de hotel. Andreea se había escondido una navaja en el bolsillo con la que pensaba quitarse la vida.

Patrik mira a Helena, que se ha sentado a su lado. Tiene el rostro pálido.

—Pero no lo consiguió —añade Danisa al cabo de un momento—. Johan la detuvo antes de que pudiera cortarse la arteria.

241

Ted

Gotemburgo, junio de 2016

*T*ed levanta el colchón, mete la mano y busca a tientas. Le da tiempo a experimentar un pánico momentáneo antes de notar por fin el áspero papel con las yemas de los dedos. Saca el sobre y lo sopesa. Estudia la caligrafía del texto. Le es imposible ver si se trata de la letra de Alex. Hoy en día, ya no se aprende a reconocer la letra de la gente.

Suspira y se lleva el sobre a la cocina. En la lista de la compra colgada en la nevera, Alex solo ha tenido tiempo de apuntar dos productos: pasta y tomates. Ted levanta el sobre lila, compara la letra «a» de la palabra «pasta» con la misma letra de su nombre. No son del todo distintas, pero como prueba definitiva está claro que no sirve.

—¿Qué haces? —Lukas ha entrado en la cocina y lo observa con interés—. Qué sobre más bonito.

Lukas alarga la mano para cogerlo, pero Ted lo retira rápidamente y lo deja en lo alto del armario de las especias.

—Es una cosa de trabajo, pequeño. —Se agacha delante de Lukas—. Y es bastante importante para mí. ¿No te ibas afuera a jugar?

—Ya he estado fuera, pero tengo que hacer pis.

Hasta ese momento, Ted no se da cuenta de que Lukas tiene las piernas cruzadas y está dando saltitos.

—Pero ¿por qué no me lo has dicho directamente? Deprisa. —Ted sonríe—. Si no, podría haber un accidente.

Cuando Lukas sale de la cocina, Ted hace una lista nueva con las palabras pasta y tomates, y la pega en la nevera. Después coge la que ha escrito Alex y la guarda junto con el sobre lila en su maletín en el recibidor. Ningún sitio es seguro, pero así al menos los llevará encima la mayor parte del tiempo.

Alex grita algo desde el piso de arriba. Ted sube y la encuentra en el baño.

—¿Qué dices?

—Te preguntaba si no podrías limpiar el lavabo de abajo.

Alex está descalza en la bañera, con el pantalón de chándal arremangado hasta las rodillas y frotando las paredes con un cepillo.

—Sí, claro —dice Ted.

Pero no hace ademán de moverse. Se queda allí plantado observándola. Está acabando el fin de semana y todavía no ha descubierto si lo que Erik le ha dicho era cierto. ¿De verdad Alex cree que le está siendo infiel? Y en ese caso, ¿qué pruebas tiene?

—Bien.

Alex vuelve a agacharse y empieza a frotar el fondo de la bañera. Ted se queda en blanco. En casa todo sigue como siempre, incluso mejor de lo normal. Recuerda el sexo que tuvieron el otro día; no han discutido en todo el fin de semana y ayer pasaron todo el día en Slottsskogen. Preguntarle a Alex si sospecha que Ted le es infiel es como despertar a la bestia que está hibernando. Al final se decanta por algo a mitad de camino.

—¿Va todo bien?

Alex endereza la espalda, mira extrañada a Ted.

—¿Cómo? ¿A qué te refieres?

Ella se aparta un mechón de pelo de la cara.

—No, por... Si te encuentras bien, y tal.

Alex se seca las manos en el chándal, que ya está sucio, y deja el cepillo en el canto de la bañera.

—La respuesta a esa pregunta es que me encuentro perfectamente bien, pero que no me importaría nada tener más tiempo para mí.

Ted asiente dócilmente con la cabeza.

—Lo entiendo, y te lo prometo: intentaré estar más tiempo en casa —responde, sin tener claro si será posible.

—Vale.

Alex no parece mucho más contenta con sus palabras. Más bien es como si no le importara lo más mínimo.

—Pero antes de que prometas demasiado —continúa—, a lo mejor deberías pensarte dos veces qué es lo que quieres y por qué. Supongo que no te resultará tan fácil dejar de lado todas tus actividades en Estocolmo.

¿Lo ha oído mal o Alex ha empleado un tono especial al decir la palabra «actividades»?

—Bah, solo es un trabajo —responde él encogiéndose de hombros—.

243

Pagan bien, estoy a gusto, pero sigue siendo un trabajo. Además, ya llevo bastante tiempo allí. Quizá va siendo hora de cambiar.

—Claro, tú hazlo, si es lo que te apetece.

Ted estudia la caída de su pelo negro cuando Alex vuelve a agacharse para seguir frotando la bañera.

—¿Hemos terminado? —dice, y levanta la cabeza para mirar a Ted—. ¿O quieres hablar de algo más?

—Eh, no, nada. Creo que ya hemos terminado. Solo quería asegurarme de que estarás bien… hasta que pueda cambiar la situación. —Intenta sonreír—. Para que no recojas bártulos y te largues mañana mismo.

—Eres tú el que recoge bártulos y se larga, Ted —responde Alex con voz seca—. Los niños y yo siempre nos quedamos aquí.

Esta vez, la sonrisa de Ted es más bien una mueca.

Después de limpiar la taza del váter, sube al dormitorio y enciende el ordenador. Busca en Internet algún sitio que pudiera hacerse cargo de Nadia. Le había prometido a Erik que intentaría ayudarla. Una promesa que piensa cumplir. Y, claro, tampoco quiere que el vídeo empiece a circular por ahí.

En la página web del Ayuntamiento encuentra los datos de una consulta que da apoyo a jóvenes que ofrecen sexo a cambio de dinero. Clínica Lovisa. Marca el número en su móvil, abre la puerta del balcón y sale.

—Amira Lovén.

—Hola. —Ted carraspea—. Quería denunciar la situación de una menor.

—Entiendo.

La mujer suena tranquila y afable.

—¿De qué se trata?

Ted mira por la cristalera del balcón y ve que la puerta del dormitorio se abre.

—Creo que podría ser víctima de trata de blancas.

—Vaya.

La mujer suena preocupada.

—¿Cómo y cuándo la conociste?

Alex entra en la habitación, le echa una mirada extrañada a Ted antes de acercarse a la cuna.

—Ahora no tengo tiempo de contar toda la historia —dice Ted, estresado—, pero recibí una pista anónima. Así que llamé al proxeneta y me ofrecí como cliente. Luego quedé con ella. Obviamente, no reconoció estar obligada a hacerlo, pero se la veía muy joven. Supongo que basta con eso para que hagáis algo, ¿verdad?

—Bueno, no está tan claro. Ese tipo de delitos, el tráfico de personas, es competencia de la policía. Creo que deberías interponer una denuncia en cuanto terminemos la conversación. Pero, si me das nombre y dirección, veré qué podemos hacer.

Ted le da la dirección, la oye apuntar algo en un papel.

—¿Y cómo se llama, lo sabes?

—No el nombre completo. Ni siquiera sé si es su nombre real, pero se hace llamar Nadia.

Mira al dormitorio. Alex sigue allí, meciendo en el hombro a su bebé. Lo está mirando.

—¿Nadia?

La mujer suena sorprendida.

—Entonces creo que nos hemos cruzado con ella.

—¿Cuándo?

—Lo siento, pero no te lo puedo decir: guardamos secreto profesional. Pero, si estamos hablando de la misma chica, tiene dieciocho años. Eso reduce nuestras posibilidades de hacer algo si ella no está dispuesta a colaborar. Aunque a lo mejor sí quiere...

—No lo sé, pero ¿podréis ir igualmente? No parecía encontrarse nada bien.

Tiene que colgar, Alex sigue en el cuarto.

—Veré qué puedo hacer. —La mujer guarda silencio—. Oye, por cierto, si por casualidad resulta que has contratado servicios sexuales y quisieras dejarlo, tengo un compañero muy válido que ofrece conversaciones de apoyo a consumidores de sexo. Patrik Hägenbaum, se llama. Llámalo, si es el caso.

Ted nota que le hierve la cara.

—Yo no compro sexo —dice en voz baja—. Pero, si algún día lo hiciera, prometo tener en consideración al terapeuta que me dices.

Abre la puerta del balcón y se mete de nuevo en el dormitorio.

Le dedica a Alex una sonrisa que difícilmente convencería a nadie.

—¿Hoy toca hablar por teléfono desde el balcón?

Ha puesto una mano sobre su maletín, que Ted ha subido al cuarto cuando iba a llamar. Ve asomar una de las esquinas del sobre lila, aunque juraría que lo había metido en el fondo de todo. ¿Se ha despistado o es que Alex ha estado hurgando?

245

—Solo necesitaba tomar un poco el aire.

Su voz suena irritada, pero Alex no se deja importunar. Baja la cabeza y mira el maletín, luego a Ted.

—¿Todavía tienes ese sobre? —dice—. Pensaba que solo era publicidad.

246

Patrik

Rumanía, junio de 2016

*P*atrik se sienta en el borde de la fuentecilla. El agua parece sucia, pero mete un dedo de todos modos. Está fría, a pesar de que la temperatura ambiente no baja de los treinta grados.

La visita a Danisa lo ha conmovido. ¿A qué debe de haberse visto expuesta una chica de dieciséis años para considerar el suicidio como una liberación? ¿Y cómo puede Johan, un hombre casado, padre de dos niñas, junto con otros cuatro hombres igual de acaudalados, participar y contribuir a eso?

Se seca los dedos secos en la pernera y se aparta un poco cuando un niño de diez años se acerca corriendo a la fuente. El niño se quita las sandalias y se mete en el agua, que le llega por las rodillas. El frío lo hace salir enseguida.

Patrik desenrosca el tapón de un botellín de agua y se bebe la mitad de un trago. Le duele algo la cabeza.

—¿Qué tal con Danisa?

Patrik se vuelve. Neculai está justo detrás. Se mueve un poco a la izquierda para dejarle sitio.

—Bien —dice—. Ahora sabemos por qué Johan quería encerrar a los rumanos.

Le cuenta cómo ha ido la visita a la casa de acogida, que Johan se había implicado con una chica llamada Andreea, en parte movido por la culpa. Termina explicándole que Johan había acompañado a Andreea a Bucarest en mayo, que la había llevado en coche hasta la casa de su abuela. Y que eso fue tan solo dos semanas antes de desaparecer.

—Por eso te he llamado —dice—. ¿Puedes ayudarnos a ponernos en contacto con la abuela? —Danisa había hecho varios intentos de localizarla, pero nadie respondía al teléfono. Al final, nada—. Me gustaría ir, hablar con la chica. Quizás ella sepa por qué Johan volvió a Bucarest el 5 de junio.

Neculai da una calada larga a su cigarrillo.

—Claro, puedo hacerlo. ¿Tienes el número?

Patrik saca el móvil, le manda la foto con el número a Neculai.

—Bien, la llamaré luego. —Neculai se levanta—. Primero podríamos dar un paseo. Tengo algo importante que contar.

Siguen los caminos de grava que parten de la fuente y se adentran en el parque, verde y frondoso. Eso sí, hay demasiada porquería: plásticos y colillas tirados por todas partes.

—Rumanía solo cobra un dieciséis por ciento de impuestos —dice Neculai—. Así que no queda gran cosa para el mantenimiento de los parques. Ni tampoco para luchar contra la trata de personas.

Patrik recoge un par de bolsas y se las lleva a la papelera más cercana.

—¿Qué querías contarme? —pregunta en cuanto vuelve.

Neculai lo mira. En sus ojos hay una inquietud desconocida.

—Creo que hay un topo en la policía —dice—. Por eso los traficantes descubrieron que Johan tenía una doble agenda.

Patrik se detiene.

—¿Un topo?

—Sí, llamé a mi contacto de la policía. Según él, entraron dos denuncias a finales de mayo por parte de un hombre de origen no rumano. Una era contra los hombres con los que Johan se había reunido; la otra, contra Cosmina, la mujer que Johan menciona en su documento. Los dos hijos de esta también fueron denunciados.

Patrik saca el botellín de sus pantalones cortos y desenrosca el tapón.

—Y piensas que alguien de la policía ha chivado a los sospechosos que Johan los ha denunciado.

Toma un buen trago de agua; el dolor de cabeza no cede.

—Sí —dice Neculai—. Por desgracia, no es improbable. —Apaga la colilla en el suelo—. Sobre todo porque mi contacto me ha explicado que habían cerrado el caso.

—¿Cerrado? ¿Por qué?

—Porque su principal testigo no se presentó al interrogatorio. Así pues, no tenían a qué cogerse.

«El testigo debía de ser Johan.»

—Supongo que ese es el motivo por el que Johan vino otra vez en junio —dice con voz apagada—. Para que lo interrogaran, pero luego no se presentó ante la policía.

—Porque los sospechosos sabían que iba a venir —añade Patrik—. Y se encargaron de que no pudiera personarse.

En silencio, reemprenden la marcha, cada uno sumido en sus propias cavilaciones. Neculai podría estar en lo cierto. Es bastante probable. Aun así, Patrik tiene la sensación de que todavía les faltan piezas en el rompecabezas.

—Pero si venía por el interrogatorio, ¿por qué esperó hasta el último día para reservar el billete? ¿Y por qué no llamó a Helena para contárselo?

—Que no quisiera contárselo a su exmujer es normal. —Lo mira como si fuera tonto—. ¿Cómo le iba a explicar que lo habían llamado para testificar en Rumanía sin verse obligado a contarle toda la historia de la infiltración y demás?

—Pero ¿y el billete? ¿Por qué esperar al último día?

Neculai se encoge de hombros.

—Puede ser que la policía tardara en llamarlo, que le preguntara si podía venir con poco margen. Y le mandó a Helena otro mensaje, ¿no es así?

Patrik asiente: mandó el mensaje, aunque no llegó hasta varias semanas más tarde.

Pasan por un gran parque infantil: el aroma seductor de palomitas y nubes de algodón de azúcar que sale de un puesto ambulante le recuerdan a Patrik al tiempo en que las niñas eran pequeñas.

—Entiendo que Johan denunciara a esos hombres de los que nos hablaste —dice pensativo—, queda claro que estaban por encima de los proxenetas de Suecia. Pero Cosmina, la dueña del restaurante que dices que es un prostíbulo, ¿por qué a ella? Debe de haber montones de sitios así en la ciudad, ¿no?

Neculai mira al parque, donde montones de críos trepan por las estructuras y se balancean montados en animales de plástico de colores. Por un instante, Patrik no está seguro de si ha oído la pregunta.

—Ni idea —responde finalmente, justo cuando Patrik está a punto de repetírsela—. Pero yo apostaría que tiene alguna conexión con la tal Andreea a la que Johan quería ayudar. Quizá fue Cosmina o sus hijos los que la vendieron la primera vez.

Han llegado a un estanque. El agua es verde y densa por la cantidad de algas. Las barcas de remos y los botes con pedales se apretujan. Un puñado de ocas se desliza junto a la orilla, a tan solo unos metros de Patrik y Neculai.

—¿Qué ha pasado con ellos después de la denuncia?

—Nada. —Neculai se sienta en un banco—. Cerraron el caso. Y,

249

como no pueden volver a interrogar a Johan, no hay motivos suficientes para meterlos en prisión preventiva.

Una pareja de recién casados se ha subido a uno de los barcos de remos junto con un fotógrafo. Patrik ve al novio levantarse para sacarle una foto a su prometida, pero se vuelve a sentar en cuanto la barca empieza a escorar.

—¿Qué hacemos? —dice—. Seguramente, tengas razón: alguien de la policía se ha chivado. Pero ¿cómo podemos demostrarlo y, sobre todo, cómo descubrimos dónde se encuentra Johan ahora?

—Va a ser difícil —dice Neculai—. Pero está muy bien que la policía sueca haya empezado a trabajar con la desaparición de Johan. Puede que eso haga que la policía rumana retome la investigación. Luego tenemos las grabaciones que Johan hizo durante la reunión con los dos hombres en el restaurante. Las guardo en mi ordenador. Pensaba esperar a enviarlas hasta saber qué está pasando. Si no, nos arriesgamos a que «se pierdan».

El sol está alto. Patrik se sienta al lado de Neculai y le cuenta lo del correo electrónico que Johan le envió a un destinatario anónimo al día siguiente de su detención en Malmskillnads. Un correo en el que mencionaba que pronto tendrían todo el material que necesitan.

—Creo que Johan se refería a las grabaciones de audio que hizo en Suecia —dice—. De las reuniones con los jefes locales. —La camiseta se le pega en la espalda. Piensa en quitársela, pero no ve a nadie en el parque paseando con el pecho descubierto—. La cuestión es que me parece que ha llegado la hora de enviar un correo a esa dirección.

Recuerda lo que Neculai le había dicho acerca del plan de Johan de mandarle las grabaciones a la policía en cuanto tuviera un testigo. Después, testificaría él mismo. Pero no le había dado tiempo: Johan había desaparecido antes de que las dos mujeres denunciaran a los hombres que las habían vendido. Pero Johan no estaba solo, tenía un colaborador. Y puede que esa persona estuviera ahora mismo con todo ese material en las manos, esperando a que Johan le diera la señal para que se lo entregue a la policía.

Se quedan un rato en silencio. Otean el lago: no es especialmente bonito ni está demasiado limpio, pero infunde paz. Patrik se vuelve hacia Neculai.

—¿Cómo es que te implicas tanto en el problema de la trata? —le pregunta.

Al principio, Neculai no responde. Su mirada parece haberse perdido en algún punto del agua.

—Mi hermana fue víctima del tráfico de personas —dice al final—. Pasó varios años sometida a sus abusos: la convirtieron en un despojo. Cuando regresó a Bucarest, no quiso hablar nunca con nadie de la familia. —Una nube pasa por delante del sol, el banco queda a la sombra—. No la volví a ver hasta el día de su funeral. Había conseguido cumplir los treinta y nueve. Murió de una sobredosis en la estación central.

A pesar de que el sol haya vuelto a salir, Patrik tiene frío.

Cuando mira a Neculai, nota que se le eriza el vello de los brazos.

—¿Y tú? —dice el periodista tras un largo silencio—. ¿Qué es lo que te ha hecho implicarte tanto?

Ted

Gotemburgo, junio de 2016

*T*ed enciende el ordenador y mira a su alrededor. No hay casi nadie. La diminuta oficina que la empresa tiene en Gotemburgo está desolada. El único que queda es uno de los administradores que se encargan de las nóminas. Si la directiva hubiese cumplido su amenaza de externalizar todos los puestos administrativos a la India, Ted habría estado completamente solo, pero por alguna razón todavía no lo han hecho. Obviamente, no tiene intención de comentar nada a ninguno de sus jefes, pero en el fondo está contento. Ve con buenos ojos la reducción de costos, pero el local habría quedado muerto si no fuera porque los de nóminas le dan un poco de vida.

Sube la pantalla: no sabe muy bien por dónde empezar. Erik no le dijo qué clase de prueba tenía Alex, ni siquiera si era algo que tenía en el ordenador o el móvil. Quizá se trate de un vídeo que le haya llegado por correo, igual que a él. O un sobre lila que ha encontrado y leído a escondidas. Ted había logrado improvisar alguna excusa mala para justificar que la carta siguiera allí. Alex se había contentado con la respuesta. Ningún comentario ácido, ninguna petición de echarle un vistazo. Aunque eso resultaba bastante llamativo.

Abre el explorador y echa un rápido vistazo al historial de búsquedas. Nada extraño: casi todo está borrado. Tampoco en el calendario encuentra ninguna reunión que haya podido despertar las sospechas de Alex; siempre va con mucho cuidado de no colgar nada de carácter privado. En Facebook pasa mucho tiempo entre una entrada y otra: solo escribe algo cuando va de conferencia o feria, y entonces lo hace sobre todo pensando en los colaboradores. A los vendedores les suele gustar que los etiqueten en todos los acontecimientos posibles. Aun así, Ted continúa buscando hacia atrás en el tiempo: puede que en algún momento haya bajado la guardia. Cuando llega a 2014, encuentra una entrada donde

Erik ha dejado un comentario. Debió de ser durante el breve periodo en que él y Ted fueron amigos de Facebook; después, su hijo lo eliminó. En el comentario, Erik dice que la conferencia tiene pinta de ser un tostón: ¿por qué no se escapaba un rato para ver a su hijo? Ted le había contestado en broma que Erik tenía razón y que, sin duda, deberían hacer algo juntos. Pero, al final, nada.

Ted abre el perfil de Erik por pura curiosidad. Espera toparse con una foto de perfil y un poco de información básica, pero Erik la ha liado con la configuración, porque Ted puede entrar donde quiera. Mira las entradas, que no son muchas. Su hijo es un usuario bastante pasivo, igual que él. La mayoría son de su decimoctavo cumpleaños, en septiembre del año pasado.

Ted se detiene en uno de los posts. No es Erik quien lo ha escrito, sino un chico que se llama Anton. Erik aparece etiquetado en la foto, que está sacada en el extranjero. Ted amplía la imagen y la examina detenidamente. Al fondo ve un rótulo con el nombre Calinga y un dibujo animado de un cuerpo de mujer. Delante del cartel hay tres chicos. Uno de ellos, Anton (supone), sujeta la cámara que les hace el *selfie* de grupo. A la derecha de Anton, hay un chico rubio que a Ted le suena de algo; a la izquierda ve a Erik. A diferencia de sus compañeros, Erik parece muy serio. Tiene las manos metidas en los bolsillos, está encogido de hombros y su boca es una línea recta. El comentario de la foto dice: «Celebrando los 18 del cumpleañero más molón en el club más caliente de la ciudad», seguido de un emoticono guiñando un ojo. Están en Berlín.

253

Ted no se molesta en buscar el club nocturno en Internet: basta con ver el rótulo para saber de qué clase de sitio se trata. O sea, ¿que fue esto lo que hicieron en Berlín? ¿Ir a un puticlub? No se lo esperaba de Erik, pero su hijo no parece muy contento. A lo mejor fue idea de Anton, y Erik no fue capaz de abstenerse. Sabe que no es fácil parecer el más miedica a esa edad. Decide no avergonzarlo contándole que ha visto el post, a pesar de que le llama la atención la exagerada reacción de Erik cuando se enteró de que había visitado a prostitutas.

Mira la hora: la una menos cuarto y aún no ha comido nada.

Sale de la oficina sin americana. El sol aprieta en un cielo azul despejado. Hace calor y la ciudad ha comenzado a llenarse de turistas; suelen aparecer como setas en cuanto pasa el solsticio de verano. Él aún tiene que trabajar la semana siguiente, pero después tendrá vacaciones. Es extraño en él, pero esta vez está deseando cogerlas. La última época ha sido estresante. Además, tiene la sensación de que debería dedicarse más a la familia. Teniendo en cuenta lo que Erik le ha contado, existe un riesgo grande de que todo se vaya al carajo más bien pronto que tarde.

Cuando entra en el restaurante, la mayoría de los comensales ya han tenido tiempo de irse. El camarero le dedica una sonrisa y le indica una mesa libre junto a la ventana. Le pasa un menú. Ted lo mira por encima y se decanta por una ensalada césar. Mientras espera la comida, saca el móvil y busca en Google al terapeuta que le había mencionado la mujer de los servicios sociales: Patrik Hägenbaum. Según la web, ofrece conversaciones de apoyo a consumidores de servicios sexuales que quieren dejarlo. Da un trago de agua, sopesa si seguir o no el consejo y ponerse en contacto con ese hombre. No es que tenga intención de meterse en una terapia, pero una charla puede que no le venga mal. Si quiere conservar su matrimonio, quizá debería ir reduciendo los encuentros.

Espera hasta que el camarero le ha traído la comida antes de cambiar la SIM del trabajo por la privada. Escribe que lleva bastante tiempo pagando por tener sexo, que está considerando dejarlo, que vive en Gotemburgo, pero que trabaja en Estocolmo y que le gustaría concertar una cita lo antes posible.

Después de mandar el mensaje, clava el tenedor en la pechuga de pollo. Perfecta, tierna sin estar rosada. Se termina todo el plato y pide un café. Cuando se lo traen, le llega una respuesta:

> ¡Hola, Ted! Estoy de vacaciones, pero llama a mi compañera Mikaela, es muy buena y seguro que puede acogerte. Con un poco de suerte, tendrá hueco para esta misma semana. Me alegro de que nos hayas escrito, es un primer paso muy importante. Patrik.

Ted titubea un instante, luego busca el número de la otra terapeuta. Es una mujer. No se siente tan a gusto con la idea, pero ahora ya ha movido ficha. Así pues, será mejor llegar hasta el final. No obstante, solo encuentra un número fijo. No le queda otra que llamar.

—Mikaela.

La voz es grave.

—Hola.

Ted se pone el auricular. Titubea.

—Me preguntaba si... —Se aclara la garganta, traga saliva varias veces. Jamás se habría imaginado que iría a ver a una terapeuta—. Creo que me gustaría reservar hora.

Patrik

Zagreb, enero de 1994

$\mathcal{L}$e duelen las mejillas. Hace más frío que nunca. Patrik tirita, plantado delante del Cassandra. Se ciñe la chaqueta al cuerpo y se golpea con los brazos en un fútil intento de entrar en calor. Gira la cabeza, pero Christoffer sigue soltando bilis en el arcén.

—Date prisa, joder, nos estamos congelando.

Christoffer no contesta, pero se levanta y se tambalea un poco.

Patrik mueve los dedos de los pies dentro de las botas, pero sigue muerto de frío.

—¿Cómo te encuentras? —le pregunta a Christoffer cuando este por fin vuelve con los demás.

Christoffer balbucea algo así como que está de puta madre. Patrik no se molesta en hacer ningún comentario. A estas alturas, él también ha bebido cantidades ingentes: todos lo han hecho. Las fiestas se han convertido en una manera de matar el tiempo, tienen demasiadas pocas cosas que hacer.

—¡Bienvenidos!

Los porteros les sonríen a Patrik y a sus compañeros con familiaridad; abren las pesadas puertas del Cassandra. El vestíbulo está iluminado por una luz penetrante, en contraste con la oscuridad invernal que hay en la calle. Patrik se quita la chaqueta y se la pasa a Christoffer.

—Coge esto, yo me encargo de la bebida.

Se mete entre el gentío y se abre paso hasta la barra.

El abrazo sudoroso del calor le desentumece las articulaciones.

—Ocho Jägermeister y cuatro cervezas.

Se saca un taco de billetes del bolsillo de atrás y mira de reojo a una chica morena que tiene al lado. Cuando sus miradas se cruzan, él la sostiene: los cubatas lo han vuelto más valiente. Deshace el camino entre la muchedumbre con la bandeja en la mano.

—Aquí tenéis.

Patrik deja la bebida y se deja caer en la silla. Como de costumbre, casi solo hay hombres. Las únicas mujeres que puede ver en este momento son las bailarinas, y la chica esa de la barra. Sigue en el mismo sitio que antes, se moja los labios con una copa. ¿Se atreverá a acercarse? Siempre puede invitarla a algo; seguramente, no tardará en ver si está interesada o no.

—Me voy a la barra —dice, y se vuelve hacia Christoffer. —Este no responde, desplomado en la silla como un saco de patatas y con los ojos entrecerrados. ¿Cuándo empezó a beber de esta manera? Si no anda con cuidado, acabarán por expulsarlo—. Te traeré un vaso de agua.

Patrik se pone en el mismo sitio que antes, pegado a la chica. Titubea un momento antes de dejar que su mano le roce el brazo.

—¿Te gustaría tomar algo?

Ella sonríe y asiente.

—Sí, estaría bien.

Patrik retira la mano y se vuelve hacia el camarero.

—Dos Cosmopolitan —dice, y le pasa un billete grande.

256 Le dan unos cuantos de vuelta. Todo es mucho más barato que en Suecia.

—¿Cómo te llamas? —le pregunta a la chica cuando ya tienen las copas en la mano.

—Viorica.

—Bonito nombre. ¿Eres de Yugoslavia? —Patrik se le acerca unos milímetros. El vello del brazo se le eriza al tocarle la piel—. La guerra debe de ser horrible.

La sonrisa de la chica se borra. Guarda silencio un buen rato, tanto que Patrik está convencido de que la ha insultado.

—No soy de Yugoslavia —responde al final—. Vengo de Rumanía.

Patrik la mira desconcertado. Le pregunta cómo se le ha ocurrido venir a Yugoslavia en mitad de una guerra, pero ella se limita a encogerse de hombros sin decir nada. Es evidente que no quiere profundizar en eso. Patrik tampoco. Lo único que quiere es llevársela de allí, encontrar un sitio donde puedan liarse.

Se termina la copa y pide dos más. Empieza a ir muy borracho, pero se la suda. El estado alcohólico es necesario para la autoestima. Cuando se agacha y sus labios rozan los de ella, la chica no se aparta.

—Parece que os gustáis.

Patrik se vuelve rápidamente. Un hombre corpulento ha aparecido a su lado. Patrik lo conoce: es el dueño del Cassandra. El hombre le pasa un brazo por los hombros a Viorica, un gesto aparentemente amigable, pero a Patrik le parece intuir cierta autoridad en él. Viorica no hace ademán de liberarse. La sonrisa con la que mira a Patrik más bien parece haberse ampliado.

—Adelante, seguid charlando —dice el hombre, que ahora se dirige exclusivamente a Patrik—. Pero estoy seguro de que preferirías librarte de toda esta gente. —Señala una escalera que baja al sótano—. Tenemos una habitación allí abajo. Por doscientos marcos alemanes, podéis charlar a solas. La bebida está incluida.

Patrik se queda mirando al hombre, aunque no debería sorprenderle tanto. En la base ha oído a los chavales mencionar este tipo de situaciones, pero pensaba que se referían a prostitutas. No a chicas como Viorica. Pero puede que ella no sea una chica tan normal y corriente, a pesar de todo.

El dueño del bar mira a Patrik con ojos intimidantes. Con esa mirada le está diciendo que, en realidad, la propuesta es un ultimátum. Paga o déjala en paz. Patrik echa un vistazo a la mesa donde están los demás. Ríen y hablan en voz alta, pero ninguno mira en su dirección. Y aunque lo hicieran, seguramente les daría lo mismo. De los compañeros no te chivas: es una norma tácita; quien la incumpla no durará mucho en el grupo.

Viorica no le ha quitado los ojos de encima. A Patrik le parece ver cierta calidez en ellos, como si quisiera que Patrik dijera que sí. O a lo mejor no es más que fruto de su propio deseo. A la mierda, va demasiado borracho. Se quita de la cabeza la débil vocecita que todavía intenta impedírselo. ¿Por qué coño tiene que darle tantas vueltas a las cosas? ¿No puede pasar por alto todos sus principios, por una vez en la vida, y coger lo que le ofrecen? Es lo que hace todo el mundo.

Así que se oye a sí mismo decir que sí y sacar el dinero. La música le tapona los oídos; le parece que están pinchando AC/DC.

—Buena elección. —El dueño del bar sonríe y le da unos golpes en la espalda—. No te arrepentirás.

A Patrik no le gustan sus palabras, pero quedan tan embadurnadas por el alcohol que son fáciles de descartar. Intenta recobrar el deseo que sentía hace un momento. Nada ha cambiado: estaba a punto de besarla y preguntarle si no le gustaría salir de allí. Y es lo que hacen ahora, pero sin tener que resolver el problemilla de encontrar un sitio apartado donde se acabarían pelando de frío. Solo son los doscientos marcos alemanes lo que le han despejado la cabeza momentáneamente. Patrik decide olvidarlos lo antes posible.

Antes de que le dé tiempo de arrepentirse, le coge la mano a Viorica y la sigue mientras ella se lo lleva detrás de la barra, para luego bajar unas escaleras. Patrik apoya una mano en la pared para no perder el equilibrio entre la lúgubre iluminación.

Ella lo conduce hasta algo que parece más bien un almacén. Allí se quedan un rato de pie, en silencio, uno frente al otro. Patrik se siente estúpido, ¿qué coño va a hacer ahora? Alarga una mano y le acaricia el hombro con gesto inseguro; se sorprende ante el contacto frío de su piel. Además, le parece que la piel de su rostro se ha vuelto más pálida, amarillenta. Justo cuando va a abrir la boca para preguntar cómo se encuentra, ella cae de rodillas y empieza a vomitar. No mucho. No lo ve, pues la chica coge rápidamente una servilleta de tela y tapa la mancha.

—Perdón —jadea, y lo mira con miedo—. Perdóname.

Los mechones de pelo que le cuelgan por delante de la cara están pringosos en las puntas. La respiración es irregular. Pero son sus ojos lo que más asusta a Patrik: las pupilas se mueven agitadas cuando ella lo mira. La chica se acurruca como un perro a la espera de que lo castiguen.

258

—¿Cómo te encuentras? —tartamudea él, y se sienta en el colchón, lo más lejos que puede de ella, el olor dulzón del vómito le provoca náuseas.

Viorica no contesta.

—¿Estás enferma?

Un leve zarandeo de cabeza.

—Pero acabas de vomitar.

Patrik mira la servilleta, que queda semioculta tras su espalda.

—No estoy enferma —dice entre dientes—. Estoy embarazada.

Patrik se la queda mirando totalmente perplejo.

—Pero cómo…, no entiendo…

No es que sepa mucho de embarazos, pero trabajar en este bar e… irse con soldados a cambio de dinero le parece una auténtica locura para alguien en su estado.

—Deberías irte a casa —dice él con decisión, recuerda que ha venido a Yugoslavia para ayudar—. Descansa un poco.

—Esto es mi casa.

La chica toquetea el colchón y agranda uno de los agujeros.

—¿Tu casa? ¿Esto?

Se oye a sí mismo hablar como un loro, pero es que no entiende nada.

—Sí, vivo en una de las habitaciones que hay encima del bar —le aclara ella con voz apagada—. Todas las chicas viven ahí. Pero no podemos acostarnos mientras haya clientes en el local.

Patrik sacude la cabeza. No puede estar diciendo en serio que vive en un club nocturno.

—Es evidente que necesitas descansar —insiste—. Se lo dices a tu jefe y punto, que esta noche no te puedes quedar. —Patrik empieza a levantarse—. Se lo puedo decir yo, si quieres.

Ella levanta rápidamente la cabeza. El miedo ha vuelto.

—No.

—A ver, de verdad que no puedes…

La chica yergue la espalda antes de que Patrik tenga tiempo de decir nada más.

—No —dice tajante—. No se lo puedes contar, prométemelo.

Patrik se deja caer otra vez en el colchón. ¿Qué está pasando en este bar?

—Creo que me lo tienes que explicar —dice al final; su voz suena resignada—. Porque no estoy entendiendo nada.

Están sentados en posición de loto sobre el colchón, que está tan sucio que a Patrik le habrían cogido arcadas si no fuera porque está demasiado ocupado en asimilar lo que ella le está contando.

—No tienes nada que temer —continúa al cabo de unos momentos de silencio—. Estoy aquí con las tropas de paz, puedes contármelo todo. —Una voz interior le pregunta qué está haciendo en el sótano de un club con una chica por la que ha pagado. Pero aparta esa voz de su cabeza—. Estamos aquí para ayudar a la población civil. —La voz en su cabeza lo atosiga—. A personas como tú.

A pesar de que las palabras sean algo falsas, puede que la chica se lo crea, porque de pronto se lo cuenta todo.

—Me vendieron —responde en voz baja.

Patrik no lo entiende.

Ella le explica que su novio la ha engañado: le dijo que iba a trabajar en un casino cuando en verdad la había vendido al dueño de un burdel.

—Por eso tengo que trabajar aquí hasta que haya pagado la deuda. —Su voz se ha vuelto dura—. Cada noche, mientras el local esté abierto. Nadie puede salir de aquí y nadie puede ir a la policía. En realidad, ellos también son clientes, así que de poco serviría.

—Madre de Dios. —Patrik está conmovido—. Hay que informar de esto: es ilegal vender personas. Y las organizaciones de ayuda humanitaria tienen que saberlo.

259

Viorica niega con la cabeza como si Patrik fuera imbécil.

—No se puede —dice—. Las que hablan son castigadas. Una chica estonia se escapó y consiguió llegar a una ONG francesa. La organización fue a hablar con la policía para que detuvieran al dueño del club, pero la policía solo la mandó de vuelta aquí. Y ahora ya no está. —Su voz se ha vuelto más débil—. Por favor, ayúdame.

Las palabras salen con tan poca fuerza que al principio Patrik no entiende que se ha dirigido a él.

—¿Cómo? —tartamudea cuando ella se lo vuelve a suplicar.

—Llévame contigo a tu país. Ayúdame a salir de aquí.

Patrik se retuerce, incómodo. Viorica sigue pálida, pero el malestar parece haber remitido.

—Cuando se enteren de que estoy embarazada, me matarán.

Patrik intentar tranquilizarla.

—No, te prometo que no lo harán.

Pero ella se niega a atender.

—Por favor —suplica, sus ojos se han vuelto brillantes—. Tengo tanto miedo.

Patrik nota que el pánico se apodera de su cuerpo cuando ella empieza a presionarlo con más intensidad. Es como si le faltara el aire. Se pone de pie y empieza a pasearse de aquí para allá por la pequeña estancia: no sabe qué creer ni qué decir.

—No puedo —logra finalmente soltar—. No te puedo llevar a Suecia, tienes que entenderlo.

Ella no parece entender nada y sigue suplicando.

—Por favor. Sácame de aquí. Tengo tanto miedo de que me vayan a matar.

Patrik balbucea algo sobre los controles fronterizos y pasaportes, algo sobre que Suecia no le dará el permiso de residencia. Pero cuanto más habla de las dificultades con las que se toparían, más pertinaz se vuelve ella. Al final, Patrik ya no lo puede soportar. Le dice que se lo pensará unos días y que volverá. Mientras lo dice, sabe que está mintiendo, pero en los ojos de Viorica se prende una chispa de esperanza. En ese momento, es como si su esófago se constriñera por completo: no puede respirar. Dios, cuánto se arrepiente de no haberle dicho que no al dueño del bar y de haberse ido a casa.

—¿Cómo te llamas?

La pregunta es tan inesperada que Patrik cree haber escuchado mal. Pero ella la repite.

—¿Cómo te llamas?

Patrik titubea. Seguramente, no es buena idea darle su nombre a esta chica: quién sabe cómo lo podría utilizar. Pero entonces la mira a los ojos, al pánico que irradian.

—Me llamo Patrik Hägenbaum —dice casi sin querer—. Estoy aquí con una tropa de paz proveniente de Suecia.

Ella asiente en silencio. Repite su nombre varias veces, como si quisiera memorizarlo. Después dice que lo esperará. Por el momento, solo hay una de las chicas que sabe que está embarazada y le ha prometido que no dirá nada. Patrik asiente con la cabeza y murmura que no es seguro que pueda hacer nada, pero no sabe si ella lo oye. Luego se levanta y abandona el sótano.

Sus pasos en la escalera son pesados, como si pesara el doble. El dueño del local le lanza una mirada de complicidad cuando pasa por su lado y le pregunta si está satisfecho. Patrik asiente, desconcertado, y mira a su alrededor por el local. Ya es tarde: la mayoría de los clientes son extranjeros y en un rincón ve algunos miembros de la policía. Tienen a dos chicas jóvenes en la mesa: una está sentada en el regazo del policía más joven. Ella le ha puesto una mano en la entrepierna, él hunde los dedos en su escote. Patrik traga saliva. Luego coge la chaqueta y sale de allí. No mira atrás en ningún momento.

261

Esa noche no puede dormir, se queda levantado, devorando las patatas fritas que han sobrado de la fiesta. Escucha el pesado ronquido de Christoffer. Hace frío, así que se pone una manta por los hombros. Piensa en lo que le ha contado Viorica: que la metieron de forma ilegal en el país para obligarla a vender su cuerpo. ¿Existe alguna otra palabra para eso que no sea esclavitud? Tenía entendido que había sido erradicada en el siglo XIX.

Cuando despunta la mañana y antes de que los demás se despierten, ha tomado una decisión. Hará un informe con lo que Viorica le ha explicado. Después serán las Naciones Unidas las que decidan cómo actuar.

Ted

Estocolmo, junio de 2016

—*P*róxima parada, Hötorget.

Ted le hace sitio a una mujer que se sienta a su lado y vuelve al móvil. Mira largo y tendido la imagen tomada el verano pasado, en una playita en las afueras de Kivik. No era un día caluroso. Recuerda que Lukas mojó el dedo gordo del pie en el agua y se puso a gritar, así de fría estaba. Después él y William estuvieron jugando a ver quién metía primero todo el cuerpo. Ted no recuerda quién ganó, pero se atrevería a pensar que fue Lukas. William siempre ha sido muy friolero.

En la foto aparece Alex sentada en una manta de pícnic en mitad de la playa desierta, el bikini blanquiazul que tiene desde hace años le mantiene los pechos en su sitio. Emil estaba en su tripa, pero aquel día todavía no lo sabían. O quizás Alex sí. Ted hacía tiempo que le había dicho que no deseaba más hijos, que apenas tenía tiempo para los tres que ya tenían. «A lo mejor lo tendrías que haber pensado antes de follar sin condón», le había soltado Alex cuando al final de las vacaciones en Österlen le había enseñado la varilla con la rayita azul. Ted había tenido la palabra aborto en la punta de la lengua, pero se la había tragado al ver la mirada de Alex. Ella ya se había decidido.

Desliza un dedo por la foto. Alex tiene un palo en la mano; parece estar dibujando una figura en la arena blanca. El cielo está cubierto de nubes grisáceas, pero habían decidido ir a la playa de todos modos. En verano hay que bañarse, habían estado reclamando los chicos durante tres días de lluvia y frío. Alex se había mostrado de acuerdo. Claro que tienen que ir a la playa, por mucho que no haga demasiado bueno y esté nublado. Ted se habría quedado a gusto en la cabaña. Puestos a pasar las vacaciones bajo techo, nadie le recriminaría que aprovechara para trabajar unas pocas horas al día. Tampoco había muchas distracciones donde elegir.

Ted vuelve a mirar la foto: casi puede ver cómo a Alex se le pone la piel de gallina. Se había empecinado en quedarse en bikini, aun sabiendo que no iba a ponerse morena y a pesar de ser extremadamente friolera. A lo mejor era para restregarle que estaba equivocado cuando había dicho que no tenía ningún sentido coger la ropa de baño. Pero una vez que estuvieron instalados en la playa, Ted se había sentido feliz. Alex parecía haber olvidado la bronca y se la veía satisfecha, casi contenta cuando lo miraba. Y los chicos, que demasiado a menudo se quedaban pegados a los videojuegos, estaban jugando juntos y, por una vez en la vida, no se peleaban.

Habían pasado un día fresco, pero agradable. Habían comido bocadillos que supieron a gloria cuando más apretaba el hambre; habían tomado café y habían compartido las galletas Singoalla rellenas de sirope de fresa. Cuando Ted había sacado el móvil para inmortalizar el momento de cara al eventual álbum de fotos, le había agradecido en silencio a Alex por haberlo obligado a acompañarlos. «Estos días son los que se te quedan en la memoria —había pensado—. Los días en que rompes la dinámica.» Pero no se lo había dicho a su mujer: todavía le dolía la bronca de la mañana. Además, ya habían empezado a distanciarse. Ted sentía que los años en los que podían decirse esas cosas de manera espontánea habían quedado atrás hacía mucho.

El tren ha parado en la plaza de Sankt Eriksplan. Ted coge su maletín y se baja. Mira la hora y aligera el paso: solo faltan cinco minutos para la hora. No sabe qué va a decir. En verdad, no tiene muy claro a qué viene. Tiene la vaga idea de que es hora de reflexionar sobre por qué paga por tener relaciones sexuales cuando en casa puede tenerlas gratis.

Baja la calle y mira todo el rato a la izquierda. Unos doscientos metros, le había dicho ella cuando le había pedido que le explicara cómo llegar. Una vieja verja de hierro que conduce a un jardín ancestral de árboles frutales le indica que ha llegado. Ted abre y entra. Se detiene debajo de un viejo manzano desde donde puede vislumbrar el cielo azul entre las ramas. Coge una bocanada de aire y se pregunta cómo cojones ha llegado hasta aquí.

Luego se acerca al interfono y llama.

—Bienvenido —contesta una voz.

—Pero si ella necesita dinero y lo gana a base de vender su cuerpo, y yo estoy dispuesto a pagar por ello, ¿cuál es el problema?

Ted hace la misma pregunta que ya ha formulado varias veces desde que ha entrado, hace casi una hora, pero ha perdido fuerza. Nota que la conversación lo ha cansado.

—Intenta ponerte en su situación —dice Mikaela—. ¿Crees que podrías aguantar sexo violento o humillante, a veces varias veces al día, aunque cobraras?

Ted la mira irritado.

—Nunca he practicado sexo violento con nadie —dice mosqueado—. Solemos hacer cosas normales y corrientes. Y desde luego no he humillado a ninguna mujer.

—No lo dudo —dice Mikaela con calma—. Pero sigo sintiendo curiosidad: ¿te verías capaz?

Ted la mira, ahí sentada en la butaca de enfrente. Como mucho tendrá treinta y cinco. El pelo, negro y liso, le llega por los hombros. Vaqueros y una blusa blanca con mangas holgadas. Guapa, piensa. Pero quizás un poco fría.

—No, supongo que no. Pero tampoco hace falta elegir ese tipo de hombres. Puedes coger a alguien que te trate bien, ¿no?

—Ese es el problema —dice Mikaela—. Muchas prostitutas no tienen ninguna posibilidad de elegir. —Mira la hora—. Estamos a punto de terminar. Pero, si lo he entendido bien, has acudido a nosotros porque has empezado a plantearte si es correcto comprar servicios sexuales, ¿es así?

Ted la mira a los ojos. ¿Hasta dónde quiere contar y cuál es la respuesta real?

—Sospecho que mi mujer sabe lo que estoy haciendo —dice. Eso es verdad, aunque no explica del todo por qué está ahí—. Además, creo que tal vez compré sexo a alguien que está obligado a venderse. Tráfico de personas, me refiero.

Decirlo en voz alta le genera un sabor amargo en la boca.

—¿Y cómo lo has sabido?

«¿Cómo lo ha sabido?»

—Bueno, no estoy seguro —dice titubeante—. Pero hay alguien que dice que es así.

—¿Y este alguien es tu mujer?

Ted niega con la cabeza.

—No, no. He recibido cartas anónimas. No sé quién está detrás, pero no es imposible que mi mujer también las haya recibido. —Agacha la mirada—. Y luego están los detalles en las cartas —continúa, y deja de pensar en Alex—. Puede que fuera mentira, todo inventado, pero si fuera cierto... —Suspira—. Entonces no puedo seguir, no soy ningún monstruo.

Mikaela sonríe discretamente.

—Pero, en ese caso, no necesitas mi ayuda: pareces capaz de poder dejarlo tú solo.

—Sí, pero no me fío de mí mismo. —Ted niega con la cabeza—. En cuanto las cartas dejen de llegar, cuando los recuerdos de los detalles comiencen a difuminarse, puede que vuelva a verme ahí metido. Abriendo las páginas de contactos, abriendo las fotos, enviando mensajes. Es demasiado fácil. Y el dinero tampoco supone un problema.

Conciertan una nueva cita, pero no hasta agosto. Mikaela se va de vacaciones el lunes.

—Pues nos vemos dentro de un mes —dice, y le sujeta la puerta—. Que tengas un buen verano.

Ella le estrecha la mano y cierra la puerta cuando Ted ha salido.

Lo ve en el pasillo de fuera de la salita, de camino al pequeño recibidor. No es igual de grande que el que le llegó a él, pero el color lila es, sin duda, el mismo. Frena en seco como paralizado. Mira rápidamente a un lado y al otro antes de agacharse y recoger el sobre. Lee el anverso: Gabriel Bergman, Lingonstigen, Huddinge. La consulta está en silencio. Ted oye que Mikaela teclea en su despacho. Se siente como un delincuente cuando con dedos temblorosos abre el sobre y saca la carta. La foto, extraída de una página de contactos, ocupa la mitad de la hoja. Debajo hay un breve texto. Ted empieza a leer:

Esta es Natalia, con quien tuviste sexo hace dos semanas...

El papel cae de sus manos y aterriza en el suelo.

265

Patrik

Rumanía, junio de 2016

—*P*ero no lo llegaste a hacer —dice Neculai.

El periodista ha permanecido en silencio mientras Patrik le contaba su historia. Solo había hecho algún sonido gutural, para que supiera que le estaba escuchando.

—¿Informar a la ONU? No.

Las cosas no fueron como Patrik había previsto. Al despuntar la mañana y tras levantarse, ya sentía lejana la historia de Viorica, como si lo que había pasado solo hubiese sido un sueño. Después de una ducha y dos tazas de café, el dolor de cabeza había empezado a remitir y Patrik había dedicado el día libre a pasearse por Zagreb, declinando la propuesta de Christoffer de ir a Belgrado. ¿Qué pasaría si trasladara la historia de Viorica a la ONU? ¿Lo creerían? Y aunque así fuera, ¿haría la ONU algo al respecto? Lo único que sabía con bastante certeza era que ya nadie lo miraría como un compañero leal si ponía el foco en lo que pasaba en el Cassandra por las noches.

Lo sopesó mil veces sin llegar a ninguna conclusión; lo único que conseguía era generar angustia. En un par de ocasiones, había pasado por delante del cuartel general de la ONU. Se había detenido unos segundos, había titubeado y luego había pasado de largo. Al caer la tarde, había ido a hablar con un oficial, el mismo chico que al principio les había dicho que se lo pasaran bien, siempre y cuando se comportaran. Patrik se lo había contado tal cual fue: había acompañado a una chica al sótano del Cassandra mientras iba como una cuba, que la chica le había contado una historia escalofriante de maltrato y prostitución forzada. Lo único que se guardó fue la parte del dinero, quedaba mejor si no añadía lo del pago previo.

—A ver, tampoco sé si es verdad —había suspirado Patrik cuando por fin hubo terminado. Se sentía sorprendentemente aliviado. Por fin lo había contado, ya no había vuelta atrás—. Pero tal vez lo podría corroborar una investigación, si informo a la ONU del suceso.

El oficial lo había mirado con cara extrañada.

—¿Entiendes lo que estás proponiendo? —le dijo al cabo de un rato, cuando el silencio ya había empezado a resultar incómodo.

Patrik se sintió inseguro.

—¿Qué quieres decir?

Al oficial le había asomado una profunda arruga en la frente.

—¿Entiendes las implicaciones de intentar poner en marcha una investigación con una base tan inconsistente?

Patrik no había contestado. Se había limitado a mirar al suelo.

—En primer lugar, tú serías el primero en acabar entre rejas —había dicho el oficial sin esperar la respuesta de Patrik—. Por delito contra el código de conducta. Luego, nada de lo que hicieras ayudaría a la chica de ninguna manera. No hay pruebas, solo su palabra. Obviamente, las probabilidades de que el dueño del bar vaya a mostrarse de acuerdo son ínfimas. —Se había cruzado de brazos—. Tampoco cabe descartar que la chica esté mintiendo. Quiere llegar a Suecia y tener una vida mejor. En cuanto le dijiste que eras sueco, vio una oportunidad.

Patrik había mirado desconcertado al oficial.

—Pero sonaba muy sincera.

El otro había soltado un suspiro de reproche.

267

—Pues claro. Tú eras su única posibilidad, no le quedaba otra que sonar convincente. Aunque no esté obligada a prostituirse, no dudo de que su vida aquí sea difícil, pero, lamentablemente, eso no basta para que podamos ayudar. En este momento, hay mucha gente que lo está pasando mal en Yugoslavia. —El hombre había sonreído—. Olvídate de esto —le había dicho, dándole a Patrik una palmada amistosa en la espalda—. Y no te preocupes: prometo no decir nada de tu pequeño desliz. —El oficial ya había entendido la parte del pago, aunque Patrik no le hubiera dicho nada—. A menos que se vuelva a repetir, claro.

Patrik pensó que había algo hiriente en las palabras del oficial, pero no supo identificar qué. Estaba demasiado cansado por la falta de sueño y aquella angustia que lo estaba paralizando físicamente. Aun así, esa conversación había sido decisiva, porque ¿qué pasaría si estuviera en lo cierto y la chica hubiera mentido o se negaba a repetir su relato? ¿Y si el dueño y las demás camareras la contradecían? ¿Y qué probabilidades había de que fueran a encerrar a alguien en un país que estaba sufriendo una guerra civil? Lo único seguro era que él acabaría encerrado: al fin y al cabo, había pagado esos doscientos marcos alemanes.

Así que había tirado el papel en el que había apuntado la historia de

Viorica. Lo había hecho añicos y había repartido los trozos en distintas papeleras. En algún rincón de su alma, sabía que callarse era el peor delito que podía cometer, pero no veía alternativa.

—¿No la volviste a ver?

Patrik da un respingo ante la pregunta de Neculai, casi ha olvidado que está ahí. Niega con la cabeza.

—¿A Viorica? No, supongo que, después de aquello, evité el Cassandra durante una buena temporada.

No fue hasta marzo, cuando el invierno había dejado paso a una primavera inusualmente cálida y tempranera, cuando se atrevió a volver. Un grupo grande de la base había decidido salir. En cuestión de semanas, iban a volver a Suecia: pensaban celebrarlo con una fiesta de despedida por todo lo alto.

En cuanto Patrik puso un pie en la oscuridad del bar, su corazón comenzó a acelerarse y a latir con fuerza. Aquel lugar le traía recuerdos reprimidos. Se separó de los demás y se acercó a la barra. Si lo que Viorica le había contado era cierto, el embarazo ya tendría que ser visible. Pero no la vio por ninguna parte, a pesar de buscarla por todo el local.

268

Finalmente, cogió a una bailarina del hombro, una chica con la que ya había hablado en alguna otra ocasión. Ella le sonrió jovial.

—Hola.

Patrik no se molestó en devolverle el saludo.

—Estoy buscando a Viorica —dijo—. ¿Está aquí esta noche?

A la chica se le borró la sonrisa.

—No sé de quién estás hablando.

Patrik estaba convencido de que mentía.

Describió a Viorica, le dijo que era de Rumanía. Pero lo único que surtió efecto fue mencionar el embarazo. La chica se puso pálida.

—No podemos hablar de eso —tartamudeó.

Patrik bajó la voz y le dijo que no pensaba contárselo a nadie, solo quería saber qué había pasado. La chica se negaba a abrir la boca. Al final, Patrik la amenazó con ir a la policía.

—No sé cómo se enteró —dijo la chica finalmente, en referencia al dueño del Cassandra. No dejaba de pasear la mirada—. Pero, por lo visto, alguna de las chicas se había chivado y había dicho al hombre que Viorica había hablado con un extranjero, que le había contado que estaba embarazada y que le había pedido ayuda para poder escapar.

Esa misma tarde, se habían presentado unos hombres en el local. Ninguna de las chicas los había visto antes. Su comportamiento era amenazante. Cuando se llevaron a Viorica, ella opuso resistencia. Tal vez intuyera lo que le iba a pasar, o puede que les tuviera miedo, simplemente. Se la llevaron a la fuerza, ninguna de las chicas supo adónde, pero corrían rumores de que la habían llevado al bosque, a cientos de kilómetros de Zagreb. Que la habían soltado en mitad de la noche, sin ropa ni comida. Después nadie había vuelto a saber de ella.

—Pero no es tan difícil entender que está muerta.

La chica miraba al suelo; se negaba a mirar a Patrik. Él estaba inmóvil, le costaba respirar.

—Gracias —dijo al final—. Gracias por contármelo.

Volvió sin decirles nada a los demás. Se quedó despierto en la cama como tantas otras noches. Se imaginó la escena de cuando dejaban a Viorica en medio del bosque, donde las noches eran largas y gélidas. La vio vagar sin ropa hasta que el cuerpo se le ponía rígido y se tenía que agazapar en el suelo. Unos meses más tarde, hallaban el cadáver: una víctima más de la pobreza que sigue a la guerra. Quizá ni siquiera se enteraban de que estaba esperando un hijo, puesto que no había ni tiempo ni posibilidades ni voluntad de hacerles la autopsia a los muertos.

Las últimas semanas las pasó sumido en una niebla. Dejó de hablar. Hacía su trabajo, pero nada más. En varias ocasiones, se planteó presentarse en el cuartel general, a pesar de todo, y denunciar lo ocurrido, pero ahora tenía aún menos argumentos. La única víctima había desaparecido, y era poco probable que las demás fueran a contar nada. Al volver a Suecia, no era mucho más que un despojo. Pensó que el precio por aquella noche en el Cassandra le había salido muy caro. Aunque el más alto lo había pagado Viorica.

Patrik tiembla de frío, aunque haga el mismo calor que antes. Neculai sigue inmóvil a su lado, la mirada fija en el suelo.

—¿Sabes si Johan mencionó su nombre alguna vez? —pregunta Patrik en voz baja.

Neculai levanta la cabeza de golpe.

—¿De quién? ¿De Viorica?

Patrik asiente.

—No, me parece que no.

Patrik gira la cabeza. Tiene un nudo en el estómago que le dificulta el habla.

—No —murmura, más para sí mismo que para Neculai—. En realidad, supongo que ya sabía que Johan se había equivocado.

Ted

Estocolmo, julio de 2016

O sea, que hay más gente que ha recibido las cartas.

De fondo, el director de la empresa va dando la murga con cómo ganar nuevas cuotas de mercado. Ted desconecta y dirige la mirada al móvil. En la barra de búsquedas de Google, escribe discretamente: «Gabriel Bergman, calle Lingonstigen, Huddinge». El primer resultado es de «hitta.se», el buscador de personas. Por lo visto, Gabriel Bergman tiene cuarenta y seis años y comparte dirección con otras tres personas. Un poco más abajo en la lista de resultados, lo encuentra en las páginas de personal de una de las escuelas de secundaria de Estocolmo. Al menos eso le parece. Solo han aparecido cuatro Gabriel Bergman en la capital, y los otros eran bastante más jóvenes.

En la web de la escuela, Ted lee que Gabriel es profesor de inglés y sueco. Además, pone que en su tiempo libre toca la guitarra en una banda de rock, lo que, según dice él mismo, los alumnos suelen apreciar en la fiesta de fin de curso. Ted mira la foto de la web y se topa con un hombre con una sonrisa amplia y alegre, camiseta blanca y bermudas azul marino. Un putero y que, igual que Ted, ha recibido una carta lila.

Cuando la reunión ha terminado, recoge el ordenador a toda prisa y abandona la sala antes que nadie. Ya son las cuatro y no ha comido más que un perrito caliente en todo el día. Ha gastado todo el tiempo del almuerzo en la sesión con Mikaela. Le envía un mensaje a Erik diciéndole que va de camino. No ha pasado más de una semana desde la última vez que se vieron, pero como su hijo tuvo que interrumpir el desayuno en el Anglais al cabo de tan solo media hora, habían decidido verse también esta semana.

Cambia de SIM y busca a Gabriel Bergman en Eniro. Le manda un breve mensaje en el que le cuenta que por error se ha encontrado la carta lila dirigida a él en una consulta para consumidores de servicios sexuales, que Ted también ha recibido una carta parecida y que le gustaría mucho quedar para hablar de ello. Antes de guardar el móvil, vuelve a cambiar la tarjeta SIM.

Cuando Ted llega a paso ligero a la plaza de Stureplan, Erik está hablando por teléfono, pero enseguida cuelga.

—Hola.

Erik sonríe.

—Esto casi empieza a ser una mala costumbre.

Ted esboza una mueca.

—Sí. Una mala costumbre bastante buena. Siento que no se me hubiera ocurrido antes.

—Bueno, más vale tarde que nunca.

Erik se mete el móvil en el bolsillo y empiezan a caminar en dirección a Nybroplan.

—¿Adónde vamos? —pregunta.

Ted se quita la americana y se la cuelga del brazo.

—¿Qué te parece el Diplomat?

—Perfecto, mientras pagues tú.

Bajan hasta Strandvägen, el paseo marítimo. Erik le cuenta que ha renunciado al trabajo de verano para hacer un programa intensivo de programación. Después, cuando termine, él y su madre bajarán a Francia.

—Así que este verano no tendré ni un duro, pero valdrá la pena.

Ted se detiene.

—Si necesitas dinero, solo tienes que decírmelo.

Al menos eso sí que se lo ha podido dar siempre a sus hijos, piensa.

—Bah, me las apaño —dice Erik, y sigue caminando—. ¿Qué pasó al final con aquella chica, por cierto? ¿La que fuiste a visitar el otro día y que creías que estaba siendo víctima del tráfico de personas?

Ted se hace a un lado para dejar pasar a un ciclista que viene en sentido contrario, por la acera y a toda velocidad.

—Llamé a los servicios sociales —dice—, pero me dijeron que ya habían estado en contacto con ella, que tenía dieciocho años. Aun así, me prometieron que irían al piso.

Erik lo mira pensativo.

—¿Y tú? —pregunta—. ¿Piensas dejarlo?

Ted mira al suelo, nota que se le sonrojan las mejillas.

—Debes de pensar que soy horrible, Erik. Pagar por acostarse con otras cuando estoy casado con Alex…

Erik se encoge de hombros.

—Bueno, supongo que eso es asunto vuestro —murmura ruborizado—. Pero las chicas de Internet, ¿nunca piensas en ellas?

Ted mira las copas de los árboles que forman una hilera en el centro de la avenida Strandvägen, los tupidos follajes que no dejan pasar ni un rayo de sol. ¿Lo ha hecho alguna vez?

—No —dice al final—. Creo que no. Quiero decir, las personas tienen que poder mantenerse de la manera que sea, sin que los demás se entrometan. Siempre y cuando sea por voluntad propia, claro.

—¿Y se sabe? —pregunta Erik—. Me refiero a que si esa chica a la que fuiste a ver... la obligaban, ¿no?

Ted se lo queda mirando.

—No te preocupes —dice, y le sonríe, en un intento de recuperar el buen ambiente de hace un momento—. Esas cosas se notan. Las pocas a las que he visto lo han elegido todas por sí mismas.

Han llegado al Diplomat. Ted pide una mesa para dos. Le dicen que está todo lleno, pero que pueden sentarse a esperar en la barra. Mira a Erik para consultarlo y este asiente con la cabeza.

—Tranquilo. Me he comido un perrito caliente de camino, así que puedo aguantar.

Ted no ha comido nada, pero seguir caminando en busca de otro sitio no le ayudará a saciar el hambre.

Le dice que sí al camarero y van al bar.

—A lo mejor te alegra saber que he buscado ayuda. —Ted pone una mano en el hombro de Erik—. En una consulta que ofrece conversaciones de apoyo a compradores que quieren dejarlo. Esta mañana he hecho una sesión con una de las terapeutas.

Erik parece sorprendido.

—¿De verdad?

Ted asiente, serio.

—Sí, así que dentro de poco esto no será más que un recuerdo del pasado. Y espero de verdad que Alex nunca tenga que enterarse de nada. Haría más daño que otra cosa.

Pide dos cervezas al camarero, que se ha vuelto hacia ellos.

A las diez y media se despiden, Ted camina por la calle Birger Jarls hacia el hotel Anglais, donde se hospeda también esta vez. Piensa en que debe haber más hombres que han recibido cartas, quizás incluso ví-

273

deos. Pero ¿cómo diablos ha podido alguien conectar a los puteros no solo con la mujer correcta, sino también con la fecha de la visita? Piensa en el procedimiento. Lo más habitual es que envíe un SMS al número del anuncio, y la respuesta le llega de la misma forma, sin quedar claro si es la mujer misma quien contesta o si es un chulo quien lo hace en su nombre. En el mensaje suele aparecer una hora y una dirección, si se trata de una visita en casa de ella. De lo contrario, solo se le confirma el sitio y la hora que Ted ha sugerido. Pero que alguien externo esté al corriente de todo esto y, además, consiga filmarlo resulta incomprensible.

De vuelta en su habitación, saca el móvil y cambia la SIM. Pasan unos minutos antes de que Ted oiga el tono de mensaje nuevo. Mira el número, Gabriel Bergman.

Hola, me gustaría mucho quedar. ¿Slussen mañana a las cuatro? Gabbe

274

Patrik

Rumanía, julio de 2016

*E*l coche va dando sacudidas a medida que Neculai trata de esquivar los cuantiosos baches del camino que lleva al pueblo donde vive la abuela de Andreea. Parece molesto.

—Así es el campo en este país —dice encogiéndose de hombros—. No puedes llevar un coche demasiado caro.

De eso no se le puede acusar, desde luego: el viejo Fiat apenas ha conseguido arrancar cuando iban a salir de Bucarest. Patrik ha observado que el óxido se ha comido la chapa en varios sitios.

Mira a Helena. Está mirando por la ventanilla, casi no ha dicho nada desde que se han subido en el coche. Es como si, por cada día que pasa, desapareciera un poco más.

—¿No es raro que Andreea no siga en casa de su abuela? —pregunta Patrik—. Tenía que quedarse allí hasta agosto, cuando a Danisa le quedara un sitio libre.

—Sí —responde Neculai—. Tendremos que preguntárselo a la abuela cuando lleguemos, por teléfono no era fácil hablar con ella. No debe de estar acostumbrada a que un extraño la llame así como así.

Adelantan a un coche de caballos, pero a Patrik ha dejado de llamarle la atención. Pasearse por la campiña rumana es como retroceder cien años en el tiempo. Una calma tranquila, una sensación de que el tiempo no existe. Delante de las hermosas casas de piedra pintadas de todos los colores del arcoíris, los mayores estudian con detenimiento todo lo que ocurre en el camino. Es fácil caer en el romanticismo, pero, aun así, Patrik sabe que aquí la vida es dura y que esa es la razón por la que tanta gente busca su suerte en el extranjero. A menudo, sin encontrarla.

—La policía dijo que el caso ha quedado en suspenso porque su testigo principal ha desaparecido —dice Neculai, pensativo—. A lo mejor se estaban refiriendo a Andreea y no a Johan.

Patrik asiente con la cabeza. Todavía no ha recibido respuesta al correo que envió ayer por la tarde a L_799. Le decía que Johan había desaparecido y que no puede testificar; por esa razón, era urgente que el material que se menciona en el correo llegara a manos de la policía lo antes posible.

Neculai señala una casita a mano derecha.

—Tiene que ser ahí.

Dos de las ventanas están rotas y el color turquesa se ha desconchado en varios sitios. Aun así, la casa no deja de tener su encanto por su sencillez. En un pequeño huerto seco, donde lo único que crece son unas cuantas tomateras y algunas hierbas advenedizas, ven a una mujer mayor con la espalda encorvada. Está arrancando las malas hierbas con una fuerza que sorprende. Se incorpora rápidamente en cuanto oye el coche detenerse delante de la casa. Sus ojos hundidos los miran con detenimiento.

—Buenos días.

Neculai ha apagado el motor y ha abierto la puerta. Patrik y Helena se bajan. La mujer sigue en el mismo sitio donde estaba agachada. La rodea una especie de aura pesada que no puede responder únicamente a la edad.

Neculai dice algo en rumano y estrecha la mano de la señora. Charlan un momento antes de que Neculai se vuelva hacia Patrik y Helena.

—Es la abuela de Andreea —dice, y les explica que la mujer solo sabe decir cuatro palabras en inglés y que él les hará de intérprete—. También dice que ha visto a Johan no hace mucho.

Helena se acerca a la señora, que parece mucho mayor de lo que en realidad debe de ser. Le estrecha la mano arrugada y se presenta: le cuenta que es la esposa de Johan. Le brillan los ojos.

—Bună ziua —dice Patrik al darle la mano, las únicas palabras que sabe en rumano.

La abuela sonríe un poco ante el intento de hablar su lengua y señala la casita.

—¿No queréis entrar? —pregunta—. Me gustaría mucho invitaros a café.

Se dirige a la casa. La espalda sigue encorvada, tal vez no pueda enderezarla del todo. Abre la puerta con cierto esfuerzo. Los deja pasar al interior oscuro de la casa, donde las ventanas han sido arregladas con cartones y alfombras viejas. La casa es pequeña. En principio, solo es esa estancia, con mesa y algunas sillas, la cocina en un rincón, reloj de pie y un aparador. Un poco más allá, Patrik ve una alcoba. Empieza a entender por qué Andreea no ha podido quedarse aquí: apenas hay sitio para una sola persona.

La mujer les saca una silla a cada uno.

—Antes vivía en una casa más grande —dice para disculparse—. Pero cuando mi marido murió, tuve que mudarme. La pensión solo son mil leis al mes.

Apenas dos mil coronas, unos doscientos euros. A Patrik le sorprende que pueda siquiera permitirse una casa. Y teniendo en cuenta los precios que ha visto en las tiendas, sobrevivir debe de ser toda una proeza.

—Por suerte, los vecinos me ayudan. Suelen abastecerme de un poco de carne y verduras. La pensión va casi toda para el alquiler.

Patrik tiene que repetirse continuamente que están en uno de los países más pobres de Europa: hay una razón por la que tantos rumanos deciden emigrar si les surge la posibilidad.

La mujer se pone delante de los fogones y hierve café, a la antigua usanza, sin cafetera ni filtro.

—Háblanos de Andreea —le pide Patrik—. No sabemos gran cosa, solo que Johan intentó ayudarla.

«Después de intentar utilizarla», piensa, y traga saliva. A lo mejor Helena piensa lo mismo, porque se ha puesto un poco roja.

—Andreea era la niña más bonita del mundo. —La anciana sonríe, sus ojos brillan—. Siempre tan buena con todo el mundo, incluso con los insectos. Y alegre. Ella y su abuelo jugaban a menudo: era lo que más le gustaba a Andreea; se reía tanto que le dolía la barriga.

La abuela todavía sonríe al dejar la jarra en la mesa y pedirles que se sirvan ellos mismos.

—¿Os veíais a menudo? —pregunta Helena con curiosidad.

Parece fascinarle que la señora esté vivita y coleando delante de los fogones, a pesar de aparentar más de cien años y tener un cuerpo ajado tras años de duro trabajo.

—Sí, al menos hasta que cumplió los cuatro. Solía pasar temporadas con nosotros cuando su madre trabajaba en Bucarest. —Se alisa la falda con la mano—. Nos gustaba mucho tenerla aquí —añade—. Adorábamos a Andreea.

Patrik observa a la abuela: su tristeza interior. ¿Por qué cosas habrá pasado en la vida?

—¿Y qué hacía el padre de Andreea? —pregunta Helena—. Cuando su madre estaba en Bucarest, quiero decir.

La anciana levanta la cabeza.

—Él desapareció —dice en voz baja—. Mucho antes de que Andreea naciera.

Les cuenta que su hija, la madre de Andreea, solo tenía diecinueve años cuando se quedó embarazada y se quedó sola con la criatura. Como no tenía estudios ni trabajo, su situación era complicada. Pero, aun así, quiso arreglárselas ella misma, a cualquier precio, no depender de sus padres.

—Debe de haber sido difícil —dice Helena con compasión—. ¿De qué trabajaba?

La mujer guarda un largo silencio; cuando vuelve a hablar, sus ojos están clavados en la mesa. Patrik puede ver que le han subido los colores.

—No encontraba trabajo, así que al final hizo lo que muchas muchachas pobres acaban haciendo.

Helena derrama un poco de café al dejar rápidamente la taza en la mesa y se vuelve hacia Neculai.

—¿Te refieres a que dejó a Andreea con sus padres mientras ella hacía la calle?

Esta vez, Neculai decide no traducir la pregunta.

—No es tan extraño —dice, y mira fijamente a Helena—. Cuando las alternativas son escasas, la gente se ve obligada a tomar decisiones erróneas. —Esboza una sonrisa ácida—. Supongo que tú, simplemente, nunca te has visto en esa situación.

Helena se hunde en la silla, no dice nada más.

—Pero un día mi hija me llamó. —Ahora la abuela habla más despacio, como si le doliera pronunciar aquellas palabras—. Fue en febrero del año pasado. Me contó que Andreea había conseguido trabajo en un restaurante en España, que pronto empezaría a mandar dinero a casa.

Patrik ve la mano que sujeta la taza, las venas han creado una red de vasos sanguíneos bajo las manchas en su piel.

—Pero no llegó ningún dinero —continúa la mujer—. Y Andreea no daba señales de vida. Todo fue silencio. —La anciana niega lentamente con la cabeza—. El silencio duró un año entero. Entonces, de repente, Andreea llamó una noche. Creo que fue en marzo, porque recuerdo que los árboles habían empezado a sacar hojas.

La voz de la mujer se ha vuelto más aguda al recordar la llamada telefónica de aquella noche de hacía casi cuatro meses.

Andreea le contó que estaba en Suecia.

—¿En Suecia? —La mujer suena asombrada—. Ni siquiera sabía que existe un país con ese nombre. —Sonríe discretamente, pero sus ojos están empañados—. No le pregunté dónde quedaba eso, solo quería saber cómo se encontraba. —Junta las manos sobre la mesa—. Pero lo único que me dijo era que quería volver a casa.

Patrik sujeta con firmeza la taza, sin beber. ¿En marzo? Entonces Johan ya había logrado ayudar a Andreea a escapar, le había dado asilo. Y, aun así, Andreea solo quería una cosa: poder volver a Rumanía, con su abuela, quizá la única persona en el mundo en quien confiaba.

—Así pues, le pedí que viniera aquí. —Ahora la voz de la mujer es un mero susurro—. Llegó a finales de mayo. La acompañó un sueco. —La abuela se tapa la boca con el pliegue del codo para ahogar una tos que le sacude todo el cuerpo—. Yo seguía sin saber qué le había pasado a Andreea. Ella no quería contármelo y no pude preguntárselo al hombre, pues no hablaba rumano. Además, solo se quedó durante el día. —Se seca una mano en la falda—. Se pasó varios días sin querer hablar, pero una noche lo sacó todo. —Las lágrimas ruedan por sus curtidas mejillas—. Me contó lo de España, el parque aquel terrible donde la violaban. Y lo del piso en Suecia, donde la encerraron y le pegaron, donde la obligaban a vender su cuerpo, a pesar de ser solo una niña.

Patrik mira por la ventana y ve pasar un carruaje tirado por caballos. El hombre que conduce tiene la piel morena y curtida por el sol.

—¿Qué pasó luego? —pregunta en voz baja.

La mujer se levanta y se pone una mano en la espalda encorvada. Se acerca a la ventana y mira al pequeño patio de tierra de delante de la casa.

—Un día se presentaron aquí fuera —dice.

—¿Quiénes? —pregunta Helena.

La anciana se vuelve hacia ella: el aura ha vuelto a aparecer, más pesada que antes. «Ahora es cuando lo dice —piensa Patrik—. Esta es su gran pena.»

—Los hombres que habían vendido a Andreea. —El reloj va marcando los segundos—. Yo no sabía quiénes eran, pero vi que Andreea reconocía a uno de ellos. En lugar de gritar y salir corriendo, se quedó ahí quieta, dejando que se le acercaran. Uno de los hombres la golpeó en la cara. —La anciana cierra los ojos y da un respingo, como si acabara de sentir el golpe en su propia mejilla—. Le gritó que no tendría que haber hablado con la policía, la llamó cosas horribles. Luego volvió a pegarle. Intenté detenerlo, pero ya no soy tan fuerte. —Abre los ojos, su mirada está desnuda—. Vi cómo se la llevaban de mi lado. La metieron a la fuerza en el asiento de atrás, como si fuera una muñeca. Al día siguien-

279

te, llamó un policía. Dijo que quería interrogar a Andreea; por lo visto, el hombre sueco había denunciado a los hombres que la habían vendido. Le conté lo que había pasado. Los hombres que habían venido, que se habían llevado a Andreea. El policía me dijo que haría venir a alguien, que verían qué podían hacer. —Sus dedos arrugados tiemblan al levantar la taza de café y llevársela a los labios agrietados—. Pero no vino nadie.

Patrik cierra los puños en su regazo.

—¿Y sigue sin saber dónde está Andreea? —pregunta en voz baja.

La mujer niega en silencio.

—Y Johan, el sueco, ¿ha vuelto a tener contacto con él?

La abuela gira la cabeza.

—No —responde—. No desde que vino a dejar a Andreea, en mayo.

La mujer parece cansada, como si la conversación le hubiera arrebatado las fuerzas. Neculai le pregunta algo en rumano y se vuelve hacia ellos.

—Nos ha contado todo lo que tenía para decir. Está muy triste y cansada. Ahora le gustaría que nos fuéramos.

Helena asiente con la cabeza y se levanta. Patrik hace lo mismo. Se quedan un rato quietos mirando a la abuela, que permanece hundida junto a la mesa. Helena le pone una mano en la espalda, la acaricia con cariño y le dice algo, Patrik no distingue el qué, pero la anciana levanta la vista. La tristeza en sus ojos es tan intensa que apenas puede soportarlo.

Fuera hace incluso más calor. Una gallina escuálida se les acerca cacareando mientras se dirigen al coche. Le faltan varias plumas, pero no muestra ninguna flaqueza al caminar ni a la hora de emitir su característico sonido. Patrik se vuelve y mira la casa: la poca pintura que queda brilla bajo el sol. Piensa en la anciana, en su hija y en su nieta. La pobreza las ha obligado a prostituirse.

Entonces ve que la puerta se abre despacio. La abuela de Andreea sale a la escalerita, los mira con ojos entreabiertos, levanta la mano como para llamarlos. Neculai da media vuelta y va a su encuentro. Patrik y Helena los oyen hablar. Neculai parece serio.

—¿De qué crees que están hablando?

Helena mira a Patrik.

—Ni idea. Vamos.

Cuando llegan a su altura, la abuela ya ha dejado de hablar. Neculai la mira y se muerde el labio, pensativo.

—La abuela de Andreea dice que sabe qué le ha pasado a Johan.

Patrik se queda de piedra.

La anciana se vuelve hacia Helena, como si fuera a ella a quien se dirigía.

—Los hombres volvieron a mi casa otra vez, al día siguiente —dice—. Me dijeron que soltarían a Andreea, pero con la condición de que yo llamara al sueco y le pidiera que viniera.

Patrik mira a Helena. Se ha quedado de piedra, como esperando una catástrofe.

—¿Y si él no venía? —pregunta sin fuerzas.

La anciana respira hondo.

—Entonces matarían a Andreea. Eso dijeron.

A Patrik le da vueltas la cabeza, intentando comprender qué implica todo eso.

—Así que llamé a Johan, no tenía elección. —Su espalda se ha encorvado más todavía; su rostro se ve aún más ajado—. Él no sabe rumano, así que uno de los hombres me apuntó unas pocas palabras en inglés para que yo le pudiera explicar que Andreea había sido amenazada por los hombres contra los que iba a testificar. Le pedí que viniera, que se llevara a Andreea, para que no pudieran hacerle daño. De alguna forma, debió de entenderme, porque al día siguiente se presentó un taxi aquí. Era Johan.

Neculai sostiene a la mujer, cuyas piernas han comenzado a temblar tanto que le cuesta mantenerse en pie.

—En cuanto el taxi se retiró —prosigue la anciana—, los hombres salieron de detrás de la leñera, donde habían estado escondidos. Le pusieron un saco en la cabeza, le ataron las manos y lo metieron en el coche.

La voz de la abuela se ha vuelto más débil.

—¿Y Andreea?

La voz de Helena suena rígida. Las palabras salen a trompicones.

La mujer levanta la cabeza:

—Andreea no volvió. Aquellos hombres se los llevaron a los dos.

281

Ted

Estocolmo, julio de 2016

*L*as eternas obras en Slussen lo vuelven loco. El puesto de arenques donde iban a encontrarse ya no está; en su lugar, han puesto un paso peatonal temporal y paneles de flechas de color naranja que indican cómo llegar a Gamla Stan, el casco antiguo. Aun así, Ted se planta a esperar en el emplazamiento de donde solían partir los aromas hechizantes del pescado. Cruza los dedos para que Gabriel Bergman piense lo mismo.

—¿Ted?

Se da la vuelta hacia los puestos de flores. Al instante, reconoce al hombre de la foto en Internet. El cuerpo amorfo y la ropa holgada.

—¿Gabriel?

—Así es, pero llámame Gabbe.

Ted tiende una mano. El profesor se la estrecha un momento sin moverla y estudia a Ted con la mirada.

—¿Damos un paseo? —dice—. Intuyo que ni tú ni yo queremos tener esta conversación en presencia de desconocidos.

—Claro, ¿bajamos hacia la plaza de Kornhamnstorg?

—Me parece bien.

Gabriel Bergman se conoce la laberíntica zona de Slussen mejor que Ted, y lo guía hacia el agua dando mil rodeos.

—¿Cuánto tiempo van a durar las obras? —pregunta Ted.

Gabriel se encoge de hombros.

—Bastante, creo, como hasta el 2021 o así. ¿No eres de aquí?

—No, de Gotemburgo. Pero durante la semana trabajo en Estocolmo. Por eso me resulta tan fácil comprar sexo.

Se ruboriza. Intenta decirse que Gabriel Bergman es igual que él. Él también es un putero, o como mínimo lo ha sido.

—Ya, yo no lo tengo tan fácil —dice Gabriel—. De un profesor de secundaria nadie se espera que haga horas extras, sino que vuelva a casa por las tardes. Así pues, empecé a hacerlo en las horas muertas, en un piso a un tiro de piedra de la escuela.

—¿Cuánto tiempo estuviste haciéndolo?

—Un par de años. —Gabriel Bergman saca la cartera del bolsillo y echa unas cuantas monedas en el vaso de cartón de una gitana anciana sentada en el puente que lleva a Gamla Stan—. Esa mujer es de Rumanía —dice, como si eso explicara el gesto solidario—. Igual que Natalia, una chica a la que solía visitar. Hasta que me llegó la carta, a mediados de mayo.

Ted se lo queda mirando.

—¿Solo te ha llegado una carta?

Gabriel niega con la cabeza.

—No, dos.

—Pero ¿nada más?

—No, ¿por?

Ted se muerde el labio.

—A mí me llegó un vídeo —murmura—. Salimos follando.

—¿Un vídeo? ¿Estás seguro?

—Pues claro que estoy seguro. Lo he mirado.

Gabriel lo observa detenidamente.

—Es muy sospechoso —dice—. ¿Sabes de alguien más que haya recibido un vídeo?

Ted se aparta del carril bici.

—No, pero, hasta el otro día, creía que era el único al que le había llegado una carta. —Se saca las gafas de sol del bolsillo—. ¿Y en tu carta qué ponía? —le pregunta a Gabriel.

—Todo lo que no quería saber. —Gabriel esboza una mueca—. Que la chica con la que me había acostado era de Rumanía, que había sido maltratada por sus padres y que se había fugado y se había juntado con un chico mayor que ella cuando tenía quince años. Que el tipo estaba casado y que, además, era proxeneta. Aunque en ese momento ella no lo sabía, cuando lo acompañó a Suecia y se ofreció a vender su cuerpo para que pudieran reunir una entrada para un piso. —Arquea las cejas—. La pobre estaba tan falta de amor que no se planteó si un hombre que realmente la amara podría pedirle semejante cosa.

La voz de Gabriel Bergman se ha vuelto seca mientras habla y baja con paso firme hacia el agua.

—¿De verdad ponía todo eso en la carta?

Debió de ser mucho más completa que la de Ted.

283

—No, la mayor parte me la contó ella.

Ted hace un alto.

—¿Cómo? ¿Volviste a verla?

Gabriel asiente en silencio.

—Sí, pero tardó lo suyo en contarme cuál era su situación real. Cuando finalmente lo hizo, desapareció el último resquicio de la idealización romántica que yo tenía de las «damas de compañía». Bonito nombre, ¿no te parece? —Su voz se ha vuelto ácida—. Dama de compañía. Como si se tratara de una relación amistosa. —Le da una patada a una piedra que hay en la acera—. Trabajo con adolescentes. Tan solo imaginarme a alguien obligando a mis alumnas a hacer esas cosas…, me entran ganas de vomitar.

—Pero tú mismo has pagado por tener relaciones sexuales —dice Ted, con cuidado—. Con adolescentes, precisamente.

Gabriel suelta un suspiro.

—Lo sé, es muy jodido, pero me excusé alegando que había diferencias entre las alumnas de mi clase y las chicas a las que conocía por Internet. Me decía que estas eran un grupo de adolescentes prematuras, ninfómanas cachondas que no hacían ningún daño follando con quien quisieran. —Arquea las cejas—. Es fácil engañarse a uno mismo, ¿verdad?

Ted mira al suelo sin responder.

La plaza de Kornhamnstorg está llena de gente y no hay ni una mesa libre en todas las terrazas. Piden unos cafés en un puesto de Pressbyrån y se sientan en el muelle de Munkbron.

—¿Y tú? ¿Qué ponía en tu carta?

Gabriel se vuelve hacia él lleno de curiosidad.

Ted le habla de Irina, del vídeo en el piso y de Nadia, la supuesta hermana pequeña.

—Pero no sé si es verdad. O sea, si la historia realmente pertenece a la chica con la que quedé. No la he visto más veces, ni siquiera sigue en Suecia. —Toma un trago de café, contempla pensativo las aguas de Riddarfjärden, que titilan con el sol. Siempre le ha encantado este sitio—. Durante un tiempo, pensaba que era mi mujer quien estaba detrás de las cartas —continúa—. Pero luego me llegó el vídeo. Entonces me preocupaba más que Alex pudiera echarle mano. Sinceramente, quiero seguir estando casado. Hasta ahora no me había dado cuenta de hasta qué punto lo deseo. —Bebe otro trago de café, que ya ha tenido tiempo de enfriarse—. ¿Nunca te has planteado quién puede estar detrás de las cartas? —pregunta.

Gabriel lo mira extrañado.

—Sí, desde luego que me lo he preguntado. Los primeros días casi me vuelvo loco: había alguien que me venía con historias de penurias para tratar de cambiarme. —Mira al agua, los barcos anclados al sol—. Pensaba que era cosa mía en qué me gastaba el dinero. —Se lleva el vaso a la boca y bebe sin prisa—. Pero, después de conocer a Natalia, entendí que también era cosa suya.

Un barco se acerca al muelle, se detiene y deja bajar a una chica, que se apea a tan solo un metro de Ted y de Gabriel. Gabriel se aparta para que pueda pasar.

—Después de eso, no le di especial importancia a la carta. Estaba más preocupado por ella.

Ted se pregunta a sí mismo si ha notado algún cambio tras la visita a Nadia. Una cosa es segura: no ha tenido ningún apetito sexual desde entonces. De hecho, no ha tenido ganas de nada.

—Y que fueras a ver a esa terapeuta, Mikaela, ¿también se debió a lo que ponía en la carta?

Gabriel se encoge de hombros.

—Bueno, es cierto que ponía que fuera a la consulta para que me ayudaran a dejarlo. Pero no necesitaba ayuda, porque ya lo había dejado.

285

Hay una diferencia. A Ted no le han exhortado a pedir ayuda. Más bien le han ordenado ayudar.

—¿Y aun así fuiste?

—Sí, quería saber cómo podía hacer algo por Natalia. Pensé que un terapeuta de los servicios sociales debería tener alguna idea.

—¿Y la tenía?

Gabriel niega en silencio.

—No, pero tuvimos una conversación interesante.

—Pero ¿lo entiendes? —dice Ted—. Quiero decir, ¿cómo puede alguien conocer las historias de esas chicas y saber que las hemos visitado? Y encima consigue grabar lo que pasa. ¿No debería ser imposible?

Gabriel asiente.

—Sí. Pero tal vez se trate de una acción de esas, ya sabes, como las que puedes empezar en Facebook. A lo mejor son jóvenes que espían en las puertas de los pisos donde se vende sexo y que consiguen descubrir dónde viven los puteros. —Saca una carta de color lila—. Y que luego envían esto a algunos consumidores elegidos.

Ted mira el sobre. Lo vuelve hacia el sol y examina detenidamente la dirección.

—Tu carta la ha enviado otra persona —dice con sorpresa—. He estudiado al detalle la caligrafía de las cartas que me llegaron. No es la misma que en la tuya.

Gabriel no parece demasiado sorprendido, pero Ted está nervioso. Si hay dos personas implicadas, también podría haber tres, cinco, incluso veinte.

Un montón de gente que sabe que ha comprado sexo.

Patrik

Rumanía, julio de 2016

*P*atrik mira la cama, indeciso. Helena está inmóvil, de costado. Tiene las piernas encogidas, la cara descansa en la palma de su mano. Ni siquiera el pecho se le mueve al respirar. No ha dicho ni una palabra desde que se fueron de la casa de la abuela de Andreea.

—¿Seguro que quieres estar sola?

Patrik habla en voz baja, le intranquiliza la quietud casi fantasmal de Helena.

Ella no contesta.

—He llamado a Linus.

Su voz sale más forzada. Si hubiesen estado en Estocolmo, la habría llevado a urgencias, pero en Bucarest, ¿qué puede hacer?

—Le van a dar máxima prioridad a esto. Estoy seguro de que conseguirán resultados.

Descorre una de las cortinas para dejar pasar un poco de luz del día.

No sabe ni si él mismo se cree lo que acaba de decir. Que Helena no lo hace es más que evidente.

—La policía de Bucarest sabe quiénes son esos hombres —continúa como si alguien lo obligara a encontrar una chispa de luz en medio de la oscuridad—. Neculai también. Estoy seguro de que lo encontrarán.

Helena sigue sin responder. La pregunta es si tan solo lo ha oído hablar. Algo había muerto en sus ojos cuando la anciana había salido a la escalera y había dicho que sabe lo que le había pasado a Johan. Patrik lo vio: la última brizna de esperanza esfumándose.

Por su parte, lleva casi todo el rato pensando en Andreea, la chica que tiene la misma edad que su hija pequeña y cuya vida ha sido una pesadilla constante, siempre en manos de desconocidos.

Deja un vaso de agua junto a la cama y echa un último vistazo a Helena, que sigue en la misma postura. Al salir, cierra con cuidado y baja las escaleras hasta su habitación. Hace calor y huele a cerrado. El servicio de limpieza ha apagado el aire acondicionado cuando ha venido a hacer el cuarto. Patrik lo vuelve a encender y abre la puerta del balcón de par en par. Deja que el aire fresco llene la estancia. Las sábanas de satén limpias se arrugan bajo su espalda cuando Patrik se tumba y saca el móvil. Linus le ha escrito:

> La policía rumana interrogará al periodista y a la abuela. Intentarán descubrir si las señas de los hombres que secuestraron a Johan coinciden con las de los dos tipos con los que Johan se reunió en el restaurante unos meses atrás. Si es así, los detendrán en breve.

«Probablemente, no», piensa Patrik. Seguro que el trabajo sucio se lo habían encomendado a alguien inferior en la jerarquía. Pero, por lo menos, Linus se había tomado el relato de la abuela en serio. Ahora el caso tiene máxima prioridad tanto en Suecia como en Rumanía.

Se tumba de lado y se acomoda una almohada bajo la cara. Piensa en Cosmina, la dueña del restaurante a la que Johan también le puso una denuncia. Si es como Neculai sospecha, ella es quien vendió a Andreea la primera vez, cuando la chica pensaba que se iría a España a trabajar de camarera. ¿Y si estuviese implicada en el secuestro de Johan y Andreea? Está más abajo en la jerarquía. No es descartable que la hayan usado para esto. ¿Y si Johan y Andreea estuvieran recluidos en su restaurante? ¿Y si estuvieran ahí justo ahora?

Se incorpora de un salto y busca la dirección del restaurante. Queda junto a una parada de metro, a media hora del casco antiguo. Sabe que es una idea algo descabellada. La policía rumana está buscando a Johan, sería de lo más extraño que no empezaran por el sitio donde están algunas de las personas que denunció. Aun así, no puede dejar de pensar en ello: debería visitar ese local, ponerles cara a las personas que han vendido a una niña de dieciséis años por unos pocos miles de euros, que la han condenado a una vida de esclavitud.

Se levanta de la cama, se pone ropa limpia y guarda la sucia. Para despejarse, se enjuaga la cara con agua fría. Luego mete la grabadora en la bolsa y sale de la habitación. Por un instante, piensa en lo que le diría Jonna si supiera adónde se dirige, pero descarta ese pensamiento. Va a visitar un restaurante. Seguro que hay un montón de gente. Y los dueños no tienen ni idea de que hay una conexión entre Patrik y Johan.

—El menú.

Patrik levanta la vista: el camarero podría ser un hombre cualquiera. Tendrá unos veintitantos, pelo castaño; parece estresado mientras deja una servilleta y los cubiertos en la mesa, a pesar de que no hay mucha gente en el local. Patrik le da las gracias y coge el menú: está en rumano.

—¿Lo tienes en inglés?

El hombre niega con la cabeza.

—No, solo rumano.

Patrik lo mira mientras se dirige a los comensales de la mesa vecina. El restaurante tiene unas diez mesas y una barra generosa. La clientela está compuesta casi solo por hombres y por alguna que otra pareja. La cocina está detrás de la barra. El ruido que sale de ella obliga a los comensales a alzar la voz.

Patrik mira el menú y encuentra un plato que le suena de cuando Helena y él cenaron en el restaurante del hotel. Le hace una señal al camarero de que está listo para pedir.

—¿Sí?

Patrik le señala el plato que quiere y le pide una Heineken de barril. El camarero garabatea algo en su libreta y se vuelve para retirarse.

—¿Llevas tiempo trabajando aquí?

La pregunta de Patrik hace que el hombre se detenga.

—Algunos años: es el restaurante de mi madre.

Su inglés es bueno, si bien lo habla con acento.

—Ah, entiendo, ¿tu madre también trabaja aquí?

—A veces.

Patrik mira a la barra. La cocina no se ve desde allí, pero se oye el ruido.

—Un negocio familiar, entonces. Qué bien. —Patrik esboza una sonrisa afable—. ¿Y funciona?

El hombre se encoge de hombros, comienza a impacientarse.

—Lo suficiente.

«No es para menos, si es un prostíbulo camuflado», piensa Patrik, que le echa un vistazo a una escalera que hay al fondo del local y que quizá baje a un sótano. Cierra el menú y se lo devuelve al camarero. Será mejor que deje de hacer preguntas si no quiere levantar sospechas. El sonido del móvil le da una excusa para desviar la mirada.

Hola, cariño. Acabo de oír tu mensaje. Es terrible. ¿Cómo estás? ¿Y cómo está Helena?

Patrik le responde que él se encuentra bien; Helena, no tanto. Pero la policía al menos ha priorizado al máximo la desaparición de Johan. Se despide pidiéndole a Jonna que vaya a buscarlo al aeropuerto mañana a las once y media. Después se irán de vacaciones.

Cuando le llega la comida, es otro hombre quien se la sirve, quizá su hermano... o un empleado. Patrik clava el cuchillo en la salchicha asada, parece sencilla pero lo sorprende con un sabor exquisito.

Mientras come, le da vueltas a cómo puede avanzar sin delatarse ni exponerse a ningún peligro.

—¿Quiere café?

El primer camarero ha vuelto y se ha colocado justo detrás de Patrik.

—Sí, gracias, con azúcar. —Patrik titubea un instante. Mira a un lado y al otro, ningún comensal cerca—. Oye una cosa... —Se aclara la garganta—. Si quisiera conocer a una chica aquí en Bucarest, ¿cómo lo hago?

Contiene el aliento a la espera de la respuesta. El corazón le late tan fuerte que teme que se vaya a oír. El hombre lo mira detenidamente.

—¿Una chica? —dice finalmente—. ¿Te refieres a compañía?

Patrik asiente en silencio. Los nervios le atenazan las cuerdas vocales.

—Espera —dice el camarero al cabo de unos segundos.

Se retira, pero enseguida vuelve con una taza de café y la cuenta. No hace ninguna referencia a la pregunta de hace un momento. Patrik se seca las gotas de humedad que le han asomado en la frente, mira el precio irrisorio de la comida y trata de parecer tranquilo. No se puede delatar ahora por ruborizarse. Tiene que parecer un turista sexual, alguien que ha venido a Europa del Este con un único objetivo: hacerse con una prostituta barata.

Antes de que Patrik tenga tiempo de sacar el dinero, el hombre ya se ha vuelto a retirar. Patrik le mira la espalda, desconcertado. ¿De qué estarán hablando ahora, en la cocina? ¿De que hay un turista misterioso haciendo preguntas que no debería hacer?

Da un sorbo al café: está caliente, casi hirviendo. Nota una aspereza en la lengua al quemarse. Deja la taza y se hurga en los bolsillos. Quizá sea mejor salir de allí cuanto antes. No le queda nada en metálico; encuentra unas pocas monedas que no le llegan ni para el café. Así pues, tendrá que pagar con tarjeta, si es que la aceptan en un sitio como este.

—¿Te gustaría conocer a una chica?

Patrik da un respingo y gira la cabeza. A su lado hay una mujer de mediana edad. El pelo castaño es corto y un poco encrespado. Lleva unas gafas de carey que se le han deslizado hasta la punta de la nariz. No parece muy cómodo.

—Ehm... S-sí... —tartamudea. Espera que haya más turistas sexuales que suenen así de nerviosos. Si no, se habrá delatado él solito.

—¿Ahora?

—No, ahora no. —Aprieta fuerte la cartera en el bolsillo—. ¿Esta noche?

La mujer sonríe.

—¿Algún deseo en especial?

Con una mano callosa, la mujer se sube las gafas. Patrik titubea.

—La verdad es que sí. Un amigo me habló de una chica que le había gustado. Me parece que se llamaba Andreea. Pero a lo mejor no era aquí.

El rostro de la mujer no se inmuta. Aun así, le parece que se le ha tensado el cuerpo.

—¿Andreea? —dice. ¿Se ha vuelto más fría su voz?—. No, debe de haber sido en algún otro sitio. Lo cierto es que no creo que podamos ayudarte: esta noche estamos al completo.

Patrik se arrepiente de lo que ha dicho. Obviamente, si Andreea estuviera ahí, ella no lo reconocería. Lo único que ha conseguido ha sido ponerla en alerta.

291

La mujer señala la cuenta que hay en la mesa.

—¿Querías pagar?

—Sí, ¿aceptáis Visa?

Ella asiente y le coge la tarjeta. Le echa un vistazo rápido: un cambio en la frente, una arruga que antes no estaba.

—¿De Alemania? —pregunta.

Patrik niega con la cabeza.

—Suecia.

La arruga desaparece de su frente y se ve sustituida por una sonrisa.

—A vosotros os gustan las chicas rumanas, ¿verdad? —dice guiñándole un ojo—. Tenemos muchos clientes de Suecia. Vuelve mañana y te presentaré a alguien especial.

Ted

Estocolmo, julio de 2016

*T*ed busca «trata de blancas», «red» y «acciones» en Google. Busca febrilmente, pero no encuentra nada llamativo. Como mínimo, ha podido sacar algo del encuentro con Gabriel Bergman. Ya no piensa que lo que le ha pasado sea algo personal, sino más bien que ha sido elegido porque la casualidad lo ha llevado a cruzarse con cierta chica en concreto. En su caso, Irina. Sin embargo, debe tomarse las amenazas en serio. Alguien podría delatarlo en cualquier momento, incluso puede que ya lo hayan hecho.

Se quita el jersey y lo deja en la silla de al lado. Escucha la voz que suena por megafonía y que informa a los pasajeros de que pronto podrán subir a bordo del avión con destino a Gotemburgo.

Ted deja pasar primero al resto de los viajeros y se retira a un rincón sin gente, cerca de la sala de fumadores. Saca el teléfono y marca un número al que llamó hace apenas unos días.

—Clínica Lovisa.

Ted se aclara la garganta.

—Hola, estoy buscando a Amira Lovén.

—Lo siento, Amira tiene el día libre, pero a lo mejor yo puedo ayudarte.

—Ehm…, no sé. —No le apetece nada involucrar a más gente, pero al mismo tiempo quiere saber cómo ha ido—. Os llamé el otro día en relación con una chica que creo que es víctima de trata de blancas. Nadia. ¿Sabéis si lo llegasteis a averiguar?

—Un segundo, que lo miro. —Oye a la mujer teclear algo en el ordenador—. ¿Te llamas Ted? —pregunta.

Él asiente con un sonido gutural.

—¿Y la chica se llama Nadia?

—Sí.

Ted le da la dirección de Hägersten. La mujer verifica que es la misma dirección que sale en el informe que tiene en su pantalla.

—A ver, en realidad, no se me permite decir nada, pero como has intentado ayudarla creo que te puedo decir... —teclea más— que la chica no se encontraba en el piso.

—¿Ah, no?

No podría explicar su decepción.

—No, lo siento. No te puedo contar más, por el secreto profesional. Aun así, creo que deberías estar orgulloso de ti mismo: si más hombres hubiesen hecho lo que has hecho tú, quizás esta sociedad sería distinta.

Ted se sonroja.

—Bueno —murmura—, algo tenía que hacer.

—Justo lo que te digo. —La mujer se ríe, satisfecha—. Si supieras cuántos son los que nunca hacen nada, a pesar de que deberían. Que sepas que formas parte de una minoría.

A Ted no le apetece continuar la conversación, así que corta la llamada después de un escueto adiós y gracias por la ayuda. Corre para entrar en el avión. Es el último en hacerlo. Le preocupa que Nadia no estuviera en el piso. ¿Significa eso que el proxeneta ha descubierto que Ted no era un cliente como cualquier otro? ¿Que había hecho preguntas que no tocaban?

Después de sentarse, se da cuenta de que ha pasado por alto una llamada perdida de Erik. Mira a su alrededor: todavía hay mucha gente guardando el equipaje de mano en los compartimentos de encima de los asientos. El personal de cabina no parece tener prisa. Aprovecha para devolverle la llamada.

—¿Has leído el periódico de hoy? —pregunta Erik antes de que Ted lo haya saludado siquiera—. Sobre el tráfico de personas.

—No, ¿qué pasa?

Ted sujeta el móvil entre el hombro y la oreja. Se agacha hacia el maletín y saca la *tablet*.

—La policía ha hecho una redada contra una gran red rumana. Por lo visto, han pillado a varios proxenetas. —Erik suena eufórico—. He pensado en esa chica que fuiste a ver el otro día, la que pensabas que podía estar expuesta a la trata. A lo mejor ha conseguido ayuda.

Ted sonríe.

—Tienes razón —dice, y se pone la *tablet* en el regazo—. Antes he llamado a los servicios sociales y me han contado que el piso estaba vacío cuando fueron a ver. Tiene que haber sido por eso.

293

Joder, qué bien si esos cabrones acaban entre rejas. Así tampoco tendrá que preocuparse más por Nadia, que ahora recibirá ayuda de las autoridades suecas.

—Esperemos que no salgas perjudicado.

La voz de Erik se ha vuelto seria.

—¿Qué quieres decir con eso?

—Es lo que pone aquí.

Erik lee en voz alta.

—«Durante las tareas de observación, que llevan en marcha desde abril, la policía ha pinchado los teléfonos de los ahora detenidos, pero también han estado vigilando las habitaciones de hotel y los pisos donde se han llevado a cabo las actividades. En las próximas semanas, se interrogará a varios consumidores de servicios sexuales.» —Erik hace una breve pausa—. ¿Y si tú eres uno de ellos?

Patrik

Estocolmo, julio de 2016

—*Cabin crew, take your seat, we're ready for landing.*

Han pasado cinco días desde que Patrik escuchó esas palabras por última vez, pero le parecen cinco años. Gira la cabeza: Helena sigue en silencio a su lado. Por la ventana, observa las nubes, que impiden que se pueda ver la ciudad de Estocolmo.

Cuando regresó al hotel tras la visita al restaurante, le contó su encuentro con Cosmina y cómo había reaccionado la mujer cuando mencionó el nombre de Andreea.

—Me pareció que sabía de quién le estaba hablando —le había dicho—. Pero no me atreví a ir más allá.

Había pensado en Jonna y en las niñas. Aun siendo pleno día y un lugar público, podía resultar peligroso.

El resto de la tarde, estuvieron revisando el ordenador de Johan. Helena lo había llevado consigo a Bucarest. No encontraron las grabaciones de las reuniones de Johan con los proxenetas suecos. Helena había prometido que seguiría en casa. Le pediría consejo a un compañero de su departamento de informática: los archivos podían estar ocultos o encriptados.

Patrik se mete un chicle en la boca y sube el respaldo del asiento. Han podido resolver muchos interrogantes, aunque no todos. Por ejemplo, no saben quién ayudó a Natalia y a Irina a escapar ni quién era la mujer que fue a la clínica Lovisa en mayo. Pero no cabe duda de que aquellas «liberaciones» han sido un elemento clave para desarticular la red rumana. Neculai había mencionado que Johan quería asegurarse los testigos antes de entregar las conversaciones grabadas a la policía.

Patrik tampoco sabe dónde están dichas grabaciones. El *mail* que le envió a L_799 sigue sin obtener respuesta.

Patrik suspira y mastica con fuerza cuando la presión en los oídos empieza a ser dolorosa. Ve que el suelo se les acerca. Cuando el avión aterriza, alguien en los asientos de atrás empieza a aplaudir. Se le suman otras dos personas. El aplauso cesa de repente y la gente empieza a conectar sus teléfonos, se levantan, abren los compartimentos del equipaje de mano. Patrik y Helena se quedan sentados. Hasta que el avión no está vacío, no cogen las maletas y bajan.

—¿Qué pasará ahora? —pregunta Jonna—. ¿Tienes alguna idea?

Están sentados en el coche de vuelta a casa desde el aeropuerto de Arlanda. Patrik se ha alegrado de verla en la terminal de llegadas, había cruzado los dedos para que así fuera, pero sin atreverse del todo a pensar que Jonna cogería el coche para ir a buscarlo.

—Por mi parte, poca cosa, me parece que he descubierto todo lo que podía descubrir.

Jonna asiente con la cabeza y cambia de marcha para adelantar a un tráiler. De fondo se oye la tenue voz de Anders Kompass en la emisora P1. Es un antiguo alto cargo de Naciones Unidas que denunció casos de soldados de la ONU que habían abusado sexualmente de menores en la República Centroafricana. Un tema de lo más oportuno.

296

—¿Y la policía?

—Bueno, siguen trabajando en ello. Buscarán a Johan. Con suerte, detendrán a los culpables.

«Pero ¿de qué servirá?», piensa. Si tanto Johan como Andreea han desaparecido, no habrá testigos. Ni los líderes en Rumanía ni Cosmina y sus hijos irán a la cárcel si la grabación que Neculai tiene en sus manos no tiene suficiente peso como prueba. En el mejor de los casos, los testimonios de las dos mujeres, en Suecia, servirán para que los proxenetas detenidos acaben entre rejas por algo más grave que explotación sexual. Pero ni siquiera eso es seguro. Es la palabra de uno contra la de otro. Lo que hay que demostrar es la coacción en sí. Y eso es muy complicado. Además, Linus lo había llamado el día anterior para darle una noticia realmente mala: una de las mujeres que había denunciado se había desdicho en parte. «Está asustada —le había dicho Linus; la voz le temblaba de rabia—. Alguien debe de haberla amenazado, o bien se ha dado cuenta de todo lo que está en juego.»

—Pero para Helena es peor —continúa Patrik—. Creo que necesita ayuda. Sin embargo, no es una persona que vaya al psicólogo tan fácilmente.

Jonna ha visto a Helena en el aeropuerto. Se ha ofrecido a llevarla a casa. Pero Helena ha rechazado la propuesta, prefería coger el tren. Dijo que necesitaba tiempo para pensar y prepararse para reunirse con sus hijas.

Patrik mira por la ventana. La frondosidad de color verde claro ha adoptado un matiz más oscuro. Pronto llegarán a mitad de verano; aun así, da la sensación de que acabe de comenzar.

—Te he echado de menos —dice.

Jonna lo mira, sonríe.

—Y yo a ti.

Jonna dibuja un beso con los labios.

Patrik consigue meter la mano detrás de su espalda a pesar de que Jonna vaya conduciendo. Nota sus vértebras y el hoyito abajo del todo, en el centro. Y el olor. Su olor de siempre.

—Por cierto, ¿has sabido algo más de Viorica? —pregunta ella.

—No.

Patrik recuerda el paseo con Neculai por un parque del centro de Bucarest.

—¿Qué se siente? Al no poder saber nunca, quiero decir.

Jonna le pone una mano en el muslo y lo acaricia lentamente.

—No sé. Creo que estoy más aliviado que otra cosa. —El tráfico se espesa a medida que se acercan a la capital—. Al menos ahora ya no tengo que enterarme de que tal vez la cosa acabó de la peor forma posible.

Hacen el resto del viaje en silencio.

Cuando suben a la rampa del garaje en la casa de Nacka, Emilou sale corriendo a su encuentro.

—Qué bien que hayas vuelto —dice—. Estaba un poco preocupada.

Patrik se ríe y le revuelve el pelo.

—Creo que todas lo estabais —responde—. A lo mejor debería irme de viaje más a menudo, para que sepáis lo mucho que significo para esta familia.

—No hace falta que lo hagas. Sasha no te ha echado de menos nada de nada. Ni una pizca —dice Emilou con fiereza, aunque sonriendo—. Siéntate, hemos preparado la barbacoa del siglo para cenar en el jardín.

—Guau. —Patrik se pasa la lengua por los labios—. Voy a subir la maleta y bajo.

Deja a Jonna y a Emilou en el jardín y sube las escaleras hasta el dormitorio; constata que ha usado cada prenda de ropa que se había llevado. Debe de ser la primera vez. Lo echa todo en el cesto de la ropa sucia y se pone una camiseta limpia y unos pantalones cortos. Por la ventana ve que Emilou sigue junto a la barbacoa, dándole vueltas a lo que sea que hay en la parrilla. No parece estar del todo hecho. Si se da prisa, podrá mirar el correo antes de bajar.

Lo ve al instante: la respuesta de L_799. Patrik había empezado a dudar de que fuera a llegar nunca. Lo abre directamente. Se lo han enviado esta mañana, mientras estaba en el avión:

Hola, Patrik. He hecho lo que proponías. He entregado todo el material a la policía. Ahora solo falta saber si es suficiente para una sentencia.

Lee el mensaje otra vez, luego llama a Linus.

—¿Ya has vuelto a casa? —pregunta este.

Suena distinto a lo habitual, tenso, casi nervioso.

—Sí, he llegado hace una hora. ¿Por? ¿Ha pasado algo?

—Sí, ¿tienes tiempo para pasar por comisaría? Acaba de llegarnos algo que me gustaría que vieras.

Debe de referirse al «material». Ha ido más rápido de lo que Patrik pensaba.

—Por eso te llamaba. —Patrik se ríe—. Quería preguntarte si te ha llegado. Te refieres a las grabaciones de los encuentros de Johan con los proxenetas, ¿no?

Por la ventana ve que Emilou está poniendo la mesa. Su hija sirve las piezas asadas en una fuente.

—Grabaciones —dice Linus, sorprendido—. Bueno, se las podría llamar así.

Emilou alza la cabeza, se cruza con la mirada de Patrik por la ventana, lo saluda con la mano.

—Pero no son de ninguna reunión con los proxenetas. Podríamos llamarlo más bien «pelis porno».

Ted

Estocolmo, julio de 2016

—*O*ye, tengo que cogerlo.

Erik mira el móvil en su mano, está sonando insistentemente.

—Claro, adelante. Me quedaré esperando en tu cama.

Erik casi sale corriendo de su cuarto. Es evidente que no quiere responder hasta quedarse solo. Probablemente, una chica. Ted sonríe. Él y Marie tenían la edad de Erik cuando empezaron a salir; solo tardaron un par de años en tener el desliz con el condón que llevó al embarazo de Marie. Cruza los dedos para que Erik no sea igual de descuidado.

Pasea la mirada. Es increíble que nunca haya estado aquí. No ha visto cómo Erik ha decorado su habitación. Es bastante acogedora. Paredes de color arena, cama bien hecha, unas flores en la ventana y la guitarra en la pared. También una antigua lámina de un viejo Citroën que Ted le compró a Erik un día que fueron juntos al Museo de Fotografía, hace varios años. Y luego el ordenador, una torre con una pantalla enorme.

Retira la silla de oficina de Erik y se sienta en ella. Gira sobre sí mismo y se concentra en la habitación de Marie, donde Erik se ha encerrado para poder hablar sin que nadie lo moleste: su voz le llega amortiguada. En la pantalla, tiene la página de Facebook abierta. Ted echa un vistazo a su muro. De todas formas, deja que todo el mundo vea sus publicaciones. Baja hasta llegar de nuevo a aquel viaje a Berlín del otoño pasado, al post colgado por Anton. Por mera curiosidad, Ted hace clic en el perfil de Anton: lo recibe una foto de un chico guapo que parece mayor que Erik. En una de las fotos que se parece a la que había en el perfil de su hijo, pero que ha colgado horas más tarde, Anton ha escrito que acaban de pasar la noche más caliente de la historia en el puticlub, seguido de un emoticono guiñando un ojo.

Ted vuelve al muro de Erik. Su hijo no ha escrito ni un solo post respecto al viaje a Berlín. Es casi como si nunca hubiese tenido lugar. Tras un breve titubeo, abre también los mensajes de Erik en Facebook. Son pocos: Erik es un usuario bastante esporádico. Arriba del todo hay uno de una tal Miranda de la que Ted nunca ha oído hablar. No lo lee. Más abajo encuentra un mensaje de Anton, enviado al día siguiente de su regreso de Berlín. Lo abre y lee:

> Mierda, Erik, me acaba de llegar un mensaje por Facebook de lo más jodido. Firmado por alguien que se hace llamar «Irina», el mismo nombre que la maldita puta aquella, ya sabes. ¿A ti también te ha llegado? Tiene que ser alguien que nos está tomando el pelo de mala manera.

Ted se queda de piedra. Irina. Recuerda los detalles de la carta lila. Tiene que ser mera coincidencia. Irina es un nombre bastante frecuente en Rumanía. Lo ha buscado en Google. Pero no deja de ser bastante curioso.

—¿Qué demonios estás haciendo?

Ted da un brinco como si le acabaran de dar un mordisco. Marie está en la puerta. Se ha cortado el pelo. Parece una versión más joven de Marie Fredriksson, la cantante de Roxette, nada que ver con la rubia tímida de pelo encrespado con la que se juntó hace tantos años, cuando cursaban bachillerato. Junto a las orejas, Ted puede ver unas primeras canas.

—Solo quería mirar una cosa.

Ted suelta el ratón como si le quemara. Marie arquea las cejas.

—A mí me parece más bien que estás espiando a tu hijo.

Se acerca un paso y mira la pantalla, donde el mensaje de Anton sigue abierto. Ted ve cómo sus ojos se van abriendo a medida que avanza la lectura.

—¿Qué es eso?

Ted cierra el explorador, piensa que como mínimo puede ahorrarle a Erik el bochorno de ver a sus padres hurgando en sus mensajes privados. No deja de ser mayor de edad.

—No lo sé, una broma, creo. No sé. Erik parece tener un compañero de clase bastante pirado. ¿Tú sabes quién es Anton?

Marie suelta una risotada.

—¿Que si sé quién es Anton? Cómo no lo voy a saber. Es el mejor amigo de Erik desde que iban a la guardería. En aquella época, se pasaban el día juntos; luego tomaron caminos totalmente distintos. Pero supongo que las viejas amistades son difíciles de romper. Erik ha seguido viéndose con Anton, aunque si te soy sincera, no sé por qué.

Ted escucha en la habitación contigua la voz de su hijo. Tal vez esté hablando con la tal Miranda.

—Creo que Erik, Anton y otro chico fueron a un club de alterne cuando fueron a Berlín el otoño pasado —dice—. ¿Tú lo sabías?

—¿Qué?

Marie se le queda mirando boquiabierta, luego se deja caer en la cama. No hace falta que responda: Marie jamás se hubiera imaginado una cosa así de su hijo.

—¿Cómo lo sabes?

Su voz suena afónica.

—Lo vi en Facebook. Erik estaba etiquetado en una foto que había sacado el tal Anton, poco antes de entrar en el burdel. Qué raro que no lo vieras cuando colgaron la foto.

Marie apoya la frente en las manos.

—No somos amigos en Facebook —dice cansada—. Erik me ha rechazado siempre que he intentado añadirlo. Ahora entiendo por qué.

Ted se sienta a su lado.

—No creo que tenga nada que ver con eso —dice en voz baja—. Me parece que Erik no quería ir, solo cedió a la presión del grupo.

—Hay que ver lo puesto que estás en el tema —replica Marie con sarcasmo—. Casi parece que tú mismo estuvieras allí.

301

Ted la mira: hace años que no mantenían una conversación tan larga. Justo cuando iba a decirlo, Erik entra en el cuarto.

—Míralos, charlando como si nunca hubieseis hecho otra cosa.

Erik esboza una sonrisa amplia y deja el móvil en el escritorio. Luego se sienta en la cama entre Ted y Marie: les pasa un brazo por los hombros a cada uno.

—Erik, ¿qué...? —empieza Marie, pero se calla tras recibir la mirada fulminante de Ted—. Solo quería decir que me alegro mucho de que tú y Ted hayáis empezado a veros un poco más a menudo —dice con voz apagada.

Ted le guiña un ojo a su hijo.

—Aunque, bueno, a lo mejor ya te iba bien tener un padre ausente que no se entrometiera en lo que haces.

—Ahora tampoco lo haces. —Erik retira los brazos y se pone de pie—. Pero esto me gusta. Espero que siga siendo así.

Echa un vistazo al ordenador, cuando ve que todavía está en marcha se sienta y cierra la sesión.

Marie se pone de pie. Primero mira a Erik y luego a Ted, que da por hecho que se está conteniendo.

—Solo venía para decir que la cena ya está lista: espaguetis con salsa boloñesa.

Sale por la puerta. Erik le sigue los pasos. Detrás de ellos dos, Ted. Lo ve justo cuando pasa junto al escritorio. Un papelito con un nombre escrito: Mikaela. Ted reconoce el número de teléfono que sigue: es el de la terapeuta que él mismo visitó hace una semana.

302

Patrik

Estocolmo, julio de 2016

—¿*Q*ué coño es esto?

Patrik mira fijamente la pantalla. Culos peludos, respiraciones pesadas, palabras obscenas, sábanas enmarañadas. Hombres desconocidos. Y los proxenetas que a estas alturas Patrik ha visto no una, sino dos veces: Razvan y Christu.

—No lo sabemos, el remitente es anónimo.

Linus le cuenta que por la mañana había recibido una llamada de la comisaría de Bandhagen. Una persona se había presentado en la recepción con un paquete que contenía un disco duro externo. Dentro de este, había muchos vídeos grabados en pisos donde se vendía y se compraba sexo.

—¿Y estás seguro de que no os ha llegado nada más?

—Completamente.

—Pero ¿nadie en la comisaría ha visto quién ha dejado el paquete?

Patrik piensa que han de tener algo: edad, sexo, ropa, hora.

—Sí, claro que sí —dice Linus—. Pero el chico llevaba capucha y gafas de sol. Supongo que al agente que ha recogido el paquete lo ha pillado un poco por sorpresa. Le pidió al chico que dejara sus datos de contacto, pero han comprobado que el número es falso.

Patrik vuelve a mirar la pantalla. El vídeo debe de haberse grabado con trípode: es el mismo ángulo todo el rato, la cámara apunta a la cama. Algunos de los otros vídeos se han hecho en cocinas o salones. La fecha indica que se grabaron entre marzo y junio. El último vídeo es de hace unas semanas.

Se queda de piedra cuando reconoce a uno de los puteros en pantalla.

—¿Puedes pararlo un momento?

Linus mira extrañado a Patrik, pero hace lo que le pide.

La imagen se congela justo cuando el hombre le entrega el dinero a la mujer. Su cara se distingue perfectamente.

—Es cliente mío —dice Patrik tenso—. Ese hombre mantiene sesiones conmigo.

—¿Estás seguro?

Linus parece desconcertado. Patrik cae en la cuenta de que no le ha contado nada sobre las amenazas contra los puteros. Siempre ha pensado que era decisión personal de los clientes poner o no una denuncia.

—Sí, ese hombre viene a mi consulta. Y no hace mucho me contó que le habían enviado un vídeo. Yo no lo llegué a ver, pero supongo que es este.

Linus se inclina hacia la pantalla y estudia al hombre de cerca.

—A mí no me suena. Así que no es ninguno de los puteros que hemos pillado durante la vigilancia.

Patrik apenas le presta atención, está intentando comprender lo que está pasando.

—¿Sabéis en qué pisos se han hecho las grabaciones?

—No de buenas a primeras, pero, con un poco de suerte, podremos descubrirlo.

Patrik vuelve a mirar la pantalla: uno de los proxenetas recibe dinero de una mujer.

—¿Crees que los vídeos son suficiente? ¿Podréis encerrarlos?

Linus se encoge de hombros.

—Puede. Eso espero. Solo nos falta interpretar lo que dicen.

Esboza una sonrisa ácida y señala al chulo del vídeo.

—Según el interrogatorio que le hicieron al tío ese, no hay ninguna coacción. Al contrario, él no sería más que un colega enrollado que lleva a sus amigas a algunos pisos, les echa una mano con los anuncios en Internet, les consigue tarjetas de prepago… Según él, sin demanda de dinero ni favores a cambio.

Obviamente: es lo que dicen todos los proxenetas cuando los detienen. Y muchas veces funciona. Lo habitual es que no se pueda demostrar nada más que explotación sexual. Como mucho, de carácter grave.

—Si los vídeos enseñan algo más, espero que nos sirva de ayuda para encerrarlos. A pesar de que las grabaciones sean ilegales.

De camino a casa, Patrik pasa por su despacho. Sube las escaleras hasta el segundo piso, abre con llave y apaga la alarma. Huele a cerrado. Se nota que nadie ha estado por allí desde hace varios días. Abre el cajón del escritorio, saca la carta lila que le trajo su cliente y se la guarda en la mochila. Ese cliente aparece en el vídeo que tiene la policía, así que esto también será de su interés.

Como de costumbre, asoma la cabeza por el despacho de Mikaela antes de marcharse de la consulta. Echa unas gotas de agua a la flor de la ventana. Sabe que es inútil, pues ni Mikaela ni él volverán a poner un pie en la oficina hasta dentro de unas semanas. Así pues, nadie la regará.

Cuando va a salir del despacho, ve el calendario de Mikaela. De papel, pues aún no ha hecho el salto al calendario digital. Sin pensarlo, Patrik empieza a pasar las hojas. Retrocede en el tiempo. Hasta enero. Fue entonces cuando, según la lista de llamadas de Mikaela, Johan se puso en contacto con la consulta, aunque Mikaela asegurara no recordarlo. Se detiene en el 10 de enero. Ve su nombre: Johan. Se pone las gafas y examina detenidamente la enrevesada letra de Mikaela. No hay duda. Tenía una visita reservada ese día a la una de la tarde. Y ahí está el nombre del cliente: Johan Lindén.

Entonces, ¿cómo demonios pudo decirle que no sabía de quién le estaba hablando él? Le entran ganas de destrozar el calendario, ir a su casa y restregárselo por las narices. Sin embargo, en lugar de hacerlo, saca el móvil y la llama: «Hola, has llamado a Mikaela. Estoy de vacaciones. Vuelvo el 1 de agosto...».

305

Ted

Gotemburgo, julio de 2016

—¿$\mathcal{M}$e puedo levantar de la mesa?

—No, primero acábate la comida.

Alex señala asertiva el plato de William, que sigue medio lleno, al mismo tiempo que coloca bien la cabecita de Emil en su pecho. Las últimas semanas se ha hecho enorme, sus rasgos de bebé han comenzado a desaparecer para dejar sitio a algo más parecido a un Buda.

Ted está sentado en silencio mirando a sus hijos. Está pensando que les ha dado mucho más de lo que él recibió de pequeño: dinero y buena imagen. Viven en uno de los barrios de chalés más distinguidos de Gotemburgo y pueden comprar todo lo que quieran. La pregunta es si ellos son conscientes de lo bien que viven.

—¿Cómo estás? —le pregunta a Alex cuando los chicos se han levantado de la mesa.

Emil yace con los ojos cerrados en su regazo, está profundamente dormido.

—Bien.

La mirada que ella le lanza es difícil de descifrar. Él se le acerca un poco más, acaricia la cabeza de Emil.

—Oye. —Se le corta la voz al intentar hacer la pregunta que le ronda en la cabeza desde hace una semana—. Por casualidad, vi que el número de Erik aparecía varias veces en tu teléfono.

Alex no contesta.

Pero Ted nota que se tensa.

—Lo presioné para que me contara por qué —añade Ted, pero ella sigue en silencio—. Créeme. Erik no quería hacerlo, pero al final cantó por puro agotamiento.

Una sonrisa torcida.

—Me explicó que lo habías llamado para ver si había estado conmigo en un momento en concreto. Dijo que tenías la sensación de que yo había tenido un rollo con una compañera de trabajo en Estocolmo.

Alex cambia a Emil de brazo. El pequeño hace un ruidito en el sueño sin abrir los ojos.

—Así es. —No lo mira al decirlo.

—¿Por qué?

—Porque, sin querer, un día vi un mensaje… de alguien que se llamaba Linnea.

Ted da un respingo.

—Se despedía un poco demasiado cariñosa —añade Alex—. Creo que te había puesto «un beso». —Alex levanta la cabeza—. Como fue al día siguiente de que me dijeras que habías cenado con Erik, lo llamé para comprobar si era cierto. No lo era, evidentemente. Pero, aun así, Erik logró convencerme de que tú no eras así. Dijo que, a lo mejor, la tal Linnea solo era una muy buena amiga. Seguro que había una buena explicación a que me hubieses mentido con lo de la cena.

Ted intenta abrir la boca, pero no consigue decir nada.

—Así pues, lo dejé correr. No tenía fuerzas para montar un numerito. Pensé que estaba exagerando. Hasta que un día te vi delante del ordenador. Tenías una página abierta. Solo lo vi un instante, porque te apresuraste a cerrarla. Aun así, tuve tiempo de ver qué tipo de página era.

Ted traga saliva, desesperado. El nudo en la garganta sigue impidiéndole hablar.

—En aquel momento —continúa Alex—, no dije nada, pero al día siguiente me metí en tu ordenador. Intenté mirarte el móvil cuando fuiste al lavabo. Pensé que encontraría algo más, pero eres muy diestro, debo reconocerlo. —Ahora su voz se ha vuelto gélida—. Consigues borrar todo rastro: ningún historial de búsquedas en Internet, ningún mensaje de móvil. A menos que tengas otra tarjeta de teléfono, claro.

—Pero ¿por qué no me lo echaste en cara?

Ted se ha forzado en pronunciar esas palabras.

—Porque no estaba segura —replica Alex—. Solo vi la página un momento, y algo me dijo que lo negarías todo si sacaba el tema. —Clava el tenedor en una albóndiga y mira a Ted con ojos entornados—. Pero ahora que sabes que lo sé, podrías contármelo. ¿Eres un putero?

Ted cierra los puños debajo de la mesa. No puede contarle que ha comprado servicios sexuales, pero tampoco puede soltarle una explicación inocente. Alex no se lo tragaría.

—No —dice al final, e intenta mantener firme la mirada—. No soy

307

un putero. Una vez me metí en una página de esas. Teníamos tan poco sexo que pensé que a lo mejor sería de ayuda.

—¿De ayuda? —Alex lo mira como si fuera tonto—. ¿De ayuda a quién?

—Disculpa, he elegido mal la palabra. Pensé que eso haría que yo me sintiera mejor. Aunque sé que lo que tendría que haber hecho era intentar hacer algo por nuestra vida sexual. —Ahora ya está mintiendo vilmente. No nota el peso de los remordimientos, lleva demasiado tiempo engañando—. Pero nunca hice nada, te lo juro.

A Alex se le incendian los ojos.

—El mero hecho de que se te haya pasado por la cabeza ya es suficiente. No entiendo cómo pudiste.

Ted clava la mirada en la mesa.

—Perdóname —dice.

Alex niega con la cabeza.

—Ahora no tengo fuerzas para hablar de esto. Tengo que darle de mamar a Emil —murmura—. No entiendo cómo pensaste una cosa así y por qué me mentiste sobre la cena con Erik.

Con cautela, Ted pone una mano sobre la de Alex.

—He decidido cambiar de trabajo.

Ella lo mira desconcertada.

—¿Lo dices en serio?

—Sí, ya va siendo hora, sobre todo ahora que volvemos a tener un bebé en casa. —Mira a Emil, que se ha acurrucado en la barriga de Alex. No tenía ni idea de que un crío tan pequeño pudiera roncar tan fuerte—. Creo que no me había dado cuenta de lo importante que es para mí nuestra relación.

Alex sonríe ligeramente, aunque no parece muy alegre.

—Vaya, pues qué bien... Un poco tarde, quizá.

—Sí, ya. —Ted carraspea—. De todas formas, pienso cambiar de trabajo: no es viable tener cuatro hijos y viajar tanto. —Toma un trago del agua que está sobre la mesa—. Sobre todo si piensas dejarme.

Al decir esto último, no se atreve a mirar a Alex.

Ted se queda sentado a la mesa después de que Alex se haya retirado. Así que lo sabía. Aunque no todo, desde luego. Cruza los dedos para que no lo deje, para que haber entrado en una página de contactos no implique que vaya a dejarle.

Recoge lo que queda en la mesa. Cuando termina de poner en marcha el lavavajillas, su móvil empieza a sonar. Es Gabriel Bergman.

—¿Puedes hablar?

—Claro.

Ted cierra la puerta de la cocina; puede oír el sonido de un videojuego en el piso de arriba. No sabe dónde está Alex, pero a esta hora suele bañar a Emil.

—¿A ti también te han llamado? —pregunta Gabriel.

—¿Quién?

—Pues los del… movimiento ese.

Ted se deja caer en una silla.

—¿El movimiento?

Gabriel baja la voz.

—Me acaba de llamar un chico. Dice que trabajaba en una especie de… organización contra la trata de personas. Me ha preguntado si no me animaba a participar en una iniciativa.

Ted se aprieta la frente con los dedos, como previendo un dolor de cabeza.

—¿Qué quería decir con eso?

—No ha querido contármelo por teléfono. Solo me ha dicho que, si estaba interesado, podía presentarme a una reunión dentro de un mes: el 11 de agosto a las diez de la noche. Allí me explicarían más cosas.

¿Un centro juvenil en Haninge un domingo por la noche? ¿Qué clase de organización puede ser esa?

—¿Y piensas ir?

Ted se levanta y se sirve un vaso de agua. Oye a Gabriel haciendo ruido con algo que parece un plástico.

—No lo sé. Puede. —Arrastra las palabras. Ted tiene la sensación de que va a decir algo más—. Pero no me apetece mucho ir solo.

Gabriel guarda silencio.

Ted deja el vaso en la encimera y oye que Emil chapotea en el piso de arriba.

—Por eso te llamo, quería saber si no te animarías a acompañarme —añade Gabriel.

Patrik

Estocolmo, agosto de 2016

*P*atrik baja con el coche por el acceso al garaje y se rasca la nuca, donde se ha comenzado a pelar después del sol de las vacaciones. El verano más caluroso en cien años, según han informado los medios. Le cuesta creerse la estadística, pero no cabe duda de que ha habido un número desorbitado de días de sol y tardes calurosas, y que le han sacado el máximo provecho a la barbacoa del porche en Saltsjö-Boo. Por el retrovisor ve a Sasha, que sale por la puerta de la antecocina. Ha dicho que se va a casa de una amiga. Patrik cruza los dedos esperando que sea cierto.

Se incorpora a la calle que lleva a la 222, abre un mensaje de texto de Linus que le ha llegado mientras se subía al coche:

> Me acaba de contactar la policía rumana. Han encontrado una casa quemada a varios kilómetros de Bucarest. En una de las habitaciones, había restos de huesos de una persona. Aún no la han podido identificar, pero comprobarán si puede tratarse de Johan.

Le tiembla la mano cuando cambia de marcha. Restos de esqueleto en una casa calcinada. Con una mano sujeta el volante y con la otra escribe una respuesta:

> ¿Restos de huesos? ¿De una persona o de dos?

Piensa en la muchacha. Andreea. ¿Ella también se hallaba en la casa?

> Solo de una persona. Esperamos recibir pronto una confirmación de identidad.

Patrik está a punto de preguntar cómo de pronto la tendrán, pero cambia de idea y se guarda el teléfono en el bolsillo. Puede comentárselo a Linus luego. Hoy vuelven al trabajo.

Media hora más tarde, aparca en la calle Bergs. Linus ya está allí esperándolo. Se suben a un Volvo negro. Es el que suelen usar para estas noches.

—¿Todo bien? —pregunta Patrik después de ponerse el cinturón.

—Sí, el caso avanza poco a poco.

Linus sale de comisaría. Ha empezado a anochecer. Patrik percibe su ansiedad. ¿Por qué la temporada de luz es tan corta y por qué nunca consigue disfrutarla del todo?

—¿Cuándo se celebra el juicio?

—Con un poco de suerte, en otoño. —Linus suspira—. Estas cosas llevan su tiempo. Pero es mejor tener una investigación sólida que lleve a una condena más dura.

—¿Y cuáles son las probabilidades? O sea, de condenarlos por tráfico de personas.

Aparte de las dos que denunciaron, ninguna de las otras chicas está dispuesta a testificar. Ni siquiera Nadia. Linus había justificado su falta de colaboración con que les tienen miedo a los proxenetas; además, llevan tanto tiempo viviendo con sus secuestradores que han empezado a asociarlos a una especie de seguridad.

Linus mira de reojo a Patrik.

—Muy altas, me atrevería a decir. —Vuelve a dirigir la atención a la carretera—. En gran parte, gracias a las filmaciones, pero puede que todavía más gracias a que, de pronto, Christu se ha soltado mucho. En los primeros interrogatorios, no dijo nada, pero luego dio un giro. Nos habló de uno de los cabecillas en Rumanía, un pez gordo de la mafia. Nos habló de cómo funciona la red criminal, de cómo actuaban los jefes locales, de cómo se transfería el dinero y en qué países trabajaban. Todo, vaya.

Patrik lo mira asombrado.

—Qué raro, ¿a qué se debe ese cambio?

Una media sonrisa asoma en los labios de Linus.

—A ver, no lo hace gratis, claro, si es lo que estabas pensando. Pidió protección para sí mismo, su esposa y su hijo. Quería recibir ayuda para afincarse en Suecia u otro país, identidad protegida y tal. Aun así, no deja de llamar la atención. Que lo contara todo. Casi se podría creer que lo han amenazado.

Han llegado a la calle Mäster Samuels. Patrik pasea la mirada. Un taxi sube lentamente la cuesta y se detiene junto a un grupo de muje-

311

res que, según Linus, son nuevas en la zona. Una de ellas se agacha hacia la ventanilla. Tras una breve negociación, la mujer abre la puerta de atrás y sube.

—¿No los detenemos?

Patrik mira atónito a Linus, que lejos de hacer ningún ademán de seguir al taxi, está concentrado en otro coche, cien metros más adelante. Es un Audi rojo. La matrícula está tan sucia que no se pueden distinguir las cifras. El motor está en marcha.

—Ya he visto ese coche antes —murmura Linus—. Varias veces. Aun así, nunca he visto al conductor coger a nadie, solo negociar.

Se calla cuando ve que una de las mujeres se acerca al coche. Se inclina hacia la ventanilla y habla con la persona al volante. Unos segundos más tarde, abre la puerta de atrás y entra.

—Vamos a seguirlos —dice Linus, tenso—. Quiero averiguar adónde van. Ese coche me da mala espina. —Mira rápidamente a Patrik—. Y me temo que tendrás que venir conmigo.

Patrik sube la ventanilla cuando aumenta la velocidad. Se meten por el túnel de Söderled y se alejan del centro. Linus mantiene una distancia prudencial, pero tiene controlados todos los cambios de carril que efectúa el coche que tienen delante.

—¿Crees que se dirigen a Nynäs?

Patrik ve pasar de largo el estadio esférico Globen, a mano derecha. Los carteles a Nynäshamn indican que todavía faltan varias decenas de kilómetros para llegar.

—No, es demasiado lejos.

Linus pone el intermitente y avanza por el carril izquierdo. Poco después, el otro coche abandona la carretera de Nynäsvägen y toma la salida al centro de Haninge. Se detienen delante de algo que parece un centro juvenil. Linus aparca en el mismo lado de la calle que el Audi, pero procura dejar un par de coches entre medio.

—Están saliendo —dice Patrik.

Le sorprende ver que no hay un putero, sino dos.

Sin pensarlo, abre la puerta y se baja. Linus dice algo, pero, sin distinguir el qué, Patrik cruza la calle y se acerca al edificio alargado de una sola planta. Hay luz en las ventanas que dan a la calle. A los hombres y a la mujer del Audi no los ve por ninguna parte, quizá ya han entrado por alguna puerta trasera o por la fachada del fondo.

Por las ventanas se puede ver una gran sala. El suelo de plástico con marcas negras revela que se han usado *skateboards* o patines ahí dentro. El mobiliario es austero, apenas unas mesas puestas una encima de otra en un rincón y una docena de sillas colocadas en semicírculo en el centro de la sala. Más allá asoma un pequeño guardarropa. Patrik puede ver varias siluetas de personas apretujándose.

Pero en verdad no es el sitio lo que llama su atención. En la sala hay tres hombres: dos de mediana edad; el otro parece un crío. En uno de los rincones, hay unas cuantas mujeres de espaldas a Patrik. A través de una ventana abierta que da a la calle, puede oírlas hablar entre ellas. No es sueco. Ni inglés. Reconoce ese idioma de sus días en Bucarest. De pronto, una de las mujeres se da la vuelta. Patrik suelta un jadeo en cuanto reconoce el pelo negro, los grandes aros en las orejas.

—Mikaela.

Ted

Estocolmo, agosto de 2016

—¿*H*an ido bien las vacaciones?

Gabriel se vuelve hacia Ted sujetando el volante con las dos manos. Cuando ha pasado a recogerlo, le ha explicado que el coche no era suyo; siempre va en bici a todas partes. El auto se lo han prestado para esta noche. No sabe quién era el hombre que ha venido esta mañana a dejárselo, pero da por hecho que se trata de algún miembro del «movimiento».

—Muy bien —dice Ted, que se mira el anillo de matrimonio de su mano izquierda—. Espero que mi mujer piense lo mismo, porque antes de empezarlas estuvo a punto de pedirme el divorcio.

«Y sigue en esas», piensa. Durante el verano han mantenido varias conversaciones largas en las que Ted ha intentado explicarle cómo se le pasó siquiera por la cabeza la idea de meterse en una página de contactos, a pesar de que nunca llegara a dar el paso. Pero le había resultado demasiado difícil mentir y, al mismo tiempo, construir una relación de sinceridad con Alex. Así pues, había terminado confesando. Le había dicho que había contratado servicios sexuales, pero no cuántas veces. Obviamente, Alex había quedado en *shock*, pero no tanto como él había pensado. Empezó a preguntarle sobre su visión de las mujeres, de ser buen padre y un referente para sus hijos, de responsabilizarse de otras personas (en este caso, de mujeres que se prostituyen). Después le había dejado caer que no contemplaba otra opción que el divorcio, pero que podían esperar a que terminara el verano. Por los niños. Y para su gran asombro, Ted se había sentido aliviado, no por lo del divorcio, sino por la confesión. Él, que se creía tan bueno mintiendo, no se había dado cuenta de que las mentiras lo maniataban como con unas esposas que no había sabido identificar hasta desprenderse de ellas. Aun así, le había pedido a Alex otra oportunidad. Le había prometido que sería una mejor persona. Ella no le había contestado.

Gabriel asiente con la cabeza. Su mujer todavía no sabe nada, aunque teme que le va a dejar.

—¿A qué hora tenemos que estar allí? —pregunta Ted, que mira a la oscuridad.

—A las diez. —Gabriel mira la hora—. Pero tenemos que recoger a una persona por el camino. Espero llegar a tiempo.

Ted lo mira desconcertado.

—¿Recoger a alguien?

Gabriel sonríe levemente.

—Sí, es una misión que me han encomendado. Después te lo explico mejor. —Se saca el chicle de la boca y lo envuelve en una servilleta que tiene en el salpicadero—. ¿Y a ti cómo te ha ido? ¿Has descubierto cómo pudieron filmarte?

Ted se muerde pensativo el labio inferior.

—No, pero me imagino que había una cámara instalada en alguna parte. El vídeo es todo el rato desde el mismo ángulo.

—A lo mejor habían montado un sistema oculto.

—Sí, eso mismo pienso yo. Cerca de la puerta, en todo caso, a juzgar por el ángulo de la cámara.

Gabriel lo mira, reflexivo.

315

—¿Y no viste nada ahí? ¿Un botoncito iluminado, quizás, o una lámpara de pared?

A Ted le viene a la cabeza el sistema de refrigeración, el que no parecía funcionar.

—La ventilación —dice sorprendido—. Había una rejilla de aire acondicionado en la pared, pero en la habitación hacía un calor insoportable. Pensé que estaba estropeado. ¿Crees que fue ella quien lo hizo? La chica, quiero decir.

Gabriel sacude la cabeza.

—No, me parece poco probable. Dudo mucho que ellas se atrevieran a instalar una cámara oculta. Además, ¿de dónde la habrían sacado? No es que tengan mucho dinero para ir de compras. —Pone el intermitente a la derecha y gira por la calle Mäster Samuels—. Aunque si la montó otra persona, casi que por fuerza tiene que haber sido un putero —continúa Gabriel—. Aparte de los chulos, son los únicos que tienen acceso a los pisos.

A los dos se les enciende la bombilla al mismo tiempo. Intercambian una mirada y sonríen.

—El movimiento —dicen al mismo tiempo.

Para eso necesitan su ayuda.

Ted arruga la frente.

—Aunque ya te digo ahora que no pienso participar. Tengo familia y una reputación.

Gabriel se detiene a las puertas de Åhléns. Deja el motor en marcha.

—No saquemos conclusiones precipitadas —dice—. De momento, solo son especulaciones. Vamos hasta allí y vemos qué nos proponen. Y luego decidimos. —Otea la oscuridad—. Creo que es esa de allí —dice, y señala a una chica con minifalda negra y blusa unos metros más adelante. Gabriel baja la ventanilla—. *Hello* —grita en voz baja—. *Can you come here?*

La chica mira a su alrededor y luego se acerca al coche.

—*How much?* —pregunta Gabriel cuando ella se agacha hacia la ventanilla del conductor.

Ted se lo queda mirando.

—Gabbe, joder, ¿qué coño…?

—*Shhhh.*

Gabriel lo hace callar con el dedo y señala a un hombre que está de brazos cruzados un poco más allá.

La mujer le da un precio y Gabriel saca unos billetes del bolsillo. Luego ella abre la puerta de atrás y se sube.

Gabriel mira a Ted.

—No es lo que te piensas. Luego te lo explico. —Se vuelve hacia la mujer, que se ha hundido en el asiento—. *Are you ok?*

Ella asiente cansada, pero no dice nada.

—*Yo know where we are going, don't you?*

Otro gesto afirmativo de cabeza.

—*Here, some water if you want.*

Le pasa una botella de agua con gas y sale del aparcamiento. Gira en dirección a Klarabergsviadukten. Por el retrovisor, Ted mira de reojo a la chica. Debe de tener unos veinte años; pelo largo y rubio; con una capa de maquillaje que probablemente estaba impoluto cuando ha salido de casa, pero que ahora se le ha corrido debajo de un ojo. Tiene la mirada fija en su regazo. Se toquetea un anillo de la mano derecha.

—¿Me puedes explicar por qué viene con nosotros? —pregunta Ted en voz baja, pues desconoce si ella entiende el sueco.

—No, no puedo porque no tengo la menor idea. —Gabriel esboza una sonrisita torcida—. Anoche me llegó un mensaje en el que me preguntaban si podíamos pasar a buscarla de camino. El dinero me lo devolverían luego. Ella sabía que íbamos a venir, pero era importante que pareciera una compra de servicios, por el chulo que había ahí.

—Pero ¿no te das cuenta? —dice Ted, nervioso—. ¿Y si hubiese venido la policía...?

No tiene fuerzas para terminar la frase. Él ha hecho todo lo que está en sus manos para retomar el rumbo de su vida: se lo ha contado a Alex, le ha prometido que ya lo ha dejado, ha ido a hablar con una terapeuta, ha intentado responsabilizarse mínimamente de Nadia..., más allá de que hubiese sido sobre todo por propio interés. Hubiera sido una gran putada que lo detuvieran justo en ese momento.

—A veces, hay que correr riesgos. —Gabriel no parece nada preocupado—. Si piensas en lo mucho que ellas han sacrificado, unas cuantas multas y un punto negativo en tu ficha no son más que una gota de agua en el Misisipi.

Continúan en silencio, cada uno sumido en sus propios pensamientos. Gabriel hace algunos intentos de conversar con la chica de atrás, pero ella responde con monosílabos, en un inglés muy pobre.

Cuando el GPS los informa de que han llegado a su destino, se encuentran delante de un edificio alargado de madera roja de una sola planta. En la acera de enfrente, hay varios coches aparcados.

—Bueno, ¿qué me dices? —Gabriel pone una mano en la manilla de la puerta—. ¿Bajamos? No podemos quedarnos aquí toda la noche.

Ted se siente inseguro, pero baja del coche.

Un poco más allá se acerca un Volvo negro, aminora la marcha y aparca a unos cuantos coches de distancia; los faros siguen encendidos. Ted trata de aparentar normalidad mientras se acercan al centro juvenil. Aun así, le parece que desde el Volvo los están observando.

Caminan a paso ligero hasta la puerta principal. Sin pestañear, Gabriel la abre y entran en una especie de guardarropa; un recibidor pequeño que da a la sala principal. Deja que la chica pase primero. Le dice que allí dentro hay alguien esperándola. Ted mira dentro por encima del hombro de Gabriel, a la sala donde los críos suelen pasar el rato después de la escuela. Pero ahora solo hay adultos. En el rincón del fondo, ve a tres mujeres. Le sorprende ver a la terapeuta a la que fue a ver poco antes de las vacaciones.

—Mira, esa es Mikaela —le susurra a Gabriel.

Él asiente en silencio, también extrañado. A las otras dos mujeres no las ha visto nunca. A juzgar por la ropa de una de ellas, podría tratarse de una prostituta.

En el centro de la sala hay varios hombres de pie. Uno parece haber llegado ahora mismo, porque todavía lleva puesta la chaqueta. Los otros dos parecen relajados. Ted puede oír que alguien ríe. Entonces se queda petrificado, vuelve a mirar. No puede ser verdad.

—¿Qué pasa?

Gabriel lo mira, intranquilo. Ted señala al chico que está en el centro del trío de hombres. No puede más que emitir un graznido afónico:

—Erik.

Gabriel sigue perdido.

Como buenamente puede, Ted añade:

—Es mi hijo.

Patrik

Estocolmo, agosto de 2016

—*P*atrik, ¿qué cojones estás haciendo? —Linus le coge del brazo—. ¿Cómo coño se te ocurre acercarte solo? Podría pasar cualquier cosa, aparte de que podrías estropearlo todo.

Linus está tan enfadado que escupe las palabras, pero a Patrik le da igual. Todavía no se lo puede creer: Mikaela está dentro de esa sala, hablando con dos mujeres rumanas; hay un puñado de puteros apiñados en el guardarropa. Tiene pinta de ser una especie de reunión, pero ¿de quiénes? ¿Y con qué finalidad?

Coge a Linus por el brazo, señala la ventana, incapaz de pronunciar palabra. Linus mira dentro. Abre la boca, asombrado.

—¿Esa no es tu compañera de trabajo? —Desconcertado, niega con la cabeza—. ¿No es Mikaela?

Ahora ella también los ha descubierto. Patrik levanta las manos con gesto desconcertado, pero solo recibe una mueca por respuesta. No era lo que Mikaela había esperado ni deseado. Patrik no entiende nada. Habían hablado poco antes de las vacaciones y ella no le había comentado nada sobre una especie de trabajo de campo... o como pueda llamar a esto.

—Entremos.

Linus parece mosqueado.

—Tenemos que hablar con ella y enterarnos de qué va todo esto. —Señala la puerta del guardarropa, donde los dos hombres que han llegado en el Audi siguen de pie, sin hacer ademán de reunirse con los demás—. Creo que no tenemos que dedicarle más energía a esos dos: fuera lo que fuera lo que pensaban hacer, no era comprar servicios sexuales.

Patrik observa a los hombres. No conoce a ninguno de los dos. Por lo menos, a esa distancia no los reconoce. La mujer a la que han recogido en la calle Mäster Samuels ya se ha separado de ellos y ha entrado en la sala. Se ha sentado en una de las sillas del semicírculo.

—Creo que será suficiente con que la llamemos por la ventana —dice Patrik, y se asoma a la obertura—. ¿Mikaela?

Su compañera levanta la cabeza. Sus miradas se cruzan un instante antes de que ella se disculpe con las mujeres que tiene al lado. La ven salir de la sala y entrar en el guardarropa. Oyen una puerta que se abre y que luego se cierra. Poco después, la tienen delante. Su piel, más morena que nunca, disimula las pecas.

—Hola, Patrik. —Mira a Linus y suspira—. Y hola a ti también.

Da unos pasos hasta un conjunto de muebles de jardín de plástico blanco que hay en la pequeña parcela de césped delante del centro juvenil. La mesa está llena de marcas de cigarros; alguien ha rajado el asiento de una de las sillas. Mikaela se sienta en una que todavía está entera. Patrik y Linus hacen lo mismo. Al principio, nadie dice nada.

—¿De qué va todo esto? —pregunta Patrik finalmente. Parece cansado—. ¿Por qué no me has contado nada? —Escupe un resto de tabaco en polvo al suelo—. Conociste a Johan Lindén, ¿no? —Su tono es acusador, pero ¿acaso no tiene todo el derecho?—. Fingiste no recordar que te había llamado.

Los ojos de Mikaela lo miran disculpándose.

—No podía contártelo, Patrik. Lo siento.

Un mosquito pasa zumbando ante su cara; irritado, él lo aparta con un aspaviento.

—¿No podías o no querías?

—No podía —responde Mikaela, que se vuelve de nuevo hacia Linus—. La relación que Linus y tú tenéis... Estáis demasiado unidos. No podía exponerte a ello. Te hubiera tenido que pedir que no contaras nada.

—¿Qué habéis hecho?

Patrik puede ver que Linus está sudando. Debe de estar nervioso por lo que está a punto de oír. Siempre le ha gustado Mikaela. Lo sabe de las pocas veces que se han visto.

—Nada grave, al menos yo no. Pero Johan... Supongo que ya estáis al corriente: se había propuesto meter entre rejas a esta red criminal. Por Andreea y por todos los medios. Intenté explicarle que, si encierras a un proxeneta, siempre vendrá uno nuevo. Lo que hay que cortar es la demanda. Pero él no quería atender del todo a esa idea.

Sube los pies a la silla rota.

Unos chavales pasan en *skate* a toda velocidad por la calle, miran de reojo al grupito de gente delante del centro juvenil; tal vez usen ese espacio cuando está abierto. Entonces Mikaela añade:

—Aun así, estábamos de acuerdo en que perseguíamos el mismo objetivo y que los métodos podían sincronizarse.

—¿Y eso qué significa? —pregunta Linus.

Ella abre la boca para responder, pero el teléfono del policía empieza a sonar.

Se levanta y se aleja unos metros; al cabo de un momento, vuelve con ellos.

—El otro chulo ha empezado a cantar —dice—. Tengo que ir a comisaría. —Mira a Mikaela con ojos escrutadores—. Pero me gustaría seguir hablando contigo mañana.

Ella asiente en silencio.

—¿Quieres venir? —Linus mira a Patrik—. ¿O te quedas? Creo que esta noche no habrá más trabajo de campo.

—Me quedo. Vete, ya hablamos mañana.

Patrik observa a Mikaela. Parece más relajada, ahora que Linus se ha retirado. Las bolsas oscuras que arrastraba antes de vacaciones han desaparecido. Eso le da un aire más jovial.

—Como ya sabes, Johan me llamó a principios de enero —dice Mikaela—. Me habló del encuentro con Andreea. Que él y cuatro compañeros de negocios la habían contratado en una *suite* de un hotel en las afueras de Estocolmo, que ella intentó quitarse la vida delante de todos y que eso fue como un mazazo en la cabeza. Cuando me llamó, era porque necesitaba ayuda para gestionar lo que había pasado. Vino varias veces a la consulta. La verdad, me sorprende que nunca coincidierais.

A Patrik no le sorprende. Al fin y al cabo, tanto él como Mikaela solo trabajan media jornada; en general, ambos estaban muy ocupados con sus clientes.

—Después de un mes de sesiones —continúa Mikaela—, Johan me habló de sus planes. Pensaba ayudar a Andreea a escapar. Hasta ese momento, ella se había negado porque tenía miedo de los proxenetas. Pero él iba a encontrarle un sitio donde estaría a salvo, y se encargaría de que los hombres que la habían vendido acabaran en prisión. Lo que no sabía era cómo conseguirlo.

Patrik mira a Mikaela con desconcierto.

—Pero ¿por qué tenías que meterte tú en ese asunto?

Ella pestañea.

—En realidad, no iba a hacerlo, pero Johan quería saber cómo funcionaba, qué se necesitaba para que los traficantes acabaran entre rejas. Así pues, le dije que era decisivo que varias mujeres se atrevieran a denunciar y a testificar contra los culpables. —Sonríe un poco—. Y, de pronto, me oí a mí misma decirle que iba a ayudarlo.

Mikaela saca una cajetilla de *snus* y se pone una monodosis bajo el labio.

Patrik la mira estupefacto: no tenía ni idea de que usara tabaco en polvo. Debe de haber empezado hace poco, o bien es como todo lo demás que le está contando esta noche: simplemente, tiene una doble vida.

—Aunque, a diferencia de Johan, yo estaba más interesada en empezar un movimiento de resistencia. —Mikaela acerca un poco la silla—. Sacudir el negocio, influir en los consumidores. No todos los puteros son mala gente, ya lo sabes. Tienen la capacidad de sentir, a menudo aman a sus hijos. Lo único que pasa es que ese amor no abarca a una chica pobre de Rumanía.

El aire se ha vuelto más frío. Patrik se pone la chaqueta, pero sin subirse la cremallera.

—¿Y cómo lo hicisteis?

—Empecé por hablar con algunos de mis clientes —responde ella—. Con aquellos que yo ya sabía que habían empezado a dudar, los que opinaban que las prostitutas no eran del todo como un producto cualquiera. —Mikaela arquea una ceja—. No eran muchos, la verdad, pero un par se mostraron interesados. Empezaron a buscar a más mujeres que hubieran sido vendidas por los mismos proxenetas que Andreea. Johan también echó una mano. Cuando las veían, les contaban que había apoyo disponible, que podían recibir ayuda nuestra para escapar, respaldo en caso de denuncia o juicio. Les contaban que podrían encontrarse con alguien de su país natal que hubiese pasado por la misma situación. Por cierto, esta noche, hay una de ellas aquí.

Mikaela hace una pausa y echa un vistazo al interior de la sala iluminada: las dos mujeres se han sentado y hablan con la que ha llegado en el Audi rojo.

—Paralelamente, había conseguido involucrar a algunos voluntarios que podían plantearse ceder sus casas a las mujeres que estuvieran dispuestas a huir. Ya me había hecho una pequeña bolsa de voluntarios el otoño pasado, cuando llegaron tantos refugiados a Suecia. Muchos tenían ganas de ayudar. —La mesa se tambalea cuando Mikaela se inclina hacia Patrik—. En algunos casos, pinchamos sus móviles. Las que se habían ganado suficiente confianza como para tener uno y gestionar por cuenta propia las visitas de los clientes. Hoy en día, es muy fácil, ni siquiera necesitas tener acceso al teléfono, basta con que el wifi esté activado.

Mikaela observa a Patrik. Poco a poco, han entrado en el terreno de la ilegalidad. Pero Patrik se limita a asentir con la cabeza, ya tiene suficiente con asimilar toda la historia. A pesar de que una parte de él sienta admiración por lo que Mikaela ha hecho, no puede dejar de tener una sensación de que lo ha traicionado una de las personas en las que más confiaba. O puede que sea porque le hubiera gustado formar parte de esto. Él, que veinte años atrás soñaba con erradicar la prostitución.

—Albergaba la esperanza de ayudar a personas que estaban expuestas a la trata, al mismo tiempo que metía entre rejas a los culpables gracias al testimonio de varias mujeres. —Mikaela hace rodar en la mano la cajetilla de tabaco en polvo—. Pero fue difícil convencer a nadie para que se atreviera a escapar y denunciar, teniendo en cuenta las amenazas a las cuales estaban sometidas. Así pues, Johan decidió infiltrarse entre los proxenetas para conseguir pruebas. Aunque eso no me lo contó hasta mucho más tarde. Temía que pudiera pararle los pies.

Patrik le quita la cajetilla.

—Pero también ayudó a alguien a escapar, ¿verdad?

Piensa en la mujer que se presentó en la clínica Lovisa en mayo. Amira le había dicho que la había ayudado un hombre, bien vestido, de unos cuarenta años. No podía ser otro que Johan, ¿no?

—No, era demasiado peligroso. Como Johan se había infiltrado, no podía participar al mismo tiempo en las liberaciones. Fueron dos de mis clientes los que lo hicieron. Algunos están ahí dentro en este momento.

—Pero ¿cómo llegaron los proxenetas a fiarse de Johan? —pregunta Patrik, que abre la cajetilla.

Mikaela se encoge de hombros.

—Johan había sido putero de verdad. Incluso había pedido mujeres a través de esos hombres. Tal vez no les pareció que hubiera ningún motivo para sospechar de él cuando se ofreció a alquilarles unos pisos más que dignos. O eso, o estaban desesperados por conseguir viviendas.

Y en esos pisos Johan instaló cámaras. A pesar de ser una acción ilegal y un delito contra la intimidad. Patrik entiende por qué Johan eligió mantener a Mikaela al margen. Ella jamás habría aceptado la propuesta de grabar a gente en secreto. Y, menos aún, enviarles los vídeos a algunos puteros seleccionados.

—Pero también has dicho que pinchasteis móviles. ¿Por qué?

Mikaela esboza una sonrisita.

—¿De verdad no lo pillas?

—No, he... —Entonces ve la luz. Con un móvil pinchado, puedes identificar a los puteros. A partir de ahí es fácil—. ¡Las cartas lilas! —exclama sorprendido—. Eras tú quien las mandaba.

Ted

Estocolmo, agosto de 2016

—¿*T*u hijo?

Gabriel mira boquiabierto a Ted.

—¿Estás seguro?

Ted le lanza una mirada airada.

—Pues claro que lo estoy. ¿Crees que no reconozco a mi propio hijo?

De pronto, ya entiende por qué Erik tenía el número de Mikaela. Está metido de lleno en el «Movimiento». Ted solo se atreve a especular qué otras cosas puede haber hecho.

Mikaela interrumpe sus pensamientos cuando entra en el guardarropa. Pasa junto a Ted y Gabriel, pero no parece percatarse de su presencia. Abre la puerta y sale. Ted vuelve a dirigir la mirada a su hijo. Erik ya lo ha visto. Parece nervioso. Entiende por qué. Respira hondo y entra en la sala. Las voces de los demás hombres se funden en un mero bullicio de fondo cuando va al encuentro de Erik.

—¿Por qué, Erik? —Ted nota que se queda sin aire—. ¿Por qué lo has hecho? ¿Por qué no me lo contaste?

El *shock* inicial ha desaparecido. Ahora parece más tranquilo.

—A lo mejor pensaba que te lo merecías.

—¿Merecérmelo? Soy tu padre, maldita sea.

Se siente completamente humillado. ¿Quién es Erik, realmente? ¿Qué hijo hace lo que él ha hecho?

—Reconoce que no habrías venido si no hubieses recibido la carta.

Ted se queda en blanco. Es obvio: no, no estaría ahí en ese momento, seguro que estaría en una habitación de hotel. Quizá con alguna mujer con la que hubiera contactado por Internet.

—Pero ¿por qué no te limitaste a hablar conmigo, simplemente?

Ted se ha resignado. Sean cuales sean los motivos que ha tenido Erik para actuar como lo ha hecho, perder los papeles no le ayudará en nada. Erik señala una cocina contigua a la sala grande.

—A lo mejor podemos ir allí a hablar tranquilamente.

Ted asiente con la cabeza y sigue a Erik a la cocinita; tiene pinta de utilizarse para prepararles la merienda a los chavales del centro juvenil.

—¿Cómo habéis conseguido este sitio?

Ted se sienta en una de las sillas.

—El hijo de Mikaela viene aquí. Por lo visto, conoce al jefe. Se lo dejan alquilar una noche a la semana.

Ted arquea las cejas.

—¿Mikaela? Parece que seáis viejos amigos.

Erik toma asiento y apoya los codos en la mesa que los separa.

—No somos viejos amigos, pero sí amigos —dice con un suspiro—. Fui a verla una vez, cuando necesitaba hablar con alguien. Después de ir a un prostíbulo en Berlín.

Erik parece triste cuando menciona la visita al burdel. Ted nota que lo invade una ola de cariño, a pesar de la rabia que le hervía por dentro hace un instante.

—Explícamelo —dice Ted—. ¿Cómo te viste envuelto en esto?

Erik le cuenta la noche en Berlín: iba totalmente borracho cuando se vio obligado a mirar a Anton mientras este practicaba sexo con una prostituta; poco después, él mismo estaba con los pantalones bajados para que le hicieran una mamada; Anton había empujado tanto la cabeza de la chica que al final esta había vomitado.

—Fue horrible —dice, y mira a Ted—. ¿Lo entiendes? Me daba vergüenza porque estábamos allí como unos minirreyes ordenándoles a unas chicas que se pusieran de rodillas.

Hay algo atormentado en sus ojos. Ted alarga una mano. Le acaricia el pelo a Erik.

—Lo entiendo —dice.

Anton se había puesto como loco, claro; había empezado a gritarle que cómo podía ser tan cerda, la muy puta. Y la había echado. Luego Erik había salido corriendo tras ella. En un cuartito donde habían podido estar solos, le había dicho que sentía mucho lo que había pasado, que sus amigos eran unos imbéciles y que se arrepentía de haber venido.

Habían estado hablando un rato. La chica le había contado por qué la habían llevado a Alemania y por qué no podía volver a casa. Antes de irse de allí, Erik le había pedido que se comunicara con él por Facebook si alguna vez iba a Suecia. Repitió una vez más cuánto lo lamentaba. Ella le

325

había contestado que Erik ya había hecho bastante, pero sabía que no era cierto. Nadie hacía lo suficiente, por eso la rueda podía seguir girando.

Cuando regresaron a Suecia, Erik le había enviado un mensaje de Facebook a Anton desde un perfil falso al que le había puesto el nombre de Irina, que era como se llamaba la chica del burdel. A modo de pequeña venganza en su nombre. O quizá para apaciguar sus propios remordimientos.

—Después hice lo que pude por olvidarme de lo que había pasado —dice, y rasca con la uña la etiqueta de una botella de zumo que alguien ha dejado en la mesa—. Pero no pude.

Cierto día, descubrió la consulta para consumidores de servicios sexuales. Tras la primera conversación con Mikaela, hubo varias más; en realidad, la cosa no habría pasado de ahí si no fuese porque le llegó un mensaje por Facebook.

—De la chica del puticlub de Berlín. Me decía que se había fugado, que había vuelto a Bucarest, pero que los chulos habían amenazado con matarla si no les entregaba a alguien.

—¿Qué quieres decir? ¿Cómo que entregarles a alguien?

Erik dirige la mirada a la pequeña ventana. Las ramas de un árbol casi llegan al marco.

—Si no encontraba una sustituta —dice—. Alguien que pudiera ir al extranjero en su lugar. Entonces ya no la amenazarían más. Algo así como que la deuda estaría saldada.

—¿Y lo hizo? O sea, ¿encontró a alguien que quisiera ir?

Erik lo mira como si fuera imbécil.

—Pues claro que no, ¿quién querría convertirse en esclavo de forma voluntaria? No, tuvo que engañar a alguien. Le tocó a su hermana pequeña. Tenía trece años, estaba a punto de cumplir catorce. —Erik atraviesa a Ted con la mirada—. Me parece que ya os conocéis. Se llama Nadia.

326

Patrik

Estocolmo, agosto de 2016

*L*as comisuras de los labios de Mikaela se estiran hacia arriba hasta esbozar una amplia sonrisa.

—Por supuesto, aludía un poco a esa idea que tuvo Beatrice Ask hace algunos años. Albergaba la esperanza de que las cartas fueran un dedo en el ojo la siguiente vez que el putero tuviera ganas de follar.

Patrik se la queda mirando. La sonrisa le ocupa más o menos la mitad de la cara. Suspira.

—Pero ¿cómo coño lo hicisteis?

—Ya te he dicho que pinchamos algunos teléfonos. —Mikaela junta las manos en la nuca—. De esa manera, pudimos obtener mensajes de texto y vincular cada móvil en concreto con el sitio y la hora de los encuentros. A partir de ahí, era bastante fácil identificar al putero. —Sonríe maliciosamente—. Con el tiempo se vuelven descuidados: se olvidan de cambiar la SIM a la hora de contratar servicios. Te lo garantizo.

Patrik vuelve a arquear las cejas.

—Sí, me lo puedo imaginar.

—Junto con algunos clientes, empecé a escribir las cartas. Seleccionamos distintos contenidos. A veces, relatábamos las historias vitales que nos habían contado; a veces, hablábamos un poco más de trata de personas y prostitución en general; en algunas ocasiones, exhortábamos a los hombres a que vinieran a la consulta. Y algunos incluso se han sumado al Movimiento —dice Mikaela, que mira al Audi rojo que Patrik y Linus habían seguido—. Solemos reunirnos en el centro juvenil una vez a la semana. Al principio, no éramos demasiados, pero cada vez somos más. Antiguos puteros, prostitutas, voluntarios y algunos compañeros nuestros de los servicios sociales. A veces, cuando alguno de mis clientes ha recogido a una chica en el centro, pueden traerla aquí. Tenemos una intérprete. Y también una chica de Rumanía que consiguió salir después de varios años sometida a la violencia de los traficantes. Es la mejor. Siempre la escuchan, cuando cuenta que existe otra vida posible. Puede que no lo dejen al instante, pero prestan atención: es un primer paso importantísimo.

Mikaela parece cansada, pero más contenta de lo que Patrik la ha visto desde hace mucho tiempo.

—Te encuentras mejor, ¿verdad? —dice en voz baja.

—Sí, las vacaciones me han sentado muy bien. —Se queda callada un momento—. ¿Sabes algo más de Johan?

Patrik niega en silencio.

—No, pero es altamente probable que no siga vivo. Lleva demasiado tiempo desaparecido.

Mikaela parece entristecerse.

Patrik se pregunta qué vínculo llegaron a tener, ella y Johan.

—¿Nunca te preguntaste dónde estaba?

—Sí, pero le escribió a Erik, el chico que está ahí dentro. Le dijo que lo había detenido la policía, que intentaría pasar desapercibido por un tiempo, pero que los demás teníamos que seguir el plan según lo establecido. Cuando denunciaron a los proxenetas, Erik trató de localizar a Johan, pero no lo consiguió. Así pues, nos empezamos a preocupar, claro. Pero pensábamos que a lo mejor tenía sus motivos para mantenerse alejado.

Patrik mira al centro juvenil.

—¿Qué está pasando ahora ahí dentro? —pregunta.

—Tenemos una reunión para hablar de cómo podemos ampliar nuestras acciones. Queremos intentar construir una red internacional. Quieras que no, Suecia se salva bastante, en comparación con Alemania, España u Holanda, por ejemplo. Queremos ser un estorbo para la actividad. Queremos no dejarlos nunca en paz. Tiene que haber la misma cantidad de falsos puteros que de auténticos. Vamos a hablar con las mujeres, explicarles que estamos aquí, que las ayudamos. Vamos a hacer que sea muy complicado ser un putero y vamos a hacerles entender a los chulos que ya no están a salvo. Ahora somos una red, no pensamos parar. —Mira a Patrik por debajo del flequillo—. Espero que quieras participar.

Primero él sonríe, luego viene la risa, intensa y liberadora.

—Por supuestísimo, siempre y cuando no implique nada ilegal. No me pidas que pinche ningún teléfono.

Mikaela esboza media sonrisita.

—Habíamos pensado dejar de hacerlo —dice—. Lo de las cartas también. Aunque te pediría que no le cuentes a Linus lo que he hecho. Seguro que sabría encontrar algún delito penal en el que encajaría bien.

—Sí, seguro que lo encuentra. —Patrik sonríe con la boca torcida—. Pero eso sería en caso de que se enterara de algo. Y, ya sabes, esta conversación no ha existido.

329

Ted

Estocolmo, agosto de 2016

A Ted se le nubla la vista.

—¿Tú sabías todo el tiempo quién era Nadia?

Erik asiente con la cabeza.

—Sí, Irina me habló de su hermana pequeña. Sabía que estaba en Estocolmo, pero no dónde. Le prometí que la intentaría ayudar. Peiné todas las páginas de contactos para ver si encontraba a alguna chica que coincidiera con su descripción. El problema es que en los anuncios pueden aparecer bajo cualquier otro nombre.

Erik se levanta y busca un vaso en los armarios. Encuentra uno de plástico.

—Entonces se me ocurrió que Mikaela me había hablado de un hombre llamado Johan Lindén.

Ted busca en la memoria. Le parece que el nombre le resulta vagamente familiar, algo que ver con el mundo de los negocios.

—Un antiguo putero que había tenido una revelación a raíz de una compra de servicios sexuales —continúa Erik—. Ahora estaba trabajando en secreto para tratar de desmantelar una red de trata de personas.

Erik deja que el agua corra un rato antes de llenar el vaso.

—¿Cómo? —pregunta Ted, lleno de curiosidad.

—Había ayudado a escapar a una chica. Luego se infiltró entre los proxenetas. Les ofreció los pisos de su empresa. Lo que no sabían era que él grababa todas las conversaciones que tenía con ellos, que había instalado cámaras ocultas en las viviendas.

Y en un piso de esos fue donde acabó Ted, con un aire acondicionado perfectamente operativo, pero no para lo que él pensaba.

—En una ocasión, Johan incluso pudo ir a Bucarest —continúa Erik, que se termina el vaso de agua—. Para entregarles dinero a algunos de los peces gordos y hablar con ellos. Sin embargo, cuando la policía empezó a vigilarlos, a finales de abril, Johan se retiró. Aunque los proxenetas pudieron quedarse con el piso; si no, hubiera resultado demasiado sospechoso.

—Pero ¿qué tiene todo esto que ver contigo, Erik? —Ted sigue sintiéndose como un interrogante con patas.

—Quedé con Johan, le hablé de Nadia, le pregunté qué podía hacer yo para ayudar a Irina a encontrar a su hermana. —Erik se reclina en la encimera—. Entonces Johan me habló del trabajo que estaba haciendo con Mikaela —continúa—, que habían conseguido involucrar a algunos antiguos puteros para que reservaran una cita con distintas mujeres de las páginas de contactos y les ofrecieran apoyo para huir. Me dijo que tal vez podrían dar con Nadia por esa vía y que, si yo quería y me atrevía, era más que bienvenido a participar. Así pues, volví a ponerme en contacto con Irina: decidimos que la ayudaría a ella y a una amiga a escapar. Luego buscaríamos a Nadia. Una vez que hubiésemos encontrado a su hermana, Irina acudiría a la policía. —Erik cierra la puerta de la cocina, que ha estado entreabierta todo el rato. Las voces de los demás se apagan—. Después de eso, estaba atrapado —dice, y se sienta enfrente de Ted—. Como estoy más puesto en informática que Mikaela y Johan, me tocó ocuparme de las cuestiones técnicas: implicaba guardar los vídeos grabados y las conversaciones registradas en mi servidor, revisarlos y cortar aquello que pudiera ser útil como prueba. Después intentaba identificar a los puteros a partir de los números de móvil que habían usado para hacer la reserva. Para mi gran asombro, había muchos que no usaban tarjeta anónima. —Observa a Ted—. Como tú, por ejemplo. El día que encontré tu número en las listas, que fue poco después de que Alex me hubiese llamado, me cabreé muchísimo. Tú, que lo tenías todo, cuatro hijos, mujer, buen trabajo, dinero. Aun así, abusabas de chicas que habían sufrido abusos toda su vida.

Desde la calle les llegan las voces de unos adolescentes.

Unos coches pasan de largo, pero Ted apenas se da cuenta.

—Primero pensé en llamarte y echártelo directamente en cara —continúa Erik—. Pero luego se me ocurrió que sería mucho más efectivo tratarte igual que a los demás. Así pues, le pedí a Mikaela que me ayudara a escribir esas cartas. —Parece cansado, como si mantener esa conversación le estuvieran robando la energía—. Aunque ella no sabía que el putero era mi padre. Incluso te encontré en uno de los muchísimos vídeos de Johan guardados en mi servidor. No pude contenerme a la hora de enviártelo, a pesar de que solo pensábamos usar los vídeos como pruebas.

331

Ted mira a Erik. Ya no siente rabia, sino vergüenza. Y algo que, con un poco de benevolencia, podría llamarse gratitud. Debería estar contento de que Erik haya hecho lo que ha hecho. Lo necesitaba.

Entonces le viene algo a la mente.

—Pero, oye, ¿cómo puede ser que yo, en Suecia, quedara justo con la chica con la que tú estuviste en Berlín? Es una coincidencia casi demasiado grande.

Erik sonríe un poco.

—Y lo es. Tú no te viste con Irina.

Ted se lo queda mirando embobado.

—¿Ah, no?

—No, era otra persona, pero te garantizo que está igual de jodida. Me adueñé de la historia de Irina porque es conmovedora. Y tú necesitabas conmoverte: nadie se merece vivir como lo hacen esas chicas.

Patrik

Bucarest, agosto de 2016

*P*atrik pasea la mirada en busca del cartel del metro. En Bucarest hace el mismo calor en agosto que en junio. O más. Encuentra la boca y baja las escaleras. Huele a cerrado, a humedad. Nunca han limpiado las pintadas de las paredes, solo las han ido tapando con nuevos garabatos. Patrik cruza el gran espacio subterráneo en dirección a las barreras. Introduce su billete en la máquina, lo recoge, sale al otro lado y cruza las puertecillas abiertas.

En el andén, apenas hay un puñado de personas. Son las dos del mediodía, ni hora punta de la mañana ni de la tarde. El panel electrónico en el techo indica que faltan cinco minutos para la llegada del próximo tren. Patrik se sienta en un banco plegable de color naranja. A su lado, hay un anciano, con la espalda curvada y el pelo blanco como la nieve. El hombre apoya las manos y la barbilla en la empuñadura de un bastón. Mira las vías con sus ojitos pequeños y bizcos.

El tren entra con un chirrido en el andén. Patrik le tiende la mano al anciano y lo ayuda a levantarse. Lo sujeta suavemente por la espalda mientras suben al tren.

Dentro hace frío. Patrik tirita y se pone un cárdigan. Estuvo hablando largo y tendido con Mikaela antes de venir. Sin pretenderlo, su fascinación por lo que ha ido haciendo su compañera ha ido creciendo. Aunque su labor es a pequeña escala (como mucho han conseguido implicar a cinco antiguos puteros y solo han logrado convencer a un puñado de mujeres para que se escapen), Mikaela tiene el presentimiento de que la cosa se expandirá. El grupo ha encontrado un foro de Internet donde promocionarse, pero tienen que ir con mucho cuidado con lo que publican. Todas las acciones se acuerdan de forma oral en las reuniones, para que ninguna información crítica termine en manos equivocadas.

El otro día, Mikaela le contó la buena noticia de que se había puesto en contacto con una organización en Alemania dispuesta a probar el mismo concepto que están empleando en Suecia. Empezarán en Berlín, luego Fráncfort, Múnich y Colonia. El objetivo es siempre el mismo: sacudir la actividad criminal lo suficiente como para que ningún proxeneta considere que merece la pena intentarlo, pero, sobre todo, trabajar para que el problema de la prostitución escale posiciones en la agenda política.

El vagón da una sacudida. Patrik siente la presión contra el pasajero que tiene al lado: mujer de mediana edad, que viste una sencilla blusa y una falda larga. Patrik se disculpa en inglés y se aparta unos milímetros en el asiento. Los nombres de las estaciones van pasando. No recuerda ninguno de la última vez que hizo este trayecto.

Y al final llega. Se levanta y se sujeta al hierro del techo, anticipándose al brusco frenazo. Cuando las puertas se separan, él es el primero en bajar. De hecho, es el único.

Las puertas se cierran y el tren abandona la estación. Se siente solo. Únicamente Neculai sabe que está aquí. Patrik le ha dicho que llame a la policía si no le ha dicho nada antes de las cuatro. Pero cuenta con que no hará falta. Está seguro de que no le va a pasar nada. Al menos nada que requiera una intervención policial.

Camina lentamente en dirección a la salida. Las escaleras desgastadas lo llevan hasta la calle. En verdad, no sabe qué es lo que lo ha llevado a comprender. Tal vez había algo en sus rasgos que le resultó familiar. No le dijo nada a Jonna, para no preocuparla. Solo se lo contó a Neculai.

Las piernas se resisten cuando las obliga a recorrer la corta distancia que hay entre la boca del metro y el restaurante. Igual que la vez anterior, en el local flota una densa nube de humo. Hay unos pocos clientes que aún están comiendo; otro hombre ha pedido una copa. La mirada de Patrik se pierde en la escalera que baja al sótano. Aguza el oído, pero no oye más que silencio. Quizá ya no se atrevan a llevar un prostíbulo oculto.

El camarero, el mismo que la otra vez, se ha percatado de la presencia de Patrik. Se acerca a su mesa, no parece recordarlo.

—¿Quieres comer?

El tipo le ofrece un menú. Patrik tiene la sensación de que es más alto, pero luego se da cuenta de que ha bajado mucho de peso. Su cuerpo es delgado, casi desnutrido. Espera que sea gracias a la denuncia policial. Que, por lo menos, le haya afectado algo, a pesar de que lo archivaron. Se ha cortado el pelo; en el antebrazo lleva un tatuaje nuevo. La piel de alrededor está roja.

El camarero se queda esperando mientras Patrik desliza un dedo por la veintena de platos que hay en la lista. Elige el mismo que la última vez. Comer es secundario, al menos hoy.

—¿Y para beber?

—Cerveza, por favor. Una Ursus.

El camarero garabatea algo en su libreta y desaparece detrás de la barra. Patrik lo oye gritar algo a los que trabajan en la cocina. Después abre la nevera y saca una botella de la cerveza local.

—Tu bebida.

El camarero ha vuelto. Deja la botella en la mesa. El cristal está húmedo por la condensación.

—Gracias. —Patrik mira la barra, la busca pero no puede verla en ninguna parte—. ¿No está tu madre?

El hombre observa a Patrik, como si tuviera que reconocerlo y no lograra entender por qué no lo hace.

—Sí, está en la cocina.

Su mirada salta insegura cuando se da la vuelta.

—¿Podrías pedirle que salga? —dice Patrik—. Nos conocemos, me gustaría mucho hablar con ella.

A regañadientes, el hombre asiente con la cabeza. Patrik le da las gracias y se lleva la botella a la boca. Al otro lado de la calle, hay bloques de viviendas. Gigantes de hormigón cuyos días de gloria hace tiempo que quedaron atrás. Algún que otro árbol le aporta un mínimo de verdor a la zona y rompe el aura lúgubre que la domina. Las hojas son de color verde oscuro. Aún faltan meses para que se desprendan y todo se vuelva gris.

—¿Querías hablar conmigo?

La mujer está a su izquierda. Su inglés es bueno, tanto como lo recordaba.

—Sí.

Patrik toma un trago de cerveza mientras la observa. El peinado de señora, la falda chillona y con demasiadas flores, los dedos rechonchos con anillos de plata. Pero ninguno de matrimonio: no está casada.

—Al final no volviste —dice ella.

Patrik no sabe si se refiere a la vez que vino en junio y le pidió compañía femenina, o si está hablando de Zagreb, cuando Patrik la dejó con la promesa de investigar qué podía hacer por ella.

—No, lo sé. —Vuelve la cabeza hacia la ventana. Dos chicos que hace un minuto estaban jugando a la máquina del restaurante se alejan a paso lento por la acera—. Lo siento mucho.

Él se refiere a Zagreb y ve que ella lo entiende. Una oscuridad cubre sus ojos. Quizá sean los recuerdos, que se abren camino, a pesar de que ella intente reprimirlos. Casi hace que Patrik quiera dejarlo aquí, detesta hacer daño a los demás.

Pero ha de continuar: es muy importante para él. En realidad, para los dos.

—Pensaba que estabas muerta —dice—. Una de las chicas del Cassandra me lo dijo. —La mira con ojos interrogantes, pero ella no lo ve. Puede que en este momento esté allí, en el Cassandra, de vuelta a aquel día en que el dueño del club le dijo que no necesitaba a una puta embarazada, y menos todavía a una que iba por ahí chivándose. Ningún soldado extranjero pagaría nada por ella en ese estado—. ¿Qué pasó? —pregunta Patrik finalmente.

Ella lo mira desconcertada, como si de repente se diera cuenta de que está ahí sentado, de que están en una Bucarest soleada y calurosa, no en la Yugoslavia fría y desolada por la guerra.

—Unos hombres vinieron a buscarme. —Se deja caer pesadamente en la silla que Patrik tiene enfrente—. Dijeron que me iban a llevar a Belgrado a abortar, pero me dejaron en el bosque. No sabía dónde estaba. No tenía ropa caliente, ni pasaporte, ni dinero. No sabía el idioma. —Junta las manos encima de la mesa, casi parece que esté rezando—. Así que me dispuse a morir.

Patrik la mira. Apenas guarda ningún parecido con la que fue en su día. Los años, pero quizá sobre todo una vida dura, le han dejado unas heridas profundas que se han llevado a la persona que fue una vez. Sin embargo, en el fondo de esa mirada, Patrik cree reconocer una diminuta chispa de la chica que le confió su vida.

—Caminé hasta que se me agotaron las fuerzas.

Le explica que llegó a una carretera y que se tumbó en el asfalto. Tenía frío y hambre. Estuvo allí tirada un buen rato sin que nadie pasara. Al final, cuando ya se había quedado dormida, un coche se detuvo a su lado. Un hombre iba al volante. A juzgar por el uniforme, era un militar yugoslavo. Le preguntó qué estaba haciendo ahí y ella le contó todo lo que había pasado. Cuando él le pidió que subiera al coche, ella le hizo caso. No porque se fiara de él, sino porque la alternativa era morir en el bosque.

La llevó a una casa donde le aseguró que estaría a salvo, le dijo que se quedara allí, por si alguien la estuviera buscando; él volvería más tarde, con comida. Al salir, cerró la puerta con llave.

Regresó varias horas más tarde, tal como había prometido. Sin embargo, en lugar de comida, había llevado a un amigo, otro militar. Se fueron turnando para violarla. Cuando por fin terminaron, ella estaba sangrando entre las piernas, las gotas caían al suelo. Recuerda que pensó que era buena señal, que a lo mejor ahora el feto salía.

La llevaron a un pequeño bar en un pueblucho perdido entre montañas. No sabe cuánto pagó el dueño por ella, pero probablemente no mucho. Sabía que estaba embarazada y que no podría darlo todo en el trabajo. Y es que el feto no salió después de las violaciones; se aferraba a sus entrañas. Se negaba a abandonar su cuerpo, por mucho que ella lo odiara y deseara que desapareciera. A veces, lo intentó ella misma, introduciéndose objetos puntiagudos. Sin embargo, nunca pudo probarlo demasiado rato porque el dolor era insoportable.

Tuvo clientes cada noche hasta que llegó al séptimo mes. Entonces ya nadie quería pagar por ella. Dorian se adelantó un mes: nació débil y fue cogiendo una infección tras otra. Durante mucho tiempo, ella estuvo convencida de que iba a morir. Pero era un granuja testarudo. Se agarraba a la vida como el que más. Una semana después de parir, la obligaron a trabajar de nuevo. La esposa del dueño del bar se ocupaba de Dorian cuando Viorica tenía clientes.

337

Viorica y Dorian se quedaron dos años en el bar. Finalmente, el dueño se apiadó de ella y le dijo que ya había pagado la deuda. La ayudó a cruzar la frontera a Rumanía.

Pero estaba asustada, llevaba tanto tiempo prisionera. Ahora estaba sola en Bucarest, con otra boca que alimentar. No quería volver con su madre; estaba segura de que la condenaría si le explicaba que había sido prostituta. Así pues, alquiló un cuartucho y, de noche, se prostituía para poder pagar la vivienda y alimentar a Dorian. Cuando él se quedaba dormido, ella se cambiaba de ropa y salía a hurtadillas a la calle. Él solo se despertó una vez. Al volver a casa, se lo había encontrado pegando gritos y dándose fuertes cabezazos contra la pared, con los ojos enloquecidos. Le prometió que nunca más volvería a desaparecer mientras él estaba durmiendo. Una promesa que rompió al día siguiente.

Con el tiempo, acabó juntándose con un hombre. Sin embargo, como él no tenía trabajo, tuvo que seguir haciendo la calle. Casi cuatro años exactos después de Dorian, nació su hermano pequeño. A esas alturas, la dura vida había empezado a dejarle marcas. A pesar de tener solo veintidós años, parecía una vieja. Los clientes fueron cada vez menos y pagaban peor. Viorica supo que tenía que encontrar otra fuente de ingresos.

—¿Y esa fuente fue vender a otras chicas?

La voz de Patrik está llena de desprecio.

—Sí. —Ella agacha la mirada—. Cuando Dorian cumplió siete años, yo tuve mi último cliente.

Patrik está a punto de preguntarle qué pasó luego, pero no hace falta. Cosmina se lo explica. Es como si, ahora que ha empezado, no pudiera parar. Aunque para ella sería mucho mejor no decir nada. Pero tal vez cree que los remordimientos de Patrik la protegerán.

—En esa época, contraté a una canguro para que cuidara de los críos unas horas al día, mientras yo buscaba trabajo.

Le cuenta que la canguro había sufrido malos tratos y que se había escapado de casa.

—Lo pensé bastante rápido —dice. Mira al infinito—. Si había alguien que sabía cómo se gana dinero con chicas jóvenes que buscan amor, esa era yo.

La canguro se pasó dos meses cuidando de los niños, haciendo las tareas domésticas y echándole un ojo al marido de Viorica. Cuando al final Viorica le dijo que estaban pasando un mal momento económico, que la canguro tendría que irse, a menos que les echara una mano con los ingresos, la chica ya había generado un fuerte vínculo emocional hacia ella.

La primera vez que recibió a un cliente en la casa tenía quince años, como Viorica en su momento. Vivió con ellos dos años, tiempo en el que Viorica consiguió reunir un capital y separarse de su marido.

—Bebía demasiado, y yo no lo necesitaba.

En la misma época, se cambió de nombre por el de Cosmina. Quería empezar de cero, como una persona totalmente nueva. Viorica ya no encajaba.

Cuando la canguro se marchó de la casa, llegó una nueva. Y así continuó. Cuando Dorian cumplió diecisiete, compraron el restaurante. Ahora tenían la posibilidad de tener a más chicas, de aumentar los ingresos. Dorian, que era el más seductor de sus dos hijos, se encargaba de ellas.

—Era como un cerdo trufero. —Cosmina sonríe levemente—. Podía oler a las que estaban dispuestas a hacer cualquier cosa a cambio de un poco de reconocimiento, las que no se negaban, las que aguantaban los palos sin quejarse.

La mayoría de las chicas se prostituían en el sótano del restaurante. Pero a algunas las enviaba al extranjero.

338

—Eso también fue un buen negocio. Es cierto que solo cobraba una vez, pero me ahorraba un montón de problemas. No tenía que darles de comer ni llevarlas al médico cuando cogían infecciones. Además, no me arriesgaba a tener problemas con la policía.

Patrik no ha dicho nada en ese rato. No se ha movido. Apenas ha respirado. Lo que le pasó a Viorica es terrible. Pero los crímenes de Cosmina, ¿acaso no son igual de horribles?

—Ya nunca pienso en Zagreb. —Su voz se ha vuelto mecánica—. Pero cuando pagaste con tarjeta, reconocí tu nombre en el acto.

—¿Por qué no dijiste nada?

Ella niega lentamente con la cabeza.

—Primero lo pensé, pero luego cambié de idea. No habría servido de nada. —Los rayos de sol le acarician la cara e iluminan sus muchas arrugas—. Te estuve esperando —dice entre dientes.

Patrik no contesta. ¿Qué puede decir?

—Pero te he perdonado —dice—. El odio no sirve de nada.

Él la observa. Está seguro de que sí, de que todavía le odia, aunque es probable que no se dé ni cuenta.

—¿Por qué lo haces? —le pregunta, casi en un susurro—. ¿Por qué sometes a otras chicas al infierno por el que tú misma has pasado?

Cosmina lo mira directamente a los ojos, sin pestañear.

—Para sobrevivir —dice—. La angustia que sentí cuando dejé de prostituirme estuvo a punto de costarme la vida. Trabajar con las chicas me dio un sentido. Además, es algo que sé hacer.

«Trabajar con las chicas.» Lo dice como si hubiera llegado a un acuerdo con ellas. ¿De verdad no siente ninguna culpa? Si humillas a una persona muchas veces, ¿desaparece cualquier resto de empatía?

—Me porté mal contigo —dice Patrik, cuya respiración se ha vuelto superficial—. Y nunca me he perdonado a mí mismo por ello. Pero tú también te estás portando mal, ¿no lo entiendes?

Cosmina se vuelve enérgicamente para mirarlo.

—¿Y qué querías que hiciera? —Una llama arde en sus ojos—. Había pasado varios años prostituyéndome. Había vivido en cautiverio. No tenía estudios, ni dinero, pero sí un hijo al que alimentar. Con el tiempo, incluso un marido y otro hijo. ¿Qué crees que debería haber hecho, tú, que sabes tanto de lo que está bien y mal?

Patrik no contesta, vuelven a faltarle las palabras. Probablemente, porque no las hay. Hasta que no se marcha de allí no deja caer las lágrimas: solloza como un niño pequeño mientras camina hacia el centro de

Bucarest. Una mujer lo mira asustada. Le da igual: en algún momento tenía que salir aquel llanto. No sabe cuánto rato lleva caminando: le parecen horas, pero puede que solo sean unos minutos. A pesar del dolor, se alegra de haber vuelto. Esto será el final de algo y el comienzo de una nueva etapa. La víctima se ha vuelto verdugo. La historia se repite.

A su alrededor, él y todos los demás miran. Solo miran y dejan que pase.

Se sienta en una pequeña terraza: tres mesas y un agujero en la pared. Pide un café. El camarero mira extrañado sus mejillas enrojecidas, pero no le hace ninguna pregunta. Patrik mira la hora y recuerda que tiene que llamar a Neculai. Le cuenta que Andreea está en Serbia. Cosmina se lo ha dicho antes de despedirse. No sabe por qué se lo ha revelado, quizá porque ya no está implicada en ese asunto. Ella no estaba detrás del secuestro, solo sacaba dinero. Neculai responde que hará lo que pueda por descubrir a qué parte del país la han llevado; tiene sus contactos. Después irá hasta allí, la pondrá a salvo y luego encerrarán entre rejas a los traficantes.

Patrik oye sus palabras: es justo lo que esperaba poder oír. Aun así, no puede sentir alegría. Hay un vacío en su interior. Pero sabe que será algo que el tiempo curará.

340

Se levanta cuando se da cuenta de que lleva demasiado tiempo sentado. Le empieza a doler todo el cuerpo. Coge un taxi para hacer el último tramo hasta el centro de Bucarest. Llama por teléfono para averiguar si puede tomar un avión esa misma tarde, aunque su billete sea para mañana a primera hora. Sí, no hay problema: hay sitio de sobra. Le pide al taxista que lo lleve al hotel y que lo espere. Recogerá su maleta, hará el check-out y se irá a casa.

Andreea

Belgrado, agosto de 2016

Andreea recorre con la uña del dedo índice el empapelado amarillento que ha empezado a descascarillarse en algunas zonas. Mira con ojos entornados a través de la ventana. El cristal tiene una capa de suciedad que solo permite pasar un tenue haz de luz. Una mosca acaba de quedar atrapada en la gruesa telaraña que hay en uno de los rincones y está luchando por su vida. Agita las diminutas piernas en el aire sin conseguir desplazarse ni un milímetro. Andreea la coge con los dedos y aprieta. Se oye un leve chasquido, apenas perceptible, cuando el animal se desintegra. Frota los restos muertos contra el cristal: la mugre se mezcla con una gotita roja de la sangre de la mosca y forma una figura que recuerda a un coche.

Se seca el dedo en los pantalones y busca la posición del sol en el cielo. Está al oeste. Eso quiere decir que ya ha comenzado la tarde. No tiene reloj. El teléfono móvil se lo quitaron antes de meterla en el camión con el que cruzaría la frontera a Serbia. De eso ya han pasado varias semanas. Al principio contaba los días haciendo marcas en la pared, pero cuando llegó a veintitrés se cansó. ¿Qué diferencia podía marcar una raya más o menos?

El bloque del otro lado de la calle está lleno de viviendas. Ha estado contemplando todas y cada una de las ventanas que puede ver. Ha estudiado a las personas que viven allí, a qué hora se levantan por la mañana, dónde se sientan a tomar el desayuno, cuáles fuman (que son casi todas) y a qué hora salen de casa. No ha intentado llamar su atención, aunque la idea se le haya pasado por la cabeza. Es un resquicio de ingenuidad que arrastra de Suecia, de Johan y de aquella trabajadora social que pensaban que había una oportunidad para Andreea. Ella intentó explicarles que no funciona así, que no todos nacen en un país donde el Estado se encarga de que todos los niños puedan ir al colegio. Aun así, decidió escucharlos. Al final, incluso empezó a creer que era cierto cuando la trabajadora social le habló de todas las posibilidades que había. Que Andreea podría ir a la escuela, estudiar, conseguir trabajo y que ya nunca más tendría que estar con un hombre a menos que ella quisiera. Se había embriagado de los meses en libertad, se había hecho ilusiones de que ya no la encontrarían, de que era fuerte y libre.

Un ruidito en la habitación la hace volverse. Un ratoncito se ha subido al colchón y raspa la tela con las garras. Andreea se acerca sigilosamente. El ratón interrumpe de inmediato sus movimientos y clava los ojitos en Andreea; concluye que no es de fiar y corre a esconderse. Andreea ve cómo se cuela por un agujerito en la pared.

Se deja caer sobre el colchón que el ratón ha abandonado y toquetea distraídamente el orificio en la tela. Las cicatrices en las muñecas se han vuelto un poco más blancas, pero siguen visibles. Johan le había preguntado por ellas. Pensaba que se había cortado ella misma. Esa era la imagen que tenía de las chicas como Andreea. Ella le había dicho que las cicatrices eran de la época en Madrid, de un cliente que le había atado las manos con una cuerda y que luego se había puesto tan violento con la excitación que no se había percatado de que Andreea estaba sangrando. A Johan le había parecido terrible, aunque en general toda la vida de Andreea le parecía terrible. Como si fuera algo que no se hubiera imaginado jamás.

Andreea se pregunta dónde estará. La última vez que lo vio fue en aquel sótano, adonde la habían llevado a ella después de raptarla de casa de su abuela. A pesar de haber sido cautelosa y de no haber contactado con su familia ni ninguna de sus amigas, la habían encontrado. Aunque la policía fuera la única que sabía dónde estaba.

Había aceptado la propuesta de Johan de testificar contra sus secuestradores. Él le había dicho que era por su propio bien, para poder deshacerse de ellos. Si testificaba, ellos irían a la cárcel. De este modo, Andreea no tendría que esconderse, sería libre. Además, podría ayudar a otras chicas que estuvieran sometidas al mismo tormento.

Esto último fue lo que la convenció. Andreea pensó en Nicoleta, que estaba en un prostíbulo en Alemania. De alguna forma, Johan había conseguido engañar a los chulos para que le revelaran dónde estaba, incluso había conseguido su número de móvil. Durante toda la primavera, habían hablado como mínimo una vez a la semana. Eran llamadas cortas, pues Nicoleta trabajaba casi siempre que estaba despierta. Pero, igualmente, habían estado en contacto: eso era lo más importante. Andreea le había prometido que, en cuanto Razvan y Christu estuvieran entre rejas, Johan y ella bajarían a Alemania para buscarla. Después cogerían un vuelo a Constanza, buscarían a esa mujer que había robado el hijo de Nicoleta y vivirían juntas el resto de sus vidas. Tal y como habían apalabrado aquella última noche, antes de que Nicoleta abandonara Suecia.

Así pues, Andreea había aceptado la propuesta y la habían citado para un primer interrogatorio. Dejó atrás el cobijo de la casa de su abuela y fue a Bucarest por su propio pie. Lo explicó todo, pero no sabía si la creerían. Por lo visto, el gestor de transporte tenía un buen puesto, era funcionario en alguna administración. Le dijeron que la tendrían que interrogar más veces. Era palabra contra palabra.

La policía la llevó de vuelta después del interrogatorio; la dejaron delante de la casa de su abuela a última hora de la tarde. Al día siguiente, se presentaron. A uno lo reconoció: estaba en el restaurante al que la llevaron después de escaparse de Madrid. A los otros dos, no los había visto nunca. Se habían metido en el jardín con los coches, se habían bajado, habían señalado a Andreea. Y ella se había quedado paralizada, igual que cuando se fugó de Madrid. Era como si hubiese estado esperando ese momento: cuando sus sueños acababan. Al subir al coche, oyó los gritos de su abuela de fondo. Pero Andreea no podía hacer nada: no tenía más remedio que acompañar a esos hombres, quizá fuera su destino. A uno lo miró directamente a los ojos. Pensó que nunca más volvería a tener miedo.

La habían llevado de vuelta a Bucarest, a través del centro y luego hasta un barrio de la periferia, al norte de la ciudad. Lo supo por los carteles de Brasov que iban dejando atrás. La encerraron en el sótano de una casa; tal vez alguno de esos tipos vivía allí. Le pegaron y le preguntaron por el sueco: cuánto sabía, dónde estaba y cuáles eran sus próximos movimientos. Ella había respondido que no lo sabía, que él solo la había ayudado a escapar y que le había pedido que pusiera una denuncia y testificara. No la habían creído, así que le habían pegado más fuerte: si no se lo contaba todo, la matarían. No hizo falta: veinticuatro horas más tarde, se habían presentado allí con Johan. Andreea se alegró de verlo, pero enseguida se dio cuenta de que todo había sido para nada. Llena de miedo, pensó que iban a morir allí mismo. Y a nadie le importaría un comino.

Johan había intentado consolarla, pero Andreea podía ver que estaba igual de asustado que ella. Le había dicho que el mundo no era justo.

343

Su muerte, la de un sueco asesinado en Rumanía, despertaría un interés que la muerte de Andreea jamás habría hecho. La muerte de Johan haría que el mundo abriera los ojos y viera lo que estaba pasando en Europa. Eso haría que el Gobierno de Rumanía se pusiera las pilas para combatir la trata de blancas. Andreea no le había creído. Tal vez ni él mismo se lo creyera. Es probable que solo quisiera infundirles valor, tanto a ella como a sí mismo. Andreea pensó en las hijas de Johan, Elsa y Alice, pero no se atrevió a mencionar sus nombres. Aun así, podía ver a aquellas dos niñas en la mirada de Johan. Andreea sintió envidia por ellas.

Habían pasado varios días juntos en el sótano. A Johan lo maltrataron con más dureza que a ella. Pero lo que más mella hacía en él era cuando la violaban. Siempre lo hacían delante de él, como para dejarle claro lo diminuto que era, que todo lo que había hecho había sido en vano, que ellos habían ganado. Andreea intentó decirle que ya no le afectaba, había aprendido a desdoblarse, a salir de su propio cuerpo. Johan no tenía por qué sufrir, porque ella ya no sufría. No era del todo cierto, seguía siendo duro. El dolor no desaparecía por mucho que ella le ordenara desaparecer. Lo peor era la mirada de Johan cuando les gritaba que pararan de una vez.

Después, de un momento a otro, se la habían llevado de allí. En la frontera serbia la volvieron a encerrar en una casa con otras chicas. La mayoría eran moldavas, pero también había dos rumanas. Andreea le había preguntado al conductor qué le pasaría a Johan, si pensaban soltarlo, pero no había obtenido respuesta. Tampoco era necesario: sabía que Johan iba a morir allí, en el sótano de una casa al norte de Bucarest.

El sol le calienta las mejillas. Nota algo que le roza el dedo. Es el ratoncito de antes, que ahora se ha atrevido a acercarse, pues Andreea lleva un rato tumbada sin moverse. Le huele el dedo, los bigotes se mueven como dos batidoras. Cuando el animal respira, Andreea nota humedad en la piel.

No se mueve, mira al techo, donde unas manchas de moho han oscurecido la pintura blanca. Coge aire y lo suelta. El ratón respira más rápido que ella. Un rayo de sol se posa como una capa sobre sus mejillas. Luego cierra los ojos.

EPÍLOGO

Johan

Estocolmo, diciembre de 2015

Johan se esfuerza por escuchar, pero las conversaciones de los demás se funden en un solo bullicio. De vez en cuando, le viene un vahído. Duda que sea solo por el alcohol, aunque ha bebido muchísimo. Lleva medio año con los mareos. Pueden venirle en cualquier momento: cuando se levanta o cuando hace un movimiento brusco, pero últimamente también cuando está sentado. Ha pensado varias veces en visitar al médico, pero hasta el momento no ha pasado de ahí. Es como si no tuviera tiempo de recibir el diagnóstico de una enfermedad para la que precise un tratamiento.

—¡Eh, Johan! —Su compañero Carl agita la mano delante de su cara, una amplia sonrisa le cubre la cara—. ¿Dónde estás?

Johan da un respingo y alza la vista. Levanta la copa y sonríe ruborizado. Pero Carl es el único que lo está mirando. Los demás están demasiado ocupados en una discusión sobre lo buena que es la selección alemana de fútbol. No cabe duda de que lo piensan los compañeros alemanes. Pero a los suecos les gusta chinchar. El fútbol es un buen tema de conversación.

Johan pasea la mirada por la habitación: copas y botellas por todas partes. Desde que han subido a la *suite* han estado mezclando espumoso, whisky y cubatas. Para cada trago, un vaso nuevo. Ahora todos empiezan a ir muy borrachos, incluso Hans, el tercer socio, que con sus noventa y cinco kilos suele aguantar lo que le echen. Pero nada le impide levantar una botella de ginebra en el aire y señalar interrogante a los dos compañeros alemanes, que responden con un gesto afirmativo de cabeza: no le hacen ascos a otra copa.

Johan vuelve a dejar el vaso en la mesa sin beber nada. Cierra los ojos un instante. Está exhausto. ¿Qué dirían los demás si se levantara y se fuera, alegando que ha pasado mala noche, que mañana tiene mucho que hacer? No sería mentira, aunque tampoco toda la verdad. Su cansancio responde a algo más que unas noches malas y mucho trabajo. A veces, siente que se le ha contagiado una suerte de aburrimiento vital. A veces piensa que ya nada tiene importancia. Y eso le asusta. Si no tuviera objetivos, ¿qué sería de él?

Hará cosa de un mes, cuando tuvo la gripe y la fiebre no cedía, fue a la mutua de la empresa. Le mandaron descansar. Johan había estado a punto de mencionar los vahídos, si podía haber alguna relación. Pero la médica, una chica joven, parecía estresada. Además, él ya llevaba demasiado tiempo en casa. Así pues, lo dejó correr. Volvió a Enskede y descansó un día más. Después se atiborró de aspirinas y volvió al trabajo. Se dio cuenta de que a Helena le habría gustado tenerlo en casa unos días más, así habría alguien cuando Alice y Elsa volvieran de la escuela. Un rompecabezas constante que solo lograban resolver de vez en cuando con ayuda de una canguro.

El bullicio vuelve a cernirse sobre los oídos de Johan, que no distingue las palabras. Piensa en Elsa, su hija mayor. Ya ha cumplido nueve años, pero es tan delicada y sensible. Más que Alice, a la que le saca dos años. Ha empezado a llorar. Ese llanto se apodera de ella cada tarde. De repente y sin motivo. Entonces ella quiere abrazarse, se desploma en el regazo de Johan mientras está con el ordenador delante de la tele, empieza a decir cosas incoherentes sobre la muerte y sus miedos a seres desconocidos que sabe que no existen. Helena suele irritarse. Dice que Elsa solo quiere llamar la atención. Johan no está seguro. Sus conocimientos sobre psicología infantil son limitados. En todo caso, no le parece normal. Cuando él tenía la edad de Elsa, nunca se encaramó a las rodillas de su padre; al contrario, se mantenía lo más alejado que podía y exploraba el mundo junto con sus amigos. Elsa, en cambio, teme que Johan o Helena vayan a desaparecer. Se aferra a su cuerpo cuando está sentado en el sofá y se niega a soltarle.

Levanta la copa y se termina lo que queda de aquel líquido con burbujas. Mira uno por uno a los hombres que están en la habitación: son los socios con los que en su día abrió Acrea y los dos compañeros alemanes. A estas alturas, se conocen bien. Llevan varios años colaborando de forma exitosa y se han ido viendo como mínimo una vez al trimestre, aquí en Estocolmo o en Múnich, donde está la empresa alemana. La última vez que se vieron, terminaron la reunión de trabajo en un pu-

346

ticlub en Múnich donde habían reservado la sala VIP. Botellas de alcohol y *strippers* hasta las cinco de la mañana. Todos han nacido en los años setenta, tienen la misma formación académica, están casados y tienen hijos de edades varias. Otra cosa que tienen en común es que trabajan demasiado.

Johan se levanta y se sujeta al borde del sillón hasta que el mareo remite. Va al cuarto de baño. Por el rabillo del ojo, ve que Carl lo está observando. La cerámica le enfría el culo cuando se sienta en la taza y deja caer el chorro. Ya no puede ni mear de pie. Ve su reflejo en el espejo cromado que hay encima del lavabo de mármol. ¿No está un poco pálido? Aunque, claro, es diciembre: lo normal es tener poco color. La perilla, que ha dejado crecer considerablemente, a la moda, se ha convertido en una pequeña barba. Varias canas, a pesar de que el pelo de la cabeza siga siendo castaño. Aquello le hace parecer viejo, mayor de lo que es. Pero se la pueda dejar. Varias personas le han dicho que le queda bien. Incluso Alice y Elsa. Helena es la única que no se ha percatado de que lleva barba, al menos no le ha dicho nada. Aunque es cierto que no se ven muy a menudo: a veces, en el desayuno; y las pocas noches que se van a dormir a la vez. Uno de los dos suele quedarse despierto trabajando. Además, Helena tiende a quedarse dormida con las niñas cuando es ella quien las acuesta. Johan está convencido de que ella también ha pensado en el divorcio, seguro. De hecho, a él se le ha pasado por la cabeza varias veces. Pero, por el momento, ninguno de los dos lo ha dicho en voz alta.

347

Se pasa una mano por la barba, áspera, y abre uno de los grifos. Se limpia las manos, pero sin jabón. La toalla de franela es de la mejor calidad. Solo faltaría. La *suite* de cien metros cuadrados en dos pisos cuesta lo suyo. El suelo es magnífico. Johan se acerca al *jacuzzi* y se sienta en el borde, por donde desliza los dedos. Se pregunta quiénes se habrán bañado ahí. Quizás una pareja de recién casados para dar inicio a la noche de bodas; alguna que otra pareja de mediana edad que reservaron una noche en una *suite* de lujo de un hotel para recuperar el romanticismo; hombres de negocios aburridos que han invitado a chicas de compañía y se han calentado en la piscina de burbujas. Se levanta de nuevo y sale con los demás.

—¿Qué pasa? ¿Quieres que montemos una orgía o qué?

Johan mira a Hans, que ha alzado la voz dirigiéndose a uno de los alemanes, el más joven, el que siempre propone clubes eróticos con *strippers* cuando van a Múnich. Johan no tiene ni idea de qué están hablando.

—La verdad, no tengo ganas de verte teniendo un orgasmo —continúa Hans.

El compañero alemán sonríe burlón.

—Pues ya somos dos.

El alemán señala el piso de arriba, donde está el enorme dormitorio y sus vistas al mar, que queda a unos pocos kilómetros de distancia.

—Pero si no recuerdo mal, ahí arriba hay una cama *king-size*, por si te entran las ganas. Estaba pensando más que nada en que un poco de compañía femenina no nos iría mal. Hay demasiado macho por aquí suelto.

El alemán mira a Carl.

—¿Tú qué dices?

—Un poco de belleza femenina nunca está de más —dice Carl, que guiña un ojo y hace chocar su copa con la del alemán—. Dentro de un cuarto de hora, ¿no? Pues a lo mejor tocaría empolvarse la nariz.

Todos se ríen. Todos menos Johan. La verdad es que no le ve la gracia. Pero tampoco es la primera vez que encargan prostitutas, ya lo han hecho antes, tanto en Alemania como en Suecia. Varias veces por iniciativa suya. Pero esta vez es distinto. Quizá porque no se encuentra bien. Tal vez por lo de Elsa.

Alguien llama a la puerta tímidamente. Todos dan un respingo. Algunos parecen más expectantes que otros. Cinco pares de ojos se vuelven hacia la puerta. Uno de los alemanes grita algo. Hans y Carl se ríen. Johan está ahí, pero al mismo tiempo está ausente. Tiene la surrealista sensación de estar encerrado en un capullo. Como en una niebla, ve la manilla bajando lentamente. El alemán más joven se ha puesto de pie, pero se tambalea y tiene que cogerse del hombro de Carl para no caerse. La puerta se abre. Johan vislumbra algo negro que se apoya en el marco. El bullicio de voz de hombres se ha desvanecido. Lo sustituyen unos murmullos sueltos.

Ella está de pie en la habitación. Su largo abrigo está abierto. El pelo rubio ceniza cae ondulado por sus hombros. Va muy maquillada y su piel es totalmente lisa. Puede que sea mayor de edad, pero poco más. Su mirada se desliza por los cinco hombres. Parece segura de sí misma, a pesar de la edad, como si nunca hubiese hecho otra cosa. A Johan le da tiempo a pensar que debería dejarlo. Tiene dos hijas. Esta será la última vez que paga por tener sexo, se repite. Ni siquiera ha pedido que viniera.

La chica da unos pasos al frente. Carl la mira de arriba abajo. Le cuesta disimular su excitación: la minifalda negra y las piernas cubiertas con medias y que terminan con unos zapatos de tacón. Johan lo oye jadear. El alemán que ha sido el primero en levantarse se acerca a la puerta y le tiende una mano. La chica retrocede de sopetón.

—Quieto —dice.

El alemán se queda de piedra, como pegado al suelo. Nadie dice nada.

—Tengo dieciséis años.

Carl y Hans se retuercen, incómodos. Johan permanece inmóvil. Tiene la mirada fija en los ojos verdes de la muchacha, que parecen atravesarlo.

—Me han violado cientos de veces.

El alemán del sofá jadea. Rápidamente, antes de que ellos puedan reaccionar, la chica saca un objeto del bolsillo. Johan observa la navaja. Se queda perplejo. Debería levantarse e intervenir, pero siente el cuerpo pesado y deforme, como si le hubieran brotado raíces que penetran en los cojines del sofá. Ve a cámara lenta cómo ella levanta la mano y apoya la navaja en la arteria pulsante del lado izquierdo de su cuello. No le tiembla la mano mientras el filo descansa sobre su piel, inmóvil, igual que los hombres en la *suite*.

—No pienso dejar que me violen nunca más.

Luego cierra los ojos y corta.

—¡No!

Johan grita a viva voz, brama como un animal salvaje, le sale de lo más hondo de su estómago. En breves secuencias de imágenes, ve a Elsa: desde bebé hasta sus nueve años actuales. Sus lágrimas se mezclan con las de él. Ruedan por sus mejillas secas. Quedan atrapadas en su barba mientras arranca las raíces del sofá y se abalanza sobre la chica. Se corta cuando la obliga a soltar la navaja. Nota las gotas de sangre caliente goteando de su dedo, o quizá sean de ella, que tiene un corte en el cuello. Se arranca los botones de la camisa y la presiona contra su cuello al mismo tiempo que la rodea con el brazo. Ella se deja caer con todo el peso de su cuerpo.

—¡Fuera! —les grita a los demás.

Los hombres siguen mirando a Johan y a la chica. Están como paralizados. Carl se ha quedado blanco, como si fuera a vomitar en cualquier momento. Hans tiene la cabeza apoyada en las manos. Tiembla de la cabeza a los pies. Unos pequeños jadeos salen de su boca. El alemán que ha contratado a Andreea se ha desplomado en el sofá, justo donde Johan estaba sentado hace un instante. Está boquiabierto. Tiene los ojos abiertos de par en par, como si no pudiera asimilar lo que acaba de ocurrir. El otro alemán también está sentado en el sofá: mueve la cabeza de un lado a otro al mismo tiempo que murmura algo en alemán, monótono. Johan no logra distinguir qué está diciendo.

349

—Fuera de aquí —ruge de nuevo—. Dejadnos solos.

Recoloca a la chica entre sus brazos cuando nota que se le está escurriendo. Separa un poco la camisa, pero enseguida la vuelve a presionar, la herida sigue sangrando abundantemente.

Por fin, los demás reaccionan.

Sin decir nadar, Carl se encamina hacia la puerta. Consternado, se detiene al lado de Johan y le ofrece una mano.

—Fuera —le espeta Johan apretando los dientes.

Carl deja caer la mano y continúa adelante. Hans lo sigue de cerca; luego, los alemanes. Ya nadie mira a Johan.

Cuando la puerta se cierra, reina el silencio. Johan respira hondo. Está tiritando. Coloca los brazos por debajo de la chica y la levanta. Al instante, ella tensa el cuerpo. Johan no sabe si es por el estado de *shock* o por la pérdida de sangre. Pero no dice nada: se deja llevar hasta el sofá, donde él la tumba con cuidado. Levanta un poco la camisa. Sigue sangrando, pero no tanto como antes. Ha conseguido detenerla a tiempo, antes de que el corte fuera demasiado profundo. La chica tiene la cara pálida, pero ha abierto los ojos. Los clava en Johan. Él la observa detenidamente. La escudriña hasta lo más hondo de su alma.

«¿Qué lleva a una niña de dieciséis años a quitarse la vida?», se pregunta. ¿Qué puede hacer que una persona que solo ha vivido dieciséis años no quiera seguir en este mundo? No quiere saberlo. Sospecha que la respuesta hará que no quiera volver a mirarse en el espejo. Aun así, necesita saberlo. Acaba de salvarle la vida a esta chica, sí. Pero también él es la razón por la que ha querido quitársela. Sus destinos están unidos para siempre. Si algún día quiere poder mirar a Alice y a Elsa a los ojos y decirles que hizo lo correcto, tendrá que descubrir qué es lo que ha llevado a aquella chica hasta el límite de su propia vida e intentar que no vuelva a suceder.

La coge de la mano. Ella parece estar inconsciente. Cuando Johan le pone un dedo en la muñeca, nota el pulso muy débil. Pero sobrevivirás, al menos hoy.

—Perdóname —dice, y la mira a los ojos—. Por favor, perdóname.

Datos

Compra de sexo

Solo en Estocolmo, tienen lugar más de doscientas cincuenta mil compras de servicios sexuales al año. Alrededor de un ocho por ciento de los hombres suecos afirman haberlos contratado alguna vez. La pena por comprar sexo consiste en una multa o en un máximo de un año de prisión. Desde que se aprobó la ley contra la compra de sexo en 1999, ha habido muy pocas condenas.

En Alemania, la prostitución es legal. Allí un veinticinco por ciento de los hombres afirman haber comprado sexo. Hay aproximadamente cuatrocientas mil prostitutas en Alemania, pero la mayoría no son ciudadanas alemanas.

Tráfico de personas

El *trafficking* (como se suele llamar en Suecia a la trata de personas) es la segunda actividad criminal organizada más grande, después del narcotráfico. También es la que aumenta más rápidamente.

El gran grueso del tráfico de personas tiene fines sexuales. La mayoría de las víctimas en Suecia vienen de otros países de la Unión Europea (sobre todo de Rumanía, Bulgaria, Hungría y Lituania). Globalmente, se calcula que hay 1,2 millones de menores afectadas, pero el número de casos no registrados es elevado.

Tan solo el uno por ciento de las personas que participan en esta actividad son condenadas. Los vacíos legales, la falta de recursos y la corrupción son factores que contribuyen a tal situación.

Fuente: http://realstars.eu

ESTE LIBRO UTILIZA EL TIPO ALDUS, QUE TOMA SU NOMBRE

DEL VANGUARDISTA IMPRESOR DEL RENACIMIENTO

ITALIANO, ALDUS MANUTIUS. HERMANN ZAPF

DISEÑÓ EL TIPO ALDUS PARA LA IMPRENTA

STEMPEL EN 1954, COMO UNA RÉPLICA

MÁS LIGERA Y ELEGANTE DEL

POPULAR TIPO

PALATINO

***

**

*

NUNCA MÁS SE ACABÓ DE IMPRIMIR UN DÍA

DE VERANO DE 2019, EN LOS TALLERES

GRÁFICOS DE LIBERDUPLEX, S.L.U.

CTRA. BV-2249, KM 7,4,

POL. IND. TORRENTFONDO

SANT LLORENÇ D'HORTONS

(BARCELONA)